国家社科基金重大项目
上海市促进文化创意产业发展财政扶持资金项目
◆ 当代西方叙事学前沿理论的翻译与研究 ◆
当代西方叙事学前沿理论译丛

主编 ◆ 尚必武

体验小说
判断、进程与修辞叙事理论

EXPERIENCING
FICTION

JUDGMENTS,
PROGRESSIONS, AND
THE RHETORICAL THEORY OF NARRATIVE

著 ◆ 詹姆斯·费伦
译 ◆ 唐伟胜等

上海外语教育出版社
SHANGHAI FOREIGN LANGUAGE EDUCATION PRESS

图书在版编目(CIP)数据

体验小说：判断、进程与修辞叙事理论/(美)詹姆斯·费伦(James Phelan)著；唐伟胜等译. -- 上海：上海外语教育出版社，2022
（当代西方叙事学前沿理论的翻译与研究/尚必武主编. 当代西方叙事学前沿理论译丛）
ISBN 978-7-5446-7389-1

Ⅰ.①体… Ⅱ.①詹…②唐… Ⅲ.①小说创作—研究 Ⅳ.①I054

中国版本图书馆CIP数据核字(2022)第249545号

EXPERIENCING FICTION: JUDGMENTS, PROGRESSIONS, AND THE RHETORICAL THEORY OF NARRATIVE BY JAMES PHELAN
Copyright: ©2007 BY THE OHIO STATE UNIVERSITY
This edition arranged with The Ohio State University Press
Through BIG APPLE AGENCY, INC., LABUN, MALAYSIA.
Simplified Chinese edition copyright:
©2023 SHANGHAI FOREIGN LANGUAGE EDUCATION PRESS
All rights reserved.
Licensed for sale in the People's Republic of China, excluding Taiwan, Hong Kong S. A. R. and Macau S. A. R.
本书由俄亥俄州立大学出版社通过大苹果版权公司授权上海外语教育出版社有限公司出版。
仅供在中华人民共和国境内(香港、澳门、台湾除外)销售。

图字：09-2018-1248号

出版发行：**上海外语教育出版社**
（上海外国语大学内）邮编：200083
电　　话：021-65425300（总机）
电子邮箱：bookinfo@sflep.com.cn
网　　址：http://www.sflep.com
责任编辑：潘　敏

印　　刷：上海中华商务联合印刷有限公司
开　　本：635×965　1/16　印张 19　字数 254千字
版　　次：2023年3月第1版　2023年3月第1次印刷

书　　号：ISBN 978-7-5446-7389-1
定　　价：80.00元

本版图书如有印装质量问题，可向本社调换
质量服务热线：4008-213-263　电子邮箱：editorial@sflep.com

译 丛 总 序

2022年,多萝特·伯克(Dorothee Birke)、埃娃·冯·康岑(Eva von Contzen)和卡琳·库科宁(Karin Kukkonen)在《叙事》杂志第一期发表了《时间叙事学:叙事学历时变化的模式》("Chrononarratology: Modelling Historical Change for Narratology")一文。文章伊始,伯克等人指出:

> 毫不自诩地说,叙事学不仅在21世纪成功地幸存下来,而且还在批评、适应与扩展的过程中重新发明了自己。在保留核心术语与特征的同时,叙事理论已经超越了形式主义和结构主义的源头,与诸如女性主义批评、社会学、哲学、认知心理学、神经科学以及医学、人文等许多学科结成了激动人心的联盟。叙事学家们再也无须为他们的方法辩护或驳斥那些认为他们过于形式主义、脱离叙事语境的指责。历经数十年,叙事学现在已经证明了自己对语境保持敏感的理论建构能力和分析能力。①

伯克等人对当下叙事学发展现状的描述切中肯綮。进入21世纪以来,叙事学非但没有死,反而在保留其核心概念与术语的同时,脱

---

① Dorothee Birke, Eva von Contzen, and Karin Kukkonen. "Chrononarratology: Modelling Historical Change for Narratology." *Narrative*, 30.1 (January 2022): 27. 除特别说明,本书译文皆为笔者自译。

离了纯粹的形式主义色彩,充分关注对语境的分析,同时与其他相邻学科交叉发展,涌现出诸多引人关注的前沿理论。

从某种程度上来说,当代西方叙事学前沿理论指的就是当代西方后经典叙事学理论。20 世纪 90 年代,西方叙事学发生了令人醒目的"后经典"转向。后经典叙事学以"叙事无处不在"的理念为导向,以读者、认知、语境、伦理、历史、文化等为范式,在研究方法、研究媒介和研究范畴等多个领域取得了重要突破和进展,跃居为文学研究的一门显学。就其发展态势而言,当前盛行于西方叙事学界、具有"后经典"性质的前沿理论主要有女性主义叙事学、修辞叙事学、认知叙事学、非自然叙事学和跨媒介叙事学五大派别。

女性主义叙事学是女性主义批评与叙事学相结合的产物,重点考察叙事形式所承载的性别意义。女性主义叙事学不仅极大地复兴了叙事学这门学科,而且还直接预示和引领了后经典叙事学的崛起。1981 年,苏珊·兰瑟(Susan Lanser)在《叙事行为:散文体小说中的视角》(*The Narrative Act: Point of View in Prose Fiction*)一书中,初步提出了关于女性主义叙事学的构想。1986 年,兰瑟在《文体》杂志上发表了具有宣言性质的论文《建构女性主义叙事学》("Toward a Feminist Narratology")。此后,西方女性主义叙事学家笔耕不辍,发表了大量富有洞见的论著,其中代表性成果有罗宾·沃霍尔(Robyn Warhol)的《性别介入:维多利亚小说的叙事话语》(*Gendered Interventions: Narrative Discourse in the Victorian Novel*, 1989)和《痛快地哭吧:女性情感与叙事形式》(*Having a Good Cry: Effeminate Feelings and Narrative Forms*, 2003)、兰瑟的《虚构的权威:女性作家与叙事声音》(*Fictions of Authority: Women Writers and Narrative Voice*, 1992)、艾利森·布思(Alison Booth)的《著名的结语:性别变化与叙事结尾》(*Famous Last Words: Changes in Gender and Narrative Closure*, 1993)、凯茜·梅泽伊（Kathy Mezei）的《含混的话语：女性主义叙事学与英国女作家》（*Ambiguous Discourse: Feminist Narratology and British Women Writers*, 1996）和艾利森·凯斯（Alison Case）的《编织故事的女人：18、19 世纪英国小说中的性别与叙述》（*Plotting Women: Gender and Narration in the Eighteenth- and Nineteenth-Century British Novel*, 1999）。上述论著充分将历史语境、读者认知、叙事形式、性别政治进行有机结合，基本奠定了女性主义叙事学的批评框架。尤其是进入 21 世纪之后，西方女性主义叙事学以更加迅猛的态势向前发展，在理论建构与批评实践上都取得了诸多重要成果。譬如，琼·道格拉斯·彼得斯（Joan Douglas Peters）的《女性主义元小说以及英国小说的演进》（*Feminist Metafiction and the Evolution of the British Novel*, 2002）、沙伦·马库斯（Sharon Marcus）的《女人之间：英国维多利亚时期的友情、欲望和婚姻》（*Between Women: Friendship, Desire, and Marriage in Victorian England*, 2007）、露丝·佩奇（Ruth Page）的《女性主义叙事学的文学与语言学研究视角》（*Literary and Linguistic Approaches to Feminist Narratology*, 2006）、伊丽莎白·弗里曼（Elizabeth Freeman）的《时间之困：酷儿时间与酷儿历史》（*Time Binds: Queer Temporalities, Queer Histories*, 2010）、凯瑟琳·桑德斯·纳什（Katherine Saunders Nash）的《女性主义叙事伦理：现代主义形式的隐含劝导》（*Feminist Narrative Ethics: Tacit Persuasion in Modernist Form*, 2013）和凯莉·A.马什（Kelly A. Marsh）的《隐匿情节与母性愉悦：从简·奥斯丁到阿兰达蒂·洛伊》（*The Submerged Plot and the Mother's Pleasure: From Jane Austen to Arundhati Roy*, 2016）等。上述论著结合文类、语言学方法和性别身份对女性主义叙事学做了深度挖掘，一方面促进了女性主义叙事研究的繁荣，另一方面也使得女性主义叙事理论日渐多元化。女性主义叙事学多元化研究的最集中体现便是沃霍尔和兰瑟主编

的文集《解放了的叙事理论:酷儿介入和女性主义介入》(*Narrative Theory Unbound: Queer and Feminist Interventions*, 2015)。

  修辞叙事学是当代西方叙事学中最为成熟和最有活力的分支之一。按其学术思想和传统而言,修辞叙事学又可分为若干不同的派别。最值得一提的是自R. S. 克兰(R. S. Crane)以降、以芝加哥批评学派为代表的修辞叙事学,其中尤以詹姆斯·费伦(James Phelan)的研究最为突出。费伦的修辞叙事学主要聚焦于作者、文本和读者之间的叙述交流,同时考察在叙述交流背后叙述者和作者的多重目的,在此基础上考察叙事的读者动力和文本动力,并对"隐含作者""不可靠叙述""双重聚焦""叙事判断""叙事伦理"等叙事学概念做了修正和拓展。费伦在修辞叙事学领域的重要成果包括《阅读人物,阅读情节:人物、进程和叙事阐释》(*Reading People, Reading Plots: Character, Progression, and the Interpretation of Narrative*, 1989)、《作为修辞的叙事:技巧、读者、伦理、意识形态》(*Narrative as Rhetoric: Technique, Audiences, Ethics, Ideology*, 1996)、《活着是为了讲述:人物叙述的修辞与伦理》(*Living to Tell about It: A Rhetoric and Ethics of Character Narration*, 2005)、《体验小说:判断、进程与修辞叙事理论》(*Experiencing Fiction: Judgments, Progression and the Rhetorical Theory of Narrative*, 2007)、《某人向某人讲述:修辞叙事诗学》(*Somebody Telling Somebody Else: A Rhetorical Poetics of Narrative*, 2017)。与费伦一脉相承的修辞叙事学家还有彼得·J. 拉比诺维茨(Peter J. Rabinowitz)、戴维·里克特(David Richter)、哈利·肖(Harry Shaw)、玛丽·多伊尔·斯普林格(Mary Doyle Springer)等人。其次,与以芝加哥批评学派为代表的修辞叙事学相对应的是以色列特拉维夫学派主导的修辞叙事学。该修辞叙事学派的灵魂人物是《今日诗学》杂志前主编梅厄·斯滕伯格(Meir Sternberg)。斯滕伯格在其经典著作《小说的出场模式与时间顺序》(*Expositional Modes and Temporal Ordering in Fiction*, 1978)和其一系列长篇论文如《讲述时间：时间顺序与叙事理论》("Telling in Time: Chronology and Narrative Theory", 1990, 1992, 2006)、《摹仿与动因：虚构连贯性的两副面孔》("Mimesis and Motivation: The Two Faces of Fictional Coherence", 2012)中提出并完善了著名的"普洛透斯原理"(Proteus Principle)，即一个叙事形式可以实现多种功能，一个功能也可以由多种叙事形式来实现。与之相应的是斯滕伯格关于读者在阅读时间顺序上决定叙事性的三种兴趣，即"悬念"(suspense)、"好奇"(curiosity)与"惊讶"(surprise)。受斯滕伯格的影响，该学派的重要人物及其成果还包括塔马·雅各比(Tamar Yacobi)对不可靠叙述的研究，以及埃亚勒·西格尔(Eyal Segal)对叙事结尾的探讨等。此外，关于修辞叙事学的重要研究还有迈克尔·卡恩斯(Michael Kearns)在《修辞叙事学》(*Rhetorical Narratology*, 1999)一书中从言语行为理论视角对修辞叙事学的探讨，以及理查德·沃尔什(Richard Walsh)在《虚构性的修辞学：叙事理论与虚构理念》(*The Rhetoric of Fictionality: Narrative Theory and the Idea of Fiction*, 2007)一书中从认知语用学角度对修辞叙事学的研究等。

叙事学借助认知科学的最新发现和成果，促成了认知叙事学的诞生。认知叙事学在心理与叙事之间建立关联，重点聚焦于叙事理解的过程以及叙事之于世界的心理建构。作为一个术语，"认知叙事学"由德国学者曼弗雷德·雅恩(Manfred Jahn)1997年在《框架、优选与阅读第三人称叙事：建构一门认知叙事学》("Frames, Preferences, and the Reading of Third-Person Narratives: Towards a Cognitive Narratology")一文中提出。此后，认知叙事学朝着多个方向发展，势头迅猛。戴维·赫尔曼(David Herman)主编的文集《叙事理论与认知科学》(*Narrative Theory and the Cognitive Sciences*, 2003)便是认知叙事学多元发展态势的集中体现。21世纪以来,认知叙事学发展迅速,取得了诸多重要成果。其中,可圈可点的研究有:(1)戴维·赫尔曼借助认知语言学方法对认知叙事学的建构,其代表性成果有《故事逻辑:叙事的问题与可能性》(Story Logic: Problems and Possibilities of Narrative, 2002)、《叙事的基本要素》(Basic Elements of Narrative, 2009)《故事讲述与心智科学》(Storytelling and the Sciences of Mind, 2013)等;(2)莉萨·尊希恩(Lisa Zunshine)从心理学,尤其是思维理论角度出发建构的认知叙事学,其代表性成果有《我们为什么阅读虚构作品:心智理论与小说》(Why We Read Fiction: Theory of Mind and the Novel, 2006)、《奇怪的概念及因之才有的故事:认知、文化、叙事》(Strange Concepts and the Stories They Make Possible: Cognition, Culture, Narrative, 2008)、《进入你的大脑:认知科学可以向我们讲述怎样的通俗文化》(Getting Inside Your Head: What Cognitive Science Can Tell Us about Popular Culture, 2012);(3)艾伦·帕尔默(Alan Palmer)对叙事文本中虚构心理和社会心理的讨论,其代表成果有《虚构的心理》(Fictional Minds, 2004)、《小说中的社会心理》(Social Minds in the Novel, 2010)等;(4)玛丽-劳勒·瑞安(Marie-Laure Ryan)从可能世界理论和人工智能角度出发对叙事的认知研究,其代表性成果有《可能世界、人工智能与叙事理论》(Possible Worlds, Artificial Intelligence and Narrative Theory, 1991);(5)帕特里克·科尔姆·霍根(Patrick Colm Hogan)从神经心理学角度对叙事的认知探索,其代表性成果有《理解民族主义:论叙事、认知科学和身份》(Understanding Nationalism: On Narrative, Cognitive Science, and Identity, 2009)、《心灵及其故事:叙事普遍性与人类情感》(The Mind and Its Stories: Narrative Universals and Human Emotion, 2003)、《情感叙事学:故事的情感结构》(Affective Narratology: The Emotional Structure of Stories, 2011)、《叙事话语:文学、电影和艺术中的作者

与叙述者》(*Narrative Discourse: Authors and Narrators in Literature, Film, and Art*, 2013)。此外,还有莫妮卡·弗鲁德尼克(Monika Fludernik)以自然叙事研究为主的自然叙事学,其标志性成果为《建构"自然"叙事学》(*Towards a "Natural" Narratology*, 1996),以及马里萨·博尔托卢西(Marisa Bortolussi)和彼得·狄克逊(Peter Dixon)试图从实证角度建构的心理叙事学,其标志性成果为《心理叙事学:文学反应实证研究基础》(*Psychonarratology: Foundations for the Empirical Study of Literary Response*, 2003)等。

进入21世纪之后,非自然叙事学迅速崛起,在叙事诗学与叙事批评实践层面皆取得了诸多重要的研究成果,引起国际叙事学界的普遍关注。非自然叙事学以"反摹仿叙事"为研究对象,以建构"非自然叙事诗学"为终极目标,显示出异常迅猛的发展势头,迅速成长为一支与女性主义叙事学、修辞叙事学和认知叙事学比肩齐名的后经典叙事学派。自布莱恩·理查森(Brian Richardson)出版奠基性的《非自然的声音:现当代小说的极端化叙述》(*Unnatural Voice: Extreme Narration in Modern and Contemporary Fiction*, 2006)一书后,扬·阿尔贝(Jan Alber)、斯特凡·伊韦尔森(Stefan Iversen)、亨利克·斯科夫·尼尔森(Henrik Skov Nielsen)、玛丽亚·梅凯莱(Maria Mäkelä)等叙事学家纷纷撰文立著,从多个方面探讨非自然叙事,有力地促进了非自然叙事学的建构与发展。2010年,阿尔贝等人在《叙事》杂志联名发表了《非自然叙事,非自然叙事学:超越摹仿模型》("Unnatural Narrative, Unnatural Narratology: Beyond Mimetic Models", 2010)一文,正式提出"非自然叙事学"这一概念,并从故事和话语层面对非自然叙事做出了分析。随后,西方叙事学界连续推出了《叙事虚构作品中的奇特声音》(*Strange Voices in Narrative Fiction*, 2011)、《非自然叙事,非自然叙事学》(*Unnatural Narratives, Unnatural Narratology*, 2011)、《叙事中断:文学中的无情节性、扰乱性和琐碎性》(*Narrative Interrupted: The*

Plotless, the Disturbing and the Trivial in Literature，2012)、《非自然叙事诗学》(A Poetics of Unnatural Narrative，2013)、《非自然叙事：理论、历史与实践》(Unnatural Narrative: Theory, History, and Practice，2015)、《非自然叙事：小说和戏剧中的不可能世界》(Unnatural Narrative: Impossible Worlds in Fiction and Drama，2016)、《跨界的非自然叙事：跨国与比较视角》(Unnatural Narrative across Borders: Transnational and Comparative Perspectives，2019)、《非自然叙事学：拓展、修正与挑战》(Unnatural Narratology: Extensions, Revisions, and Challenges，2020)、《数字小说与非自然：跨媒介叙事理论、方法与分析》(Digital Fiction and the Unnatural: Transmedial Narrative Theory, Method, and Analysis，2021)等数部探讨非自然叙事的论著。尽管非自然叙事学的出现及其理论主张引发了一定程度的争议，但它毕竟在研究对象层面上将人们的学术视野转向了叙事的非自然维度，即"反摹仿"模式，以及逻辑上、物理上和人类属性上不可能的故事，同时又在学科理论体系层面上拓展和丰富了叙事学的基本概念与内涵。

如果说上述四种叙事学在研究方法上体现了后经典叙事学之于经典叙事学的超越，那么后经典叙事学对经典叙事学的另一个重要超越突出体现在叙事媒介上，即超越传统的文学叙事，走向跨媒介叙事。由此，跨媒介叙事学成为后经典叙事学阵营又一个举足轻重的流派。就总体发展和样态而言，西方学界对跨媒介叙事的研究主要分为对跨媒介叙事学的整体性探讨与针对某个具体叙事媒介的研究两种类型。就跨媒介叙事学的整体研究而言，可圈可点的重要成果有瑞安主编的《跨媒介叙事：故事讲述的语言》(Narrative across Media: The Language of Storytelling，2004)、玛丽娜·格里沙科娃(Marina Grishakova)和瑞安主编的《媒介间性与故事讲述》(Intermediality and Storytelling，2010)、瑞安和扬-诺埃尔·托恩(Jan-Noël Thon)主编的《跨媒介的故事世界：建构有媒介意识的叙事学》(Storyworlds across Media: Toward a Media-Conscious Narratology, 2014)、托恩的《跨媒介叙事学与当代媒介文化》(Transmedial Narratology and Contemporary Media Culture, 2016)。就针对某个具体叙事媒介的研究而言,首先必须要提西方学界日渐火热的绘本叙事学,其主要成果有蒂埃里·格伦斯滕(Thierry Groensteen)的《漫画与叙述》(Comics and Narration, 2011)、阿希姆·黑什尔(Achim Hescher)的《阅读图像小说:文类与叙述》(Reading Graphic Novels: Genre and Narration, 2016)、凯·米科宁(Kai Mikkonen)的《绘本艺术的叙事学》(The Narratology of Comic Art, 2017)等。其次是电影叙事学的研究,其主要成果有爱德华·布兰尼根(Edward Branigan)的《叙事理解与电影》(Narrative Comprehension and Film, 1992)、彼得·福斯塔腾(Peter Verstraten)的《电影叙事学》(Film Narratology, 2009)以及罗伯塔·皮尔逊(Roberta Pearson)与安东尼·N.史密斯(Anthony N. Smith)主编的《媒介汇聚时代的故事讲述:荧幕叙事研究》(Storytelling in the Media Convergence Age: Exploring Screen Narratives, 2015)。随着数字叙事的兴起,数字叙事和相关社交媒体的叙事研究也成为跨媒介叙事研究的一个重要范畴,这方面的重要成果有露丝·佩奇的系列论著,如《叙事和多模态性的新视角》(New Perspectives on Narrative and Multimodality, 2010)和《故事与社交媒体:身份与互动》(Stories and Social Media: Identities and Interaction, 2012),以及佩奇和布朗温·托马斯(Bronwen Thomas)主编的文集《新叙事:数字时代的故事和故事讲述》(New Narratives: Stories and Storytelling in the Digital Age, 2011)、瑞安的《故事的变身》(Avatars of Story, 2006)和《作为虚拟现实的叙事:文学和电子媒介中的沉浸与互动》(Narrative as Virtual Reality: Immersion and Interactivity in Literature and Electronic Media, 2001)等。此外,还有戏剧叙事学,这方面成果有丹·麦金太尔

(Dan McIntyre)的《戏剧中的视角：戏剧和其他文本类型中视角的认知文体学研究》(*Point of View in Plays: A Cognitive Stylistic Approach to Viewpoint in Drama and Other Text-Types*, 2006)、雨果·鲍威尔斯(Hugo Bowles)的《故事讲述与戏剧：剧本中的叙事场景研究》(*Storytelling and Drama: Exploring Narrative Episodes in Plays*, 2010)等。从某种程度上说，由于跨媒介叙事研究突破了传统叙事研究以文字叙事作为主要考察对象的做法，也不再狭隘地将叙事看作必须涉及"叙述者"和"受述者"的特定言语行为，它在后经典叙事学阵营中呈现出特殊的颠覆性，具有革命性的突破意义，既涉及对经典叙事理论不同概念的重新审视和调整，也包含对不同媒介叙事潜能和表现方式的挖掘和探索，由此不但可以为叙事理论的进一步拓展和深化提供动力，而且也可以为媒介研究和文化研究等相关领域提供重要的理论指导和实践分析工具。

此外，在后经典语境下西方学界还有诸多重新审视叙事学基本概念的研究成果问世，如汤姆·金特(Tom Kindt)和汉斯－哈拉尔德·米勒(Hans-Harald Müller)的《隐含作者：概念与争议》(*The Implied Author: Concept and Controversy*, 2006)、约翰·皮尔(John Pier)和何塞·安赫尔·加西亚·兰达(José Angel Garcia Landa)主编的《叙事性的理论化》(*Theorizing Narrativity*, 2008)、埃尔克·多克尔(Elke D'hoker)和贡特尔·马滕斯(Gunther Martens)等人的《20世纪第一人称小说的不可靠叙事》(*Narrative Unreliability in the Twentieth-Century First-Person Novel*, 2008)、彼得·许恩(Peter Hühn)等人的《视点、视角与聚焦》(*Point of View, Perspective and Focalization*, 2009)和《英国小说的事件性》(*Eventfulness in British Fiction*, 2010)、扬·克里斯托弗·迈斯特(Jan Christoph Meister)等人的《时间：从概念到叙事建构》(*Time: From Concept to Narrative Construct*, 2011)、多萝特·伯克和蒂尔曼·克佩(Tilmann Köppe)的《作者与叙述者：关于叙事学辩题的跨

学科研究》(Author and Narrator: Transdisciplinary Contributions to a Narratological Debate, 2015)、薇拉·纽宁的(Vera Nünning)的《不可靠叙述与信任感：媒介间与跨学科视角》(Unreliable Narration and Trustworthiness: Intermedial and Interdisciplinary Perspectives, 2015)、朱利安·哈内贝克(Julian Hanebeck)的《理解转述：叙事越界的阐释学》(Understanding Metalepsis: The Hermeneutics of Narrative Transgression, 2017)、弗鲁德尼克与瑞安合编的《叙事真实性手册》(Narrative Factuality: A Handbook, 2020)、拉塞·R. 加默尔高(Lasse R. Gammelgaard)等人的《虚构性与文学：核心概念重访》(Fictionality and Literature: Core Concepts Revisited, 2022)。

其间也不乏部分西方学者对当代叙事理论的发展态势做出观察和思考,如汤姆·金特等人在《什么是叙事学?——关于一种理论状况的问答》(What Is Narratology?: Questions and Answers Regarding the Status of a Theory, 2003)中对叙事学本质及其地位的考察,詹姆斯·费伦等在《叙事理论指南》(A Companion to Narrative Theory, 2005)中对当代叙事理论的概述,扬·克里斯托弗·迈斯特等人在《超越文学批评的叙事学》(Narratology beyond Literary Criticism, 2005)中对叙事学超越文学批评之势的探讨,桑德拉·海嫩(Sandra Heinen)等人在《跨学科叙事研究时代的叙事学》(Narratology in the Age of Cross-Disciplinary Narrative Research, 2009)中对跨学科视阈下叙事学内涵的分析,阿尔贝和弗鲁德尼克等在《后经典叙事学：方法与分析》(Postclassical Narratology: Approaches and Analysis, 2010)中对后经典叙事学发展阶段的划分,格蕾塔·奥尔森(Greta Olson)等人在《叙事学当代潮流》(Current Trends in Narratology, 2011)中对跨学科、跨媒介方法之于叙事学研究的反思,赫尔曼等人在《叙事理论：核心概念与批评性辨析》(Narrative Theory: Core Concepts and Critical

Debates,2012)中围绕叙事学研究的核心概念与基本原则展开的对话和争鸣,等等。

长期以来,国内学界对西方叙事学的接受与研究基本局限于经典叙事学的范畴。譬如,在经典叙事学翻译方面的重要成果有张寅德编选的《叙述学研究》(1989)、王泰来等人编译的《叙事美学》(1990)、热奈特的《叙事话语,新叙事话语》(王文融译,1990)、米克·巴尔的《叙述学:叙事理论导论》(谭君强译,1995)等。在经典叙事学研究方面的重要成果有罗钢的《叙事学导论》(1994)、胡亚敏的《叙事学》(1994)、傅修延的《讲故事的奥秘:文学叙述论》(1993)、申丹的《叙述学与小说文体学研究》(1998)、谭君强的《叙事理论与审美文化》(2002)等。直至2002年,这一状况才有所改变:这一年,北京大学出版社推出了包括戴维·赫尔曼的《新叙事学》、马克·柯里的《后现代叙事理论》、苏珊·兰瑟的《虚构的权威》、詹姆斯·费伦的《作为修辞的叙事》、希利斯·米勒的《解读叙事》等在内的"新叙事理论译丛"。随着申丹等人的《英美小说叙事理论研究》(2005)以及费伦、拉比诺维茨等人的《叙事理论指南》(2007)、赫尔曼等人的《叙事理论:核心概念与批评性辨析》(2016)中译本的问世,西方后经典叙事理论开始涌入中国,引起了国内学者的热切关注。

在"哲学社会科学工作座谈会"上,习近平总书记明确指出:

> 我们既要立足本国实际,又要开门搞研究。对人类创造的有益的理论观点和学术成果,我们应该吸收借鉴,……对国外的理论、概念、话语、方法,要有分析、有鉴别,……对一切有益的知识体系和研究方法,我们都要研究借鉴,不能采取不加分析、一概排斥的态度。

本着"立足中国、借鉴国外"的理念,为加强同国际叙事学研究同行的对话和交流,借鉴西方叙事学研究的优秀成果,继而立足本土实际,建设具有"中国特色""中国风格"和"中国气派"的叙事学,实现文学批评领域的"中国梦"等愿景提供坚实的学术支撑,对当代西方叙事学前沿理论展开翻译与研究,不失为一条重要的实践途径。

当下,距"新叙事理论译丛"的出版已逾20年之久,国内学界对西方后经典叙事学最新成果的认知亟待更新。近年来国内对西方经典叙事学的译介硕果累累,如普罗普的《故事形态学》(贾放译,2006),布斯的《修辞的复兴——韦恩·布斯精粹》(穆雷等译,2009),热奈特的《热奈特论文选·批评译文选》(史忠义译,2009),杰拉德·普林斯的《叙述学词典》(乔国强等译,2011),茨维坦·托多罗夫的《散文诗学:叙事研究论文集》(侯应花译,2011),热奈特的《转喻:从修辞格到虚构》(吴康茹译,2013),西摩·查特曼的《故事与话语:小说和电影的叙事结构》(徐强译,2013)、《叙事学:叙事的形式与功能》(徐强译,2013)、《故事的语法》(徐强译,2015),罗伯特·斯科尔斯等人的《叙事的本质》(于雷译,2015)等。与之相比,对当代西方后经典叙事学前沿理论的翻译明显滞后,这种局面亟须扭转。

作为国家社科基金重大项目"当代西方叙事学前沿理论的翻译与研究"的部分成果,本译丛坚持以"基础性、权威性、前沿性"为首要选择标准,既注重学科建设的根本价值,又力求引领国内叙事学研究的潮流和走向。如前所述,当代西方叙事学前沿理论主要是指当代西方后经典叙事学理论,代表性理论主要包括当代西方女性主义叙事学、当代西方修辞叙事学、当代西方认知叙事学、当代西方非自然叙事学和当代西方跨媒介叙事学,而它们自然也成为我们的主要研究对象和内容。在修辞叙事学部分,我们选择了詹姆斯·费伦的《体验小说:判断、进程与修辞叙事理论》。在认知叙事学部分,我们选择了戴维·赫尔曼的《故事讲述与心智科学》。在非自然叙事学部分,我们选择了扬·阿尔贝、布莱恩·理查森等人主编的《非自然叙事诗学》。在跨媒介叙事学部分,我们选择了玛丽娜·格里沙科娃和玛丽-劳勒·瑞安主编的《媒介间性与故事讲述》。希望本译丛可以达到厚植国内叙事学研究的史料性、前沿性和学科性的目的,进而深化叙事学研究在国内的发展,为中国叙事学的建构和发展提供借鉴,在博采众长、守正出新中推进中国叙事学的理论创新和学术创新。

  我们已经竭力联系了本译丛所用图片和插图的版权方,如有疏漏,请版权所有者及时联系我们。本译丛是团队合作的结晶。衷心感谢胡全生教授、唐伟胜教授、段枫教授、陈礼珍教授及其研究团队的支持与友谊。感谢国家社科基金、国家出版基金的大力支持。感谢上海外语教育出版社孙静老师、梁晓莉老师付出的辛劳。

尚必武

2022 年 10 月

译 者 序

说起来,我与詹姆斯·费伦(James Phelan)先生《体验小说:判断、进程与修辞叙事理论》(Experiencing Fiction: Judgments, Progressions, and the Rhetorical Theory of Narrative,以下称《体验小说》)这本书颇有些缘分。

2006年9月,受国家留学基金委资助,我去俄亥俄州立大学英语系做访问学者,合作专家就是费伦。当时他给本科生开叙事学入门课程,还给研究生开20世纪文论课程,这两门课我都选了,亲身感受了美国大学的人文学科课堂教学和学生参与模式。除此之外,每周二下午,费伦都预留出时间,在他办公室和我聊一个小时左右。大约在2007年初,费伦拿给我一叠打印稿,让我仔细阅读,帮忙校对。这就是《体验小说》一书的校样。如此说来,我或许可以算《体验小说》最初的读者之一。2008年,启程回国前,我有幸获赠费伦签名题字的《体验小说》,在书的扉页,他写的是"非常感念我们在叙事理论方面的合作,期待未来更多合作"。这本书,我一直收藏着,偶尔拿出来翻翻,重温书中的真知灼见,也重温那段难得的经历。回想一下,费伦那时不过刚50岁出头,而我还未及"不惑"。

没有想到的是,我与《体验小说》的缘分未到尽头。2018年,我参加上海交通大学尚必武教授主持的国家社科基金重大招标项目,并承担其中子课题"当代西方修辞叙事理论"的研究任务。这项课题的任务之一是选择一本有代表性的当代西方修辞叙事理论著作，将其译成中文。不出意外，我和尚教授选择的都是费伦的著作。在费伦的多部著作中，我们首先想到的是他最新出版的《某人向某人讲述：修辞叙事诗学》(Somebody Telling Somebody Else: A Rhetorical Poetics of Narrative, 2017)。然而没有想到，出版社告诉我们，这本书的中文版权已经被国内某出版社独家购买。在这种情况下，我和尚教授反复讨论，决定翻译《体验小说》这本书。就这样，我和《体验小说》再续前缘。

《体验小说》现在绝不会是一本过时的书，虽然它发表的时间距今已经15年。事实上，从2007年该书发表到2017年整整十年间，费伦并未发表其他任何专著。这当然不是因为他治学不勤。在这期间，费伦笔耕不辍，发表了大量论文，编著了多本有影响力的叙事学论文集。我的理解是，《体验小说》已经相当完整地包括了费伦之前的修辞叙事理论主要思想，以至于在后来的十年里，他都觉得没有必要再用专著的形式来传播自己的思想，正如他在1996年出版那本现已成为经典的《作为修辞的叙事》(Narrative as Rhetoric)后，也是时隔近十年，即2005年才推出《活着是为了讲述》(Living to Tell about It)。从这个角度看，《体验小说》似乎也应该被列入修辞叙事理论的经典著作之列。

的确，《体验小说》不仅深化拓展了费伦之前提出的重要概念和分析模式，并提出不少新的概念和模式，尤其是"叙事性""判断""叙事体验"等，同时还专章分析了以抒情性和画像性为主的叙事中作者和读者的交流。遗憾的是，这些在叙事修辞分析中被证明非常有用的概念和模式，似乎没有得到国内学界的重视。我们希望，《体验小说》中文译本的出版能有力地改变这一状况。

在《体验小说》第三章，费伦回顾了芝加哥批评学派的历史，并指出该学派与新批评、文化主题批评之间的关联和本质差别。如果说第一代芝加哥批评学派的宗旨是建立某种叙事诗学（即叙事批评的通用原则），那么以韦恩·布斯(Wayne Booth)为代表的第二代则转向叙事修辞(即分析单个叙事中作者和读者的交流),而以费伦为代表的第三代则努力综合第一代和第二代,尝试建立叙事的"修辞诗学":"修辞"意味着费伦必须坚持归纳方法——用费伦的术语,即后验法(a posteriori method),"诗学"意味着费伦必须通过批评实践总结出一些可以普遍使用(但并非规定性)的模式。这样,修辞诗学必须是一种"实践中的理论"(theory in practice),而且只要人类还在创作新的叙事,修辞叙事诗学就是一种永远都没有终结的理论。

费伦的主要著作发表历程本身就体现了修辞叙事诗学的这一特征。1989 年,费伦出版《阅读人物,阅读情节》(*Reading People, Reading Plots*),首次明确提出"叙事进程"这一概念,在传统的情节概念中加入"读者与作者、叙述者、人物的交流"这个层次,同时提出"三维度人物观",即摹仿维度、主题维度和合成维度。他 1996 年出版的《作为修辞的叙事》更明确地提出叙事交流中的多层次性,进一步阐述叙事进程中的"不稳定因素"和"紧张因素"及其互动关系,这本书区分的六种不可靠叙述类型及四种伦理取位,更是让人印象深刻;2005 年出版的《活着是为了讲述》聚焦人物叙述,探讨人物叙述中的种种类型,提出了诸如"冗余叙述""压制叙述""面具叙述"等范畴;2007 年出版的《体验小说》将叙事阅读"体验"置于考察的中心,综合之前业已提出的多种概念和模式,试图精确描写读者对叙事的"体验"过程,同时还用抒情叙事和画像叙事来检验这个"体验"模式的有效性;2017 年,费伦出版《某人向某人讲述:修辞叙事诗学》,在书中首次正式提出"修辞诗学"的基本原则和方法论。不难看出,费伦的著作发表历程见证了修辞叙事理论不断深化的发展之路①。

如前所述,《体验小说》考察的核心问题是读者如何体验叙事,

---

① 我国学者申丹教授近年来提出并发展的"双重叙事进程",也可被视为全球修辞叙事理论发展的一个重要组成部分。

但需要注意的是,同样研究读者的阅读过程,费伦的修辞研究模式与认知叙事学的研究模式完全不同。早期认知叙事学探讨的是读者阅读过程中的认知基础,后来的认知叙事学置重于考察个体读者的阐释过程。无论哪一种认知叙事学,都与费伦的读者叙事体验研究模式不同,其中最重要的差异是费伦关注读者(尤其是作者的读者)与叙事的交流过程及效果,认知叙事学关注读者(无论是一般读者还是个体读者)阅读过程中叙事与身体(如大脑、心智)之间的互动关系。

费伦对叙事的定义是"某人在某场合为某种意图给其他人讲述发生了某事"(见本书第三章)。为了考察读者如何体验叙事,费伦首先扩大了"叙事性"(narrativity)这个概念的外延。传统上,我们把"叙事性"限定为"发生了某事",即叙事性的前提是发生了某种变化:如果一个文本里什么变化也没发生,那就没有"叙事性"。费伦将"叙事性"扩展为"某人给其他人讲述发生了某事",这样,与"叙事性"相关的就不限于"发生了某事",也包括"某人给其他人讲述"。由此,"叙事性"的外延就扩大了:不仅包括事件如何变化,而且包括叙述者如何讲述以及读者如何反应。那些能引起读者更强烈反应的事件和讲述方式拥有"高叙事性",反之则是"低叙事性"。一般说来,好的叙事作品都应追求"高叙事性"。这样定义的"叙事性"涵盖了读者对故事和话语两个层面的反应,能更好地解释叙事对读者的影响,但也可能造成一定程度的自相矛盾,比如某些抒情叙事能引起读者非常强烈的反应,但其中并无重要事件发生。这种情况下,我们应该如何描述其"叙事性"?此外,费伦讨论抒情叙事时认为,这类叙事的"叙事性"让位于其"抒情性"。很显然,这里费伦的"叙事性"指的是"发生了某事"。申丹教授注意到了这个矛盾之处,建议区分"广义叙事性"和"狭义叙事性"①,前者指费

---

① 申丹:《关于修辞性叙事学的辩论:挑战、修正、捍卫及互补》,《思想战线》2021年第2期。

伦意义上的叙事性，后者指"发生了某事"。这个区分让我们得以看清相关论述中的矛盾之处，但为了使用便利，笔者建议在保留费伦关于"叙事性"的定义的前提下，用"故事性"（storyness）这个术语来描述"发生了某事"。这样就可以既保留"叙事性"这个概念的灵活性，又不至于造成使用上的混乱。

《体验小说》的另一个贡献是首次明确提出读者阅读过程中的三类判断：对于行动或其他叙事因子所做的阐释判断，对人物或行动的道德价值所做的伦理判断，对于叙事及其组成部分之艺术质量所做的审美判断①。在之前的著作中，费伦已经就伦理判断乃至伦理判断和审美判断之间的关系做过详细讨论，本书则专辟章节单独讨论修辞审美问题。费伦区分了"一阶审美"和"二阶审美"：按照某种先在标准来判断作品美学品质的优劣，这是"一阶审美"；按照叙事进程在何种程度上实现叙事目的这个标准来判断作品的优劣，这是"二阶审美"。毫无疑问，费伦总体是偏向赞同"二阶审美"的，但他同时认为"一阶审美"也很有必要，尤其是在进行审美比较的时候。即便如此，费伦也认为没有哪个先在标准是适用于所有情况的，因此他提出"非通用但又超越叙述目的"的标准来进行不同叙事作品之间的审美比较。比如，若两个作品都完美地实现了叙事意图，但一个作品给读者的体验带来了挑战，而另一个作品则只是符合我们的常规期待，这种情况下，我们就可以认为前者的美学价值更高。然而，"是否带来挑战"并不是一个通用的审美判断原则，因为挑战我们阅读体验的很多作品在美学上往往并不成功。

《体验小说》的第二部分专门讨论抒情叙事和画像叙事，这是本书的一大亮点。在《作为修辞的叙事》中，费伦讨论过抒情诗歌的修辞交流问题，但这里讨论的是"以抒情为目的的叙事"以及"以

---

① 在2017年出版的《某人向某人讲述：修辞叙事诗学》中，费伦增加了"情感判断"。

画像为目的的叙事",在这两种叙事中,"抒情性"和"画像性"取代"叙事性"(或"故事性")成为叙事的主要焦点。费伦以欧内斯特·海明威(Ernest Hemingway)的《一个干净明亮的地方》("A Clean, Well-Lighted Place")、艾丽丝·门罗(Alice Munro)的《普露》("Prue")、罗伯特·弗罗斯特(Robert Frost)的《家庭墓地》("Home Burial")、安·贝蒂(Ann Beattie)的《双面神》("Janus")以及桑德拉·西斯内罗斯(Sandra Cisneros)的《喊女溪》("Woman Hollering Creek")等五个文本为例,考察在这些文本中,抒情性和画像性如何决定了叙事进程和读者判断。比如,在《一个干净明亮的地方》中,叙事先引入一个张力因素,然后解决这个张力因素,但直到结尾才引入不稳定因素而且不予解决;在《喊女溪》中,叙事先引入一个不稳定因素,但在接下来的大部分章节里,并不将其复杂化,而是对其进行多维度的抒情拓展,最后才来解决这个不稳定因素。因此,同样是抒情叙事,进程不同,读者的反应和判断也不同。笔者认为,费伦这里的讨论对中国文学研究很有启发意义。众所周知,中国文学有一个抒情传统,这个抒情不仅表现在诗歌中,也表现在叙事中。那么,中国叙事到底是如何来抒情的?多数评论者都从中国叙事中夹带的诗词入手来研究,但笔者认为这还不足以揭示中国叙事的抒情特征。如果借鉴费伦的"叙事进程"概念,考察中国抒情叙事的进程如何抵消故事性而突出抒情性,以及这种抒情性如何与读者产生互动,相信会有不少新的发现。

当然,《体验小说》的最大亮点当属贯穿全书的一个隐喻:把叙事阅读比喻成航行。在航行中,我们既被带领着前进,同时也对路途中的风景以及领航人的带领做出各种判断。阅读叙事的体验与此类似。费伦把叙事阅读的航行分为三段:开端、中段和结尾,然后按文本指引和读者判断两个角度分别对它们进行细化描述。从文本指引角度,叙事开端指"出场"(引入基本信号)和"启动"(引入不稳定因素),叙事中段指"出场"(引入中段信号)

和"航行"(不稳定因素开始复杂化),叙事结尾指"出场"(引入结尾信号)和"抵达"(不稳定因素得以解决);从读者判断角度,叙事开端指"发起"(引入紧张因素)和"进入"(读者开始判断),叙事中段指"互动"(读者与作者、叙述者持续交流)和"中段组装"(读者改变、修正自己的判断),叙事结尾指"道别"(读者最后的判断)和"完成"(读者判断的终结)。不难看出,这个"航行"模式试图穷尽叙事阅读的所有过程,因此显得比较烦琐,但是如果把握了这个模式的实质,我们就会发现,这个模式给我们提供了一个很好的办法,让我们可以更准确地描写叙事的动态进程,包括读者的判断和反应进程。在这个模式的观照下,我们可以对不同叙事在进程方面的差异进行精确定位。比如,有些叙事可能在"出场"逗留很久,有些叙事可能很快就"启动",但迟迟不"航行"。如此描写之后,再讨论读者的判断就显得更加合理而充分。

有八位老师参与翻译工作,具体分工如下:

前言与致谢:唐伟胜(江西师范大学)

绪　论:刘贞(韶关学院)

第一章:邱小轻(广东外语外贸大学)

第二章:柳晓(国防科技大学)

第三章:杨晓霖(南方医科大学)

第四章:邱小轻

第五章:柳晓

第六章:焦敏(广东外语外贸大学)

第七章:焦敏

第八章:杨晓霖

第九章:刘胡敏(广东外语外贸大学)

跋:龙艳霞(南方医科大学)

附录:杨晓霖

全书的校对、统稿由唐伟胜担任。在此,谨对所有参与翻译的老师表示衷心的感谢!

唐伟胜
2022 年 10 月

目　录

前言与致谢　1

绪论　判断、进程及修辞叙事体验　9

第一部分　判断与进程：开端、中段与结尾

第一章　简·奥斯丁对叙事喜剧的实验：《劝导》的开端与早中段　37

第二章　塞丝的抉择与托妮·莫里森的叙事策略：《宠儿》的开端和中段　63

第三章　芝加哥批评学派、新批评、文化主题学与修辞诗学　93

第四章　驶向惊讶结尾：伊迪丝·华顿的《罗马热》　109

第五章　延迟揭示与他人意识问题：伊恩·麦克尤恩的《赎罪》　125

第六章　修辞诗学中的修辞审美　153

第二部分　抒情叙事和画像叙事中的判断与进程

第七章　叙事与抒情的交织：海明威的《一个干净明亮的地方》和西斯内罗斯的《喊女溪》　171

第八章 画像中的叙事：艾丽丝·门罗的《普露》和安·贝蒂的
《双面神》　201

第九章 作为抒情叙事的戏剧对白：罗伯特·弗罗斯特的
《家庭墓地》　223

跋 《体验小说》及其语料：拓展到非虚构叙事和合成类小说　243

附录一　普露(艾丽丝·门罗)　255

附录二　双面神(安·贝蒂)　261

引用文献　267

前言与致谢

1973年春,当我还是芝加哥大学的一名硕士新生时,我走进了谢尔登·萨克斯(Sheldon Sacks)"18世纪小说"课程的第一堂课,听到他问了一个问题,这个问题一直伴随着我:"我们读的是同一本书吗?"萨克斯想指出一个悖论:尽管我们大多数人,包括他在内,都会本能地回答"是"(1973年的批评正统与2007年的批评正统大不相同),但一旦我们开始讨论任何一本小说的意义——那一天萨克斯的例子是《傲慢与偏见》(*Pride and Prejudice*)——我们的阐释却可能意味着完全相反的结论。我们学生开始用主题术语来表达作品意义:《傲慢与偏见》是关于贪婪社会中婚姻的陈述;这是一个警告,提醒人们不要过于看重第一印象;这也是对标题所指恶习的探索。萨克斯让我感到惊讶,我相信我的大多数同学也感到惊讶,不是因为他明确反对这些说法,而是因为他指出这些人都错过了体验阅读奥斯丁小说的关键东西:在伊丽莎-贝丝-贝内特和菲茨威廉-达西终成眷属的小说结尾中,阅读奥斯丁小说所带来的快乐和满足。至少在我看来,这个惊喜也是一个启示:在我五年的正规文学学习中,第一次有人把阅读体验放在了阐释事业的中心。随着课程的继续,它为我开辟了一种全新的批评方式,使批评更具吸引力和挑战性:在这种批评中,我作为一个读者的体验是非常重要的,你的体验也同样重要——但是我和你的体验都要对文本负责,因为文本是作者建构的,作者引导我们以某一种方式而不是另一种方式来体验它。

在《体验小说》(*Experiencing Fiction*)中,我试图阐述我的原则和方法,以便将读者体验(readerly experience)与阐释和理论联系起来,并从这些原则和方法中建立阐释实践模式。我的努力植根于萨克斯的课程以及我后来参与的韦恩·C. 布斯(Wayne C. Booth)的工作——尽管布斯和萨克斯并不完全同意我在这里的观点。换句话说,在《体验小说》中,我将尝试为萨克斯当初的问题提供一个有说服力的、肯定的答案,因为三十多年后的我大概又学到了更多东西。

随着时间的推移,我重新思考了萨克斯的问题,因为我遇到了其他问题。随机选择的读者所提供的经验证据和后结构主义思维所提供的理论证据都表明,我们有充分的理由得出这样的结论:如果放任自流,读者对同一本书的反应是不同的。因此,我开始提出这个问题:"我们读的是同一本书吗?"然后,随着我对叙事体验的多层次性(知识的、情感的、伦理的和美学的)越来越感兴趣,我开始将这个问题清楚地表达为"我们能以相似的方式体验同一本书吗?"。因此,对首要问题所做的这些改变承认后结构主义理论的见解,但并不完全认可后结构主义的阐释模式,因为在我与他人多年讨论叙事的过程中,找到越来越多的证据,证明面对同一叙事,不同读者经常可以做出虽不完全相同,但在重要方面都一样的反应。我不像萨克斯那样,从一开始就从根本上假设读者总是对一本书有相同的体验,但我也不想假设语言有不可避免的不确定性,或我们的阐释体验完全由我们的阐释群体决定,或者我们的阅读体验随意识形态控制话语产生、传播和消费的方式而改变。相反,我认为,尽管达成共同的体验远不是必然的,但这是可能的,而且也是大家都希望的。正如上文所说,根据这种假设,我试图确定和阐述一种可操作也有价值的阅读实践背后的理论原则,并通过文本个案分析,说明这种实践带来的结果。

尽管阐释实践背后的理论有多种要素,但我在这里只集中讨论我认为最重要的两个概念:(1)判断(judgment),我将其分为三种主要类型,即阐释判断、伦理判断和审美判断;(2)进程(progression),我将其分为十二个方面,并将在绪论中加以描述。这种集中讨论的一个结果是,我引入叙事理论的其他概念,如人物、语态、聚焦和时间性,并非因为它们是所有分析都要使用的事先就有的清单的一部分,而是因为它们与我考察所选文本的判断和进程相关。我认为,判断和进程对于解释叙事共享体验的可能性至关重要,因为它们与"叙事性"(narrativity,即让某个文本成为叙事的特性)这个概念密切相关,而且它们都既取决于同时又影响叙事的其他所有要素。我还发现,为了证明判断和进程的中心地位,进而证明我所倡导的阐释实践的力量,最好的办法是先确定理论原则,然后在阐释中加以应用来展示、检验和改进这些原则。

事实上,正如我将在第三章中更详细地解释的那样,我认为检验理论方法的最好办法是看它对我们理解具体叙事产生什么作用。出于这个原因,绪论部分集中讨论进程和判断的关键原则,这些原则将使我能够对具体的叙事展开详细分析。反过来,这个策略意味着我将把另外两个理论讨论推迟到后面的章节。第一个讨论在第三章中,将我的工作描述为小说"修辞诗学"的发展,试图解释源自"修辞诗学"的阐释实践与我多年前在芝加哥大学接受的学术训练,以及与当前被我称为"文化主题学"的流行做法之间的关联。第二个讨论在第六章中,拓展和完善修辞诗学的一个方面(虽然修辞诗学已在阅读实践中示范过几次,但它的复杂性质依然值得特别关注),即审美判断及其与阐释判断和伦理判断的关系。

虽然阐释性分析聚焦于进程和判断,但其目的并不是对阅读体验进行详尽描述,甚至不是对单个叙事的所有要素进行全面描述。相反,这些分析的目的是对我们阐释体验中的多层次内容(有时是明确的,有时是缄默的、直觉的,甚至只是萌芽的)给出清晰的表述,为此阐释分析聚焦于每个叙事特别突现的判断和进程。鉴于这些分析目的,我选择了十部/篇小说,它们一起构成了非常广泛的阐释挑战,而且同样广泛地显示了叙事如何运用判断和进程来影响(乃至作用于)我们对它们的体验。此外,我将这十部/篇小说分成了两组,一组具有高度的叙事性,另一组则综合了叙事性和我所称的"抒情性"(lyricality,即使某物成为抒情的特性)或画像性(portraiture,即使某物成为人物素描的特性)。

因此,绪论部分多次运用安布罗斯·比尔斯(Ambrose Bierce)的短篇寓言小说《红烛》("The Crimson Candle")解释了叙事判断的七个命题。然后,第一部分考察四个叙事,它们的进程各不相同。因为关注进程意味着关注叙事从开端到中段到结尾的运动,所以在我对每一部/篇小说的讨论中,我都会注意到这三个部分。然而在第一部分,我自己的进程是从简·奥斯丁(Jane Austen)《劝导》(*Persuasion*)的开端和早中段,到托妮·莫里森(Toni Morrison)《宠儿》(*Beloved*)的开端和中段,再到伊迪丝·沃顿(Edith Wharton)《罗马热》("Roman Fever")的结尾。我的第四个叙事是伊恩·麦克尤恩(Ian McEwan)的《赎罪》(*Atonement*),该小说使判断本身成为重要的主题之一,同时采用一种绝妙的叙事进程,其效果很大程度上依赖于一个几乎被推迟到结尾的揭示。因此,分析《赎罪》动用了我在第一部分开发的大部分工具。

当我们离开以叙事性为主导的文本,遇到使用叙事性-抒情性原则或叙事性-画像性原则的杂糅形式时,我们的体验以及我们对判断和进程的描述会发生怎样的变化,这是本书第二部分讨论的话题。我的前两个例子,即欧内斯特·海明威(Ernest Hemingway)的《一个干净明亮的地方》("A Clean, Well-Lighted Place")和桑德拉·西斯内罗斯(Sandra Cisneros)的《喊女溪》("Woman Hollering Creek"),都是抒情叙事,但是我将它们放在一起,因为它们展示了两种截然不同的方法如何将叙述性和抒情性元素合成为一种有效的杂糅。接下来的两个例子,即艾丽丝·门罗(Alice Munro)的《普露》("Prue")和安·贝蒂(Ann Beattie)的《双面神》("Janus"),我称之为"画像叙事"(portrait narrative)。20世纪80年代北美女性写的这两个故事(见附录)没有显示出女性主人公的处境有任何明显的变化,而是有效地将叙事作为这两个主人公性格展开的一部分。在第二部分的最后一章中,我谈到了罗伯特·弗罗斯特(Robert Frost)的《家庭墓地》("Home Burial"),因为它所给予的强大体验提供了一个发人深思的示范,展示了一位熟练的诗人如何在抒情-叙事的杂糅中处理进程和判断。在跋中,我进一步反思修辞诗学与这一系列叙事语料之间的关系,并简要说明如何将这一诗学扩展到元小说叙事和非小说叙事中去。

从描述性问题("我们读的是同一本书吗?")转向规范性问题("我们能以相似的方式体验同一本书吗?")的过程中,我也有责任展示一下从肯定的回答中能得到什么。我的简短回答(本书通篇以不同方式对此加以详述)是,关注我们体验的各个层次(尤其是智力、情感、伦理和审美),并识别这些体验在作者策略和文本现象方面的来源,能让我们理解和重视虚构叙事的力量。阐释实践和相关的批评方法最终需要合理解释虚构叙事的能力,即虚构叙事能强化、扩展、挑战甚或改变我们的知识、思想、信念和价值观,并能在同等程度上强化、挑战或改变我们的身份。

我一直努力全面描述修辞叙事理论,《体验小说》也是这个过程的第五乐章。本书基于前四乐章,但又试图超越前四乐章中的研究和结论:《文字里的世界》(*Worlds from Words*)研究风格,《阅读人物,阅读情节》(*Reading People, Reading Plots*)研究人物和叙事进程,《作为修辞的叙事》(*Narrative as Rhetoric*)提出一般理论并证明该理论如何用来解决许多阐释问题,《活着是为了讲述》(*Living to Tell about It*)研究人物叙述,同时提出更系统的修辞伦理研究路径。本书则试图拓展《阅读人物,阅读情节》中关于叙事进程的观点,从多方面进一步阐述这个概念;同时,本书还试图深化《活着是为了讲述》中涉及(修辞)伦理与(修辞)美学之间关系的相关论点。

在写之前四本书的过程中,我遇到了从解构主义到符号学,从精神分析到认知建构主义的理论立场。我在这里不采取类似的策略有两个原因:(1)尽管我不幻想读这本书的人也读过前四本书,但我发现,回到同样的理论基础之上再读一遍,是没有成效的。我邀请那些希望与其他方法进行直接比较的读者去读我早期的著作。(2)如上所述,我认为,我的修辞诗学作为一种描述共有阅读体验可能性的方法,对其最佳的检验在于我对个体叙事的参与,因此,我希望把重点放在这些参与上。

既然我能从三十多年前发生的一件事中找到这本书的起源,那么我要感谢的人比日渐宽松的致谢写作规范所允许的还要多，也就不足为奇了。因此，我只能感谢那些影响更直接、更新近的人。我的研究助理伊丽莎白·马斯奇对文字编辑可谓有着"火眼金睛"，她的索引编制也是思虑周全，这些都为本书提供了重要的物质支持。北京大学、坦佩雷大学、奥尔胡斯大学、汉堡大学、卑尔根大学、奥斯陆高等研究中心以及凯斯西部大学、南佛罗里达大学和奥本大学的讲座听众都提出问题并给予评论，促使我重新思考和修订了重要的理论点和阐释点。我特别感谢这些机构的东道主对我的邀请和回应：申丹、佩卡·塔米和马克库·莱希马基、亨利克·斯科夫·尼尔森和斯蒂芬·艾弗森、哈里·穆勒、兰迪·科本、威利·斯特朗和雅各布·洛特、加里·李·斯托纳姆、苏珊·莫尼，还有米丽亚姆·马蒂·克拉克等。在高级研究中心，我有机会尝试我的想法，并在雅各布·洛特组建的"叙事理论和分析"这一优秀研究团队中学习，他们的团队成员有杰里米·霍索恩、达夫纳·埃尔迪纳斯特·瓦肯、比阿特丽斯·桑德伯格、J. 希利斯·米勒、苏珊·苏莱曼和安妮肯·格雷夫。我要感谢社会各界朋友和同事对叙事学研究的支持，尤其是当代叙事学研讨会的与会者，他们的会议一直为尝试新观点提供了非常棒的环境。我的朋友和同事詹姆斯·L. 巴特斯比仔细审读了这份手稿的几个部分并与我保持了近三十年的对话，其中大部分都是在我草稿上的空白处进行的，为此我要对他表示深深的感谢。我的继任者，俄亥俄州立大学英语系现任主任瓦莱丽·李一直很支持我，我简直希望她能留在工作岗位上，直到我退休——要不是我做主任的经历让我相信我期盼的是不同寻常的残酷惩罚。我在俄亥俄州立大学的"叙事项目"的同事们——弗雷德里克·阿尔达玛、戴维·赫尔曼、莱恩·麦克海尔——都是如此聪明、慷慨、有趣，我想不出更好的地方来研究叙事理论了。我很幸运，出版社选择了哈利·肖和戴维·H. 里克特作为我手稿的审稿人，他们把接受和怀疑完美地结合起来，让我不由自主地想要写一本更好的书。最重要的是，我要感谢我的朋友和同事、修辞理论家彼得·J. 拉比诺维茨，他关于叙事和理论的观点和思维方式对我产生了重大的影响,他对书稿及书稿的众多修订审读精到,极大地提升了书稿的质量。彼得再一次让我得见理想的修辞审读应该是什么样子。

如果我没有幸运地生活在妻子贝蒂·梅纳汉慷慨、体贴、理解、欢笑和爱的环境中,这本书就写不出来。能和她分享我的体验是我一生中最大的福祉。

在过去几年撰写本书的日子里,我经常思考自己在知识上和个人经历方面从芝加哥大学研究生院两位卓越的教师——谢尔登·萨克斯和韦恩·C. 布斯那里学到的东西。对他们的亏欠,远远超出了我在这篇致谢中所能感谢的,也超出了我在后面章节中偶尔直接讨论他们的作品时所能记录的。所以我要说的是,他们不仅教会了我知识体系和阅读方式,还教会了我智力探求的全部意义:与自己关注的文学为伴的乐趣和挑战,为自己没有答案的重大问题殚精竭虑的价值,为学习而非为输赢(或非仅为输赢)而争论的快乐。为了这些经验教训,以及其他许多东西,我谨以此书纪念他们。

这本书中许多材料早期已经出版或发表,尽管我已经对其中的大部分内容进行了修订,但我还是很感谢出版商允许我在这里引用这些材料:

"The Beginning and Early Middle of *Persuasion*; Or, Form and Ideology in Austen's Experiment with Narrative Comedy." *Partial Answers* 1(2003): 65 – 87.

"Judgment, Progression, and Ethics in Portrait Narratives: The Case of Alice Munro's 'Prue.'" *Partial Answers* 5(2007): 115 – 129.

"Narrative as Rhetoric and Edith Wharton's 'Roman Fever': Progression, Configuration, and the Ethics of Surprise." *A Companion to Rhetoric*, ed. Wendy Olmstead and Walter Jost. Oxford: Blackwell, 2004. 340 – 354.

"Narrative Judgments and the Rhetorical Theory of Narrative: The Case of McEwan's *Atonement*." *A Companion to Narrative Theory*. Oxford: Blackwell, 2005. 322 – 336.

"Rhetorical Ethics and Lyric Narrative: Robert Frost's 'Home Burial.'" *Poetics Today* 25(2004): 627 – 651.

"The Rhetoric and Ethics of Lyric Narrative: Hemingway's 'A Clean, Well-Lighted Place.'" *Frame* 17(2004): 5–21.

"Sandra Cisneros's 'Woman Hollering Creek': Narrative as Rhetoric and as Social Practice." *Narrative* 6(1998): 221–235.

"Sethe's Choice: The Ethics of Reading in *Beloved*." *Style* 32, 2(1998): 318–333.

"Prue," from *The Moons of Jupiter and Other Poems* by Alice Munro, copyright © 1982 by Alice Munro. Used by permission of Alfred A. Knopf, a division of Random House, Inc. and of the Virginia Barber Literary Agency.

"Janus," reprinted with permission of Simon & Schuster Adult Publishers Group and International Creative Management, Inc. from *Where You'll Find Me and Other Stories* by Ann Beattie. Copyright © 1986 by Irony & Piety, Inc. Originally appeared in *The New Yorker*.

"Home Burial" from *The Poetry of Robert Frost*, edited by Edward Connery Lathem. Henry Holt and Co., New York, 1966, 1969.

绪　　论
判断、进程及修辞叙事体验

> 批评家们喜欢重申戏剧依赖于冲突这一无趣的观点。但事实并非如此。戏剧依赖于舞台动作和到场观众之间的联动。
> ——戴维·黑尔,《卫报》2005 年 7 月 16 日

> 价值一词与判断一词密不可分。
> ——热拉尔·热奈特,《什么是美学价值?》

判断、参与和作为修辞的叙事

当我们第一次读故事(或者听别人给我们读故事)时,我们都知道故事通常有好人(比如灰姑娘和王子),还有坏人(比如灰姑娘的继母和继姐、继妹),而且故事本身就会表明哪些人物是哪类人。例如,在《灰姑娘》(Cinderella)的某个版本中,叙述者在第一页告诉我们,灰姑娘这个年轻女孩"善良无与伦比、性情讨人喜欢,这些都是她从母亲那里继承而来的,她母亲是世上最好的人",而她的继母是"我们见过的最自负和最傲慢的女人"。如果用戴维·黑尔(David Hare)在上面第一条开篇引语中的话来描述这里叙述者评论所产生的效果,我们可以这样说:这一对比性描述(以及我们知道我们正在读一个童话故事这

个认知)隐含了某种冲突,在叙事引入这个冲突的性质之前,我们已经站在了灰姑娘一方。我们站在灰姑娘一方是因为,借用热拉尔·热奈特(Gérard Genette)在第二条开篇引语中的话,我们对灰姑娘做出了肯定性判断并对她的继母做出了否定性判断——我们欣赏灰姑娘的性格特点但并不欣赏她继母。随着《灰姑娘》故事在第一段后继续进行,这个故事不仅强化了这些最初的判断,而且还依靠这些判断来影响我们对灰姑娘逃离继母的期待和渴望。当我们成为更高级的读者并遇到更为复杂的叙事时,我们会遇到不足以用"好人"或"坏人"这类简单的标签来说明的人物,但我们会继续对他们做出伦理判断,而且还会对讲述这些人物的作者和叙述者做出伦理判断。本书的一个主要论点是,这些判断对于我们参与这些复杂叙事至关重要,就像我们对《灰姑娘》的判断对于我们参与这个童话一样重要。

再以林·拉德纳(Ring Lardner)《理发》("Haircut")中的一段为例。在这段中,拉德纳的叙述者是理发师维迪,他对镇外来的新顾客讲述关于吉姆·肯德尔和他妻子的一些事情:

> 我说过,她本来想和吉姆离婚,只是她明白没法养活自己和孩子,所以总想着哪天吉姆能改掉坏习惯,每周给她不只两三块钱。
> 有那么一段时间,吉姆在哪儿打工,她就去哪儿,让他们把工资给她,但她这么干了一两次后,吉姆把大部分工钱预支出来,这样就断了她的路。然后他满镇逢人就讲他是如何比老婆狡猾。他这人可真逗!①

这里突出的不仅是我们对吉姆做出的判断比维迪做出的更负面(我们认识到吉姆的自私和吝啬,维迪认为他就是一个有趣的骗子),而且我

---

① 此处采用丁洁云、唐伟胜的译文,详见林·拉德纳:理发(上),丁洁云、唐伟胜译,《英语世界》2014年第9期。——译者注

们同样对维迪做出了负面判断(尽管他自己本身并没有那么吝啬和自私,但他在道德上太迟钝了,没有意识到吉姆的吝啬和自私)。然而,在我们对人物和叙述者做出负面判断的同时,我们又认可隐含的林·拉德纳的道德观,因为我们感觉是他在引导我们做出那些判断。此外,拉德纳只使用维迪的话语向我们传达这些判断,对这个技巧我们也会默默认可。这样,我们参与《理发》类似于我们参与《灰姑娘》,但又比参与《灰姑娘》更为复杂。我们认为肯德尔残忍而具有危险性,维迪则是愚蠢,因而可能也很危险,而拉德纳则是一个我们希望继续阅读其作品的技巧娴熟的作家。

当然,我们可以继续沿着叙事复杂度的梯子往上爬,去看看其他例子。在这些例子中,我们对人物的道德区分和我们相应的参与比《理发》更为微妙——有些叙事甚至没有给我们提供足够的信号去做出确定的道德区分。在本书后面,我会继续爬那架梯子,但是现在我想停在拉德纳的梯级上,因为它够高,足以让我展示本书的三大观点:(1)作为读者,我们对人物和讲述者(包括叙述者和作者)所做的判断对我们体验和理解叙事形式至关重要。我所说的形式,是指对叙事成分、技巧和结构的特殊安排,使之服务于读者参与(readerly engagement),并对隐含读者(implied audience)产生某种最终效果。[①](2)叙事形式是在阅读叙事并对之做出反应的过程中得以体验的。因此,为了解释对形式的体验,我们需要聚焦于叙事进程(narrative progression),即文本动力(textual dynamics)和读者动力(readerly dynamics)两者的综合。文本动力从开始经中段到结尾支配着叙事的发展;"读者动力"就是我迄今一直所称的"我们的参与",它既产生于文本动力,又影响文本动力。(3)作为叙事体验的关键要

---

① 我这里所说的 readerly,其意思不同于罗兰·巴特(Roland Barthes 1974)对"能引人阅读的文本"("readerly"[lisible] texts)和"能引人写作的文本"("writerly"[scriptible] texts)所做的区分。巴特用 readerly 指意义看起来比较固定和传统的文本,用 writerly 指意义比较开放的文本。我用 readerly 仅指读者的各种活动。在接下来的部分,我会经常讨论叙事进程的主要要素之一——"读者动力"。

素,叙事判断和叙事进程负责解释该体验的各种成分,尤其是形式、伦理和美学之间显著的相互关系,即使当判断和进程不能全部解释我们想获知的关于伦理和美学的一切时,情况也是如此。

我们可以在更宽泛的叙事修辞方法中去理解以上三个观点,而叙事修辞方法可以概括为五个主要原则①。第一个原则是,叙事可以完全理解为一个修辞行为,即某人在某场合为某种意图给其他人讲述发生了某事。在虚构叙事中,修辞情景是双重的:叙述者出于自身意图向受述者讲故事,而作者则出于自身意图既把这个故事传达给他的读者,又把叙述者讲故事的过程传达给他的读者。正如我在《活着是为了讲述》(*Living to Tell about It*)中所认为的那样,认识到这种双重交流情景(一个文本中不止一个讲述者,不止一个读者,不止一个意图)的影响是对人物叙事进行修辞理解的基础。(在非虚构叙事中,叙事情景的双重维度将取决于作者在多大程度上表明她与讲故事的"我"的不同和相似之处。)在小说《理发》中,拉德纳把维迪向新顾客讲述吉姆的恶作剧及其"意外"死亡作为一种方法,向隐含读者传达一个不同的故事。虽然维迪讲述吉姆的恶作剧和不幸结局的意图是让顾客开心,但拉德纳的意图是揭示维迪和他所代表的那个群体无法认识吉姆的残忍这一事实带来的令人毛骨悚然的后果,以及斯泰尔医生和保罗·迪克森独自或者一起所做的判决之粗暴。

第二,这种方法假定在作者主体、文本现象(包括互文关系)和读者反应中存在一种循环关系(或者反馈回路)。换言之,为了对叙事做

---

① 以下讨论部分取材于我上一本书(即《活着是为了讲述》)的绪论部分,此绪论还介绍了我所谓的"冗余讲述"(redundant telling),即讲述听众已经知道的事件和信息。熟悉那篇绪论的读者将会发现以下一些新段落就是"冗余讲述"的例证。
在《活着是为了讲述》中,我还就"隐含作者"(implied author)这个概念的作用展开了讨论(38-49)。我认为这个概念很适合修辞性方法,并且我已考虑将其重新定义为"实际作者的标准化(streamlined)形象,是实际作者的能力、个性、态度、信仰、价值和其他特征在具体文本创造中的真实或非真实的表现"(45)(唐伟胜译 2014:126)。在《体验小说》(*Experiencing Fiction*)中,我所指的"作者"和我所讨论的作品的作者的姓都是指用这种方式定义的隐含作者。如果我想指的作者是历史意义上的人,我会用"有血有肉的作者"(flesh-and-blood author)这个术语。

出阐释,这种方法假定文本是由作者设计的,以便以特定的方式影响读者;这些设计通过文本的词汇、技巧、结构、形式和文本间的对话关系以及读者用来理解它们的文类和规约传递出来;读者反应是作者设计通过文本现象和互文现象来创造的一种功能,因此也是如何以此实现设计的指南。同时,读者反应还可检测这些设计的效力。

第三,这种方法的读者反应概念背后的读者模型由彼得·拉比诺维茨(Peter Rabinowitz)提出,我稍做修正(Rabinowitz 1977;Phelan 1996:135-153)。这个模型区分四个读者位置:(1)"有血有肉的读者或者真实读者"(the flesh-and-blood or actual reader);(2)"作者的读者"(the authorial audience),即作者的理想读者或者我在上文所说的"隐含读者";(3)"叙事的读者"(the narrative audience),即"有血有肉的读者"在叙事世界中承担的观察者位置;(4)"受述者"(the narratee),即叙述者说话的对象。这种模型认为,"有血有肉的读者或真实的读者"试图进入"作者的读者"位置,因而,当我提到"我们"读者对叙事文本的反应时,我所指的是"作者的读者"的活动。在《理发》中,我作为"有血有肉的读者"是不同于维迪理发店椅子上的顾客这一受述者的,但是,我同时进入"叙事的读者"和"作者的读者"中。"叙事的读者"相信维迪、顾客和其他人物的真实存在(因而"叙事的读者"位于观察维迪给顾客讲述故事的位置)。维迪的话语整体上逻辑混乱,"作者的读者"则通过他的话语识别出拉德纳的言下之意。"有血有肉的读者"概念允许修辞方法发现具体读者之间的差异可能导致他们做出不同的反应和阐释,而"作者的读者"概念则允许修辞方法考虑读者分享阅读叙事体验的方式。实际上,有时候,修辞理论家会利用"有血有肉的读者"之间的差异来发现进程建构中的困难,即指出文本动力中阐释分歧的来源。

从方法论上讲,作者、文本和读者之间的反馈回路意味着修辞批评家可以从修辞三角的任何一点开始阐释分析,但分析必须考虑每个点如何同时影响其他两个点并受其影响。在《理发》中,我们可以从文本将吉姆的行为与维迪的判断("他满镇逢人就讲他是如何比老婆狡猾。他这人可真逗！")进行并置开始分析,以便注意到这两者之间的不协调。从那里开始,拉德纳只需迈出一小步便成为这一不协调的设计者,读者也只需迈出一小步便对吉姆、维迪和拉德纳本人做出评价。或者,我们可以从我们的整体感觉开始,即吉姆和维迪都不是一个令人钦佩的角色,然后返回到文本中寻找那种效果的来源,再把这些来源转移到他们的设计者那里。抑或我们可以从拉德纳的主体性开始,关注他对叙述者和主人公的清晰判断,然后转向他借以传达那些判断的文本现象(尽管他在叙事中并没有给自己安排一个代言人),最后考虑这些判断如何影响读者对吉姆的行为和维迪的报道做出反应。

第四,读者将产生三种兴趣和反应,每种反应都与特定的叙事成分(即摹仿成分、主题成分和合成成分)相关。对摹仿成分的反应涉及读者将人物当成可能的人,将叙事世界当成我们自己的世界(这里的"可能"指的是假设层面或概念层面上的"可能");对摹仿成分的反应包括我们不断演化的判断和情感,我们的欲望、希望、期望、满足和失望。对主题成分的反应涉及人物的意识形态功能以及叙事所要处理的文化、意识形态、哲学或伦理问题。对合成成分的反应涉及读者将人物以及整个叙事看作人工建构物。读者到底对哪些成分相对更感兴趣因叙事而异,取决于叙事进程的性质。有些叙事被摹仿方面的兴趣主导,有些受主题方面的兴趣主导,另外一些则受合成方面的兴趣主导,但是进程的发展可以在这些兴趣中产生新的关系。此外,叙事也完全可以让这些兴趣中的两个乃至三个都很重要。尽管如此,我们还是可以提出几条一般规律。在大多数现实主义叙事中,读者对合成成分有一种心照不宣的认识,尽管叙事关注的是摹仿和主题成分。但是,正如自《堂吉诃德》(*Don Quixote*)以来的元小说所告诉我们的那样,心照不宣的认识总是可以转化为明确的东西。此外,在一开始就突显合成成分的元小说中,摹仿成分通常会退居幕后。在《理发》中,我们的主要兴趣在于摹仿和主题成分,合成成分则位于幕后。这个故事让人不寒而栗,是因为我们对吉姆、维迪和其他人做出判断就仿佛他们是真实存在的人一样,而且我们认识到拉德纳同样也想让我们把他们看作20世纪20年代的美国小镇居民代表。如上所述,这篇故事的美学效果取决于拉德纳的这种能力:既突出摹仿成分(即维迪给顾客讲故事,讲得毫无技巧,且道德上显得迟钝),同时又暗暗地使用故事中的细节,合成构建了一篇艺术高超、主题鲜明的叙事。

第五,这种方法假设,讲述故事这一修辞行为意味着从作者到读者的多层次交流,涉及读者的智力、情感和价值(包括道德和美学价值),并且这些层次相互作用。在《理发》中,我们在维迪交流的背后揣摩拉德纳的心思,然后我们对人物做出判断并且与他们进行情感交流;同时,我们对拉德纳的精心设计做出回应。再重申一遍,我在这本书中的主要论点之一就是,为了激活我们的多层次反应,使我们理解形式、伦理和审美间的相互关系,判断是至关重要的。为了进一步说明这些论点,我现在提出以下关于叙事判断的七个命题。

叙事判断:七个命题

命题一:(对我目前为止所提出论点的概括和拓展)叙事判断是叙事形式、叙事伦理、叙事审美的交汇点。

为了进一步证明这个命题,我转向对"叙事性"(narrativity)的一种修辞理解,这种理解与"叙事"的修辞定义(即某人在某场合为某种意图给其他人讲述发生了某事)和"叙事进程"这个概念紧密相关。从这个角度来说,叙事性是一个双层现象,既包括人物、事件和讲述的动力,又包括读者反应的动力。"某人讲述发生了某事"这一短语处于第一层次:叙事涉及对一系列相关事件的报道,在这些事件中人物和/或他们所处的情况发生了某种变化。正如我在其他地方(Phelan 1989)所论述的,对那种变化的报道通常是通过引入、复杂化和(部分或整体地)解决人物内心、两个人物之间或多个人物之间的(全部或部分)不稳定情况而得以前进。这些来自不稳定因素的动力可能伴随来自讲述中紧张因素的动力,即作者、叙述者和读者之间的不稳定关系,而这两种动力间的相互作用(比如在采用不可靠叙述的叙事中)可能会极大地影响我们对"发生了某事"的理解。

在第二层次,即读者反应动力(用定义中的术语,即"其他人"这一角色),叙事性鼓励两大主要活动:观察和判断。"作者的读者"认为人物既不同于他们自己,也不同于隐含作者,并对人物及其所处情景和所做选择进行阐释判断和伦理判断。读者的这一观察者角色使其判断角色成为可能,而特定的判断对我们的情感反应和对未来事件的期待都是不可或缺的。简言之,正如有一个事件的进程一样,也存在一个读者对这些事件的反应进程,这一进程根植于观察和判断的双重活动中。因而,从修辞的角度来说,叙事性涉及这两种变化的相互作用:人物经历的变化以及读者在对人物变化不断做出反应的过程中经历的变化。

现在,我们离开抽象的理论话语,转而看看它在实践中的效果,我们不妨考虑以下两个短篇叙事相对的"叙事性"。

深红色的蜡烛
詹姆斯·费伦

一个在弥留之际的男人对长期守候在病床旁的妻子说了下面这番话。

"我就要永远离开你了。希望你知道我非常爱你。在我的书桌里你会找到一根深红色的蜡烛,这根蜡烛曾蒙受过主教的祝祷而成为圣物。无论走到哪里,也无论你做什么,你若能一直带着这根蜡烛作为我们爱情的见证,我就会感到十分欣慰。"妻子感谢他,并向他保证,一定会那样做,因为她也很爱他。在他死后,她兑现了自己的承诺。[①]

[①] 此处采用申丹的译文。详见申丹,王丽亚:《西方叙事学:经典与后经典》,北京:北京大学出版社,2010年,第188页。——译者注

深红色的蜡烛

安布罗斯·比尔斯

一个在弥留之际的男人把他的妻子叫到床边,对她说:

"我要永远离开你了;给我关于你的感情和忠诚的最后一个证据。根据我们神圣的宗教,一个已婚男人试图进入天国之门时,必须发誓自己从未受到任何下贱女人的玷污。在我书桌里你会找到一根深红色的蜡烛,这根蜡烛曾蒙受过主教的祝祷而成为圣物,具有一种独特的神秘意义。你向我发誓,只要蜡烛在世,你就不会再婚。"女人发了誓,男人也死了。在葬礼上,女人站在棺材前部,手上拿着一根点燃的深红色蜡烛,直到它燃为灰烬。(Bierce 1946)①

这两个版本的《深红色的蜡烛》("The Crimson Candle")都符合叙事的修辞定义,因为两者都包括一个讲述者和一个听众,一个由不稳定性因素、复杂化和解决冲突关系组成的进程(每个丈夫都寻求妻子的承诺,妻子都做出承诺,并且都按照自己的方式履行了承诺),以及读者的一系列不断发展的反应。但是,比尔斯版本的叙事性程度更高一些,原因有两点,但只有第一个原因通常引起了人们的众多关注:(1)比尔斯的版本引入了一个更具实质性的不稳定性因素,并且解决得也更具新意;(2)比尔斯的版本再现并邀请了两种更具实质性的判断:一种是由人物做出的判断,另一种是由读者做出的判断。此外,我最基本的主张还有这些:第一,我们是综合不稳定性因素模式和一系列判断来体验故事的;第二,对于更高叙事性而言,读者所做的判断至少与人物所做的判断同等重要。

换言之,要确定比尔斯的版本和我的版本的差异,我们不能仅仅

---

① 此处采用申丹的译文。详见申丹,王丽亚:《西方叙事学:经典与后经典》,北京:北京大学出版社,2010年,第188页。——译者注

依靠由不稳定性因素本身造成的叙事进程是在场还是缺席。为了更好地确定两个版本的差异,我们需要注意:不稳定性因素所引起的叙事进程伴随着叙事判断,而那些叙事判断反过来又极大地影响了我们对叙事的情感参与、伦理参与以及审美参与。这一点将我带入我的第二个命题。

命题二:读者主要做出三类叙事判断,每一类叙事判断都可能会影响其他两类叙事判断,或者与它们重合。这三类叙事判断是:对于行动(action)或其他叙事因子所做的阐释判断,对人物或行动的道德价值所做的伦理判断,对于叙事及其组成部分之艺术质量所做的审美判断。这一命题有两个推论:(1)一个事件可能会引发多个叙事判断;(2)由于人物的行动包括人物自身做出的判断,读者经常会对人物做出的判断进行判断。

例如,在比尔斯版的《深红色的蜡烛》中,这个男人最初的请求是基于一个他自己阐释的所谓宗教原则,并且我们对他那个阐释做出的判断将会影响我们对他的伦理判断。他对这一原则的阐释是,他是否让一个不忠诚的女人玷污自身这一考验针对的不是他生前的行为,而是他死后他妻子的做法。我们不仅判断他的阐释站不住脚,而且读完小说后回想,我们还可以合理地怀疑他妻子是否也做出了类似的判断,因此才更无顾忌地做出了她在小说结尾做的事情。此外,我们还可以看到这个丈夫的阐释符合他的伦理特征,即认为妻子的角色就是生前死后都要服务于他。

丈夫和妻子还对妻子誓言中所含义务的性质做出了不同的阐释判断,并且这些阐释判断和伦理判断重合。实际上,他们的阐释判断就是关于妻子的誓言所带来的伦理责任。丈夫认为妻子的承诺会约束她不会再嫁。妻子却钻了承诺在语言上的空子,这样她可以在葬礼上兑现承诺的字面意义,然后摆脱这一承诺。读者需要对人物的判断做出阐释判断,也就是说,我们需要决定妻子对其誓言的阐释是否合理。

由于人物的阐释判断和伦理判断重合,读者的阐释判断也可以和伦理判断重合,这一点都不奇怪。实际上,一种判断的力量是可能决定另一种判断的力量的。例如,如果我们说妻子发现了她的承诺中有一个合理的漏洞,我们就可能倾向于认为妻子在伦理上正当履行了那个承诺。同样,如果我们认为妻子的阐释判断是站不住脚的,我们就可能倾向于认为她违背承诺是不对的。然而,既然我们可以区分法律和伦理,我们至少也可以在某种程度上将阐释判断和伦理判断区分开来:我们可能会认定妻子的阐释判断是站不住脚的,因为她知道丈夫不会把她在葬礼上点燃蜡烛的做法视为她在履行承诺。但是,我们也可能对她的行为做出肯定的伦理判断,因为我们认为丈夫的行为是不道德的,即他出于自私的目的曲解原则并坚持要求妻子做出承诺,而妻子的行为是一种合理反应。

我们对这些伦理问题做出的决定将会对我们的审美判断,即我们对叙事质量的评价产生影响。实际上,比尔斯版的《深红色的蜡烛》和我那个版本的《深红色的蜡烛》在审美方面的差异主要在于我版本中的伦理判断相对苍白无力。我将在命题六中转向审美判断这个论题,但现在我想对伦理判断做进一步说明。

命题三:具体叙事文本或清晰或隐含地建立自己的伦理标准,以此来引导读者做出特定的伦理判断。因此,就修辞伦理而言,叙事判断是由内而外,而不是由外而内做出的。正因为如此,伦理判断与审美判断紧密相关。

换言之,不管修辞理论家多么钦佩亚里士多德、康德、列维纳斯或任何其他思想家所阐述的伦理,他都不会将预先存在的伦理体系运用到叙事作品中来进行伦理批评;相反,修辞理论家试图重构作为叙事作品之基础的伦理原则。当然,修辞理论家确实给文本带来了价值观,但他或她仍然乐于接受这些价值观受到阅读体验的挑战甚至否定。① 因此,更常见的是,叙事判断是通过将作为叙事作品之基础的伦理原则运用到人物(或叙述者)的特定行为而发挥作用的。有时潜在

---

① 我承认还有其他进行伦理批评的有效方法,包括由外而内做出的伦理批评。这种批评的有效性取决于伦理批评所依据的伦理系统的可靠性和这一系统带给叙事作品的技巧和情感。

的伦理原则是连贯和系统的,但有时它们可能是临时的和非系统的,有时它们还可能是前后矛盾的。

在《活着是为了讲述》中,我提出了四种"伦理位置"(ethical position):第一种涉及"讲述对象的伦理"(the ethics of the told),即人物与人物之间的关系;第二种和第三种涉及"讲述行为的伦理"(the ethics of the telling),即叙述者与人物、叙述任务、读者之间以及隐含读者与这些事物之间的关系;第四种涉及"有血有肉的读者"对前三种伦理取位的反应。在本书中,我想阐明我在《活着是为了讲述》中没有明确的一种伦理关系——修辞目的的伦理,即整个叙事行为的伦理维度。在这里,我将重点介绍叙事如何引导我们判断人物之间的关系。在我讨论第四个命题时,我将关注其他伦理关系。

比尔斯通过他的文体选择、对叙述者的使用和对叙事进程的操纵揭示了自己潜在的伦理原则。与我那个版本故事中的相关人物的言语进行比较,这些文体选择表明,他的版本故事中丈夫的行为违背了爱情、慷慨、正义等基本价值观。仅以一个突出的对比为例,比尔斯的人物并没有提出要求,而是发出了命令。他把妻子"叫"到床边,并发出了一系列的附加命令:"给我最后一个证据""发誓你不会再婚"。他这番话的伦理潜文本是"由于我比你尊贵并且我的命运更加重要,所以你应该按照我命令的去做,不管这对你个人有何影响"。正如上所述,这一潜文本在丈夫引用的对宗教原则的阐释中也同样显而易见。所有这些语言的要素都无疑被象征男性阳具的深红色蜡烛所加强。因此,我们暗暗地、自动地对丈夫做出否定性的伦理判断。

比尔斯对这一进程进行了操纵,因此,直到读到最后一句话,我们才对这个女人做出重要的阐释判断或者伦理判断。当叙述者对她在葬礼上的行为进行简单报道时,这种意想不到的方式不仅促进了不稳定因素的解决,而且也促使我们对她同时做出阐释判断和伦理判断,并对整个叙事做出审美判断。当我们读到"女人站在棺材前部,手上拿着一根点燃的深红色蜡烛,直到它燃为灰烬"时,我们同时承认并赞同她对自己的承诺做出的出乎意料的阐释判断和伦理判断。这些反应的同时性给了故事的结尾很强的冲击力,成为我们对故事做出肯定性审美判断的重要原因。换言之,考虑到我们对丈夫的伦理判断,我们赞同妻子在发现漏洞后迅速而戏剧性地采取行动时表现出的洞察力和价值观;此外,我们发现对她的判断和行动的突然揭示在审美上是令人满意的。不管我们认为这个漏洞在技术上是否站得住脚(也就是说,法律意义上她是在履行承诺,还是为个人目的在利用这个漏洞),我们对丈夫所做的否定性伦理判断都允许我们不回答这个问题,同时又不削弱故事的效果。

在丈夫的葬礼上,女人摆脱承诺的举动显然也是在评论她对这一承诺的看法(不管她认为丈夫对这一原则的解释是否站得住脚),并且,我们被邀请去推断婚姻本身。事实上,最后一句话中的推论太多,以至于我们不得不从妻子对承诺的操纵转向比尔斯对叙事的操纵,而这一转向把我带入第四个命题。

命题四:叙事中的伦理判断不仅包括我们对人物和人物行为的判断,而且也包括我们对故事讲述行为本身的伦理判断,尤其是隐含作者与叙述者、人物和读者之间的关系所涉及的伦理。

这一命题强调了上述观点,即叙事伦理不仅包括"讲述对象的伦理",也包括"讲述行为的伦理",还包括修辞目的的伦理。在探求"讲述行为的伦理"时,我们要再次辨别作者潜在的伦理原则,并将它们用于分析具体的讲述技巧。就《深红色的蜡烛》来说,我们可从比尔斯与叙述者的关系开始分析。尽管叙述者通常具有三个主要功能,即报道、阐释和评价(详见 Phelan 2005),但是比尔斯却将他的叙述者功能仅局限于"报道"这个功能上,并让他的读者通过叙事进程和文体选择来对阐释和评价做出推断。这些推断包括蜡烛的象征意义,这种意义超越了其阳具的外观和其具有的宗教意义的悠久传统。因此,妻子在葬礼上燃烧蜡烛的行为强化了她的行为的颠覆性和喜剧性。

正如围绕着最后一句话突然出现的一系列推断所表明的那样,这一叙事技巧既直截了当(叙述者的报道可靠又高效)又深藏不露:叙述者既没有为妻子的举动做铺垫,也不揭示她的内心活动。这种限制叙述（restricted narration）技巧对比尔斯与他的人物以及读者之间的伦理关系具有影响。他让人物自己说话和行动；而且，他假定我们通过推断活动，可以和他站在同一立场上，对其叙事的阐释、伦理和审美维度感到满意。这一假设将我带入第五个命题。

命题五：个体读者需要评价具体叙事作品的伦理标准和叙事目的，而他们的评价方式可能不尽相同。

这一命题的重点是修辞伦理涉及两个步骤：重构（reconstruction）和评价（evaluation）。换言之，修辞伦理要试图辨别相关的潜在伦理原则，用以分析人物的具体行为和具体的讲述技巧，从而最终决定整个叙事目的的伦理。在完成重构这一步后，修辞伦理走向评价这一步。比尔斯处理人物刻画和进程时，强调丈夫的自私和妻子对她的承诺的巧妙处理，可能会赢得一些读者的完全赞同，但是，也会让其他读者对他处理丈夫的方式产生不安。对于包括我在内的这些读者来说，问题不在于比尔斯对他自己创作的人物可能不公平，而在于他乐于揭露丈夫最终的徒劳无功，这种喜悦差不多就是在津津乐道死亡带来的无能，我发现这在情感上令人恐惧，在伦理上也难以服人。同时，我能发现其他读者可能不会这样评价比尔斯潜在的伦理立场，这种差异提供了一个机会来进行富有成效的伦理对话，即韦恩·布斯（Wayne Booth）所说的"共导"（coduction）——为什么我这样评价而你会那样评价呢？——而不是让我来证明你的评价有误。

命题六：正如修辞伦理是由内而外一样，修辞审美也是由内而外的。修辞伦理涉及重构和评价两个步骤，修辞审美同样也涉及这两个步骤。

由内而外的修辞审美指的是对一部作品的叙事任务的本质加以辨别，并分析该作品执行这一任务时所采用的技巧。正如修辞伦理不以具体的伦理系统或一系列被认可的伦理价值作为分析标准一样，修辞审美也不以各种被预先认可的审美原则作为分析基准，而是旨在理解具体作品据以建构的审美原则（有时候也包括作品对占主导地位的审美原则的明显偏离）以及这些原则的具体执行情况，然后对叙事作品的整体审美效果进行评价。这种评价涉及一个"相对实现"的概念，它根植于审美目标,即最终实现的审美成就不仅与任务的具体执行有关,而且与作者为任务本身设定的界限有关。在《深红色的蜡烛》中,比尔斯设定的界限比他在《鹰河桥事件》("An Occurrence at Owl Creek Bridge")中要低,也比莫里森(Morrison)在《宠儿》(Beloved)中设置的界限要低。然而,虽然修辞伦理和修辞审美相互区别,它们同样也相互作用。因此,我不再对《深红色的蜡烛》的审美效果做进一步评论,而是提出我的第七个也即最后一个命题。

命题七:个体读者的伦理判断和审美判断在很大程度上相互影响,即使这两种判断之间有着明显的区别,而且不完全相互依赖。

我们已经看到,比尔斯引导我们的阐释判断、伦理判断和审美判断在他的故事结尾彼此重合并相互强化。但是,我想强调的是,我们对故事讲述所做的伦理判断会影响我们的审美判断,反之亦然——虽然这两种判断之间有着明显的区别。在我对《深红色的蜡烛》的总体反应中,我发现比尔斯似乎对丈夫的徒劳无功感到喜悦,我对此所做的伦理判断削弱了我对该叙事作品的肯定性审美判断。与此类似,审美判断也可以影响伦理判断。例如,如果比尔斯采用一个介入型叙述者对人物加以明显的伦理判断,那么他不仅会带来一种审美方面的缺陷,使我们难以享受推断这些判断的阅读乐趣,而且这种缺陷还会对他的讲述行为的伦理产生否定性判断,因为这个技巧会传达他对读者的不信任感。

然而,仅仅关注叙事伦理和叙事审美相互依存的关系,还不足以解释这两个叙事判断的所有方面。如果我们发现自己在对人物或叙述者做伦理判断时的价值观有问题,但叙事采用的技巧却很高超,那么我们就会认为该叙事的美学高于其伦理。同样,一个良好的价值体系和伦理意图可能被表达得淋漓尽致,也可能被表达得差强人意,这个差异将极大地影响我们对叙事作品的总体体验。此外,具体的叙事作品所传达的价值体系可以相对简单,但是也会因为其高超的叙事技巧而取得绝佳的伦理成效和审美成效。我将论述这种情况在西斯内罗斯(Cisneros)的《喊女溪》("Woman Hollering Creek")中普遍存在。

将第六、第七两个命题综合起来,我得出的结论是:就伦理和美学而言,《深红色的蜡烛》取得的成就并不大,其内在价值大约也就差不多可以用来阐明我的理论。它的价值结构合理又简单:它依靠一套传统的、被广泛认可的价值观,强化它们,而不是探求或者挑战它们。它的叙事任务同样简单——建构一个令人愉快的逆转叙事,里面有专横霸道的丈夫和看起来顺从的妻子——虽然这个任务的具体实施显示了比尔斯高超的叙事技巧。尽管这个故事在其短小的篇幅中包含了许多令人满意的读者活动,但它的野心却不够大;因此,在其发表一百多年后,我们有足够的权威认为它的意义也不大。尽管如此,比尔斯高超的叙事技巧,即能够将如此多的读者活动融入如此短小的篇幅,表明他在此获得的虽然只是平平的成就,但对本书很多(甚至大多数)读者来说,也是难以企及的。

叙事进程:开端、中段和结尾

现在我把有关叙事判断的这些命题同我对叙事进程的观点联系起来。在这一部分,我将描述一个用来分析进程的修辞模式,并简要说明如何将这一模式运用于伊迪斯·华顿(Edith Wharton)的《罗马热》("Roman Fever")。在第四章中,在我考虑华顿使用"惊讶结局"(surprise ending)的伦理和审美时,我将详细分析华顿的这个短篇中的判断和进程。我在这里所提出的叙事进程模式力求足够具体,以用来分析具体的叙事作品;也力求足够灵活,以分析各种各样的叙事进程。该模式的设计并不是为了预测(或规定)进程必须如何进行,而是为了给我们提供工具来对进程进行分析。但是,有一个重要的假设一开始就值得申明:尽管进程的要素是我们体验叙事的重要组成部分,但它们本身是受叙事总体目的支配的。好,现在就让我们转向这一模式,从"开端"(beginning)开始吧。

就叙事的"开端"而言,先前的叙事理论大都强调文本方面,而忽略读者方面。亚里士多德以其极为出色的逻辑方式告诉我们,"开端"

就是"指不必继承他者,但要接受其他存在或后来者之承继的部分"①。继普罗普(Propp 1968)之后,结构主义理论家们把叙事的"开端"看作对"缺乏"(lack)的引入。爱玛·卡法莱诺斯(Emma Kafalenos)在分析叙事中的因果关系时,将第一步视为对不平衡(disequilibrium)的引入(2006)。心理分析批评家,如彼得·布鲁克斯(Peter Brooks),认为"开端"是由人类的叙事欲望引发的(1984)。在我此前关于叙事进程的著作中,我认为"开端"是来发动叙事进程的,其方式是通过引入人物之间的不稳固关系(即不稳定性因素[instability]),或引入隐含作者与隐含读者之间或叙述者与隐含读者之间的不稳固关系(即紧张因素[tension])(1989)。"局部不稳定因素"(local instability)指的是其结果不能代表进程完整性的那些因素,"全局不稳定因素"(global instability)指的是那些为进程提供主要路径并且必须得以解决才能获得叙事完整性的因素。(当然,并非所有叙事都在这一意义上寻求完整性。)例如,《傲慢与偏见》(*Pride and Prejudice*)第一章就使用了"局部不稳定因素"——贝内特夫妇之间关于宾利先生是否会拜访菲尔德庄园新租户的对话,尽管对话传达了"全局不稳定因素",即有钱的单身汉来了。彼得·拉比诺维茨虽然强调叙事开端里的读者因素,但他关心的不是识别出我们所说的"开端",而是指出在阅读之前,我们就已经拥有了规约性的"注意规则"(Rules of Notice),这个规则标志着文本的初始特征,包括标题、开篇引语、第一句话、第一章,认为这些特征值得特别重视(1998:47-75)。以上这些不同的观点有许多相同之处,表明"开端"不仅启动叙事,而且给叙事一个特定的方向。

的确,"开端"不仅仅是引发行动,当我们更仔细地考察读者动力时,这一点就更加明显。"出场"(exposition)里的元素很重要,因为它们会影响我们理解叙事世界,从而影响我们理解叙事行动的意义和结

---

① 此处采用陈中梅的译文。见亚里士多德:《诗学》,陈中梅译注,北京:商务印书馆,2009年,第74页。——译者注

果,包括我们一开始如何确定叙事的文类归属,以及确定后所带来的期待。此外,在一个扩大的"开端"概念中,我们应该考虑叙事话语以及与之相关的读者动力。有时,叙事向前运动是由叙事话语中产生的紧张因素所引起,但即使向前运动主要是由不稳定因素所引起,我们对叙事话语的处理也是我们进入叙事世界的一个关键组成部分。

考虑到这些因素,我提出以下叙事"开端"的概念。① 首先我要对"起始"(opening)和"开端"(beginning)做出区分。我将"起始"作为一个普通的、具有包容性的术语,用来指叙事最初几页和第一章(或者其他最初部分),包括"前页"(the front matter)在内。"开端"则是一个技术性的精确术语,指的是由以下四个方面确定的一个"叙事段位"(a segment of a narrative)。前两个方面关注叙事"关于什么"和文本动力,后两个方面则关注"作者的读者"的活动,即我所称的"读者动力"。

1. 出场(exposition):指包括"前页"在内的所有提供叙事信息的东西,包括人物(特征的罗列、过去的经历等)、场景(时间和地点)、事件等。除了扉页,"前页"可能包括诸如插图(如《奥兰多》[*Orlando*])、开篇引语(如《宠儿》)、序曲(如《米德尔马契》[*Middlemarch*])、告知(如《哈克贝利·费恩历险记》[*The Adventures of Huckleberry Finn*]),以及作者或编者写的导语(如小约翰·雷[John Ray, Jr.]为《洛丽塔》[*Lolita*]写的导语)等。"出场"当然不局限于出现在"起始"部分,它可以出现在叙事中的任何地方;作为"开端"的一部分,"出场"包括所有先于"启动"(launch)或紧随"启动"之后又与之直接相关的东西。② 华顿的故事"开端"

---

① 这里关于"开端"的论述修正并拓展了我为《小说百科全书》(*The Encyclopedia of the Novel*)提供的"开端和结尾"这个条目的简短论述。
② 参见斯滕伯格(Sternberg 1978)就"出场"与叙事对时间的处理之间的关系所做的令人印象深刻的解释。斯滕伯格用"故事"(fabula)与"情节"(sjuzhet)之间的区别,即按顺时秩序排列的事件与叙事文本中这些事件的秩序和其表现方式之间的区别,将"出场"视为"故事"的第一部分(14)。他认为"出场"的功能在于为读者提供对"理解叙事的虚构世界中所发生之事必不可少的一般的或具体的先例"(1)。斯滕伯格对"出场"的理解启发了我对"出场"的理解,但是我在这里对此现象的兴趣是不同的(并且也是更有限的):我想解释并说明"出场"在我称为"开端"的那部分"情节"中的作用。

相当从容,因为她的"出场"装载了很多东西。例如,第一段就完全变成"出场",引入主要人物以及她们见面的时间和地点:

> 两个成熟但保养精致的中年美国女人从他们正在吃饭的桌子边穿过,走向罗马餐厅高耸的露台,斜靠在栏杆上,互相看了彼此一眼,然后又用同样心不在焉但又充满善意的肯定的表情朝下看了看过于张扬辉煌的罗马宫殿和广场。(3)(以下若无特别注明,均为译者的译文)

这一段强调两个女人之间的相似之处,强化了其"出场"特征:叙述者正在描述一个稳定情景,而非不稳定情景。如此装载这个"出场",意味着华顿后面可以让叙述者主要报道这两个美国女人(阿莉达·斯莱德和格蕾丝·安斯利)之间的对话而使叙事向前推进。通过在小说开始强调这两个女人在这一时空的相似性,华顿也为随后揭示她们之间的不同而产生的戏剧化效果做好了铺垫。

2. 启动(launch):指对叙事中第一个"全局不稳定因素"或"全局紧张因素"的揭示。叙事中的这一刻标志着"开端"和"中段"的界限。"启动"发生的时间可早可晚,但是,我将这一界限设置在第一个"全局不稳定因素"或"全局紧张因素"上,因为只有那时叙事才确立了自己清晰的方向。这种辨别"启动"的方法同时也意味着,对首次阅读某叙事的读者来说,他对"启动"的首次辨别是暂时性的,会在随后的进程中加以确认或否定。首次辨别的暂时性有助于我们认识到,作者可能在"启动"这里玩花样,有时候甚至还会提供"错误的开始"。我在第五章讨论海明威(Hemingway)的《一个干净明亮的地方》("A Clean, Well-Lighted Place")时,会再回来讨论这一点。在《罗马热》中,"启动"完成在第一部分的结尾,当时格蕾丝想:"总的来说,阿莉达过得很悲惨,生活充满失败和错误;安斯利夫人总是对她深感难过……"格蕾丝的想法完成了"启动",因为它确立了一个"全局紧张因素",即为什么格蕾丝如此看待阿莉达，同时也因为它与阿莉达的想法形成了对照，阿莉达认为自己胜格蕾丝一筹，格蕾丝不过是一个保守、传统、"无用的人"。华顿随后通过叙述者的评价强调了这一"启动"："因此，这两个女人都在设想彼此，每个人都是通过自己的小望远镜的错误的一端设想对方。"这样，在第一段的最后，我们既有了一个人物之间的"重要不稳定因素"，即彼此都觉得自己高过对方，又有了一个"全局紧张因素"，即彼此的过去及其对彼此现在的判断产生的影响。

3. 发起（initiation）：指隐含作者与叙述者之间，以及"有血有肉的读者"与"作者的读者"之间的初次修辞交流。拉比诺维茨的"注意规则"与读者体验"发起"尤其相关。例如，华顿《罗马热》的第一段给我们引入了一个形式上的叙述者，她与两个人物都保持着情感距离；小说第一部分最后，叙述者通过"她的小望远镜"来评价这两个女人，从而强化了这个距离。随着我们从"开端"不断前进，我们发现与格蕾丝相比，叙述者更乐意为我们提供关于阿莉达的内心活动；"发起"的这一要素使通过揭示格蕾丝的想法来完成"启动"这个做法格外引人注目。更普遍地说，这一"发起"也让"作者的读者"在某种程度上与人物保持距离，并且鼓励我们更靠近作为故事设计者的隐含的华顿。

4. 进入（entrance）：指在"启动"的最后，"有血有肉的读者"从文本外部移向"作者的读者"的具体位置，这个移动是多层次的，包括认知的、情感的和伦理的。当"进入"完成后，"作者的读者"通常已经做出了许多重要的阐释判断、伦理判断和审美判断，并且这些判断会影响"进入"的最重要的因素，即"作者的读者"对整个叙事的方向和意图做出的或显或隐的假设，我称为"组装"（configuration）。当然，"组装"的假设会在叙事的"中段"或"结尾"处被修正。在《罗马热》中，我们意识到即将到来的人物之间的冲突，期待这种冲突将会令人痛苦，但不知道其后果如何。像《罗马热》这样提供"惊讶结局"的叙事，故意让我们朝一个方向

"组装",但到最后却向我们揭示,有一个不同的方向和意图一直在引导着进程。

这一"开端"概念意味着不同叙事的"开端"长短可能差异很大,因为有些"开端"可能有更多的"出场",有些可能花更长时间来确立第一个全局不稳定因素或紧张因素。此外,这一"开端"概念很自然导致相似的"中段"和"结尾"概念,每个概念都有四个方面,其中两个方面涉及文本动力,另外两个方面则涉及读者动力。叙事"中段"包括以下四个方面:

5. 出场(exposition):还是指与叙事相关的信息(如章节标题)、场景、人物和事件等。在《罗马热》中,"中段"部分的"出场"主要聚焦于场景,即将到来的夜晚如何影响人物对罗马的看法,以及格蕾丝编织毛线的动作。两种"出场"都影响我们对该叙事对话动力的理解。

6. 航行(voyage):指"全局不稳定因素"和/或"全局紧张因素"的发展。有时候,最初"全局不稳定因素"或"全局紧张因素"会被复杂化,如《罗马热》;有时候,如很多流浪汉叙事,"全局不稳定因素"会保持原样,没有多大变化,或者只是在人物应对一系列"局部不稳定因素"时稍微被复杂化。在第四章中我们将看到,在华顿的小说中,随着关于过去的紧张因素慢慢得到解决,人物之间的冲突在叙事的现在时刻逐渐升级。

7. 互动(interaction):指隐含作者、叙述者和读者之间的持续交流。这些交流极大地影响我们对人物、事件以及我们与叙述者和隐含作者的关系所做出的反应。在《罗马热》中,叙述者继续保持她与人物的情感距离,并且又再次只提供阿莉达的内心活动。我们信任叙述者,同时也意识到她没有和盘托出,然后我们继续站在隐含作者一边,遵循她在故事中所建立的推断,一步步读下去。

8. 中段组装(intermediate configuration):指"作者的读者"对叙事整体发展的不断演变的反应。在这一阶段,我们对整体"组装"所做的最初假设将会得到更加全面的发展,但是这一发展可能会在很大程度上确认或修正我们在"进入"时形成的假设。尽管我们的"中段组装"可能会随着中段里每个新句子的出现而发生变化,但有时候文本动力和读者动力会合力让某个"组装"(或者这个组装的关键因素)很长时间保持不变(例如,在《远大前程》[*Great Expectations*]中,作者让我们在很长一段时间内相信皮普的恩人是哈维沙姆小姐);有时候,这些动力会特别强调不断演变的"组装"的某个形式。在《罗马热》中,当阿莉达拿自己伪造的德尔芬的字条来打击格蕾丝时,我们就得到这样一种强调,我们推断现在是在重复过去:阿莉达是主动发起攻击的人,而格蕾丝是受害者。

叙事"结尾"包括如下四个方面:

9. 出场/收尾(exposition/closure):当关于叙事、人物或者行动的信息中有信号标示叙事即将接近尾声(不论不稳定因素和紧张因素的状态如何),这个信号就变成收尾的工具。在《罗马热》中,叙述者告诉我们,格蕾丝说出最后一句话之后,她"开始走到斯莱德夫人前面,朝楼梯走去",这就明确表示了叙事即将"收尾",因为那个举动标示对话的结束。在围绕人物旅行而建构的叙事中,"收尾"是通过人物到达指定目的地来标示的。正如"开端"可能包括诸如开篇引语和作者注之类的副文本,"结尾"也可以包括尾声、后记、附录等。

10. 抵达(arrival):指"全局不稳定因素"和"全局紧张因素"全部或部分得到解决。格蕾丝的最后一句话"我得到了芭芭拉"成为华顿小说的"抵达",因为它既解决了之前二十五年所发生的事情这一紧张因素,又解决了格蕾丝和阿莉达的对话所揭示并被复杂化的两人之间的关系这一不稳定因素。当然,这种"抵达"促使我们对事件的理解进行"重新组装"。关于"重新组装",我会在第四章详细讨论。

11. 道别(farewell):指隐含作者、叙述者、读者之间最后的交流。"道别"时叙述者也许直接对受述者发言,也许不,但这最后的交流通常会影响读者对整个叙事的反应。虽然从"开端"到"中段"

叙述者和华顿的立场都没有变过，但是由于他们相信我们可以推断出"组装"的意义和结果，因此我们很可能会觉得最后几句话反而拉近了我们和他们的距离。

12. 完成（completion）：指读者对整个叙事不断演变的反应的终结。这些反应包括我们对整个叙事所做出的伦理判断和审美判断。我将在第四章中较为详细地讨论《罗马热》中的"完成"，因为在更详细地考察它的进程后我才能将其解释得更清楚。

另一个办法是通过行列来呈现这个模式，从左到右，我们可以看到文本动力的两个方面和读者动力的两个方面是如何发展的。

开　端	中　段	结　尾
出场	出场	出场／收尾
启动	航行	抵达
发起	互动	告别
进入	中段组装	完成

叙事进程的十二个方面为追踪文本动力和读者动力提供了路径，但是它们不会为任何具体叙事进程的具体路径提供任何具体的预测，也不会为任何"开端""中段"和"结尾"设定限制。该模式不预测、不限制是因为修辞方法认为，特定进程的具体方面本身是由叙事的总体意图决定的。因此，我对具体叙事作品的分析不是为了证明它们的"开端""中段"和"结尾"代表所有叙事作品，而是为了表明这些叙事对进程各方面的处理方式是如何服务于其具体意图的。

抒情叙事和画像叙事中的进程和判断

在本书的第一部分，我将力图证明，关注判断和进程有助于发现并解决一系列叙事文本中阐释方面的重要问题。但是，为了拓展修辞叙事理论的研究范围和有用性，在本书第二部分，我将讨论杂糅形式给我们的不同体验,具体说就是抒情叙事和我所谓的"画像叙事",前者糅合了叙事成分和抒情成分,后者则糅合了叙事成分和人物素描的成分。为了更充分地解释这些杂糅形式,我会对"抒情性"(lyricality)①和"画像性"(portraiture)进行修辞分析,这些分析对应于我在本绪论第一部分对"叙事性"进行的修辞分析。

就"抒情性"而言,我首先给抒情诗下一个修辞定义,该定义识别两种抒情诗的模式:(1)某人在某场合为某种意图给其他人(甚至是他或她自己)讲述发生了某事(一个情景、一种情感、一种知觉、一种态度、一种信念)存在;(2)某人在某场合给其他人(甚至他或她自己)讲述他或她对某事的思考——换句话说,在这种模式中,抒情诗记录的是说话人的想法。此外,在这两种抒情诗中,与其说"作者的读者"是处于观察者的位置并做出判断,不如说是处于参与者的位置。尽管我们认识到说话者与我们不同,但是我们不理会这个差异,而是转而与说话者融合;更准确地说,我们转而全部采纳说话者的视角,而不是在体验差异和评价之后才惴惴不安地抵达说话者的视角。"抒情性"的这一要素同样也取决于隐含作者和诗歌中"我"的距离的消失。此外,抒情诗的标准时态是现在时。因此,与"叙事性"相比,"抒情性"在说话者的变化(无论是否存在)这一问题上是沉默不语的,其重点不是人物或事件,而是思想、态度、信念、情感和具体境况。此外,读者反应的动力来源于采纳说话人的视角而不做出判断。抒情诗的双重运动是:文本方面,更充分地揭示说话人的处境和视角;读者方面,更深入地理解和参与所揭示的内容。

---

① 我认为自己对"抒情性"和"画像性"的看法在很大程度上受到了拉尔夫·雷德(Ralph Rader)的影响。他的文章《戏剧独白和相关的抒情形式》("The Dramatic Monologue and Related Lyric Forms")为思考隐含作者(即诗歌中的"我")和(作者的)读者之间的关系提供了一个非常有见地的方法。其他关于抒情与叙事的优秀作品,请参弗里德曼(Friedman)、格拉奇(Gerlach 1989, 2004)和杜布罗(Dubrow 2000, 2006)。弗里德曼试图在这两种形式和性别之间建立联系。格拉奇则试图发现短篇小说、散文体诗和抒情诗之间的异同。杜布罗指出了抒情概念具有争议性的本质,并指出了在特定历史语境下理解这一模式的价值。我特别感谢与杜布罗关于抒情和叙事交叉点的对话。

我所谓的"画像性"位于"叙事性"与"抒情性"的中间位置,它是一种修辞设计,邀请"作者的读者"理解叙事所揭示出的性格。画像性在一类戏剧独白中最常出现(虽然并不是仅出现在这类戏剧独白中),因此我就利用这类戏剧独白来解释其主要原则。在这类戏剧独白中,某人告诉别人在该修辞场合下说话者认为相关的东西;随着说话者话语向前推进,作者渐渐向其读者揭示说话者的性格本质。换句话说,这种形式的双重运动包含一个双重逻辑:说话者的讲述沿戏剧情景的逻辑向前推进,而作者对说话者讲述的建构也向前推进,但其目的是让其读者慢慢加深对说话者的认识和理解。因此,画像性对变化和静止都保持沉默,因为其关键点既不在事件,也不在情景,而在人物。但是,不管讲述了什么,隐含作者与说话者都是分离的,说话者与"作者的读者"也是分离的。此外,由于读者一直处于观察者位置,这个位置通常涉及对人物做出判断;然而,这个判断不会导致我们产生对文本进程来说十分重要的期待和希望,而是成为我们逐渐了解人物这一过程必不可少的一部分。在某种意义上,画像性的目的是激发读者的反应,就像勃朗宁的公爵对潘多尔夫兄弟所画的公爵夫人画像产生的反应一样:"看上去就好像她还活着。"

这样描述画像性让我们认识到,戏剧独白仅仅是画像性产生的一种方式。画像性也可以通过一个非人物叙述者对一个未经描写的受叙者的讲述得以实现(这个未经描写的受叙者不是戏剧情景中的一部分),前提是作者设计了那个讲述来揭示一个我们从外部观察的人物。

理论上或实践上,我们都没有任何理由在任何具体文本中将事件、人物、态度/思想/信念、变化和读者活动之间的关系限定在"叙事性""抒情性"和"图像性"的范围之内。实际上,一个多世纪以来,作家们一直都在把这三种模式的要素结合起来,以创造限定在任何模式内都无法取得的效果。迄今为止,叙事理论,包括修辞理论在内,都仅仅是刚开始来解释这些杂糅形式。本书第二部分专门讨论一些非常有效的杂糅试验中的判断和进程,我希望这不仅能够促进我们理解那些文本,也能够促进我们理解这些令人着迷的形式。

我在前言中提到,在本书接下来的章节里,我将用在这里提出的关于判断和进程的观点,来发现和解决在一系列虚构叙事作品中阐释方面的重要问题。《体验小说》利用这里勾勒的原则来分析多种多样的叙事,旨在展示修辞叙事理论的力量,同时发展该理论的新方面,比如对叙事性的解释、伦理与美学的关系、画像叙事中的杂糅文类等。更普遍地说,本书试图证明,关注叙事判断和叙事进程可以多方面帮助我们理解修辞观念下的形式、伦理和审美之间的联系和区别。

第一部分

判断与进程：
开端、中段与结尾

第一章

简·奥斯丁对叙事喜剧的实验：
《劝导》的开端与早中段

萨默赛特郡凯林奇大厦的沃尔特·埃利奥特爵士为了自得其乐，一向其他什么书都不沾手，单单爱看那《准爵录》。一捧起这本书，他闲暇中找到了消遣，烦恼中得到了宽慰……(3)①

谢泼德先生被授以全权处理这件事。本来，安妮一直在聚精会神地听他们议论，不觉涨得满脸通红，现在一见有了这样的结果，便连忙走出屋子，想到外面透透气。她一边沿着心爱的矮树丛走去，一边轻轻叹了口气，然后说道："也许再过几个月，他就会在这儿散步了。"(25)

这件小事似乎为过去的事情带来了圆满的结局。她明白他的心意了。他不能宽恕她，但是又不能无情无义。虽然他责备她的过去，一想起来就满腹怨恨，以至达到不公正的地步；虽然他对她已经完全无所谓；虽然他已经爱上了另外一个人，但是他不能眼见着她受苦受累而不想帮她一把。这是以往感情的遗迹。这是友情的冲动，这种友情虽然得不到公

---

① 本章《劝导》引文均来自孙致礼的译本(译林出版社，2006)。——译者注

开的承认,但却是纯洁的。这是他心地善良、和蔼可亲的明证,她一回想起来便心潮澎湃,她自己也不知道是喜是悲。(91)

这是简·奥斯丁(Jane Austen)最后一部小说中的三个著名片段,分别代表"出场"(exposition)的第一个举动,"启动"(launch),即引出叙事的全局不稳定因素,以及在厄泼克劳斯章节中安妮结束对温特沃思的思忖,我把这个章节称为小说的"早中段"(early middle)。我的观点是,奥斯丁在建构叙事进程时,从一开始的"出场",到"启动",再到安妮的思忖结束,她对叙事喜剧(narrative comedy)的形式做了最为彻底的实验。事实上,在这段叙事中,奥斯丁几乎逾越了叙事喜剧的形式边界。在本章,为论证我的观点,我将分析叙事判断在小说开端和早中段所发挥的作用,以及这些判断对整个叙事进程产生的结果,包括这些判断跟以往关于《劝导》(Persuasion)的普遍看法的相关性,这些看法认为《劝导》因其挽歌式和秋天般的气息而有别于奥斯丁的其他小说。不过,我将首先分析奥斯丁在写《劝导》之前的叙事喜剧写作手法,这可以使我们了解她在最后一部小说中试图进行的美学创新。①

奥斯丁与叙事喜剧

众所周知,奥斯丁写的都是婚姻情节;她的所有小说都描绘女主人公走向婚姻殿堂的过程。在所有小说中,她使用婚姻情节为叙事喜剧服务:她要求读者渴望并期待婚姻,而且在婚姻的实现中获得快乐。从修辞角度看,奥斯丁在《劝导》之前的小说中的形式运用主要有以下几个特点:

---

① 过去二十五年左右,奥斯丁批评的主流模式是政治的,女性主义批评者和其他批评者把奥斯丁置于她所处时代的历史与文化框架中。关于这方面的主要批评成果,可以参见布朗(Brown)、约翰逊(Johnson)、普维(Poovey)和威尔特希尔(Wiltshire)的论著。我这一章的较早版本发表在 Partial Answers 中,当时我对比了我与普维的论点(65—67)。关于《劝导》的女性主义叙事学解读,可参见沃霍尔(Warhol)的文章。

1. 奥斯丁要求读者做出阐释判断,即女主人公与男主人公的婚约是小说世界能够产生的最好结果。阐释判断与伦理判断相互依存,读者做出的伦理判断是这两个人物值得彼此拥有,值得拥有幸福。如果我们对比奥斯丁在《傲慢与偏见》(*Pride and Prejudice*)中对夏洛特·卢卡斯的故事和伊丽莎白·贝内特的故事的处理,就可以明白这一点。奥斯丁引导我们做出阐释判断,即夏洛特嫁给科林斯先生是一个合理的选择,但对她这样的女性而言并非最佳选择。奥斯丁强调科林斯在伦理上不如其妻子,与他结婚不会给夏洛特带来持久幸福。奥斯丁也引导我们把伊丽莎白与达西的婚约视为故事世界里对她而言最好的结局,并认为他们两人从伦理上值得拥有婚约带给他们的幸福。简言之,尽管夏洛特的故事和伊丽莎白的故事都是婚姻情节的一个版本,但是各自具有的情感力量还是相当不同的,只有伊丽莎白的故事是一个叙事喜剧。

   更普遍地说,奥斯丁引导我们对人物做出阐释判断和伦理判断的一个方式是引导我们对当时的时代背景做出判断:这是一个女性行动受到极大限制的社会,在这样的社会里,婚姻市场把金钱和头衔看得比任何东西都重要。然而,奥斯丁从不把人物行动的终极责任转嫁到社会背景上:她使用这些背景是为了让我们对夏洛特的选择打折扣,而不是完全赞许。换句话说,奥斯丁不把这些对女性的种种限制看作绝对的东西,相反,她向我们展示这些女性仍旧持有一定的选择权。因此,我们的伦理判断聚焦于她们在这些限制中如何做出选择,以及选择了什么。

2. 主人公面临的内外不稳定因素驱动着叙事进程,即成功解决这些不稳定因素有赖于主人公认识并克服自身的性格缺陷,尽管她也要克服或者忍受种种外部阻碍,包括男主人公暂时存在的缺陷。奥斯丁设置的这个维度使我们时常要对主人公的判断做出判断,包括她们最初的错误判断和后来的自我判断。

3. 在不稳定因素的进程中,甚至在其变得最为复杂时,奥斯丁仍然引导她的读者做出阐释判断,让我们期待婚约发生。她还引导我们的伦理判断,使我们渴望婚约发生。这样一来,我们的兴趣更多地聚焦于婚约将如何发生,而不是婚约是否发生。这种进展方式给我们的审美判断设定了依据。最为重要的依据是,主人公走向婚姻殿堂的具体路线是否符合读者的预期,即这个婚姻对主人公来说是一个令人满意的结局,而且这个婚姻也圆满地实现了叙事进程给读者的种种承诺。① 我们对该小说美学成就的评估也取决于这个婚姻路线如何帮助奥斯丁探索重要的主题素材,取决于我们对奥斯丁探索的预期。

《傲慢与偏见》为奥斯丁的写作手法提供了绝佳例子,包括她并置人物的判断与"作者的读者"的判断这一技巧。伊丽莎白从开始身为贝内特五姐妹之一到后来与达西产生婚约,奥斯丁在表现这一身份转变时,聚焦了伊丽莎白的阐释判断和伦理判断。奥斯丁要求我们认识到:(1)伊丽莎白最初做出了许多错误的阐释判断和伦理判断,尤其是对达西和威科姆的判断;(2)当伊丽莎白在达西的来信中读到为什么她之前的判断是错误时,她有洞见,也有道德能力修正自己的判断,并且毫不留情地评判自己;(3)伊丽莎白有能力承受自己的错误判断所造成的后果。奥斯丁把这一判断的进程与历来为奥斯丁批评者们津津乐道的众多主题问题中的另一系列参与及判断进行并置。

在叙事进程的中间点,当奥斯丁要求我们赞同伊丽莎白对自己的严苛评判时,她也给我们提供了一些依据,使我们做出与伊丽莎白不同的阐释判断,这样一来,关于伊丽莎白错误判断造成的结果,我们的期待就与她自己的期待产生了差异。让我们来看看奥斯丁是如何处理进程中的一个重要的次级事件,即莉迪亚和威科姆的私奔。

---

① 尽管不是全部,但是许多关于《傲慢与偏见》《爱玛》(*Emma*)以及《曼斯菲尔德庄园》(*Mansfield Park*)的结尾的讨论都以不同方式围绕奥斯丁在这方面所做努力的成功程度展开:在《傲慢与偏见》中,讨论的问题是伊丽莎白是否得大幅度消减她的活力,而在《曼斯菲尔德庄园》中,讨论的问题是丈夫们是否适合主人公。

伊丽莎白在拒绝达西求婚几个月后,在彭伯利居住期间听说了私奔一事。通过认真思考达西的来信,她意识到自己完全错误地判断了他和威科姆。在彭伯利居住期间,通过审视各种依据、听取雷诺德夫人对达西为人的感受,以及通过与他共处一段时间,伊丽莎白和"作者的读者"都对达西的为人做出愈加正面的阐释判断与伦理判断。结果,伊丽莎白爱上了他,读者也愈加渴望他们最终走到一起。然而,当简的来信告诉她莉迪亚私奔时,她认为她对达西的感情不会有任何结果,因为她觉得莉迪亚给家庭带来的耻辱一定会加深达西对她家的负面判断:

> 他仿佛没有听到她的话,只见他眉头紧蹙,神情忧伤,一面踱来踱去,一面冥思苦想。伊丽莎白见此情景,当即明白了他的心思。她的魅力在步步消退。家里人这样不争气,闹出这种奇耻大辱,怎么能不让人家处处瞧不起。她既不感到诧异,也不责怪别人,但是,虽说达西能自我克制,却无法给她带来安慰,也无法替她减轻痛苦。这件事反倒让她明了自己的心愿。她从未像现在这样真切地感到她会爱上他,只可惜她纵有千情万爱,也是枉然。(278)

然而,奥斯丁给了读者一套不同的阐释判断,也因此给了读者一套不同的期望。叙事进展到这一点,奥斯丁已经建立起一种叙事模式,在这个模式里,对伊丽莎白的幸福造成的种种威胁总会消散。科林斯的求婚就是这个模式的最显著例子。简的生病和最终康复,伊丽莎白收到达西来信后获得的认识上的进步,也是这个模式的一部分。因此,虽然奥斯丁的"作者的读者"把莉迪亚的行为理解成对伊丽莎白最终与达西结为连理的一个重要阻碍,但这实为暂时的阻碍而已。我们不担心"是否",只担心"如何"。

此外,一旦我们发现了这个"如何",我们便对奥斯丁处理"如何"的手法做出非常正面的审美判断。她巧妙又高效地运用这些阻碍来展示达西如何改变,并让两位有情人结为夫妻。达西没有躲避贝内特一家,相反,他主动去找威科姆,把糟糕的情况尽可能变好。达西的行为是他的性格发生伦理转变的最佳例证,而这恰恰解决了奥斯丁对恰当的骄傲与不恰当的傲慢之间差异的探索。当伊丽莎白向达西表示感谢时,达西鼓起勇气再次向她求婚,这次获得了成功。他们的婚约显示两位主人公恰如其分地实现了伦理成长,由此我们得到极大满足,而这种满足导致正面的审美判断。①

《劝导》在奥斯丁的小说中独树一帜,因为在该小说中,奥斯丁仅仅保留了她的叙事喜剧写作手法三个基本特点中的第一个。尽管她明确给出信号,即嫁给温特沃思是安妮最好的归宿,但是安妮已经具有成熟的伦理观,是一个不需要经历重大改变的女性。她早在拉索尔夫人的建议下做出过一个重要的阐释误判——解除与温特沃思的婚约——但是奥斯丁要求我们注意到安妮的阐释误判是基于令人敬佩的伦理原因,即她认为解除婚约能最终为她、也为温特沃思好。虽然她为此误判感到后悔,但是她不必经历奥斯丁的其他许多女主角那样的道德成熟。事实上,在叙事末尾,当安妮与温特沃思团聚,回想起当年回绝他的求婚时,她做出了与我们相同的评判——这是一个阐释误判,却是一个正确的伦理判断:

> 我并非说,她(拉索尔夫人)的劝告没有错误。……就我而言,在任何类似情况下,我当然决不会提出这样的劝告。不过我的意思是说,我听从她的劝告是正确的,否则,我若是继续保持婚约的话,将比放弃婚约遭受更大的痛苦,因为我会受到良心的责备。(246)

此外,我将试图证明,在小说第一部分,奥斯丁给我们的阐释判断模式不同于她以往的小说,该模式没有提供以往那种男女主人公会走到一

---

① 如果想了解更多关于女主人公的期待与读者的期待之间的差异,请参阅塔夫(Tave 1973: 17-18)。

起的保证。结果,《劝导》提供了一种相当不同的阅读体验,该体验关联着一种不同的审美诉求。

这种不同始于小说开端。叙事进程走到一个相当晚的点,即第三章末尾,才引入全局不稳定因素。不唯如此,奥斯丁在前三章用小叙事(mini-narrative)向我们讲述沃尔特爵士和他的财政问题,这种做法迥异于她的通常做法,让开端与主要事件游离更远(《理智与情感》[Sense and Sensibility]是唯一一部与《劝导》类似的小说,全局不稳定因素也推迟出现)。因此,关于奥斯丁形式实验的首要问题就在这前三章:最初的焦点是关于沃尔特爵士的小叙事,该焦点具有什么功能?第三章末尾,焦点从沃尔特爵士转向安妮,这又产生了什么效果?

先回答第二个问题。这种转向的一个效果是为叙事提供新的能量和新的方向,似乎驱动叙事的引擎随着叙事运动的转向而突然换到一个更高档。可以肯定的是,随着叙事运动转向安妮,她变成主要焦点并频繁成为叙事的聚焦者,新的方向由此得到巩固,叙事进程的步伐迅速慢下来:第四章呈现了一个闪回,不紧不慢地详细叙述了安妮与第三章的"他",即弗雷德里克·温特沃思之间的一段历史。在安妮期待温特沃思到来与莱姆发生的事件之间的叙事片段里,只断断续续包含弗雷德里克与安妮的直接接触,因为弗雷德里克更多关注的是亨丽埃塔·默斯格罗夫和路易莎·默斯格罗夫。事实上,《劝导》至少在开头几章读起来像验证了彼得·布鲁克斯(Peter Brooks)的论断,即有效的情节必须得到推迟和延宕,必须想办法拖慢叙事向前的进程,必须带着读者穿过相互缠绕的事件的枝枝蔓蔓以及种种重复——事实上,必须就像我这个句子一样——在到达末尾之前绕来绕去。但是,《劝导》回到第四章的从容步伐实际上加强了第三章结束时叙事进程转向的力度。

第三章末尾产生的效果比发生在叙事文本动力上的要多:读者对转向也做出积极回应。谢尔登·萨克斯(Sheldon Sacks)三十年前发表了两篇文章,对该小说形式做了简短却很有洞见的评论,对读者反应做出最有力的论断,认为《劝导》与奥斯丁以往的小说一样,向我们保证安妮的最终命运。萨克斯如是说:如果奥斯丁的隐含读者"我们"推导出那个无特征的"他"将是安妮的未来丈夫,那么我们不仅猜对了,而且还已经凭直觉知道了小说具有喜剧形式。结果,这种直觉成为了然于心的认识,强烈影响我们对整个叙事接下来每个句子的理解;或者用萨克斯的话,这种直觉使我们得以"认识到在虚构的未来,命运会被实现,同时我们运用该知识对此时的审美体验做出阐释"(Sacks 1976:S104)。如果用更具体的字眼,那就是:因为我们已经知道安妮的幸福只能存在于沃尔特爵士的家外,而且因为安妮的专注、涨红的脸颊、轻轻的叹息等示意了她对"他"的欲望,所以我们对喜剧形式的直觉引领着我们推导出她的欲望终将得到满足。我觉得萨克斯的描述很有帮助,但不足以证明奥斯丁对叙事进程所做的实验。现在我将更为仔细地审视小说的开端,以证明我的观点。

《劝导》的开端

《劝导》的开端具有三个特别显著的特点:(1)长度惊人,用了三章,大概二十五页,占全书 10% 篇幅;(2)异乎寻常的"出场""小叙事"和"启动";(3)"发起"把叙述者塑造成整个事件的有力向导。我们来看看"出场"与"发起"之间的互动,然后转向"小叙事"和"启动",以此评估我们在"进入"的具体位置。

以下是小说的开篇:

> 萨默赛特郡凯林奇大厦的沃尔特·埃利奥特爵士为了自得其乐,一向其他什么书都不沾手,单单爱看那《准爵录》。一捧起这本书,他闲暇中找到了消遣,烦恼中得到了宽慰。读着这本书,想到最早加封的爵位如今所剩无几,他心头不由得激起一股艳羡崇敬之情。家中的事情使他感觉不快,但是一想到上个世纪加封的爵位多如牛毛,这种不快的感觉便自然而然地化作了怜悯和鄙夷。这本书里,若是别的页上索然乏味,他可以带着经久不衰的兴趣,阅读他自己的家史。(3)

这个句子提供了"出场"与"发起"：交代了处于具体位置的人物、他习惯做的事情，介绍了叙述者以及她的交流方式。此外，这个句子通过指涉"烦恼"的时辰和"家中的事情使他感觉不快"来暗示一种不稳定因素，也可以说引发了我们的期待。这个句子还让我们第一次与叙述者进行交流，她极其熟悉她的人物，通过清晰、直接的陈述以及隐含其中的微妙含义，跟我们分享她对人物的认识。因此，"出场"和"发起"一起发挥作用。叙述者说沃尔特爵士沉迷于《准爵录》，这传递了：（1）他不怎么爱读书（"为了自得其乐，一向其他什么书都不沾手"）；（2）他用《准爵录》逃避现实，通过把家中烦心事转化成"怜悯和鄙夷"的对象来逃避它们；（3）他非常自恋，以致从不会厌倦该书（"若是别的页上索然乏味，他可以带着经久不衰的兴趣，阅读他自己的家史"）。这个人物既好笑又危险（如果说头衔、金钱、虚荣加在一起有可能是危险的话）。叙述者则可靠、直接又灵巧。我们被"发起"来与叙述者展开一段关系：叙述者跟我们的交流具有指导性，还妙趣横生、严肃认真；我们对她的交流做出的迅速反应也会得到回报。

随着第一章往前推进，"出场"继续，我们得知埃利奥特家的一些重要情况，特别是沃尔特爵士有两个待字闺中的女儿：伊丽莎白和安妮。"发起"则引向更广泛的交流关系。叙述者有时很直接："爱慕虚荣构成了他的全部性格特征，觉得自己要仪表有仪表，要地位有地位"（4）。有时叙述者会敏捷地从内转向外去看一个人物，从而把字面意思与反讽意味混合在一起："他认为，美貌仅次于爵位，而书中两者兼得的沃尔特·埃利奥特爵士，一直是他无限崇拜、无限热爱的对象"（4）。叙述者也能从对内部视角的反讽式再现转为极其严肃与同情的态度："他的另外两个女儿可就远远没有那么高贵了。玛丽当上了查尔斯·默斯格罗夫夫人，多少还取得了一点徒有虚表的身价；而安妮倒好，凭她那优雅的心灵、温柔的性格，若是碰到个真正有见识的人，她一定会大受抬举的，谁想在她父亲、姐姐眼里，她却是个微不足道的小妮子。她的意见无足轻重，她的个人安适总是被撇在一边——她只不过是安妮而已"（5）。

并不出奇的是,"出场"与"发起"既没有标示喜剧形式也没有标示非喜剧形式。"出场"本身没有显示出人物与处境的布局是否会朝好的或坏的方向发展。"发起"的喜感与叙述者颇为严肃地看待沃尔特爵士的虚荣及其潜在的后果共存。我们现在再更仔细地看看关于沃尔特爵士财政问题的小叙事,留意该叙事如何影响读者在到达"启动"时对整个叙事做出的假设。

萨克斯对小说"进入"的说法主要取决于他对小叙事的阅读。这些说法暗含了某种阐释判断,而这种阐释判断又导致某种审美判断。萨克斯认为,奥斯丁使用小叙事是向读者保证安妮的欲望(以及我们的欲望)会最终得到满足。通过展示她在厄泼克劳斯遭受的痛苦和在整个叙事中具有的成熟道德,奥斯丁在实现喜剧性的那一刻,即让安妮与温特沃思最后缔结婚约的时刻,读者能得到最大限度的满足和愉悦。萨克斯观点的实质是,《劝导》喜剧形式的审美效果的独特之处,恰恰在于它是在保证痛苦是暂时的这一框架中来再现痛苦的。

萨克斯把描述沃尔特爵士的财政问题的小叙事读作惩罚性喜剧:沃尔特爵士的道德缺陷只是暂时被搁置,这些缺陷后来会对他做出惩罚(Sacks 1969:288)。他认为,一旦我们读完这个小叙事,我们就肯定会认为故事世界里善有善报、恶有恶报,我们相信安妮会有好的结局。我觉得萨克斯的观点很具吸引力,但从根本上讲没有说服力,因为这个观点过于呆板。首先,沃尔特爵士的挥霍不是按时间顺序以一系列选择的方式——展示出来,而是由叙述者概述出来,即奥斯丁没怎么让我们关注沃尔特爵士从妻子去世到目前行为的叙事,而是更多关注目前的不稳定因素。其次,沃尔特爵士只是受到最轻微的惩罚,因此一个人的善行与他的处境并没有建立起联系。沃尔特爵士不仅能够颇为轻松地离开凯林奇大厦,能够承受因此所需付出的物质代价,也能够去巴思,"可以相对地少花钱,而又能过得很显贵"(14)。此外,克罗夫特一家是他能找到的最理想租户。还有一点,沃尔特爵士的虚荣个性和虚荣地位完全不受他的财政问题影响。他之所以成为叙述者恣意讽刺的对象,就是因为这个最初的不稳定因素得到解决时几乎没有使他遭受什么损失。

再者,安妮在这个小叙事里的角色并没有说明她的前途会变好。在第二章里,叙述者两次特别提到安妮的意见与家人不同,两次都证实了叙述者的观察,即"她的意见无足轻重"。首先,安妮敦促拉索尔夫人向沃尔特爵士建议"有力的措施"以节流。虽然拉索尔夫人"多多少少……受到她的影响"(12),但是叙述者在另一个从外部描述转向间接引语的例子中说道:"安妮那些更苛刻的要求会遇到何种反应,这已经无关紧要了。拉索尔夫人的要求压根儿没有获得成功;对方无法接受,无法容忍"(13)。其次,当家人决定出租凯林奇大厦时,安妮建议搬到附近较小的房子去住,而不是去伦敦或者巴思,但是她的这一希望被彻底粉碎:"但是安妮命该如此,事情的结果往往同她的意愿背道而驰。她不喜欢巴思,觉得那地方不合她的胃口,可她偏偏得住到巴思"(14)。

此外,从小叙事的末尾突然转向主要叙事的"启动",即安妮的内心活动——"也许再过几个月,他①就会在这儿散步了"(25),也跟喜剧的保证背道而驰。由于直到目前这一刻整个叙事才确定安妮的主人公地位,所以我们无从推导出她最终会获得幸福。总而言之,我们完成"进入"《劝导》时,我们实际无法对整个叙事轨迹做出确切的假设。尽管"发起"和"出场"联手让安妮成为主人公,我们渴望她得到幸福;也尽管"发起"的确使我们感受到奥斯丁以往喜剧作品的愉悦感,但是"开端"与"启动"这两方面结合起来给我们的信息可以朝不止一个方向发展。我们既没有得到叙事喜剧通常给予的保证,也没有看到明确的信号表明不幸即将紧随开端而降临。从奥斯丁以往的做法看,现在这样的结果本身是引人注目的,因为它向我们提供了依据,使我们怀疑奥斯丁这一次的婚姻情节有可能以女主角未能得到婚约而收场。换句话说,如果你能在读完第三章末尾时很肯定地得出结

---

① 该处强调为小说原文所加。——译者注

论,认为"他"就是安妮未来的丈夫,那么你的结论更多是基于你对奥斯丁其他小说的认识,而不是基于前三章的叙事进程。

《劝导》的早中段

在下一章我将详细分析《劝导》的中段,在这里我只简单地将中段认定为叙事中承前启后的那个部分。中段的这个双重性质是由于"启动"必然引向"航行",而"航行"通常又导致全局不稳定或紧张因素的复杂化。同样,读者对"航行"的反应也由于与作者及叙述者的进一步互动而变得复杂。随着复杂性的发展,读者继续调整对整个叙事的理解。对于《劝导》,我将主要聚焦于第四章到第七章路易莎在莱姆从防波堤上摔下来这些叙事片段的"出场""启动"以及早中段的"互动"。自路易莎摔伤事件之后,叙事进程经历了另一个转变,《劝导》更顺畅地滑进奥斯丁以往的叙事喜剧的轨道中。我将论证,从这点开始,安妮和温特沃思的复合不再是一个"是否"的问题,而是变成"如何"的问题。

我从第四章的"出场"谈起。在这里,叙述者不仅解决了一个局部紧张因素,即安妮热切期盼见到的那个无特征可言的"他"是什么身份,而且还提供了关于他和安妮的背景故事:他们之前的婚约,安妮在拉索尔夫人建议下做出的结束婚约的决定,温特沃思的愤怒,整件事对安妮造成的后果。从判断与叙事进程看,这里的"出场"具有四个相互关联的显著特点。

1. 叙述者强调了安妮决定结束婚约时的伦理判断与阐释判断之间的关联。叙述者以安妮的阐释判断开始,该判断本身逐渐变成伦理判断:"(安妮)被说服了,认为他们的订婚是错误的,既不慎重又不得体,很难获得成功"(27)。但紧接着,叙述者提到一个更有力且更值得敬佩的伦理判断在左右人物的决定:"不过,她之所以能谨慎从事,解除了婚约,并不仅仅是出于自私的考虑。假若她认为她是在为自己着想,而不是更多地在为温特沃思着想,她根本不可能舍弃他。她相信自己这样谨慎从事,自我克制,主要是为了他好,这是她的主要安慰"(27—28)。

2. 当安妮认为她之前对情形的判断是错误的时候,她最终将阐释判断与伦理判断区分开来。"她曾经接受过拉索尔夫人的指引,为此她既不责怪拉索尔夫人,也不责怪自己。可是……她相信,在遭到家人反对的不利情况下,尽管他们会对温特沃思的职业感到焦灼不安,尽管这可能引起忧虑、推延和失望,但是她假如保持婚约的话,还是会比解除婚约来得更幸福些"(29)。

3. 奥斯丁通过叙述者来让"作者的读者"做出跟安妮当时一样的阐释判断和伦理判断,即,尽管我们同意她的看法,认为她错误判断了当时的情形,但是因为叙述者权威地报道了安妮从前的决定所具有的其他方面的动机,又暗暗赞同她修正后的阐释判断,我们也找不到她结束婚约有什么伦理错误。更宽泛而言,因为叙述者一直赞同安妮以及她当前的判断,我们就一直坚定地站在她这边。

4. 第四章表明安妮对温特沃思仍然保持着最高的评价。因此,安妮不像奥斯丁的其他主人公,她并不需要经历任何情感变化。此外,安妮不需要经历多少伦理上或者知识上的成长,因此也不需要改变性格。这样一来,奥斯丁设计的叙事进程使她的主人公不需要克服内在不稳定因素。我们发现,第七章出现的内在不稳定因素是温特沃思的,他以为自己已经准备好,可以娶除了安妮之外的任何人。这个叙事情境意味着奥斯丁给自己出了一个大难题,需要改变的人是温特沃思,但是焦点人物却是安妮,安妮是奥斯丁要求她的读者最关注的人物。此外,由于当时女性的能动性有限,安妮不能直接行动以改变温特沃思,只能做好自己并耐心等待。然而,奥斯丁给安妮越多能动性,使温特沃思发生改变,我们就有可能发现叙事进程在美学层面越令人满意。奥斯丁面临的挑战就是遵循她自己设置的限制,同时又使安妮能够主动为自己谋得幸福。带着第四章的"出场"所取得的这些效果,我们现在转向第八、九、十这三章。

萨克斯的分析能够再次帮助我们理解叙事进程的细节。萨克斯聚焦于厄泼克劳斯的场景，认为这些场景具有悖论式的抒情性。他分析道，从事件本身看，安妮既没有靠近温特沃思，也没有远离他，而是保持静止状态，该静止状态的各个维度是逐渐向我们显露出来的。与此同时，从读者角度看，厄泼克劳斯章节的效果强化了开端所承诺的喜剧性，让我们感到他们两人正向彼此靠近（Sacks 1976：S105）。萨克斯注意到，该场景里的各个方面对安妮都很艰难：温特沃思在厄泼克劳斯时打算娶另一个女孩，而不是八年前解除婚约的那个女孩，这不断让安妮想到自己因为解除婚约而失去了什么，使她偶尔落泪。然而，萨克斯坚认为，因为直觉告诉我们阅读是在喜剧叙事的情境下进行的，因此我们会认为安妮这一情形只是暂时的。于是，我们会认为这一抒情章节显示了安妮与温特沃思两人在道德判断方面是相近的（萨克斯的主要例子是第八章的著名场景，即安妮观察到温特沃思在跟默斯格洛夫夫人探讨她已经离世的儿子迪克），并将其作为佐证，既强化了我们的喜剧阅读期待，又推动了安妮和温特沃思走向最终的结合。

萨克斯对厄泼克劳斯章节的抒情性的讨论敏锐地抓住了奥斯丁在处理形式方面具有的新颖且非凡之处。的确，在叙事的这一部分，奥斯丁采用的某些抒情性原则——在保持叙事之判断原则的前提下，探索人物在特定情境下的情感——与其主动选择的写作限制是完全一致的，即不通过展示安妮和温特沃思的直接互动来发展两人之间新的复杂因素，而是只集中显示安妮在人生这个关键点所面临的具体情形。萨克斯的讨论虽然很有洞见，但我认为在两个方面存在问题。首先，由于萨克斯几乎完全聚焦于这一节的抒情维度，他并没有充分关注温特沃思与路易莎·默斯格洛夫之间出现的不稳定因素。其次，萨克斯坚信奥斯丁是在她的叙事喜剧的标准形式下写作，这使得他低估了这些抒情场景的效果，特别是低估了这些抒情场景逐渐展示我们的判断与安妮的判断分道扬镳的种种方式。

必须改变的是温特沃思而不是安妮，与这个叙事情境相应的是奥斯丁对待"航行"的方式，那就是展示安妮本质上静止不动的情形，她就看着温特沃思与路易莎·默斯格罗夫两人的互动增加。而且,奥斯丁小心翼翼地经营着叙述者与读者之间的"互动",给出一些证据,使得我们认为温特沃思有可能真的会跟路易莎结婚。叙述者这样评论第七章温特沃思拜访厄泼克劳斯的意图:"他现在的目标是要娶一位太太。他腰里有了钱,又给转到了岸上,满心打算一见到合适的女子,就立即成家。实际上,他已经在四处物色了,准备凭借清楚的头脑和灵敏的审美力,以最快的速度堕入情网。他对两位默斯格罗夫小姐都有情意,就看她们能不能得手啦。总而言之,他对于所遇到的动人姑娘,除了安妮·埃利奥特以外,都有情意"(61)。这一段是叙述者的声音,但主要是温特沃思的视角。结果,叙述者没有说温特沃思绝不会与安妮结婚,即使这个片段表明他是这么认为的。的确,在这里,一个可能(但并非必须)做出的阐释判断是:温特沃思否认了他对安妮的感情。此外,这个片段中的某些部分是从叙述者视角来叙述的,这些部分也使我们理解他可能采取的行动:"凭借清楚的头脑和灵敏的审美力,以最快的速度堕入情网"——换句话说,他不会那么快。

此外,温特沃思曾跟他姐姐谈论起他要娶的女性应具有的品质,叙述者对此进行了传达,从中看到温特沃思有可能跟安妮复合,虽然不是百分百肯定。"当他一本正经地描述他想找个什么样的女人时,安妮·埃利奥特并没有被他置诸脑后。'头脑机灵,举止温柔'构成了他所描述的全部内容"(62)。八年前的安妮给了他一个模板,但这并不意味着他会认为现在的安妮(他曾判定她"变得他都认不出来了"[60])是他想娶的女性,特别是因为他可能把她视为负面的模板:在他看来,安妮的缺点是心智软弱,易于听从拉索尔夫人的劝导。然而,他想起安妮时,把"头脑机灵"与"举止温柔"放在一起,说明在他的意识里,他认识到她具有这两种品质,因此,她仍然是一个可能的人选。

我现在转向萨克斯慧眼辨识出的叙事进程里的抒情部分,特别是第八、九、十这三章里安妮与温特沃思之间的一系列互动。第八章与接下来的第九、十两章有质的不同,这既是因为第八章捕捉到安妮处于人生最低点,也是因为在第九、十两章,奥斯丁开始把"作者的读者"

的阐释判断与安妮的判断区别开。第九、十两章的事件,连同判断的这种区别,构成了"航行"中的向前运动。我认为,就是从第八章的抒情展示到第九、十两章的小步向前运动,解释了这几章萨克斯所谓的"抒情性悖论"。换句话说,萨克斯一开始就确信这是喜剧,并认为这是叙事向前运动所产生的效果之关键所在,而我则认为,第八章的场景及其第九章、第十章里相对应的场景之间存在质的差异(无论是其中的事件还是我们对这些事件的判断),而制造出效果的正是这个差异。

第八章描述了在默斯格罗夫的大宅里举办的聚会。在聚会结尾,安妮坐在钢琴旁,心里想的全是温特沃思和他对聚会上其他女性关注的欣然接受。叙述者还告诉我们,当她坐在钢琴旁,"有时眼泪汪汪的"(71)。在这一场景的末尾,安妮和温特沃思在钢琴旁有一次非常简短的交流:

> 他看见了她,当即立起身,拘谨有礼地说道:
> "请原谅,小姐,这是您的位置。"虽说安妮果断地拒绝了,连忙向后退了回去,可上校却没有因此而再坐下来。
> 安妮不想再见到这样的神气,不想再听到这样的言语。他的冷漠斯文和故作优雅比什么都叫她难受。(72)

虽然奥斯丁在以前的小说里展示过女主角遭受情感痛苦的场景——想想读到达西的信件后的伊丽莎白,或者在博克斯山的行为受到奈特利训斥的爱玛——但奥斯丁通常把这些情感痛苦跟这些主角的伦理缺陷联系在一起;从某种程度上讲,她们是自作自受。而且,这些情感痛苦的时刻正好是她们的性格受到考验的时刻;她们不仅需要承认自己有行为不足之处,而且要做出改变,使这样的行为尽量少发生。她们能够很好地对此做出反应,这标志着她们道德成熟;我们能从她们最终得到的幸福中获得满足感,很大程度就是因为她们的这种反应能力。

奥斯丁对安妮的情感痛苦的再现跟她以往的处理方式很不相同。如上所述,安妮的痛苦不是由于伦理缺陷所致;她之所以遭受痛苦,仅仅因为她仍然爱着温特沃思,现在再次见到他,她强烈意识到失去了什么。我们读到这个场景时,并没有得到奥斯丁以往的叙事喜剧中存在的喜剧保证。如果我这么说是正确的话,那么奥斯丁在这里给予我们的阅读体验跟以往有质的不同。这里再现的是不该有的情感痛苦,并暗示着这样的痛苦接下来还会有很多。此外,由于我们没有得到喜剧保证,我们的阐释判断跟着安妮走。的确,解除安妮痛苦的唯一有效方法是不再爱温特沃思。但是,这样的解决方法是行不通的,因为安妮忠贞,而且已经重新感受到了他的价值。

　　我们对安妮做出的伦理判断和对她的境遇做出的阐释判断使她更值得同情,因此也使我们更渴望我们目前为止还无法期待的——她的情况会得到改善。结果,比起她的其他小说,奥斯丁把一个更为黑暗的元素编织到《劝导》里;我将在下面论证,这个元素的效果从小说开头到结尾都能感受到。换句话说,拖延喜剧的保证,让读者的阐释判断与人物的阐释判断并行,这样一种美学创新,加上奥斯丁对不该有的痛苦的再现,为她的作品增添了一个新且重要的伦理维度。奥斯丁不仅在探索新的伦理领地,而且通过这个领地给读者带来一条不同类型的轨道,在这里,我们的阐释判断与伦理判断使我们强烈感受到安妮的痛苦。也可以这么说,奥斯丁对探索新的伦理领地的兴趣导致了她的美学创新,拓宽了她之前的叙事喜剧的边界。我现在转而思考奥斯丁如何逐步把叙事进程移回到叙事喜剧的轨道中。

　　第八章的结尾其实是整篇叙事的情感最低点——尽管安妮还有很多痛苦要承受。在接下来两章的最后场景中,奥斯丁开始让温特沃思和安妮向彼此靠近,尽管是一点点,而不是大幅度靠近。第九章末尾,当安妮忙着照顾幼小的查尔斯时,温特沃思将还是婴儿的沃尔特·默斯格罗夫从她背上抱下来,这一事件使安妮情绪激动、复杂而不知道该说什么:

她甚至都不能谢他一声,只能附在小查尔斯面前,心乱如麻。他好心好意地上前帮她解围,他的这番举动,自始至终一声不响,详情细节都很奇特,随后他又故意把孩子逗得嗷嗷直叫,使安妮立即认识到,他并不想听她道谢,或者干脆想证明他最不愿意同她说话;这种情况使她心里乱作一团,既感到激动不安,又觉着痛苦不堪,始终镇定不下来。(80)

安妮的激动明显是"痛苦",但是她的痛苦和"心乱如麻"源自她把温特沃思的行为理解为双重信息:她把他的帮助理解为"好心好意"的一个明证,而把他对沃尔特的关注视为不想与她交流的信号。但是,"作者的读者"开始把自己的阐释判断与安妮的区分开,远远不像安妮那样肯定地对温特沃思的行为做出解读,因为从他的行为中也有可能推断出他在她面前感到尴尬,而不是对她不感兴趣。

第十章末尾,温特沃思觉察到安妮因长途跋涉到温思罗普而极度疲劳,把她扶上克罗夫特家的马车,这一行为引起了安妮的万千思绪。我在本章开头曾引用过这一行为,在这里再重复引用一次:

这件小事似乎为过去的事情带来了圆满的结局。她明白他的心意了。他不能宽恕她,但是又不能无情无义。虽然他责备她的过去,一想起来就满腹怨恨,以至达到不公正的地步;虽然他对她已经完全无所谓;虽然他已经爱上了另外一个人,但是他不能眼见着她受苦受累而不想帮她一把。这是以往感情的遗迹。这是友情的冲动,这种友情虽然得不到公开的承认,但却是纯洁的。这是他心地善良、和蔼可亲的明证,她一回想起来便心潮澎湃,她自己也不知道是喜是悲。(91)

第九章和第十章的向前运动在一系列的行动、想法以及判断中展现得一清二楚。事件的顺序是重要的,因为温特沃思的行为表明他逐渐增加了对安妮的关注和关心。他将安妮的外甥从她背上抱走,这是积极回应她需要帮助的情形,奥斯丁把这一回应与查尔斯·海特在房间另一头对小孩进行无效教训形成对照。温特沃思将安妮扶到马车里的举动表明类似的积极回应,这一次安妮所处的情形远没有前一次窘迫,而她思绪的进展则更大:从"感到激动不安,又觉着痛苦不堪"变为思忖着"以往感情的遗迹"。此外,安妮在第九章和第十章末尾的思考表明她爱温特沃思,也注意到他跟路易莎的关系在进展,因此,当她能够控制自己激动而复杂的情绪时,她会保护自己,尽量以贬损的方式来阐释他的行为:他跟年幼的查尔斯说话,表明他不想听她说话;他好意扶她上马车,意味着"他仍然无法原谅她"。总之,安妮努力不去想温特沃思对她的感情可能在发生变化,尽管她禁不住这么希望。第十章有许多信号表明奥斯丁要求我们做出与安妮不一样的阐释判断,最明显的也许是安妮在克罗夫特家的马车上的矛盾想法:"虽然他对她已经完全无所谓……但是他不能眼见着她受苦受累而不想帮她一把"(91)。到第十章末尾,奥斯丁的"作者的读者"对未来怀抱着比安妮更多的希望。①

然而,第九章和第十章的事件序列并没有把这个希望转化成喜剧应有的期待。首先,由于每一个行为本身都是小行为,而且每一个都是发生于公共空间,两人的直接交流很少,因此这些行为对安妮和温特沃思目前的疏远关系的影响有限。其次,在第十章前面部分,当安妮无意间听到温特沃思跟路易莎说话,表扬她性格坚决果断时,很明显我们有充足的理由期待这段关系会继续发展。叙述者自己都评论道:"现在一切情况都表明,路易莎是属于温特沃思上校的了"(90)。这句话概括了本次"航行"所抵达的阶段,同时又没有对这段婚姻做出权威预测。从这个角度看,第九章和第十章末尾的序列事件更多展示了温特沃思值得安妮去爱,但没有承诺他们两人会最终结合。结果,这系列事件增强了读者对安妮的失落感的理解:我们越看到他的美

---

① 对第十章这一段落稍有不同但聚焦其文体有效性的更为广泛的讨论,请参阅拙著(Phelan 1981:135-138)。关于奥斯丁在这里对主体间性的再现与她作品全集中别处对主体间性的再现的讨论,请见布特(Butte 110-114)及该书其他多处精彩讨论。

德,就越对安妮遭遇的痛苦感同身受。结果,对温特沃思的美德的展示增强了我们对他们和好的希望,但是没有让我们达到期待这个程度。结果是,虽然我们比安妮本人更清楚她的处境,但我们没有得到奥斯丁其他小说的中段所给予的信心去推测小说的最终结局。

　　这一差异意味着奥斯丁把安妮放在一个比以往女主角艰难得多的处境。由于这里没有任何喜剧的保证,读者不但需要认真考虑温特沃思在厄泼克劳斯期间安妮遭受的不该有的痛苦,而且需要考虑作为不受待见的艾略特家的一员,她的生活一切照旧。无论在凯林奇大厦还是在厄泼克劳斯,她的生活状况都是颇为痛苦的。我们注意到:在家,对她父亲和姐姐伊丽莎白而言,"她的意见无足轻重"(5);在厄泼克劳斯,她被当作高级仆人,而不是被平等对待。在以往的小说中,奥斯丁塑造了被不幸未来所威胁的女主角,比如,范尼·普莱斯与父母在朴次茅斯过着贫困的生活;未婚的伊丽莎白在父亲死后与母亲及姐妹们一起生活,她们会被科林斯先生驱逐出朗伯恩。但是这些威胁都来自假定的未来,只有女主人公认为它们真实存在,对于读者而言则不然;《曼斯菲尔德庄园》和《傲慢与偏见》的喜剧保证意味着这些假定的未来绝不会变成现实。相反,在《劝导》,这个假定成为事实已有八年之久,而且奥斯丁一开始压根就没有给出喜剧保证,倒是不断提示安妮的美德与命运之间的鸿沟。这些元素,我认为在很大程度上造成该小说与奥斯丁其他小说有质的不同。

中后段和结尾

　　一旦奥斯丁把安妮、温特沃思以及默斯格罗夫一家带到莱姆,叙事进程再次换挡,因为温特沃思注意到威廉·埃利奥特对安妮的关注,也注意到安妮在露易莎的防波堤摔跤危机中表现出的理智。结果,温特沃思对安妮和露易莎的关注调了位置,内部不稳定因素开始得到解决。当露易莎从防波堤上摔下来,温特沃思既看到安妮临危不乱的风采,又看到她"头脑机灵,举止温柔"(62)的新证据,这时,我们就舒适地回到熟悉的奥斯丁叙事喜剧世界了。至此，我们在阐释判断上与安妮之间的分歧，就如同伊丽莎白·贝内特听说莉迪亚私奔后，与我们在阐释判断上的分歧。尽管我们尚不知安妮与温特沃思会以什么方式复合，但是我们不再担心他们是否会复合。奥斯丁是如何具体处理这个方式的，值得认真分析，但比起开端和中段，这里的处理方法没那么有特色，因此我只在这里概述一下，然后就转向分析叙事进程的前面部分对结尾产生的结果。奥斯丁在"航行"中的关键举动如下：

1. 让路易莎移情别恋本威克，以此移除温特沃思与路易莎的纠缠所造成的阻碍。虽然这一步设计也许略显牵强，但也符合人物性格。路易莎移情之前，温特沃思考虑了他跟路易莎调情可能产生的后果，包括他开始感到他的随意已经危及了他与安妮复合。从这个角度看，这一步设计也算合适。

2. 威廉对安妮的兴趣把事情变复杂了。这一步引发了温特沃思的焦虑（这也是合适的，不能事事对他都来得那么容易），其重要性甚于引发"作者的读者"的焦虑。与此同时，奥斯丁用一贯的简洁和高效，让威廉对埃利奥特一家重新感兴趣，从而回到关于沃尔特爵士、伊丽莎白以及克莱夫人的叙事线条。

3. 使用残疾的史密斯夫人来揭露威廉的老底。我发现这一步是奥斯丁的精彩设计中的一大败笔，这个问题展示了伦理与美学的相互关系。奥斯丁面临形式方面的困难：如何揭示关于威廉的信息，同时保留安妮为焦点人物，并继续让温特沃思与安妮的"航行"向前推进。但是，奥斯丁的解决方法有瑕疵，理由如下：首先，它的设计痕迹比路易莎与本威克的订婚明显很多，因为他们的关系发展到订婚符合有关他们的性格刻画。但是如果要问，为什么安妮的朋友史密斯夫人碰巧既知道威廉不光彩的往事，又有证明他完全不靠谱的一手资料和二手资料，唯一的答案就是奥斯丁需要将这个信息揭露给安妮和"作者的读者"。其次，这个信息并没有很好地融入叙事进程，不属于关键信息。无论怎么安排，安妮都不会接受威廉的求婚。

我认识到可以在主题层面来论证奥斯丁使用史密斯夫人的合理性,也就是说,这样做有助于奥斯丁探讨诸如女性不稳定的处境之类的事情,或者对不断变化的社会秩序做出间接评论。我认为这样的论证只有部分说服力,我会在第三章再对这个评判做出详细解释,届时我会更细致地考察通过主题化来进行阐释的这一行为。

现在,让我们转而看看结尾的元素,重点看这些元素如何受到开端和早中段的影响。在这个连接点,最具启发意义的是被放弃的那一章的"抵达"部分和奥斯丁修改之后的比较。主要的区别在于两个版本赋予安妮的职能不同。在被放弃的那一章中,克罗夫特将军说服温特沃思,让他向安妮传达自己(克罗夫特将军)主动放弃租住凯林奇大厦的打算,这样安妮和威廉·埃利奥特婚后就可以住在那里。当安妮纠正了她与威廉订婚的错误传闻时,"一场静悄悄但非常有力量的对话"(263)开始了,并迅速使"所有的疑惑及不确定都烟消云散。他们复合了。他们得到了失去的东西"(263)。这个"抵达"的优点包括:(1)把威廉对安妮的关注这一有意思的戏剧性反讽作为让安妮和温特沃思复合的最后手段;(2)克罗夫特将军的好意使温特沃思处于一个短暂而尴尬的位置,即他必须提及安妮将跟威廉结婚这一传闻。但是,这样的"抵达"远远比不上奥斯丁的修改版。

修改后的"抵达"更优,因为它给了安妮更多能动性。在放弃的版本中,安妮必须先等待温特沃思传达克罗夫特将军的信息,然后再等待温特沃思回应她否定订婚一事。在修改版中,安妮被赋予机会,在跟哈维尔上校交谈中为自己发声,而且他们的交谈能被温特沃思听到。她对哈维尔上校所讲的那段关于女性更忠贞的著名话语是以"非常真诚的"语气说出的,因为她说的是自己的亲身经历:"我认为我们女人的长处……就在于她们对于自己的恋人,即便人不在世,或是失去希望,也能天长日久地爱下去!"(235)。温特沃思仍然必须回应,但是他的信清楚表明,由于这段话以及她之前的许多行为,安妮已经是促成他重新订婚的主要动力——因此,也为自己带来了幸福:"我再也不能默默地倾听了。……你的话刺痛了我的心灵。……八年半以前,我的心几乎被你扯碎了,现在我怀着一颗更加忠于你的心,再次向你求婚。……只是为了你,我才来到了巴思。我的一切考虑、一切打算,都是为了你一个人"(237)。

修改版更优,也因为"抵达"是渐次展开的——安妮的话、温特沃思的信、查尔斯·默斯格罗夫在场的情况下他们两人的首次街头碰面、最后两人的单独见面——与奥斯丁在放弃版中使用的非常迅捷与私密的手法相比,这让他们最终的复合显得更加合情合理。恋人分离八年、安妮遭受痛苦、温特沃思回到她的社交轨道后希望又慢慢升起,这一系列事件之后,奥斯丁与她的读者能够从这个相对延长的"抵达"中获得更多满足感。同样,让两位恋人在公共场合而非私人场合会面,让他们默默表达情感,这也与之前的"航行"更为协调。

此外,这里的交流互动显示了开端与早中段的效果,因为它要求读者不但分享两位恋人的喜悦——相比八年前"他们了解了彼此的品格、忠心和情意,双方变得更加亲切,更加忠贞,更加坚定,同时也更能表现出来,更有理由表现出来"(240—241)——而且认识到,由于他们俩意识到过去八年所经历的诸多痛苦,这种喜悦变得温和。"于是,他们再次谈起了他们当年的感情和诺言,这些感情和诺言一度曾使一切都显得万无一失,但是后来却使他们分离疏远了这么多年"(240)。的确,叙述者只愿意说安妮和温特沃思"也许""对他们的重新团聚比最初设想的还要喜不自胜"(240)。

奥斯丁强调两位恋人的情感强度,也强调他们意识到失去了什么。在"抵达"之后不久的一次对话中,他们谈到了这点。温特沃思问安妮,如果他"第八年",即六年前,当他赚了几千英镑,回到英国时给她写信的话,她是否会重新跟他订婚。安妮的回答也许是奥斯丁所有女主角中最强烈的欲望表达。事实上,安妮的回答简短直接,加上叙述者对她的腔调的描述,竟隐隐带上了情色意味:"'我会吗!'是她的全部回答,但她语调非常坚决……"(247)。温特沃思做了同样性质的回应:"'天啊!'他嚷道,你会的!"紧接着他做出准确的推断:如果他六年前不那么傲慢的话,"本来可以免受六年的分离和痛苦"(247)。

奥斯丁把他的思绪拉回到目前的幸福状态,但即便这样,他知道生活给他的教训:"我要像其他受到挫折的大人物一样……一定要使自己的思想顺从命运的安排,一定要认识到自己比应得的还要幸福"(247)。

安妮由衷感到幸福,这种幸福略带一点她——以及我们——对逝去时光的遗憾。这个结尾与众不同的情感性质,在小说最后几句话的"收尾"以及"道别"中得到进一步强化:"安妮温情脉脉,完全赢得了温特沃思上校的一片钟情。他的职业是安妮的朋友们所唯一担忧的,唯恐将来打起仗来会给她的欢乐投上阴影,因而希望她少几分温柔。她为做一个水兵的妻子而感到自豪;不过,隶属于这样的职业,她又必须付出一定的代价,战事一起,便要担惊受怕。其实,那些人如果办得到的话,他们在家庭方面的美德要比为国效忠来得更卓著"(252)。

这个"收尾"并非往后看,而是往前看,跟之前的叙事进程相当一致。安妮与温特沃思的幸福复合不会受到他们可以控制的因素的威胁,但是,对奥斯丁而言,这两个恋人破天荒地要面对他们无法控制的因素的威胁。"告别"的方式加强了对情感的强调:叙述者首先聚焦安妮与温特沃思彼此之间的爱与柔情,接着转向一个假设而非真实的情况("可能"而不是"会"给她的欢乐投上阴影的东西),以此增强温和的语气。最后,小说末尾的句子把安妮处境的两面都展现了出来(她为做一个水兵的妻子而感到自豪,她又必须为此而付出一定代价)。另外,以对称和排比的方式表达出来的最后几个词组,可能更多的是称赞温特沃思作为丈夫的角色,而不是作为水兵的角色。自从叙述者在小说开篇描写沃尔特爵士之后,我们已经逐渐能从对称和排比的描写方式中获得喜悦。

这一强调有助于澄清我上面说的关于结尾的情感性质的观点。如果说结尾的情绪是苦乐参半,我认为这大大言过其实。更好的说法是,叙事进程的多层修辞交流说明了一点:奥斯丁虽然最终还是坚持了叙事喜剧,但与之前的作品相比,她探索了更深层次的痛苦、丧失、不应有的不幸、不可逆转的错误等。《劝导》的隐含作者是这样一个女性:她在回顾《傲慢与偏见》时,认为它"太轻快、太明亮、太闪亮"

(*Letters* 203)。不仅如此,《劝导》的隐含作者还深深意识到,我们中最优秀的人也会做出一些非常错误的选择,以至于我们即使有机会去亡羊补牢,也无法完全回到过去了(我敢肯定杰·盖茨比从没读过《劝导》)。正如温特沃思把安妮扶到克罗夫特家的马车上,却无法抹去安妮在大宅的钢琴旁感受到的痛苦,他们两人的订婚和结婚也无法抹去他们八年的分离。此外,这八年绝非他们最终幸福结合的必经之路。在奥斯丁看来,虽然安妮没有浪费那八年光阴,但是这些光阴几乎浪费了她:在行动一开始它们就"摧毁了她的青春和艳丽"(61)。最后,奥斯丁对这些没有那么轻快、明亮、闪亮的新东西的强调,是与她一贯的观念相一致的,即幸福是一件稀罕且不确定的商品(在这里,除了安妮与温特沃思,只有克罗夫特一家拥有幸福),这使得《劝导》成为她最浪漫也是最不浪漫的小说。由于这些原因,我认为这部小说给读者提供了最深刻的伦理探索。

本讨论证明,《劝导》中的情感力量与伦理探索紧紧相连,它们又与奥斯丁在小说中的非凡审美成就交织在一起。形式实验的这两个主要维度——在开端和早中段放弃喜剧的保证,以及使用安妮这样一个不需要经历任何性格改变的人物作为主要聚焦者——都很好地与我们的小说体验的情感层面、伦理层面结合在一起。因此,尽管我对史密斯夫人那个片段不满意,我还是认为《劝导》体现了奥斯丁的最高审美成就。

第二章

塞丝的抉择与托妮·莫里森的叙事策略：
《宠儿》的开端和中段

莫里森不同寻常的引导方式

> 现在，(斯坦普·沛德)理解了她，可是太迟了。一颗跳荡着热爱的心，一张讲道的嘴，都不算数。无论如何，他们进了她的院子，而她无法赞同或者谴责塞丝的粗暴抉择。(180)①

"塞丝的粗暴抉择"，她宁愿将女儿杀死也不愿让她成为被称作"甜蜜之家"的那个庄园的奴隶，这个决定成为托妮·莫里森(Toni Morrison)小说中最令人惊诧也是最重要的事件。令人惊诧的原因很明显：一个母亲对孩子的爱如何会导致她杀死自己的孩子？而说其重要，则是因为小说的时间、心理、结构和主题逻辑都是由这个事件生成，同时也是因为莫里森对该事件的处理使读者面临着一个既困难又不寻常的伦理问题。要弄懂在小说当下的叙事时间，即1873年，发生的一系列事件，我们需要先了解1855年8月的一个下午在蓝石路124号那个木棚屋里都发生了些什么。要了解1873年的塞丝、丹芙和宠

---

① 本章《宠儿》引文均来自潘岳、雷格的译本(南海出版公司，2006)。——译者注

儿这些人物的性格特点,我们必须知道那个下午塞丝赶在"学校老师"抓到她或她的孩子们之前先拿起了那把手锯。要理解小说的叙事进程及其感染力和主题意义——当然,还有它的审美效果——我们需要在伦理层面上充分理解塞丝用锯子割断她女儿喉咙的那个抉择。①

虽然莫里森在小说的开头隐晦地提及过这一事件,但一直到小说中段,叙事"航行"已经开始后,才正式将该事件托出。的确,充分借助小说中段这一进退两可的位置优势,她得以从多个角度多次再现这一事件:白人猎奴者、斯坦普·沛德以及塞丝本人。然而在这三个角度的再现中特别值得注意的是,对于塞丝的粗暴抉择,莫里森本人既没有表达任何明确的伦理立场,也没有给她的读者任何明确的引导以帮助其进行判断。相反,她所再现出来的事件使她看起来就像贝比·萨格斯一样,既无法赞同也无法谴责。本章将着重讨论莫里森的形式及伦理选择所产生的后果:(1)考量莫里森将塞丝的行动置于叙事进程的中段来再现的做法;(2)结合在伦理复杂的文本中隐含作者和读者常见的关系,将莫里森处理塞丝抉择的方式语境化;(3)分析莫里森采用的叙事策略,即在自己不明确表明立场的前提下,为我们进行伦理判断提供有限的引导;(4)检验该处理方式对我们与塞丝之间的关系,以及我们最终与莫里森之间的关系所产生的影响;(5)考量莫里森的处理方式对叙事其余部分的影响,包括我们对叙事的审美判断。

我在讨论《深红色的蜡烛》("The Crimson Candle")和《劝导》(*Persuasion*)的伦理维度时已经表明,我的伦理修辞方法假定作者在

---

① 在其发表后的二十年间,《宠儿》(*Beloved*)引起了众多批评家的关注,成为两百多部专著和文章的研究对象;然而据我所知,还没有一项研究直接涉及塞丝抉择中的伦理问题。现有的批评特别关注小说中众多的主题成分,从历史、记忆到母性、身份以及它与之前的美国叙事小说之间的关系、它与西方和非洲文化价值观的融合等等。诸如此类的研究见克里斯蒂安(Christian)、汉德利(Handley)(关于西方和非洲文化)、阿姆斯特朗(Armstrong)、莫兰(Moreland)、特拉维斯(Travis)(关于与先前传统间的关系)、赫希(Hirsch)、威尔特(Wilt)、怀亚特(Wyatt)(关于母性及其相关的问题)、哈特曼(Hartman)、莫格伦(Moglen)(关于历史和记忆)。关于歌曲、叙事、叙事理论和技巧等问题的研究文章见霍曼斯(Homans)、利蒙－凯南(Rimmon-Kenan)和沃尔夫(Wolfe)。

刻意引导其读者对人物行动做出特定的伦理判断,而且假定作者的引导方式本身又会引出另外一种伦理判断。莫里森对塞丝抉择的处理方式相当独特,因为它仅适用于上述第二种假定。为了更好地说明这一点,我们不妨看看其他几部作品中作者如何引导读者对主人公进行伦理判断。在有些情形中,对不同人物的伦理判断是在对立中形成的。例如,在《汤姆·琼斯》(Tom Jones)中,亨利·菲尔丁(Henry Fielding)将我们对汤姆的肯定性判断和对布力菲的否定性判断鲜明地对立起来。在另一些情形中,主人公自己的伦理判断及行为的演变过程成为叙事进程的焦点,如上一章讨论的《傲慢与偏见》(Pride and Prejudice),简·奥斯丁(Jane Austen)先让我们判断伊丽莎白·贝内特和费兹威廉·达西两人初遇时各自的伦理缺陷,然后让我们看到两人如何反思各自之前的行为并做出改正。这些发展为他们后来的幸福结合做了充分的铺垫。还有一些情形,作者给我们呈现面临艰难伦理抉择的人物,然后引导我们既看到困难也看到人物自己在该情境下所做的判断。比如,约瑟夫·康拉德(Joseph Conrad)既让吉姆自己讲述他如何从"帕特纳号"船上跳下,又借助其他人物,如因从吉姆身上看到了自己而自杀的白力厄利船长,还有那个坚持认为水手的责任应该是留在船上的法国中尉,来揭示吉姆心中深重的欲念和对自己行为毫不含糊的否定性判断。还有一些作者会让他们笔下的人物超越社会和法律界线来达到一种高尚的伦理层面,如《飞越疯人院》(One Flew over the Cuckoo's Nest)的作者肯·克西(Ken Kesey),他使酋长布罗姆登杀死被切除了脑叶的麦克穆菲的行为看起来并不像一场可怕的谋杀,而更像一种充满仁爱和勇气的行为。即便是在那些模棱两可的经典叙事作品中,作者们也是将模糊的两面分别清晰地描述出来,如亨利·詹姆斯(Henry James)在《螺丝在拧紧》(The Turn of the Screw)中所刻画的:或是一个勇敢的女家庭教师冒着生命危险保护她照顾的孩子们不受邪恶鬼魂的伤害,或是一个神经错乱的疯女人因她的幻觉给孩子们造成了严重的威胁。

当然,没有哪种归纳性研究足以证明作者们一定会在其作品人物的中心行动中隐含伦理判断，而且，我也不想支持那种"一定"。另外，我们也很可能会遇到某位作者想站在一种元道德立场上来指引我们得出这样的结论，即根本不可能对某个中心行动做出明确的伦理判断。然而对此我持双重观点：(1) 阅读小说时的默认预期是作者会对其所再现的事件和人物持有伦理立场，而且会或明晰或隐含，或浓墨重彩或细微巧妙地（当然，也可能介于两者之间）引导我们接受他们的立场。的确，这种默认的预期能使我们明白隐含作者和"作者的读者"间那种默认的伦理关系是一种互惠关系。两者都是既有所给予也有所接受。作者们会引导读者接受其特定的价值体系以及由该体系生成的伦理判断；他们也期望读者将其兴趣和关注反馈给自己。读者们则给予作者兴趣与关注，并期望作品中的价值观会强化、挑战乃至反对他们自己的价值观。如上所述，这种默认的互惠当然并非一定得在场，但是一旦缺失就一定会带来风险。那些将自己的兴趣（意识形态、政治、伦理道德）置于阅读中心地位的读者很可能会将阅读变成一种自我重复的活动，从而错过了作者所呈现的人类生活中其他的可能性和经验。而如果作者过于强势，将自己的立场强加给读者，就会与之产生隔阂以致失去他们。(2) 若作者不提供引导而且也不明确表示不提供引导，读者将面临一种极大的挑战，这对于作者也是很冒险的。当作者将伦理判断（或无法做出明确伦理判断）的责任转交给读者时，他们对伦理的讲述（即再现人物及其行动，但不予以判断）就显得更加引人注目。读者或许会将这种引导的缺失视为作者的失职。根据我一直在讨论的阐释、伦理和审美这三种判断之间的相互关系，读者们还会认为这种引导的缺失是叙事的一大漏洞。但是从另一方面来说，如果成功地将伦理判断的责任转交给"作者的读者"和个体读者，那么这个做法不仅能够挑战读者，还能为他们提供极其丰富的阅读体验。本章接下来的观点是，莫里森给《宠儿》(*Beloved*)的读者们提供了这种体验。更具体地说，我将阐明小说的开端提供了何种关键语境，使我们得以理解莫里森在小说中段的策略，即多角度叙述塞丝的抉择，从而将伦理判断的责任转交给读者。

开端：前页与第一章

莫里森没有给小说的各章节标号，而是让我们自己发现第一部分包含十八个章节，第二部分七个章节，第三部分三个章节，所有章节合在一起为我们呈现出这部小说叙事当下所在的1873年。第一部分的第一个章节——我称作第一章——构成了小说的开端：在本章的最后，此前引入的各种不稳定情景和紧张因素交汇到一个事件，叙事由此"启动"。第一章也提供了一个绝佳的"发起"，让我们初步了解隐含作者的方式，以及隐含作者与其多变叙述者(protean narrator)及"作者的读者"之间的关系。不过，在小说第一句"124号恶意充斥"之前，我们先读到的是一些重要的、作为副文本的前页。

除了小说的标题，副文本中还包括一条题献、一条开篇引语和两幅插图。这些说明性材料合起来为阅读的开始提供了一个复杂的背景，也就是一套主题联想，构成理解叙事其余部分的语境。献给"六千万甚至更多"死于"中途航道"①的黑奴，这一题献将该叙事与伴随贩奴发生的屠杀联系起来，提示我们莫里森是在从事一项伟大的任务，一项值得献给六千万甚至更多黑奴的事业。摘自《新约·罗马书》第九章第二十五节(Romans 9：25)的开篇引语不仅为小说名字提供了来源，更突显了其中的悖论，提示我们这个悖论将是叙事的一个重要成分：

> 那本来不是我的子民，
> 我要称为我的子民；
> 那本来不是我的宠儿，
> 我要称她为宠儿。

---

① 指从非洲西海岸到加勒比海的一段穿越大西洋的航程，历史上曾是贩卖黑奴必经的航道。——译者注

在小说的扉页,读者看到的是一张插图,图中是一位天使般的女性,卷曲的头发,皱着眉头的黑皮肤脸庞,双目圆瞪,透纸而来。那直视的目光像在挑战读者,脸上还夹杂着忧伤。在注明小说"第一部分"的页面上有另一张黑人的插图,没有头发,头部看上去就像个头盖骨。与第一张插图中的人物一样,他皱着眉头,眼睛大而圆睁着。从脸后伸出的双翅使人物看起来有点天使的模样。两张插图让人立刻联想到种族、死亡、天使和不幸等主题,同时也更进一步加强了题献和开篇引语给读者带来的冲击与震撼。总之,这些副文本在昭告着一个宏大的叙事,将诉说美国历史文化中那些使人惊悚的苦难主题。

小说的第一段继续"出场",但"出场"的方式已经带有"发起"的显著特征:

> 124号恶意充斥。充斥着一个婴儿的怨毒。房子里的女人们清楚,孩子们也清楚。多年以来,每个人都以各自的方式忍受着这恶意,可是到了1873年,塞丝和女儿丹芙成了它仅存的受害者。祖母贝比·萨格斯已经去世,两个儿子,霍华德和巴格勒,在他们十三岁那年离家出走了——当时,镜子一照就碎(那是让巴格勒逃跑的信号);蛋糕上出现了两个小手印(这个则马上把霍华德逼出了家门)。两个男孩谁也没有等着往下看:又有一锅鹰嘴豆堆在地板上冒着热气;苏打饼干被捻成碎末,沿门槛撒成一条线。他们也没有再等一个间歇期,几个星期、甚至几个月的风平浪静。没有。他们当即逃之夭夭——就在这座凶宅向他们施以不能再次忍受和目睹的侮辱的时刻。在两个月之内,在残冬,相继离开他们的祖母贝比·萨格斯,母亲塞丝,还有小妹妹丹芙,把她们留在蓝石路上这座灰白两色的房子里。当时它还没有门牌号,因为辛辛那提还没扩展到那儿呢。事实上,当兄弟俩一个接一个地把被子里的棉絮塞进帽子、抓起鞋子,偷偷逃离这所房子用来试探他们的活生生的恶意时,俄亥俄独立成州也不过七十年光景。

这一段给人方向不明之感。尽管叙述者做了很多解释说明,但其中的各种关系模糊不清——主要是因为叙述者对我们隐瞒了一些重要信息。段落伊始,叙述者从事件中间(medias res)开始讲述,但在段落结束时又表明她自己与事件的时间距离,就这样把读者带入事件中间,然后又将读者带出事件。叙述者的声音随她的时空移动而变换。有时她的声音显得遥远、正式、权威,如"到了1873年,塞丝和女儿丹芙成了它仅存的受害者";有时又显得亲和、随意,但语气始终保持权威感,如"他们没有再等一个间歇期,几个星期、甚至几个月的风平浪静。没有"。这样的"发起"方式要求读者必须努力(甚至挣扎),方能跟上叙述者和隐含作者。我们不妨更仔细地阅读一下本段。

"124号恶意充斥。充斥着一个婴儿的怨毒。房子里的女人们清楚,孩子们也清楚。多年以来,每个人都以各自的方式忍受着这恶意,可是到了1873年,塞丝和女儿丹芙成了它仅存的受害者。"叙述者并未明说124号具体是什么,尽管从段落的第三句,特别是段落的最后部分我们能够知道那是一座房子。一旦确定这一事实,我们就会注意到莫里森使用的拟人化手法。除了住在里面的人之外,这座房子还有自己的生命,它的生命与那个婴儿的怨毒关系重大。的确,当叙述者告诉我们,霍华德和巴格勒是在"这座凶宅向他们施以不能再次忍受和目睹的侮辱的时刻"逃跑,该段落前两句确立的房子和婴儿间的转喻关系到段落中间就变成隐喻关系了。通过确立这层隐喻关系,莫里森突显了塞丝、丹芙与房子之间的疏离。这一突显反过来又表明,要想解决这种疏离,必须先多少解决下她们与这个充满怨毒的婴儿之间的关系。引人注意的是,这里表现出来的情形看上去像是一种固定的不稳定性(fixed instability),也就是说,有一种不稳固的关系此刻已成为这栋房子里女人们生活的常态。如此看来,这些信息还只能算作"出场",而不是"启动"。要让叙事真正"启动",还需从某处产生一种力量来改变这种静态的不平衡。

另外,我们对前三句话进行的阐释判断和伦理判断使我们对塞丝和丹芙滋生了同情之心。她们看上去并不像愚蠢的受害者,而是极富忍耐力的人。虽然这最初的同情在我们获得更多信息之前只是暂时的,但它还是能够说明在这个故事的价值体系中,忍耐力可能是非常重要的。

"婴儿的怨毒"这个短语还会引起读者的其他反应。它令人困惑,因为它带有矛盾修辞的味道:我们通常是不会将婴儿与怨毒联系起来的。同样令人困惑的是,一开始它貌似与贝比·萨格斯有关,但之后出现的情况却是与一个鬼魂相关。一旦我们推断出那婴儿是个鬼魂,虽然这个短语的含义是清楚了,但起初带来的困惑却依然存在。叙述者随意使用的这个短语发出了一个强烈的信号,充分表明叙事世界与众多个体读者的世界之间存在差距。如果婴儿的怨毒是真实的存在,能够被随便用来解释一座房子充满恶意的原因,那它也属于一种多数个体读者(包括我)所不熟悉的事物。当然,鬼魂在哥特式小说中并不是没有,但是这第一段文字中并没有其他征兆能显示我们是在阅读哥特式小说。这些征兆的缺失说明莫里森想要让鬼魂的存在显得理所当然,从而使众多读者先感到惊讶,然后再去思考他们必须跨越的那个差距,从而进入她的叙事并成为她的理想读者。

的确,莫里森叙事中一个激进的做法就是要求"作者的读者"相信鬼魂的存在。所以,尽管小说第一段并未断定"作者的读者"是相信超自然物的,但其中所使用的理所当然的语气,以及段落中隐含作者与叙述者之间没有距离,这些都已经充分表明他们是相信的。随着叙事向前推进,莫里森更清楚地确立了"作者的读者"相信鬼魂的存在,特别是相信宠儿很可能就是第一段中提到的那个鬼魂。然而,莫里森的激进之处却是她并未利用这一点使叙事成为哥特式小说,而是坚持用它来表明她是在创作一篇历史叙事。于是,作为"作者的读者",我们渐渐就会接受一个观点:催生宠儿这类鬼魂的,是那段贩卖黑奴的历史,而不是哥特式小说的创作传统。

同时,并非每个"有血有肉的读者"都会觉得需要费些力气才能和"作者的读者"一样相信鬼魂。对有些读者来说,包括莫里森的一些非裔美国读者,相信鬼魂是件很正常的事,并不稀奇。这一认识虽然并不改变这一事实,即莫里森的叙事读者和"作者的读者"很自然地认为世间有鬼魂,但这的确表明,不同的"有血有肉的读者"还是会与"作者的读者"产生不同的关系。有些读者会很满意自己的信仰能被莫里森的叙事印证,而另一些读者,就像我,还需要调整一下自己的信仰才能更好地参与她的叙事。

莫里森对待读者的这种方法,显示了在她提供的叙事"发起"中有伦理的一面。莫里森在叙述中传递了权威与自豪的态度。在既不道歉也不解释的情况下,她隐约在说:这就是我的叙事世界,你们得面对。也就是说,此时要在作者和读者间建立起良好修辞关系的任务大部分落在了读者身上。当然这一策略也给莫里森本人增添了责任,否则将对她本人不利。她的责任就是要使受她挑战的读者获得丰富的阅读经验,以补偿他们为进入她的叙事世界所做的努力。

在接下来的阅读中我们发觉,其实那个"婴儿的怨毒"并没有那么恶毒:不过就是打碎的镜子、蛋糕上的手印、撒落在地上的鹰嘴豆和捻成碎末的苏打饼干。我相信我应该有足够的勇气来承受这些怨毒。但是故事里的两个年轻男性却没有。的确,第一段概括的主要行动就是霍华德和巴格勒的逃离,而且叙述者还强调他们是抛下了124号的女人们:"在两个月之内,在残冬,相继离开他们的祖母贝比·萨格斯、母亲塞丝,还有小妹妹丹芙,把她们留在蓝石路上这座灰白两色的房子里。"于是,124号在此被明确建构成了一个女性的空间,而性别关系也由此成为整个叙事中一个潜在的重要问题。

这些关于霍华德和巴格勒逃离的语句也成为本段令人困惑的话语中的一部分。从第四句话里我们得到两个时间表述:"多年以来"和"到了1873年"。从第五句我们知道贝比·萨格斯是在1873年去世,而霍华德和巴格勒在他们十三岁的时候离家出走。我之前讨论的那两句话则告诉我们,他们在"两个月内相继"出走,他们出走的时候贝比·萨格斯还活着。所以我们不清楚他们究竟是哪一年出走的,但肯定是1873年以前。但是最后那两个切换了叙述者所处时间的语句则交代了他们是在俄亥俄独立成州(1803年)七十年后离开的,也就是

1873年。这说明什么呢?很显然,莫里森是想突出叙事中的时间、历史以及各种事件之间关系的重要性,同时又想说明在这个叙事世界里时间是混乱不清的,过去、现在、未来极易混淆。但无论怎样,我还是认为莫里森关于男孩们出走时间的矛盾说法是个错误,因为这个矛盾无法解开,而且在叙事其他部分再也没出现过类似的矛盾,只是让我们自己去建构多数事件的时间顺序而已。有些读者或许会认为,莫里森的这个错误恰好可以证明她是太想让她的读者在一开始就感到困惑,但我还是觉得这是一个小小的瑕疵,不然的话这第一段应该是无可挑剔的。

第一段的最后两句还在其他方面复杂化了叙事的"出场"和"发起"。"当时它还没有门牌号,因为辛辛那提还没扩展到那儿呢。事实上,当(兄弟俩逃离)……时,俄亥俄独立成州也不过七十年光景。"首先,这些语句强调了数字124对叙事很重要。"124号恶意充斥。充斥着一个婴儿的怨毒。房子里的女人们清楚,孩子们也清楚。"这些解释性话语仿佛是在描述一个行动即将发生的特定时刻,所以,这个话语中提到的所有事物——怨毒、房子、女人们、孩子们,在那个时刻都还与往常一样。但是由于那个时候的房子还没有门牌号,这个话语肯定要显得充满怀旧感。叙述者那时也还没有完全回到1873年故事即将开始的那个时刻。而下一句却表明她已经身在20世纪80年代了,因为一个人只有置身于距离1873年之后相当长的时间后,才可能说"俄亥俄独立成州也不过七十年光景"(强调为我所加)。我说叙述者身在20世纪80年代的理由是,在没有其他证据反驳的情况下,叙述者所处的时间应该就是作者所处的时间,而莫里森是在1987年发表的这部小说。

这些关于时间角度的问题,与辛辛那提房子门牌号以及位置的具体信息合在一起,充分强调这一叙事非常关注自身在美国更广泛的历史中所处的地位。所以,与前页中的信息尤其是题献结合起来,1873年就成为奴隶制废除后不久的一个重要时间点。将叙述者置于20世纪80年代暗示着一个尚有待发现的关联,即1873年的诸事件与20世纪80年代的事件之间的联系。

到第一段结束之前,"作者的读者"一直在努力理解莫里森在叙事"出场"中的种种举动;他们已经对124号的女人们产生了同情,而且尽管有一些小小的摩擦,他们已开始在与莫里森逐渐发展的关系中既感受到挑战也收获回报。

从第一段的"出场"和"发起"过渡到"启动"和"进入"并不快捷,也不容易。正如之前所说,第一段揭示了一种固定的不稳定性,一种静态的不平衡,需要某种新的力量来打破它才能给小说人物的生活带来真正的变化。那个力量就是保罗·D. 加纳,他与塞丝在肯塔基那个被称作"甜蜜之家"的庄园当奴隶的时候就认识了,现在他在塞丝逃离庄园的十八年后终于来到了蓝石路124号。保罗·D的到来是一个重要的不稳定因素,原因有几个:它给124号的女性空间里带来了一个成年男性,它使塞丝有了一个面对过去的机会,它预示着一个与当前的混乱局面不一样的未来。但是,要理解保罗·D在叙事"启动"时所起的作用,我们必须考虑第一段所构建的一系列不稳定因素和紧张因素。

的确,第一章的进展对莫里森、叙述者与"作者的读者"之间因信息不对称而产生的紧张因素的依赖程度,与其对不稳定因素的依赖程度至少是一样的。莫里森的叙述者给我们提供了一些关于过去和当前的信息,继续"出场",但由于这些信息引出的问题比它们能够回答的更多,这样的"出场"只能使我们在这个叙事世界里建立一个极不稳定的支点。最大的紧张因素是围绕着那个鬼魂的:那个婴儿是怎么死的?在塞丝回忆她出于对孩子强烈的爱而用身体去换得她墓碑上所刻的"宠儿"两字时,莫里森提及了婴儿的死亡:"她不仅必须在那因被割断喉咙的婴儿的暴怒而瘫痪的房子里度日,而且她紧贴着缀满星斑的曙色墓石、双膝墓穴般敞开所付出的十分钟,比生命更长、更活跃,比那油一般浸透手指的婴儿的鲜血更加脉动不息"(5)。然而在这一幕中,我们依然看不出是谁割断了婴儿的喉咙以及究竟是什么事件使得塞丝感觉手指被鲜血浸透。与此同时,隐含的莫里森明确地引导我们的情感和伦理反应:当我们知道塞丝为她死去的女儿所做的这些事后，我们更加同情她了，同时也谴责迫使她做出该决定的背后因素。

除此之外还有很多别的紧张因素。保罗·D一来就让我们知道了关于"甜蜜之家"的一些事情，这些事情引发了与小说其他部分相关的紧张因素。塞丝是除五个男性黑奴外的唯一女奴；她选择和那个叫黑尔的结婚，四年内生了四个孩子，最小的一个——她的女儿丹芙——是在她逃离庄园后不久生的。在她离开不久前，她遭受了几个白人的侮辱；他们先是"把（她）按倒"，然后"吸走了（她的）奶水"，再后来她向加纳太太告状，于是他们过来用鞭子抽打她，直到在她背上留下了形状像一棵树的伤疤。此处引发的情感和伦理反应，与之前塞丝用身体去换墓碑上的刻字时类似，但不完全等同。我们对塞丝的同情进一步加深，而我们的负面伦理判断强烈针对那些白人男性，而对加纳太太的判断没有那么强烈，因为她没有能力干涉，而最强烈的谴责则是指向纵容了那些白人男性恶行的奴隶制度。

尽管有些关于"甜蜜之家"的紧张因素随着章节的展开得以解决，但也有许多没有解决，甚至还产生了新的紧张因素。这些紧张因素进一步加深了第一段对叙事中的时间与回忆的重要性所做的强调。到第一章结束时，我们意识到，1873年里任何事件的顺利展开，都需要通过塞丝在"甜蜜之家"所经历的往事来铺垫。

第一章还引入了有关塞丝女儿丹芙的不稳定因素和紧张因素，将叙事引向塞丝和保罗·D的故事之外。叙事话语切换到丹芙的视角，告诉我们保罗·D对丹芙来说是一个显性的威胁和一个隐性的希望。他让她母亲的行为变得不一样，好像变成了一个调皮的小姑娘而不是"丹芙一直熟识的那个安静的、王后般的女人"（12）。保罗和塞丝谈论那些关于"甜蜜之家"和她父亲的事情，似乎他们共同生活在一个根本没有她的世界。于是她开始演戏，用九年来从未有过的方式痛哭起来。她哭泣，除了因为自己被关在母亲与保罗·D的亲密关系之外，还因为她被迫经历的生活：

> "我不能住在这儿了。我也不知道去哪儿、干什么,可我不能再在这儿住了。没有人跟我们说话。没有人来。男孩子不喜欢我。女孩子也不喜欢我。"
>
> "亲爱的,亲爱的。"
>
> "她说没人跟你们说话是什么意思?"保罗·D问道。
>
> "是这座房子。人家不——"
>
> "不是!不是这房子!是我们!是你!"(14)

我们此刻所了解的信息又产生了新的紧张因素:塞丝是怎么回事?他们所有人都是怎么回事,怎会使得没有人愿意跟他们说话?同时,尽管这个对话反映出丹芙对母亲的不满,莫里森依然利用它唤起了对她们两人的肯定性伦理判断:对塞丝来说是因为她此刻是真的在关心丹芙,而对丹芙来说,她的抱怨也是符合事实的,她母亲的关心并不能改变她被孤立的现状。

保罗·D自身对塞丝的关心,以及我们对他的过去的些许了解,都使得我们对他产生了类似的同情,并且也对他做出肯定性的伦理判断,即使接下来的叙事继续在表明性别差异的重要性。我们来看看塞丝讲述她如何得到背后那棵"树"之后两人的对话:

> "男人可不懂那么多,"保罗·D说着,把烟口袋揣回马甲兜里,"可他们知道,一个吃奶的娃娃不能离开母亲太久。"
>
> "那他们也知道在你乳房胀满时把你的孩子送走是什么滋味。"
>
> "我们在谈一棵树,塞丝。"
>
> "我离开你以后,那两个家伙去了我那儿,抢走了我的奶水。他们就是为了那个来的。把我按倒,吸走了我的奶水。我向加纳太太告了他们。……那些家伙发现我告了他们。'学校老师'让一个家伙划开我的后背,伤口愈合时就成了一棵树。它还在那儿长着呢。"

"他们用皮鞭抽你了?"

"还抢走了我的奶水。"

"你怀着孩子他们还打你?"

"还抢走了我的奶水。"(16—17)

保罗一味关注的是在他看来对塞丝身体的更大伤害——男性白人对她的鞭打——塞丝却一再强调她作为一个母亲所遭受的侮辱,先是在还没给孩子喂饱奶水时就被迫把他们送走,后来又被男性白人抢走了奶水。莫里森再次让我们对每个人物的立场都做出正面的伦理判断,尽管她将上述对话的最后一句话语权留给塞丝,暗示着塞丝的立场盖过了保罗。不仅如此,这段对话本身也强化了性别差异对该叙事的重要性及其潜在的伦理价值。本章稍后我还会回来讨论这一段。

作为最大的紧张因素的根源,那个鬼魂既强烈地吸引着我们的兴趣,也给我们带来一个巨大的疑团;我们不认识她,却知道该如何对她做出反应:她显然是一种破坏性力量,但又是一个被割断了喉咙的婴儿的鬼魂,因此理应得到我们的同情。丹芙这个人物是我们最容易阐释和判断的,即使当叙事讲述她所忧所想时复杂化了我们对塞丝的反应(特别是强化了塞丝何以成为没有人肯到房子里来的原因这一紧张因素)。简言之,本章在发展中引入了很多紧张因素和不稳定因素,它们相互竞争以获得我们的关注、兴趣、同情和理解,从而加深了第一段中营造的那种令人困惑的效果。

在本章的最后几页,叙事的中心回到塞丝和保罗·D身上,随后又转移到保罗·D和鬼魂之间,其间莫里森做了充分的铺垫,让叙事"启动"。塞丝告诉保罗她背上的那棵"树"是怎么来的,于是他开始安抚她的身体,用嘴唇吻她背上的伤疤,双手握住她的乳房,这些动作让塞丝不禁疑问:

是否有一小块空间,一小段时光,她想知道,能让她远离坎坷,把劳碌抛向屋角,只是赤裸上身站上片刻,卸

下乳房的重荷,重新闻到被掠走的奶水,感受烤面包的乐趣?(18)

出于对塞丝的同情以及我们对她的肯定性伦理判断,我们对她在疑问中表达的渴望产生了共鸣。然而塞丝在这一刻所感到的欢愉却引起了鬼魂的嫉妒和愤怒,她使出了比第一段描述的任何情形都更强烈的怨毒。鬼魂使整个房子颠簸起来,直到保罗·D抓住了那个向他扔来的桌子乱砸一气,冲着鬼魂大声尖叫,才成功地把她从房子里赶了出去。本章不是以保罗·D和塞丝的故事结束,而是以丹芙对她哥哥们和贝比·萨格斯的思念结束:"现在她的妈妈正和那个男人一起待在楼上,就是他,赶跑了她唯一的伙伴。丹芙将一小块面包蘸进果酱。慢吞吞地、有条不紊地、凄苦不堪地,她吃掉了它"(19)。

赶走鬼魂之后,第一段所揭示的静态失衡状态被显著改变了。这一改变让叙事处于"启动"状态,因为它极大复杂化而不是解决了最初的不稳定情形。尽管鬼魂"走了",但叙述者还是告诉我们,在这场战斗之后,当"塞丝、丹芙和保罗·D,用同一个节拍呼吸,宛若同一个筋疲力尽的人","另一个的呼吸也同样筋疲力尽"(18 19)。这句话里,还有贯穿整个这一部分的对鬼魂的强烈好奇,都暗示着一种可能——她还会回来。另外,那种强烈的好奇以及丹芙对失去鬼魂这个伙伴的惋惜,使得我们很难评价保罗·D将鬼魂赶走的行为是否完全正确。毕竟,从可怜的丹芙的角度来说,这个房子里有鬼魂而没有保罗·D会更好。

于是,到了本章最后,我们已经获得足够信息来"进入"叙事世界了。我们被逐次引入当下的1873年、过去的"甜蜜之家",还有未来的莫里森的创作时间。我们对塞丝、保罗·D和丹芙的伦理判断总体上都是肯定的,而且我们同情他们每一个人——即使我们看出来他们之间的关系不太稳定。我们希望保罗·D来到124号以后能让塞丝的生活改善,但我们不希望这一改善以她的女儿为代价。我们同样也清楚,那个鬼魂依然还是个威胁,她会破坏保罗·D可能带来的任何改善。而且我们还能非常清晰地看出叙事中引出的多条主题线,特别是那些关于奴隶制、死亡、不幸、时间、记忆和性别的主题线。如此"进入"叙事并不能让我们预见叙事中人物或主题的发展轨迹,但它真切地将我们带入了一个充满吸引力的、艰难的叙事世界。的确,这个小说的开端让我们看到了莫里森的美学雄心:具有挑战性的主题、多变的叙述者、复杂的时间性以及多维度的叙事进程。

中段

在叙事"航行"中,开端建立的全局不稳定因素因鬼魂化身宠儿返回而变得更加复杂(尽管如我和其他人曾经说过的那样,"回来的鬼魂"只是宠儿多重身份和意义中的一种)。宠儿的到来使塞丝、保罗·D和丹芙的处境变得复杂,无论是对个人还是对他们全体。这些复杂性使因塞丝和婴儿之间所发生的事情而形成的紧张因素更加迫切需要解决。"航行"中间偏早的部分继续突显着这一紧张因素。在第三章,塞丝与保罗·D谈起丹芙,她提到1855年8月里发生的一些事情,但没把整个故事和盘托出:

"后来'学校老师'找到了我们,带着法律和枪追到这儿来——"
"'学校老师'找着你了?"
"费了会儿功夫,但他还是找着了。终于找着了。"
"可他没把你带回去?"
"噢,没有。我可不回去。我才不管是谁找着了谁。哪种生活都行,就是那种不行。我进了监狱。丹芙还是个娃娃,所以跟我一起进去了。那儿的耗子什么都咬,就是不咬她。"

保罗·D扭过身去。他倒想多知道一些,可是说起监狱,他又回到了佐治亚的阿尔弗雷德。(42)

在第九章中也有类似这样的暗示,但是依然没有解释究竟为何那个婴儿的鬼魂会进驻 124 号:"多年以前——那时 124 号仍旧生气勃勃——曾经有来自四面八方的女友、男友来帮她分担悲伤。然后就一个也没有了,因为他们不愿意到一个小鬼肆虐的房子里来看她,而她也以一个受虐者强烈的傲慢回敬大家的不满"(95—96)。此处的紧张因素所营造的氛围不但与这个疑团本身有关,而且关乎这个疑团的重要性;每条信息都使读者更加意识到它的重要性,同时也更加渴望解决这个紧张因素。这种刻意延迟的策略,赋予了莫里森一种道义上的责任来解决这个紧张因素,即使这种策略预设了读者有能力理解其中的种种暗示并耐心等待谜底揭开。与此同时,莫里森在"出场""互动"及"航行"中也在谨慎地给读者做伦理引导。

尽管莫里森的引导很微妙,但其大致方向却足够清晰。首先,莫里森选用多变叙述者来给我们提供大范围互动:叙述者不断让我们看到几个主要人物的内心世界——塞丝、保罗·D、丹芙和贝比·萨格斯——同时也不断地直接以她自己的口吻对叙事中的行动和人物进行判断。和第一章一样,莫里森利用多个角色扩展出多重伦理视角。例如,塞丝和丹芙对宠儿来到蓝石路 124 号的房子就有不同的感受和判断。在早中段的章节里,莫里森没有将任何人物的判断置于优先地位,而是让我们进入每个人物的意识来辨识其感受和判断的有效性。① 其次,莫里森不是简单地将奴隶制视为一种抽象的或历史的罪恶,而是将其视为某种罪恶事物,依然在不断深深伤害 1873 年的塞丝和保罗·D——以及丹芙和他们身边的每一个人。的确,莫里森对奴隶制的揭露,指引我们真正理解了贝比·萨格斯那句有历史意义的结论:"这个世界上除了白人没有别的不幸"(89)。这个伦理判断尤其发人深省,因为之前曾有说明,加纳家的"甜蜜之家"庄园的奴隶制已经是相对仁慈的了。第三,塞丝习惯"击退过去"并努力不去回忆 1855 年发生的事件,莫里森将这个做法明确表现为既不可能又非常危

---

① 我并不是说莫里森从未揭示其主要人物的某些价值观和信仰的局限。比如,她要求我们既要认识到丹芙将保罗·D 当成一个不受欢迎的闯入者的看法是不成熟的,同时也要认识到为何丹芙会如此坚持她的看法。

险;她强调这种不稳定因素,其结果是加大了揭示那些事件的压力——塞丝的未来取决于她将如何面对而不是击退过去。

在建构这一语境的同时,莫里森为揭开塞丝抉择的真相进行着铺垫,她给我们充分提供了关于1855年的信息,帮助我们理解当"学校老师"来到124号时对塞丝意味着什么,同时还使1873年的不稳定因素大大升级——保罗·D要求塞丝给他生一个孩子。因此,紧张因素被解决时,不仅为读者提供了理解1873年情形的关键信息,而且也为那个情形的进一步发展提供了一个重要的转折点。三个不同讲述的每一个——以及它们形成的三角互证,都有助于紧张因素的解决,对莫里森提供的和没有提供的伦理指引尤其有所增益。如上所述,第一个讲述聚焦于那些来将塞丝和她的孩子抓回去当奴隶的白人。接下来的一段很有代表性,该段先聚焦猎奴者,然后切换到"学校老师":①

> 里面,两个男孩在一个女黑鬼脚下的锯末和尘土里流血,女黑鬼用一只手将一个血淋淋的孩子搂在胸前,另一只手抓着一个婴儿的脚跟。她根本不看他们,只顾将婴儿摔向墙板,没撞着,又在作第二次尝试。这时,不知从什么地方——就在这群人紧盯着面前的一切的当儿——那个仍在低吼的老黑鬼从他们身后的屋门冲进来,将婴儿从她妈妈抡起的弧线中夺走。
>
> 事情马上一清二楚了,对"学校老师"来说尤其如此,那里没有什么可索回的了。……可是现在她疯了,都是因为侄子的虐待,他打得太狠,逼得她逃跑了。"学校老师"训斥了那个侄子,让他想想——好好想想——如果打得超过了教育目的,你自己的马又会干出什么来。契伯和参孙也是一样。

---

① 所谓"有代表性",是指它为我讨论第一个讲述中的伦理问题提供了一个恰当的焦点,而并非因为所有其他部分的讲述都与它采取了同样的方式。

设想你那么过分地打了这两条猎狗。你就再也不能在林子里或者别的地方信任它们了。也许你下回喂它们,用手递过去一块兔肉,那个畜生就会原形毕露——把你的手一口咬掉。……现在所有这些人都丢了。五个哪。他可以索要在喵喵直叫的老头怀里挣扎的婴儿,可是谁来照料她呢?都怪那个女人——她出了毛病。此刻,她正盯着他;要是他的侄子能看见那种眼神,他肯定得了教训:你就是不能一边虐待造物,一边还指望成功。(149—150)

通过一种全新的互动模式将谜底解开,莫里森给"作者的读者"提供了相当令人不安的阅读体验。很久以来,我们都是从内部或通过叙述者的视角来看塞丝,如今从这样一个另类的视角来看她,看她被描述成"一个女黑鬼"和一个等同于一匹马或一条狗的"造物",让我们在情感、心理甚至伦理层面都颇为震动。之前那些互动无疑提供了一个语境来强化我们对这个视角进行的负面判断,甚至排斥这个视角。当我们看到"学校老师"将塞丝看成一条不再相信主人的狗,看到他关心的不过是自己和自己的损失,一点也不关心塞丝和她的孩子们,我们对他的视角的判断是快速、清楚而且毫不留情的。然而,值得注意的是,莫里森离开塞丝的视角,转而从外部来描述她的行动,这一策略所突出的不仅仅是猎奴者的伦理缺陷和"学校老师"的种族歧视,而且突出了塞丝行为的恐怖之处:"用一只手将一个血淋淋的孩子搂在胸前,另一只手抓着一个婴儿的脚跟……只顾将婴儿摔向墙板,没撞着,又在作第二次尝试。"如果说视角转换令人不安,如此再现塞丝的行动就是令人震惊了,尤其是这个行动是直接身体描写,首先聚焦于她的行动,接着是那个关键的形容词"血淋淋的"。这个身体描写毫无美感,也没有办法让其具有美感。虽然这是从一个猎奴者的视角进行的描写,但没有任何证据表明这个视角扭曲了他看到的这个身体行动。这样,当观察者与观察对象分离,我们就没有任何指引来判断观察对象了。莫里森让我们自己来判断塞丝的行为。

不过,莫里森也给我们留下空间来延迟我们的判断。由于第一个讲述是从那些白人进入木棚屋之后开始的,因此它没有解释塞丝怎样带孩子们去木棚屋,也没有解释她为什么带孩子们去木棚屋。在第二个讲述中,莫里森部分回答了故事中的这些问题,尤其是塞丝怎样去了木棚屋。此处的视角交给了斯坦普·沛德;他之所以讲述,本是打算与保罗·D讲一讲过去的记忆,但他最终没有讲,因为保罗·D坚持认为,斯坦普给他看的报纸中的那个女人不是塞丝:

> 所以斯坦普·沛德没有告诉他她怎样飞起来,像翱翔的老鹰一样掠走她自己的孩子们;她的脸上怎样长出了喙,她的手怎样像爪子一样动作,她怎样将他们一个个抓牢:一个扛在肩上,一个夹在腋下,一个用手拎着,另一个则被她一路吼着,进入满是阳光、由于没有木头而只剩下木屑的木棚屋。木头都被宴会用光了,所以那时他才在劈柴。棚屋里什么也没有,他知道,那天他一早就去过了。只有阳光。阳光,木屑,一把铁锹。斧子是他自己带走的。那里除了铁锹什么也没有——当然,有锯子。(157)

由于保罗·D坚持认为报纸里的那个女人不是塞丝,斯坦普怀疑"一切是否发生过,在十八年前,正当他和贝比·萨格斯看错了方向的时候,一个漂亮的小女奴认出来一顶帽子,然后冲向木棚屋去杀她的孩子们"(158)。

斯坦普·沛德也是从外部来观察塞丝的,尽管他也将她比作动物,但并未因此鄙视她。的确,将塞丝比作一只张开翅膀的老鹰,能很好地解释她怎样采取行动以及为什么采取那样的行动:因为塞丝看到了危险,她本能地做出反应,快速迅猛地把孩子们带进木棚屋。但是由于斯坦普·沛德无从知道塞丝的内心活动,同时他的叙述重点只关注塞丝的本能反应,因此莫里森此处使用的技巧还是没有明确说出塞丝行动的原因,也没有给出明确的伦理判断。但本段的结尾不仅指明了塞丝割断孩子喉咙所用的工具,而且是刻意延迟才揭示工具的存在,由此再次提示我们塞丝整个行动的恐怖之处。开始我们被告知棚屋里"什么也没有",然后知道有"阳光,木屑,一把铁锹",接着被提示斯坦普带走了那把斧子,至此莫里森才揭示"当然,有锯子"。斯坦普·沛德心里最后想的那句话:"一个漂亮的小女奴⋯⋯冲向木棚屋去杀她的孩子们"则更直接地突出了塞丝行动的可怕。一句充满怜爱的"一个漂亮的小女奴"和一句对她行动目的的直白描述——"去杀她的孩子们",这里所形成的对比产生了复杂的伦理效果。当这句直白的表述与描述塞丝将婴儿摔向墙板的词句并置在一起,可能会让我们得出结论,认为塞丝的本能反应是极端错误的——无论出于什么本能,它都是一种可怕的过激反应。但是那句充满怜爱的描述,加上我们之前对塞丝的同情,以及此刻塞丝内心活动的缺席,合在一起又给我们留下空间来延迟最终结论。如果斯坦普·沛德误解了塞丝的为人,那么他可能也误解了她的行动目的。但即使我们延迟了最终结论,我们也会继续思忖塞丝行动中那几乎令人难以置信的恐怖。我们或许希望也能像保罗·D那样否认此事,但鉴于这第二个讲述是来自一个充满同情心的视角,莫里森有效地阻止了我们采取那种解读策略。

不足为怪,塞丝自己对保罗·D的讲述——其间夹杂着叙述者的评论——是最长的一个版本,而且也是对她行为动机的一个最完整的表述。塞丝讲述的时候,一直在屋子里转圈,就像小说一直围绕着那个事件转圈,直到出现这三种讲述。塞丝没有从那四个骑马的男人进入院子那天讲起,而是从二十天前她到124号那天开始,讲述她成功来到124号时心中的骄傲和爱,以及当"学校老师"回来时,这一切对她行为产生的后果:

> "我们到来这里。我的每一个宝贝,还有我自己。我生了他们,还把他们弄了出来,那可不是撞大运。是我干的。⋯⋯感觉起来很好。很好,而且正确。我很大,保罗·D,又深又宽,一伸开胳膊就能把我所有的孩子都揽进怀里。

我是那么宽。看来我到了这儿以后更爱他们。也许是因为我在肯塔基不能正当地爱他们,他们不是让我爱的。可是等我到了这里,等我从那辆大车上跳下来——只要我愿意,世界上没有谁我不能爱。

"……我不能让她或他们任何一个在'学校老师'手底下活着。"(162—163)

在塞丝对保罗·D表达了自由与她高涨的母爱之间的关系之后,莫里森以此为背景,转向塞丝的内心:

> 塞丝知道……她永远不能围拢来,为了哪个刨根问底的人将它按住。如果他们没有马上明白——她永远也不会解释。因为事实很简单……当她看见他们赶来,并且认出了"学校老师"的帽子时,她的耳边响起了鼓翼声。小蜂鸟将针喙一下子穿透她的头巾,扎进头发,扇动着翅膀。如果说她在想什么,那就是不。不。不不。不不不。很简单。她就飞了起来。收拾起她创造的每一个生命,她所有宝贵、优秀和美丽的部分,拎着、推着、拽着他们穿过幔帐,出去、走开,到没人能伤害他们的地方去。到那里去。远离这个地方,去那个他们能获得安全的地方。
>
> "我阻止了他。"她凝视着曾经有过栅栏的地方,说道,"我把我的宝贝们带到了安全的地方。"(163—164)

塞丝的讲述显然是对前两者的有力回击:她的目的不是要杀他们而是要保护他们,她的动机是无私的爱,并且她成功了。她的确出于本能,但这本能源于母爱,而且她的目的是保护他们不受奴隶制的迫害。这里的动物意象一点也不说明她的主体性质,而是暗示了"学校老师"与她头脑中的某个感觉之间的关联——这一点我后面还会讨论。

至此,故事的进程使我们渐渐有可能进行伦理判断了:塞丝采取了非人性的行动;塞丝的行为虽然错误,却是出于本能,因而可以理解;塞丝的举动既艰难又了不起,因为她是出于最好的动机,并且她达到了目的。由于叙述角度的顺序是由外向内,从白人猎奴者到斯坦普·沛德再到塞丝本人,这一顺序使我们的同情心不断增强,因此我们也许会觉得莫里森是在引导我们接受塞丝讲述的版本。不唯如此,如果留驻在塞丝的视角里,我们会发现她的讲述很有说服力:"收拾起她创造的每一个生命,她所有宝贵、优秀和美丽的部分,拎着、推着、拽着他们穿过幔帐,出去、走开,到没人能伤害他们的地方去"(163)。然而,三个版本形成的三角互证关系表明,莫里森并不想让塞丝的讲述成为最权威的版本,因为它们使我们注意到塞丝的讲述缺失一些东西:手锯、割断的喉咙、鲜血、将婴儿摔向墙板、孩子死在她手中。总而言之,塞丝的讲述并非完全可靠,因为她只说了她的动机(爱)和目的(安全)而省略了其行动中的恐怖之处。

不仅如此,在这第三个讲述结束之前,莫里森利用保罗·D建构了一个塞丝的同阵营对位视角。该小说世界中,保罗·D显然是塞丝最具同情心的听众,因为他最切身地了解奴隶制的残酷,同时也爱着塞丝,但是他立即对塞丝的论断表示反对,并且犀利尖锐地表达了自己的看法。莫里森的叙述者显示了保罗·D当时心中所想:"她为她的孩子们所争取的偏偏是124号所缺乏的:安全"(164)。换句话说,塞丝认为她的行动是成功的,但保罗·D自身的经历却让他质疑这一说法。莫里森还让保罗·D对塞丝说"你的爱太浓了","你做错了,塞丝"和"你长了两只脚,塞丝,不是四只"(163—165)。

在保罗·D这些反应中,第一个最能引起"作者的读者"的共鸣。迄今为止我们自己的阅读体验也让我们觉得,124号一直都不是一个安全的地方:现实层面上,这个地方被那位死后化身为宠儿的鬼魂所纠缠;隐喻层面上,这个地方也被塞丝那个艰难的抉择对她自己和孩子们产生的后果所纠缠。霍华德和巴格勒被迫离家出走,丹芙在宠儿到来之前因被孤立而倍感沮丧。同时,塞丝自己一直努力"击退过去",这也说明她并未真正理解她那抉择的复杂性。如果她讲的故事无愧于整个事件,那么她就不需那么费力去压抑自己了。小说的第二部分中,塞丝极力补偿自己对宠儿的负疚感,这更好地证明了塞丝本人其实并不完全相信自己当初的抉择是正确的。

然而,莫里森也给了我们理由,让我们不认可保罗·D的其他否定性判断。他说塞丝有"两只脚,不是四只",这个评价让人想起"学校老师"对塞丝的评价,而这一联想又影响到我们如何看待他们的判断。一方面,保罗·D用与"学校老师"相同的措辞来看待塞丝的行为,让我们回想起"学校老师"对其所见场景的恐怖描述;但是另一方面,保罗·D使用"学校老师"的措辞,恰恰有力地证明了他的判断是有缺陷的。莫里森的叙事方法再一次让我们否定了几种伦理反应——"学校老师"是种族歧视的,塞丝是自我英雄主义的,而保罗·D是过于常规的——同时又不引导我们走向任何明晰的判断。

莫里森将塞丝对保罗·D的讲述置于第一部分的末尾处,让我们看到,她的讲述与保罗·D的反应使他们正在发展的关系戛然中止,由此使小说中重要的不稳定因素变得愈加复杂。虽然叙事进展到此,已经强调了塞丝必须处理好她与过去的关系才能解决当前的不稳定因素,但是叙事"航行"至此的情形却让那些不稳定因素更加复杂化了。当保罗·D说出"你长了两只脚,塞丝,不是四只"的时候,"一座森林骤然耸立在他们中间,无径可循,而且一片死寂"(165)。很快,他没说"再见"就离开了,而塞丝知道他不会再回来了,她"在树林的远端"嘟囔了一句"别了"(165)。莫里森此处的叙事逻辑可谓天衣无缝:她解决了由于信息不对称而产生的重要紧张因素,同时也表明,塞丝依然未能处理好她与过去的关系,她只表达出了片面的、带有自我保护性的理解。同样,如上所述,如果塞丝完全相信她自己的叙事,她就不必那么费力地去压抑过往了。另外,由于塞丝对保罗·D讲述了过去发生的事情,而后者对其行为持强烈的反对态度,使得她今后的人生旅途更加艰难。的确,保罗的离开加上阴魂不散的愧疚,导致她一味执念和屈从于宠儿。只有当群体行动起来,让她摆脱那种危险的关系,保罗·D才会回来,所有不稳定因素也才能开始得到解决。

关联与组装

莫里森对时间性的复杂处理手法曾被媲美于福克纳,这无疑是恰当的。与福克纳处理时间顺序的做法一样——实际上,与许多其他现代主义小说家们一样——莫里森的叙事技巧要求"作者的读者"积极主动,不仅要将故事(fabula)拼接起来,还要识别叙事进程中各要素的隐含关联。也就是说,一个特定的场景不仅会与故事中与之邻近的其他场景相呼应,而且也会与故事中甚至整个叙事进程中与之相距较远的场景相呼应。这里,我将讨论两个这样的关联,都与塞丝抉择的再现相关:一个出现在小说中后部,一个在开头。我将讨论这些关联如何影响我们对整个叙事的组装。第一段文字来自第二部分的第一节,是塞丝对宠儿讲述她无意中听到的"学校老师"所讲的一堂课时的情形:

> 这是我头一回说;而我对你说这个,因为这样才能把事情解释得更明白,尽管我知道你用不着我解释。用不着说出来,甚至用不着再去想。要是你不想听,你也用不着听。可那天我忍不住去听了。他在对他的学生们说话;我听见他说:"你们在写哪一个?"其中一个回答说:"塞丝。"我当时停了下来,因为我听见了我的名字;然后我走了几步,好能看见他们在干什么。"学校老师"背着手,监督着其中一个。他舔了好几次手指头,又翻了几页。很慢。我正想转身,接着去拿我的薄纱,忽然我听见他又说:"不对,不对,不是那样。我跟你讲过,把她人的属性放在左边;她的动物属性放在右边。别忘了把它们排列好。"我开始倒着走,甚至没回头看一下方向。我只管拔起脚往后退。我撞上了一棵树,头皮疼得像针

扎似的。院子里有条狗在舔着锅底。我很快赶到了葡萄架下,却没弄来薄纱。苍蝇落了你一脸,搓着脚。我的头皮痒得要命。好像有人把针扎进了我的头皮。我从来没跟黑尔或别的什么人说过。(193)

这段回顾性文字从"学校老师"和塞丝两人的视角进一步阐明了对塞丝抉择的讲述,从而有助于我们对叙事进行组装。该段表明,"学校老师"将塞丝的行为与马匹和猎狗相提并论,并不是因为她的行为本身,而是由于他先入为主的种族观念使然。而且,结合塞丝本人的讲述,我们可以看出"学校老师"对塞丝行为的解释是不全面的。影响她做出抉择的,不仅仅是他侄子鞭打她身体带来的侮辱,更多的是来自他的知识权威带来的言语侮辱。现在我们能够理解,为何在蓝石路124号一看见"学校老师",塞丝就感觉像是被蜂鸟将"针喙"扎进了她的头皮。本段还给我们提供了另一个重要的维度来帮助我们理解塞丝在听到保罗·D说"你长了两只脚,不是四只"时的反应。当他用"学校老师"的概念来判断她时,难怪他们之间像隔了一座山林。总之,这段回顾性文字明显使塞丝的讲述更易于理解,让我们更深刻地体悟了她的本能抉择。讨论完第二个关联之后,我将回头讨论这个效果的重要意义。

第二个关联涉及塞丝和保罗·D,具体说来就是在小说开端塞丝告诉保罗·D她背上那树形伤痕的来由后他们两人的对话,再次引用如下:

"男人可不懂那么多,"保罗·D说着,把烟口袋揣回马甲兜里,"可他们知道,一个吃奶的娃娃不能离开母亲太久。"

"那他们也知道在你乳房胀满时把你的孩子送走是什么滋味。"

"我们在谈一棵树,塞丝。"

"我离开你以后,那两个家伙去了我那儿,抢走了我的奶水。他们就是为了那个来的。把我按倒,吸走了我的奶水。

我向加纳太太告了他们。……那些家伙发现我告了他们。
'学校老师'让一个家伙划开我的后背,伤口愈合时就成了一
棵树。它还在那儿长着呢。"

"他们用皮鞭抽你了?"

"还抢走了我的奶水。"

"你怀着孩子他们还打你?"

"还抢走了我的奶水。"(16—17)

塞丝在被那些白人抢走奶水时所受到的侮辱远甚于被他们鞭打,对此保罗·D 没能理解,这种不理解与他认为"她的爱太浓了"以及她"长了两只脚,不是四只"如出一辙。保罗·D 后面两个判断都不充分,因为它们都忽略了塞丝作为一个母亲的本能。虽然保罗·D 熟知奴隶制的残酷,但他不知道为人父母同时又为人奴隶是怎样的感觉,更不用说为人母同时又为人奴了。和第一章里一样,保罗·D 又是站在一个没有孩子的男性角度,而不是从一个母亲的角度思考问题。① 这种关

---

① "学校老师"的讲课与他和保罗·D 对塞丝的判断之间的关联还能产生另一个极具启发性的结果。这些关联与小说中的其他一些时刻一起,暗示着莫里森想要对本能进行质疑——或者说,至少要质疑通常概念中给本能划分的等级,即"学校老师"讲课时在人和动物之间划分的那种等级。对等级的颠倒显然是描述讲课的那段文字里的重要内容:塞丝有着某种自我意识,我们通常不会认为这是动物会有的,然而在"学校老师"将塞丝视作非人时,他已经完全丧失了我们通常视作人性的东西。莫里森则在更宏大的叙事中进一步体现了本能的力量。首先,如 A. S. 拜厄特(Byatt)在为这部小说写的书评中指出的那样,塞丝之所以能将丹芙生下来全靠她四脚着地在林中爬行,仿佛她是有四只脚而不是两只。而且,当保罗·D 判断了塞丝之后,在他俩之间耸起的那座象征意义上的山林,也许正是塞丝逃离"甜蜜之家"的那天夜里,即丹芙出生的前一夜爬过的那座树林。如果保罗·D 的评价适用于塞丝杀死宠儿的行为,那么它也同样适用于塞丝所展示出来的母爱和深情。

保罗·D 的评价也因他自己过去的经历而显得复杂化了。他的过去显示他似乎也是有四只脚而不是两只,尤其是他曾经与母牛交媾来释放性欲。"学校老师"所讲的课、莫里森暗示的等级颠倒、保罗·D 对塞丝有几只脚的评论、"甜蜜之家"里男人们的性活动:所有这些叙事成分说明莫里森对质疑人性的边界十分感兴趣,同时也在试图揭示人与动物之间的界线并不像"学校老师"希望他的学生相信的那样清晰明确。

联所产生的效果再一次帮助我们更深刻地理解为何塞丝会有那样的行为,为何她会对其行为有那样的理解。然而,尽管这一更深的理解增加了我们对塞丝的同情,却不会明确引导我们认可塞丝的自我判断。揭示"学校老师"根深蒂固的种族主义和保罗·D 的认识局限是一回事,通过这一揭示来理解塞丝对其行为的认识又是另一回事。以上两种关联均未真正解决塞丝叙事遇到的难题——杀死婴儿的恐怖、她生活中缺乏真正的安全、她对往事的压抑以及她心中的愧疚——也都没有抹去我们在第一个讲述中看到的身体描述。莫里森使用叙事中段的关键成分建立起这些关联,并不是要我们赞许塞丝的抉择,而是希望在她展示 1855 年 8 月发生的那些事件之后,我们依然能对塞丝保留一份同情。

叙述后果

总之,虽然莫里森明确指出了一些我们不该选择的立场,比如塞丝理应受到保罗·D 犀利尖锐的判断,或塞丝本人的看法应当被认可,可是她也没有明确确立自己的伦理判断。正如在开篇引语中所见的那样,莫里森通过在整个小说中代表着知识与智慧的贝比·萨格斯这个人物(她最终无法赞同也无法谴责塞丝的抉择),将自己的态度融进叙事。莫里森的伦理立场产生的影响在更大的叙事进程语境中看得最为清楚。

莫里森在 1855 年和 1873 年的创伤事件后带我们进入一系列充满希望的事件,从而解决了叙事的不稳定因素。丹芙逃离了被塞丝的愧疚和宠儿的情殇搅得越来越令人压抑的 124 号,开始在鲍德温家工作;如上所述,自 1855 年 8 月之后一直拒绝与塞丝来往的人们将她从宠儿没完没了的情债中解救出来;保罗·D 也最终意识到他愿意"把他自己的故事同她的放在一起"并且回到她身边,让她相信她自己才是"最宝贵的"(273)。带我们"抵达"这些事件后,莫里森马上安排了小说最后两页不寻常的"道别"。这段"道别",如我在《作为修辞的叙事》(*Narrative as Rhetoric*)中所指出的那样①,是由叙述者站在 1987 年的位置上讲述的。它坚定地表明,之前叙事中那些充满希望的事件并不能抹去叙事中的创伤,以及创伤所揭示的美国奴隶制的历史。"这不是一个可以过去的故事"(275),意思是说这个故事不可遗忘。我们必须记住那些像宠儿一样会"被遗忘和不再被提起"的人们。小说的最后一个词是"宠儿"(275),这既是一个总结性点评,也是叙述者对读者的称呼,同时涵盖了"道别"时的挑战和"抵达"时的希望。但当我们进一步思考莫里森的叙事策略(即为了叙事进程中的读者动力而坚持不对塞丝的粗暴抉择进行明确判断)所产生的后果,该叙事的"抵达"和"道别"的效果就会更加明晰。

与贝比·萨格斯不同的是,我们作为"作者的读者"不能简单地回避叙事给我们提出的伦理问题而无所作为。相反,我们需要先弄清莫里森的观点,即塞丝的抉择是超越一般伦理判断标准的:她的行动既是本能的也是非自然的,其动机源于爱却对生命具有毁灭性。如此一来,我们既无法做出明确单一的判断,也不能选择全然放弃对塞丝行为的判断。作为一个力图进入"作者的读者"位置的"有血有肉的读者",我发现自己对塞丝的判断是摇摆不定的:有时候其杀死婴儿的恐怖主导了我的意识,使我觉得塞丝的行为过头了;而在其他时候,塞丝的绝望、动机和目的又会折中我的判断,让我觉得她的抉择不仅可以理解而且近乎情理。

由于无法对叙事中的核心行动做出判断,我们与核心人物塞丝之间的关系也变得复杂,但是却丝毫不能影响我们对她的同情。塞丝这个人物曾经被推至人类忍耐极限之外,因而需要用一种非同寻常的方式对她做出反应。因此,我们将判断的矛头转向曾经将她推到极限的制度——奴隶制。将奴隶制称为罪恶并不难,但是对于 21 世纪的读者——特别是白人读者——来说,切实感受这句话的分量,真正理解

---

① 见《作为修辞的叙事》第九章,网址是 www.ohiostatepress.org。更概括地说,那一章是对本章所分析的内容的补充,聚焦于与莫里森再现的宠儿角色和小说结尾相关的文本动力和读者动力。

奴隶制曾给个人带来的伤害,却不是件容易的事。莫里森对塞丝粗暴抉择的处理方式帮助读者们渐渐开始理解:在塞丝的抉择带来的伦理困境里左右为难时,我们不得不在想象中参与塞丝出于本能的决定,即面对奴隶制,爱自己的孩子意味着应该杀掉他们。这种参与将奴隶制从一种抽象的邪恶转化为能被切实感知的罪恶,同时对叙事"抵达"和"道别"时产生的效果也很重要。在"抵达"处,我们读完叙事,感受到希望而不是绝望。如果说没有这些希望这部小说就难以卒读,这可能是有些夸大其词,但是这种夸大的说法恰恰也印证了这部小说的悲痛性质以及我们对人物获得好运的期待。同样,这种参与也使得莫里森在"道别"时给读者提出的挑战显得非常有力。因为参与了这些具体人物的过去与现在,体会了他们的情感广度和深度,我们现在更有可能听从莫里森的召唤,去思考奴隶制在美国留存的影响。

这个讨论表明,莫里森的形式和伦理选择产生了深刻的审美效果。在形式层次上,莫里森使用的是多样性而不是单一性。她提供了多种视角、多种紧张因素、多种不稳定因素,还使用了极其复杂的时间方案,这些形式上的选择要求读者必须全力以赴。如前所见,莫里森对塞丝抉择的不同寻常的处理,使之与读者之间建立了一种不同寻常的伦理关系,这种关系挑战我们是否具有"消极能力"(negative capacity),即拒绝急不可待地探求伦理终结的能力,同时又表明她坚信我们有能力来对待塞丝抉择的复杂伦理问题。莫里森的叙事方式使作者与读者之间维系着基本的互惠关系,保持着两者交流中的伦理维度,但同时也给这种互惠关系新增了些许改变,从而带来了显著的审美效果。通过限制对读者的引导,莫里森将本属于作者的某些责任转交给了读者。接受这些责任并小心翼翼地行使莫里森要求我们行使的责任细则,我们的阅读体验虽然更艰辛、更具挑战性,但也更加丰富了。通过减少对我们的引导,莫里森给予我们的却更多了;而通过行使莫里森转交给我们的责任,我们从中收获了更多。《宠儿》这部小说,即使不是"我们最最喜欢的",也是一部既令人极度不安也令人极度获益的作品。不安和获益结合在一起,正是该小说美学魅力的关键所在。

第三章

芝加哥批评学派、新批评、文化主题学与修辞诗学

本章拟用更宏观的视野来扩充绪论中的理论工作,我将把视野置于新亚里士多德学派(neo-Aristotelian)的叙事研究传统,并思考这个学派与当下流行的、我所称的"文化主题学"(cultural thematics)之间的关系。我理解的文化主题学是文化研究的一个分支,它认为文学文本与其他文化话语是相互对话的,因此倡导运用这些文化话语中某一个或多个重要概念所提供的视角来解读文本。在沿袭新亚里士多德学派传统的同时,我也会探讨该学派第一代与新批评学派的对立关系,以此阐明这一传统以及我与该传统之间的关系。我首先来谈谈新亚里士多德学派。

关于新亚里士多德运动,一种可信但具有明显局限性的说法是,它主要经历了两个阶段(虽然第一阶段的时间节点超过了第二阶段的起点)。① 第一阶段:20 世纪中期,芝加哥大学以 R. S. 克兰和埃尔

---

① 为了稍许减弱这种说法的局限性,这里要指出第一代新亚里士多德学派的宣言书《古今批评家与批评》(*Critics and Criticism, Ancient and Modern*)收录了理查德·麦基翁(Richard McKeon)的哲学文章以及 W. R. 基斯特(W. R. Keast)、诺曼·麦克林(Norman Maclean)、伯纳德·温伯格(Bernard Weinberg)、R. S. 克兰(R. S. Crane)和埃尔德·奥尔森(Elder Olson)的文学批判作品。新亚里士多德学派第二代成员包括詹姆斯·L. 巴特斯比(James L. Battersby)、理查德·莱文(Richard Levin)、诺曼·弗里德曼(Norman Friedman)以及霍默·哥德伯格(Homer Goldberg)。第三代成员则有玛丽·多伊尔·斯普林格(Mary Doyle Springer)、彼得·J. 拉比诺维茨(Peter J. Rabinowitz)、戴维·H. 里克特(David H. Richter)、哈利·肖(Harry Shaw)、伊丽莎白·郎 (转下页)

德·奥尔森为首的批评家试图创建一种优于新批评的批评模式,后者在当时批评界占主导地位。他们的批评方法基于亚里士多德的《诗学》(Poetics),但他们试图超越其对希腊戏剧这一单一体裁的讨论,希望对历史中出现的各种文学体裁进行解释。他们的提议之一就是识别不同文学体裁的结构原则。对于任何一种文学体裁来说,这项任务都涉及确定对象(情节、性格和思想或亚里士多德视为形式因[formal cause]的东西)、方式(相关技巧或动力因[efficient cause])、手段(语言、表演、歌曲或物质因[material cause])以及整合这些因素的总目的(终极因[final cause])。虽然这一代学者未能成功取代新批评学派成为主导的批评正统学派,但他们确立了总体理论的价值,并对文学理论和批评实践做出了深刻且具影响力的贡献。新亚里士多德学派第二代学者延续了第一代的成果,其中最具代表性的学者有谢尔登·萨克斯(Sheldon Sacks)、韦恩·布斯(Wayne Booth)和拉尔夫·W. 雷德(Ralph W. Rader),其后第三代学者的观点更为多样但相互联系十分松散。

第二阶段:当克兰的学生韦恩·布斯开始为小说中明显的叙事修辞展开辩护,以反对那些主张将"讲述"(tell)在美学上置于"展示"(show)之下的论点时,他开始从第一代只关注诗学问题转到对修辞问题的关注,即将关注重点由文本结构和技巧转移到作者-读者关系。在《小说修辞学》(The Rhetoric of Fiction, 1961)一书中,布斯不仅提出,评价显性的修辞需基于其对作品做出的贡献而非抽象规则,还提出小说的每一部分都有修辞功能。换句话说,讲述、展示和其他小说策略都是作者用来影响读者的手段,意让他们以作者想要的方式来对小说中的人物和事件做出反应。从某种意义上来说,布斯打破了亚里士多德提出的诗

(接上页)兰(Elizabeth Langland)、马歇尔·格里戈利(Marshall Gregory)、威廉·门罗(William Monroe)、简妮特·艾金斯(Janet Aikins)和迈克尔·博德曼(Michael Boardman)。欲进一步了解该学派的其他信息,参考里克特的文章《凤凰的第二次飞翔》("The Second Flight of the Phoenix")以及他为《劳特利奇叙事理论百科全书》(Routledge Encyclopedia of Narrative Theory)编写的条目"芝加哥学派"。

学与修辞的区别,即诗学是构建对动作的摹仿的艺术,而修辞是运用所有可用的劝说手段的艺术。对于布斯来说,构建对动作的摹仿的艺术取决于劝说读者以特定的方式审视文本人物的艺术。那么,一旦重点转移到了劝说的艺术,那么通过文本连接的双方(隐含作者和读者)就变得和文本同等重要。随着布斯在其职业生涯中对这一观点的逐步发展,他不再关注第一代学者以及他同时代学者萨克斯和雷德的研究重点,即严格区分不同体裁并分析个体文本的结构特点和形式力量。相反,布斯更加坚信修辞统帅一切规则,慢慢地他变成一位修辞理论家而非正统的新亚里士多德派学者。在《小说修辞学》问世后,布斯转向文学阐释,他主要的研究方式是方法-目的论证,但修辞这一研究方向促使他对"目的"这一概念进行了拓展,使其不仅包含意义和情绪,还将价值纳入其中,将其统筹在隐含作者和理想读者之间的交流中。

从某种意义上来说,本书的目的是将新亚里士多德学派的诗学和修辞这两大分支融合来创建一种修辞诗学,从而书写新亚里士多德运动的第三阶段。和第一代学者以及萨克斯和雷德一样,我想要在资料允许的基础上尽可能系统地解读单个作品中的动力以及这些动力背后的原理。我想像布斯一样从更广阔的视野来研究这些动力,并把伦理放在中心位置。同时,和这一传统中其他人不同的是,我想给予审美更多关注,从而更加清楚地阐述形式、伦理和审美间的相互关系和区别。(在本书第六章我对修辞美学展开了深入探讨。)为进一步阐述修辞诗学与该传统的关系,我认为有必要回到第一阶段,看看新亚里士多德学派第一代和新批评之间的对立关系。

新亚里士多德学派强烈反对威廉·燕卜荪(William Empson)和克林斯·布鲁克斯(Cleanth Brooks)等新批评学者作品中的基本原则,因为芝加哥学派学者认为新批评大大地误解了语言在文学中所起的作用,而这一误解导致他们在文学解读上鲜有建树。[①] 新批评认为

---

① 参阅奥尔森和克兰在《古今批评家与批评》一书中分别对燕卜荪和布鲁克斯的批判。另可参阅《语言象征》(The Verbal Icon)中威廉·威姆萨特(William Wimsatt)对芝加哥学派的批评。若需奥尔森对燕卜荪的更多分析,请见我在《文字里的世界》(Worlds from Words)一书中的讨论。

文学是语言的一种特殊形式，作家在这个独特的话语舞台上利用语言的潜力来表达言外之意、含混以及反讽。新批评者基于文学的这个定义，提出文学传达的真相和意义不同于（但其价值等同于）科学所揭示的真相和意义，而且也不同于科学对语言的意指性和单义性使用的专注。由于文学是语言的一种独特形式，且语言的功能是传达意义，因此阐释的任务就是识别这些意义或主题。此外，因为文学的独特功用是通过某种张力来传递含混或意义，阐释就需要关注二元主题（或者成组的二元主题，如人类对动物、先天对后天、自由对束缚）并解读这些成对的主题如何相互作用。

芝加哥学派认为，新批评的文学观错误地将文学的手段或物质因（语言）当成了文学的目的因（以某种艺术形式摹仿人类行为从而以某种特定方式影响读者），这一错误意味着他们充其量只能对作品的形式力量做出片面的解读。更具体地说，芝加哥学派认为这个根本性的错误导致新批评派的解读方法出现了两大问题：(1) 专注于二元主题意味着一部作品中几乎每一个元素都必须被归类到一个或另一个主题下，这就要求主题必须足够笼统，能够容纳几乎所有的元素；(2) 因此，很多可能的主题都可以（以粗略的方式）套用在任一作品上，也就是说这种阐释方式为了连贯性和全面性而牺牲了精确性和细微性。① 芝加哥学派则提倡另一种阐释方式，即注重事件、人物、技巧的结合，以产生某一特定的情感或知识效果。诚然，新亚里士多德学派十分不满基于二元主题的解读方式，因此他们区分了摹仿作品和说教作品，前者的主要目的是影响读者情感，后者的主要目的则是影响读者的信仰或对世界的看法。摹仿作品可以拥有主题，但主题不是作品的中心，因此也不是解读的关键所在，相反，它们仅仅服务于人物或事

---

① 有一些学者对主题化的局限性进行了细致探讨，其中最推荐 W. R. 基斯特在《古今批评家与批评》一书中的文章《新批评与李尔王》("The New Criticism and King Lear")和理查德·莱文的《新阅读与旧剧本》(*New Readings v. Old Plays*)。我在《阅读人物，阅读情节》(*Reading People，Reading Plots*)的第一章中更具概括性地讨论了莱文观点的局限性以及摹仿-说教的区别。

件的再现。也就是说,摹仿作品中的主题(或称为"思想元素")的功能在于帮助读者对人物、人物做出的选择和所处境况的理解,从而增强这些元素的情感力量。用极富争论性的话说,新亚里士多德学派认为,主题只是摹仿作品的作者在尝试以某种特定方式感染读者时产生的不可避免的附加效果。

  总的来说,新亚里士多德学派对新批评关于语言和文学之关系的观点的批判,以及对摹仿作品和说教作品的区分,向我们清楚展示了芝加哥学派理论中的自相矛盾之处,这种矛盾有时产生很好的效果,但有时也令人不解。这种抵牾源自他们与《诗学》的关系。一方面,克兰、奥尔森以及其他芝加哥学派的学者敏锐地意识到,亚里士多德的这本专著必然与希腊史诗和戏剧密不可分,因此,以这些作品为基础发展而来的批评方法不一定适用于在不同文化语境中创造出来的文学作品。在教授亚里士多德的课堂上,克兰通常会向学生提出以下几个典型问题:"如果《诗学》是以莎士比亚悲剧而非索福克勒斯(Sophocles)的作品为基础而创作的,那么会产生什么不同?"[1]这一思路引向对《诗学》的一种解读,认为它强调的是被芝加哥学派视为归纳的(或后验式的)方法。虽然亚里士多德大胆提出了一些绝对的观点(如悲剧中各要素的等级分层、最佳悲剧情节以及有把握的不可能事件高于可能发生的事件),但他频繁提及"何种方法在舞台上奏效",意味着他所有的这些结论都是基于他在戏剧里获得的经验。这样看来,亚里士多德对悲剧的定义以及他大多数的理论,其实都来自他的这种做法:从悲剧对观众产生的效果来反推戏剧中引发这些效果的原因。由此可见,亚里士多德从果到因的后验方法比他那些具体的观点重要得多。

  另一方面,从对新批评的批评可以看出,芝加哥学派将亚里士多

---

[1] 《韦恩·布斯必读作品合集》(*The Essential Wayne Booth*)中布斯论述《麦克白》(*Macbeth*)的文章是对这个问题的回答之一。克兰在《批评的语言与诗歌的结构》(*The Languages of Criticism and the Structure of Poetry*)一书中基于布斯的分析对《麦克白》进行了探讨。

德的某些结论视为无可辩驳的真理,他们自己也并不完全反对提出一些绝对的、不分具体场合的观点。对新批评的批评最终导致芝加哥学派坚信,亚里士多德关于语词在悲剧各要素中的地位(低于情节、人物和思想)的观点不仅适用于希腊悲剧,也同样适用于所有文学作品。毫无疑问,芝加哥学派与新批评的对立鼓励他们更加坚定自己的立场。眼见他们心目中一文不名的批评理论日渐占据主导地位,他们理所当然要集中火力揭露新批评的缺陷,却忘记了应该根据后验原则来检验亚里士多德的结论。如果他们进行了检验,他们自然也不会放弃亚里士多德的结论,但会对其进行修改和完善。如果他们采用后验方法对大量文本进行研究,就会发现,在一部作品中语言既可以是手段,也可以是目的。说得更普遍一些,语言相对于其他元素的重要性可能因作品的不同而不同。①

摹仿-说教之分从以下方面反映了新亚里士多德学派第一代和亚里士多德理论的抵牾之处。一方面,这种区分依赖这样一种认识:许多作品对读者的效果在于知识而非情感,即承认在许多作品中,亚里士多德所称的"思想"比情节或性格更加重要。从这些主要效果往回推导,我们会发现这些作品在总体结构原则和内部元素关系方面都与悲剧或其他摹仿作品大不相同。另外,在说教作品这一大门类下,不同体裁间的区别也值得一提:讽刺文学、寓言故事和说理诗各不相同。另一方面,在这一截然的二分法(及其引发的对第一代学者定义的摹仿作品进行主题分析的强烈反对)中有一个明显的倾向,即喜好固定不变的真理,然后把它们用作先入为主的原则。

当然,这个区分就像其背后的抵牾一样,既富有成效,也让人不安。该区分犀利而简化地看待广阔的文学世界,在讨论局部文学问题(比如文类和单个作品分析)时,新亚里士多德学派往往也体现这一特征。相关例子很多,接下来我仅举三例来说明这一区分及其抵牾富有

---

① 拙著《文字里的世界》中有一篇对埃尔德·奥尔森对威廉·燕卜荪的批评进行评论的文章,文中我对这一观点展开了论述。

成效的一面。克兰的文章《情节概念和〈汤姆·琼斯〉的情节》("The Concept of Plot and the Plot of *Tom Jones*")不仅展示了新亚里士多德学派对情节的理解,而且简述了喜剧情节,并就菲尔丁(Henry Fielding)作品中情节的运作方式和效果进行了细致分析。萨克斯在《小说和信仰的形成》(*Fiction and the Shape of Belief*)第一章中分析了说教小说的两种类型(讽刺小说和寓言小说)以及摹仿小说的三种类型(悲剧、喜剧和严肃小说),并对大量文本做了极具启发性的评论;雷德的文章《戏剧独白和相关的抒情形式》("The Dramatic Monologue and Related Lyric Forms")的贡献在于其对戏剧独白、假面抒情(mask lyric)和戏剧抒情(dramatic lyric)进行了区分,并对布朗宁(Robert Browning)的《我故去的公爵夫人》("My Last Duchess")、丁尼生(Alfred Tennyson)的《尤利西斯》("Ulysses")和霍普金斯(Gerard Manley Hopkins)的《红隼颂》("The Windhover")进行了绝佳分析。

然而,新亚里士多德学派有时会为了追求观点明晰而过度简化,并为此付出代价。无论是单个作品还是文类范畴,他们都让其看起来比实际更"简洁"。萨克斯对《劝导》(*Persuasion*)第一至三章的解读就体现了这个问题。他十分利索地将这三章解读为一出以沃尔特爵士为主人公的小小惩罚型喜剧(punitive comedy),因为这符合他对该小说持有的整体观点,即该小说是以安妮为主人公的满足型喜剧(comedy of fulfillment);这一文类一开始就得向读者确保女主人公最后会过上完美生活。然而,正如我试图指出的那样,这一说法存在的问题在于,小说前三章中有许多细节明显与这一假设相矛盾,奥斯丁(Austen)并没有将这三章设计为一出惩罚型喜剧。

更普遍的问题是我前面已提到过的,即新亚里士多德学派过度简化了语言和文学的关系。类似的情况也发生在摹仿-说教这一区分上。有些作品主要为了摹仿,有些则主要为了说教——虽然这种看法很有道理,但我们也没有任何理由认为所有作品都要么属于这一类,要么属于另一类。另外,如果对这个区分本身过于执着,那它就可能会让我们看不清一个事实,即在一部主体是摹仿的作品中,主题成分也许非常重要,而在一部主体是说教的作品中,摹仿成分也非常重要。①

以上对第一代和第二代理论的理解使我得出以下原则:

1. 后验原则(a posteriori principle)应是修辞诗学的基础,胜过其他相关原则。由果到因的反向推理法使修辞方法建立在尊重其研究对象的具体细节的基础上。

2. 这种方法反过来又会使人意识到读者反应(效果)、文本现象(效果产生的原因)和作者主体(导致文本原因的原因)间的反馈回路。探究效果的文本原因通常会使人更好地理解那些效果,反过来又使人更好地理解隐含作者并调整与隐含作者的关系。然后整个过程又可以重来一次。

3. 同时,奉行后验分析并不意味着所有概括性的东西都不可信,或者一切作品都没有规律可循。相反,它意味着我们既需接纳又需抵制克兰、奥尔森、萨克斯和雷德等人那样对具体作品和文类做出一刀切总体评价的冲动。可以接纳的部分是在叙事的修辞定义(某人在某场合为某种意图给其他人讲述发生了某事)和实际批评工作中继续把"意图"放在重要位置。"意图"这一概念使我们得以分析手段和目的之间的关联,同时使我们得以识别特定叙

---

① 值得肯定的是,萨克斯、雷德和布斯都研究过这一问题,虽然他们研究的方法各异。对于雷德来说,这个问题超出了他的主要研究范畴,即将跨历史形式与该形式运用时承受的历史或文化压力相关联。可参考《从理查森到奥斯丁》("From Richardson to Austen")。至于布斯,让人印象深刻的是他在《小说修辞学》(*The Rhetoric of Fiction*)第一版的序言开篇就在摹仿与说教之间做出了选择:"在写关于小说的修辞的内容时,我主要关注的不是说教小说,即用于宣传或教化的小说"(xiii)。然而,到了1983年,在他为此书第二版写后记时,他从导师克兰沿承的对诗学的关注已经转变为他之后学术生涯对修辞的主要关注,这一转变意味着他并不完全相信这一区分,而对摹仿和说教的关联更感兴趣。因此,他在后记中提出他不需要排除所谓的说教小说。萨克斯并没有出版任何关于摹仿和说教小说的关联的作品,但我参加过他的研讨会,并从那里得知他对这一问题很感兴趣——虽然他并不情愿放弃这一区分。戴维·H. 里克特的《寓言的结局:修辞小说的完整性与结局》(*Fable's End: Completeness and Closure in Rhetorical Fiction*)最初是受萨克斯指导的博士论文,主题是作家如何利用读者对人物的摹仿兴趣服务于说教目的。

事进程所遵循的原则。但是如前所述,我们也需要抵制,这意味着应扩大"意图"的概念,使其根植于形式、伦理和美学的互动之中,而不容易被归结为某个单一意图。同时,后验方法意味着修辞批评家会包容作品中的不连贯或其他形式上的不完美。换句话说,有时作品建立于互不兼容的多重意图之上,有时作家用来推进叙事进程的手段并不奏效。毋庸多言,进程混乱或手段不尽如人意的小说通常不会得到文学批评家的很多关注(虽然在某些情况下,不兼容的意图反而会激发批评家的研究兴趣;奥利弗·哥尔德斯密斯[Oliver Goldsmith]的小说《威克菲尔德的牧师》[The Vicar of Wakefield]和马克·吐温[Mark Twain]的小说《哈克贝利·芬历险记》[The Adventures of Huckleberry Finn]就是众多例子中的代表)。

4. 对我而言,最重要的一点是,坚持后验原则意味着无论修辞诗学里有多少术语和概念,它都不会对预测有很大兴趣。至今我已提出进程的十二个方面、五类读者、三种判断、人物和读者兴趣的三种成分、三类修辞伦理以及叙事进程中的两种动力。在《活着是为了讲述》(Living to Tell about It)一书中,我引入了许多叙事概念,其中包括"不可靠叙事"的六种类型,"不可靠叙事""限制叙事"和"压制叙事"之间的区别,并阐述了"揭示功能"和"叙述者功能"之间的区别。所有这些概念工具设计得很实用,可应用于多样的叙事种类,而且十分灵活,能适应各种不同特质的叙事。但是,它们不是用来界定作家创作必须遵守的边界,也不是用来预测读者体验新叙事时必然会发现的某种东西。因此,检验这些概念是否有用,不是它们能否用于所有已经写出的或可以构思出的叙事,而是它们能否帮助我们理解某个较大范围内的已有文本带给我们的体验。这种立场的后果是,修辞诗学一直处于建构中,通过与新旧叙事以及叙事理论中其他新进展的互动,不断进行自我修正。我们不要求把鲜活的文本体验硬塞进由我们的概念工具凿掘出来的空间,而是调整工具或者发明新的工具来解释这些经验。

新亚里士多德学派与新批评之间的论战——特别是这场论战的结果——也与以下两个问题有关，它们都涉及修辞诗学在批评界的定位：(1) 修辞诗学与我所称的"文化主题学"的关系，后者是当前普遍运用的批评方法，它将阅读文学作品视为与其他文化话语的对话；(2) 已有的谈论文学经验中感情和伦理层面的批评词汇。我们不妨先回顾一段批评史（虽然有局限性，但比较可信，至少大家都是这么讲的）。20世纪50年代新批评成功地扛住了来自密歇根湖畔的进攻，但在20世纪60年代后期其统治地位开始动摇，而到1980年，新批评已然成为许多不同学派理论家最常用的替罪羊。如同知识模式内的其他转变一样，这一变化有许多原因，其中最突出的一个就是越来越多的学者相信，新批评将文学与其他文化隔离开来，认为文学是生产复杂文字意义的独立场域；这一观点是错误的，因为文学与其他文化领域，尤其是政治领域的联系既不可辩驳又非常重要。这个看法最初由女性主义、新历史主义、后殖民主义、族裔批评等领域的学者以不同方式提出并发展，最后导致一个更大规模的阐释实践的出现，即我们所熟知的文化研究。它最主要的原则从根本来说是反新批评的：文学并非独立于其他文化，相反，它与其他文化紧密交织，被其影响也对其产生影响。这样，文学批评的任务就是探索文学与文化中一种或多种元素（政治、技术、法律、科学、商业、其他艺术等）的交叉之处，而在这一任务中使用的工具可从其他任一学科（社会学、心理学、经济学、会计学、法律研究等）借鉴，包括与此学科相关的理论。①

虽然文化研究在文学的自主性这一问题上与新批评彻底决裂，但大部分文化研究沿袭了新批评进行主题解读的做法。我必须补充，我的意思并不是文化批评工作不过是用当下社会和文化理论中最流行的时髦词语包装起来的新批评：其跨学科特征确保了它与新批评迥然不同。但我想指出，文化主题学的阐释实践通常用以下方式来进

---

① 当然有许多文化研究讨论的内容与文学或文学阐释毫无关系，甚至在文学院内也是如此。我关于文化主题学的评论与此类研究无关。

行：(1) 选取少量主题概念，这些主题概念通常源自文学文本之外；(2) 运用这些概念来分析文本，并在文学和文化领域之间建立联系。这一现象并不像它乍一看那样令人惊讶，原因有二。第一个原因我在其他地方已经表述过：主题化中惯用的那些抽象概念揭示的是文学话语与文化话语间必然存在的共同之处。例如，如果我要研究《宠儿》(Beloved)与美国20世纪80年代有关公民权的政治话语的关系，那么我可以从其中任一领域选取话语，只要它们足够宽泛，能够涵盖小说和政治话语中足够数量的数据就可以。文化主题学方法不令人惊讶的第二个原因是新批评的大行其道。新批评实践盛行多年后，主题化几乎已经从一种具体的阐释方法演变为阐释本身的同义词。①

如果新批评和文化研究两者间有延续性，而新亚里士多德学派对修辞诗学有影响，那么，文化主题学和修辞诗学有什么关系呢？从一方面来说，它们本就是友好的邻居，从事的工作都有意义，虽然追寻的是不同类型的知识。因为文化研究在其探究文学和文化的关联上有太多工作要做，它并不关心阅读体验。因此，我认为抱怨文化主题学常常忽略了文本的情感、伦理或审美中的一个或多个层面是毫无道理的。同样，由于修辞诗学主要目的在于理解文学体验的多样性，它给予文化主题的关注并不充足。因此，如果用在文学和文化的交汇方面产生了多少成果来判断修辞诗学，那这个判断标准就是牛头不对马嘴。尽管如此，由于修辞诗学与文化研究都否认文学的自主性，而且修辞诗学视主题为文本动态和读者兴趣的构成元素之一，所以文化主题学和修辞诗学有时会相互交融，但这种交融产生的结果在不同情况下可能有很大不同。有时，交融对双方都有增强的效果，一方的术语和概念能够帮助另一方更清楚地认识某一种文本现象；有时，交融会产生互补的结果，文化主题学能够强调作品中修辞诗学可能忽略了的主题，而修辞诗学能阐明作品内的动力，从而使文化主题学的分析更

---

① 拉比诺维茨的文章《洛丽塔：被唯我论化亦或被鸡奸？；或反对普遍意义上的抽象化》("Lolita: Solipsized or Sodomized? Or Against Abstraction in General")就这种现象的一些负面影响进行了精彩的分析。

具洞见。有时,这两种方法会对同一部作品抱有相互矛盾的看法,这时就要评估哪一方更有理有据了。若运用修辞诗学模式的学者要对文化主题学进行攻击,他通常会像早期新亚里士多德学派那样把矛头指向主题化。然而这里他诘难的通常是方法的实施以及其中的风险,而不是方法本身存在的致命错误。文化主题学实践中一个常见的问题是对主题的辨识,这些主题往往源自其他学科或文化话语,并不适应文本动力和读者动力中提出的问题。同样地,修辞诗学在实践中也会遇到自己的问题,其中最为常见的问题是对文本的语言和技巧细节理解狭窄,导致注意不到文本与其他文化话语之间存在的隐含对话关系。

为阐明以上观点,我回到我在第一章中提出的那个看法,即奥斯丁在《劝导》(*Persuasion*)中并未成功地将安妮·埃利奥特造访史密斯夫人的这一情节融入小说整体进程中,我将通过基于文化主题学的分析来反驳这个看法。奥斯丁创作《劝导》时,英国社会严格的等级结构已经开始瓦解,她将这一瓦解的迹象写入了叙事。比如,男人不仅可以通过继承获得财富和地位,还能像温特沃思一样凭借自身努力飞黄腾达。奥斯丁对这一改变至少是部分肯定的,这一观点的证据不仅在于她选择温特沃思作为小说女主人公的配偶,还可在史密斯夫人相关章节中管窥一二。我们从史密斯夫人口中得知沃特爵士的假定继承人、下一代乡绅威廉·埃利奥特的相关信息,这本身就道出了旧秩序的衰落。奥斯丁选择威廉与温特沃思两人为安妮的未来丈夫人选,表现这位海军上校相较于未来爵位继承者的明显优势,这就是她在通过小说来表达她对新秩序的拥护立场。这同样也能够解释奥斯丁为什么不让安妮陷入爱上威廉的险境——她无心将威廉塑造为阻碍有情人终成眷属的潜在障碍,她真正在意的是将他作为充实主题的一个技巧。同样,奥斯丁需要史密斯夫人来将威廉的过去高效地带进小说,而将安妮作为聚焦人物则限制了她的选择;选择史密斯夫人使奥斯丁不仅可以揭示信息,还可以通过安妮拜访她久病的朋友这个情节来凸显其善良品格,从而加强小说的另一主题,即无私奉献通常会带来意料之外的回报。

从修辞诗学的角度来看,用(社会秩序变化的)文化主题学来分析史密斯夫人的作用能够帮助我们理解奥斯丁的叙事,特别是理解选择威廉和温特沃思两人作为安妮未来伴侣人选的内涵所在。但是仍有个问题:这一分析并未解决我在第一章提出的一些质疑,即关于威廉·埃利奥特信息的揭示手法是不太自然的,它们将安妮置于一连串伦理上站不住脚的流言蜚语中,而且这些揭示情节没有很好地融入小说进程主线,因为安妮并没有嫁给威廉的可能性。这样一来,奥斯丁虽然隐含表达了对社会秩序更迭这一主题的见解,但这是以牺牲其他伦理和情感问题为代价的,而这些伦理和情感问题才是她叙事进程中更为核心的部分。换言之,我并不是说文化主题学分析的结果没有依据,而是说它们不能解决修辞分析指出的问题。另外,虽然我们清楚奥斯丁为何选择史密斯夫人来揭示威廉的信息,我们也会意识到,其实奥斯丁完全可以通过其他方式来达到这一目的,而且不会像她现在这个选择那样破坏小说中情感和伦理的动态进程。

我所做的分析意在通过举例来阐明观点,因此在这里我需要承认,对奥斯丁的作品吹毛求疵,我内心很紧张,也不难想象本书的某个读者(或者我未来的某位学生)有天来告诉我,我误读了史密斯夫人所起的作用。但是即使这件事发生了,我也会坚持我的基本观点。修辞诗学实践的一个重要后果就是,虽然它关注叙事中主题要素的重要性,但并不将主题化作为作品解读的中心;相反,它同时注重叙事体验的主题要素与情感、伦理和审美要素。① 因此,修辞诗学与文化主题学的关系既非完全对立也非完美互补。相反,它们之间的关系可处于两个极端中间的任意位置。

如前所述,虽然新批评并未因芝加哥学派的攻击受到大的伤害(相当于新批评当时仍在全国电视网络上播放,而芝加哥学派不过是

---

① 在更多关注情感而非主题层面的研究之中,有两项十分重要,它们与我的研究内容不同且彼此各异。它们分别是查尔斯·阿尔铁里(Charles Altieri)所著的《狂喜的细节》(The Particulars of Rapture)和罗宾·沃霍尔(Robyn Warhol)的《痛哭一场》(Having a Good Cry)。

一个传播有限的有线电视频道），但阐释实践从来就没有因此偏离过芝加哥学派所强烈推崇的主题化这一路数。不仅如此，主题化作为文学阐释常规路数的地位更加稳固了。这一结果对修辞诗学产生了另一个重要影响。现在，我们用于讨论叙事主题意义的方法要比谈论叙事的情感和伦理方面的方法丰富得多，尤其是在读者动力方面。我们当然可以借鉴已经比较丰富的讨论情感和价值的词汇，而且在讨论人物的情感和价值观时，这些词汇的确是够用了，但是当我们谈论读者反应中的情感和伦理层面时，我们就只能东拼西凑地使用一些初级而且片面的描述方式，这些方式粗用起来尚可，但无法精确捕捉我们阅读体验中的诸多复杂和细微之处。

至于读者反应的情感层面，我一直使用的词汇一半是从第一代和第二代新亚里士多德学派那里提取得来的，这部分词汇主要涉及进行判断以及融入叙事进程所衍生的情感体验。在这些词汇中，有"同情、欲望、希望、失望、悲伤、快乐、期望、预期、悬念、沮丧、满足"等。另一套词汇则横跨阅读反应中的情感和认知领域的边界："不确定、惊讶、理解"是其中的代表。说这些词汇初级而且片面，主要基于两方面原因。第一，它们都不够精确——无法让我们随心所欲地区分我们的情感反应。例如，我们可以说《深红色的蜡烛》（"The Crimson Candle"）中的妻子、安妮·埃利奥特、塞丝都是我们同情的人物，但是如果就此打住，那么我们对这三个人物在情感反应上的重大差别就无法得以体现。我们当然可以通过其他方法来细化我们的描述，如增添一些形容词（"部分的""深刻的"和"非比寻常的"），或说明它们与我们情感反应中其他元素的联系，但是这些方法通常并不能缩短我们的情感体验与我们对其所做描述之间的距离。在某种程度上，这个距离是阐释自身必然产生的后果，因为阐释就是从特殊和具体走向一般和抽象。但是，既然修辞性阐释希望强化体验和阐释之间的联系，那它就应该去缩短两者间的距离。

说这些词语是片面的，第二个原因是它们覆盖的情感反应不够广泛。当我们对一个如威廉·埃利奥特这样的人物做出负面的伦理评价时,会导致怎样的情感后果？诸如"憎恶"和"敌视"之类的字眼似乎过于强烈。"不信任"也许更恰当,但是这个词有抹去这个人物的合成成分的风险。不信任他与不信任一个新结识的人是两回事,因为我们知道他的命运已定,即使我们不知道他的命运到底会怎样。因此,我们可能需要一个新的词或类似"我们对威廉·埃利奥特的负面评价导致我们对其心生疑虑"这样的短语。然而,我们对威廉·埃利奥特的情感反应还算是直截了当的,相比之下,《宠儿》中,当塞丝向保罗·D讲述"学校老师"在蓝石路124号发现她那天,她在木棚屋的行为后,读者对保罗·D的反应则要复杂得多。我的观点并非我们无法像样地描述这种更多层次的情感反应,而是在这方面我们还有很大的进步空间。我认为改进这方面的词汇是修辞性叙事理论未来最重要的任务之一。

前面谈到"不信任"是描述读者对威廉·埃利奥特的反应的待选词汇之一,这个例子指向了一个更大的问题,即人物能够感受到的情感范围(和我们任何人都是一样的)与读者对这些人物产生的情感范围之间的关系。明知书中人物的命运已定,他们必须依照作者安排的那样行事,我们真的会对他们感到"不信任"吗？但另一方面,我们对同样命运已定的安妮·埃利奥特所感到的同情却又与我们对好友的同情没有本质区别。还有,是否存在某些情感我们一般不会投射给虚构人物,比如妒忌和不在乎？

就伦理而言,如果强调判断和进程,我们就需要一套词汇来描写我们在理解文本人物后衍生的情感体验以及我们与作者的关系。讨论作者和读者之间关系的词汇本身并没有问题,因为它涉及的是人类和人类投射之间的关系。但是当我们试着描述文本调节这一关系的方式所引发的后果时,我们会再次遭遇传统讨论方式的限制。此处常用的词汇有"信任、尊重、自由、互惠、责任"等,但正是因为这些词可用于多种不同的文本调节方式,我们需要小心它们也是粗陋的。另外,我们也需要接纳其他可用于讨论作者-读者关系的伦理范畴,这种接纳态度本身就是从内向外伦理研究的应有之义。

当我们考虑对人物的负面伦理判断这个问题时,用于讨论伦理反应的那些初级词汇的局限性显得尤为明显。我们看到,用已有的初级词汇来描述,伦理上被我们判断为负面的人物就是"伦理上有问题"或"伦理上有缺陷"。这一表达方式的问题在于,它立即变成了一个钝化的器具而非锋利的工具,只能用来对人物做概括式判断,将不同人物堆放在一起。对《深红色的蜡烛》中的丈夫、《劝导》中的伊丽莎白·埃利奥特、《宠儿》中的"学校老师",我们都可以对他们"做负面的伦理判断",但实际上我们对每个人物的评判都更精细而微妙,心里都明白每个人物伦理过失的性质截然不同。虽然我们可以通过更加详尽地描述这些过失("学校老师"的种族主义、丈夫的自我中心、伊丽莎白的虚荣)来克服这些粗陋表达法的局限,但在我们的伦理体验与我们讨论这些体验的方式之间仍然存在着明显的、不可逾越的鸿沟。

无论如何,自玛莎·努斯鲍姆(Martha Nussbaum)在《爱的知识》(*Love's Knowledge*)一书中提出虚构叙事可以替代分析哲学对伦理学的探究以来,文学伦理的理论学家就开始强调,叙事可以通过行动中的人物的具体细节来探索人类行为的伦理层面。换句话说,小说的优势在于它能够超越抽象意义和隐含在伦理范畴中的非黑即白,呈现人类生命具体语境中伦理选择的复杂性和微妙之处。简言之,小说能够给我们的阅读体验提供一个重要的伦理维度,这使得准确描述这一维度的任务尤具挑战性。再次重申,我认为找到更好的办法来应对这一挑战,是未来修辞叙事理论的一项重要任务——即使我们的阅读体验和我们批评语言之间的差距永远都不会完全弥合。

第四章

驶向惊讶结尾：
伊迪丝·华顿的《罗马热》

伊迪丝·华顿（Edith Wharton）的短篇故事《罗马热》（"Roman Fever"）的修辞效果很大程度上取决于惊讶结尾（surprise ending），即格蕾丝向情敌阿莉达揭露了她的聪明女儿芭芭拉的父亲并非自己的丈夫，而是阿莉达的丈夫。惊讶结尾强有力地证明伦理判断与审美判断的相互关系，只要快速看一下那些无效惊讶的经典例子就知道了。一个故事若把主人公置于危险境地，最后在读者毫无准备的情况下突然揭露主人公其实一直在做梦，那么该故事在伦理及美学方面都有问题。伦理方面有瑕疵，因为它的隐含作者要求读者参与主人公的行动，与此同时，隐含作者一直知道这些行动即使在小说世界中也只是幻想而已；美学方面有瑕疵，因为突如其来的揭露要求读者对故事进行大幅度重组，除了那个惊讶本身，读者没有得到任何益处，这样的故事是建立在廉价把戏的美学之上。

这个反面例子引导我做出假设，即一个惊讶结尾如果在伦理与美学层面都恰当的话，那么至少应该符合两个条件：（1）作者在叙事进程中安排一些材料，如果回顾这些材料，我们会发现它们是在为读者铺垫惊讶的效果——换句话说，读者会发现，由惊讶引起的对整个故事的重组，实际上跟叙事进程的开端和中段相吻合；（2）读者在人物身上所投入的感情及其他东西获得了回报——或加深或强化——而不是弱化了。

我对《罗马热》惊讶(结尾)的伦理与美学产生疑问,源于我自身的观察:华顿的叙述者开始讲述时,对人物的秘密了如指掌,但她限制了叙述,只是暗指了这个秘密,而没有将其揭示给任何读者,直到故事发展到最高潮时才让其被人物揭露出来。从这个角度看,华顿通过紧紧控制这个揭示,明目张胆而又小心翼翼地操控了读者。这种操控的伦理与美学何在?更宽泛而言,我对强调技巧、伦理及美学三者之间关系的两个主要问题感兴趣:(1)华顿如何从头至尾控制我们对人物及其处境的整体反应?(2)这样的操控,尤其是制造了惊讶结尾的延迟揭示,其伦理与美学何在?华顿的故事在研究判断与叙事进程方面也值得关注,因为她选择写人与人之间的关系,这种关系,若抽离掉她对人物关系的具体处理,从伦理上看也是模棱两可的。的确,如果不考虑华顿对我们反应的操控,我们可能会认为两个主人公都有严重缺陷:年轻时的格蕾丝明知阿莉达已经跟戴尔奋·斯莱德订婚,但还是去追求他;阿莉达则假冒戴尔奋,伪造了一封信,目的是引诱格蕾丝晚上到古罗马竞技场赴一场与戴尔奋本不存在的约会,希望格蕾丝会因此染上重疾。在叙事的现在时刻,主要行动是阿莉达与格蕾丝在谈话中产生的竞争;而在叙事的现在时刻中,阿莉达有意找寻机会伤害格蕾丝,通过告诉对方那封伪造的信件来建立她高于对方的权威。格蕾丝对此进行反击,告诉阿莉达,戴尔奋是她孩子的父亲,而阿莉达认为该孩子比她自己的孩子优秀。不过,我要论证的是,当华顿使用这个材料来建构叙事时,她引导她的读者对每个人物做出不同但确定的伦理判断。我在本书绪论里提过,华顿在最初的"出场"中强调的是两个女性表面的相似,但是随着叙事向前推进,这个相似让位于她们之间重要差异的揭示,而这个差异与我们对她们做出的阐释判断和伦理判断密切相关。

从某个角度看,华顿及她的叙述者跟读者的关系,类似于格蕾丝·安斯利与阿莉达·斯莱德的关系:她们知道的信息比她们的读者/听者多,而且她们都是在恰当的时间才把这个信息揭露出来。然而,华顿的动机与她的人物的动机有重要不同之处。华顿的动机是尽可能有效完成叙事(虽然其确切含义还有待进一步分析),而阿莉达与格蕾丝的动机——嗯,她们的动机值得好好讨论。但是现在可以肯定地说,阿莉达想完胜格蕾丝,而格蕾丝想反驳阿莉达的那个说法,即格蕾丝从戴尔奋那里除了得到一封并非他写的信之外一无所有(20)。华顿的动机与她的人物的动机之间的差异指向两个不同伦理情境之间关系的重要性,即人物之间的关系,以及华顿与她的读者之间的关系。更具体而言,华顿与她的读者之间的关系包括她如何处理阿莉达与格蕾丝之间互动的伦理维度。但是,在我们合理分析华顿与她的读者的关系并公正评价这种分析会使我们对故事做出怎样的审美判断之前,我们必须更密切地关注叙事的整个进程,更关注我们如何应邀对结尾之前以及结尾之后的整个叙事进程进行组装。

随着叙事向前发展,华顿向我们表明格蕾丝与阿莉达之间对话的推进与这两个女性人物的关系史有关,因此,我们对两个不同时间段——目前行动的时间段以及二十五年前行动的时间段——所发生的事件进行组装,但最终我们的组装与两个系列事件的关系相关。事实上,故事展示了过去对现在的持续影响。具体而言,当二十五年前的事件引发的紧张因素慢慢得到解决时,我们认识到阿莉达与格蕾丝两人对事件的了解都是片面的。的确,结尾是随着叙事的双重动力走的,却令阿莉达和"作者的读者"均感到惊讶,就像"航行"途中,阿莉达揭示戴尔奋那封把格蕾丝引到古罗马竞技场的信是她一手伪造的,格蕾丝和"作者的读者"都为此感到惊讶。叙事进程只有在每个人——阿莉达、格蕾丝、"作者的读者"——所获得的信息都一样时,才走向终点。这一时刻发生在格蕾丝说最后一句话"我有了芭芭拉"(20)时。然而,对阿莉达、格蕾丝、"作者的读者"而言,这一相同信息却使她们做出不同的重新组装。换句话说,华顿维持惊讶元素的主要技巧是控制信息的揭露,使我们一直积极参与过去事件与现在事件的组装,直到叙事最后,惊讶元素的揭露要求我们做出重大的重新组装,包括对阿莉达和格蕾丝的不同重新组装。为了充分论证这一点,我现在在绪论所描述的叙事进程基础上,转而分析叙事进程中的一些具体细节。

《罗马热》的第一部分构成了故事开端,因为我们的"进入"直到这一部分的最后一句话才算完整。这个部分的"出场"可谓慢条斯理,将两位美国女性置身于罗马的背景之中,为第二部分节奏与各种突转做好准备。第一部分分为两节,一节是叙述者评述现在,另一节是人物谈论过去。正如我在绪论中所指出的那样,叙述者对人物做出的正式而保持距离的处理方式是故事"发起"的重要组成部分。这里,我们可以通过研究一个典型段落来进一步认识"发起"所产生的读者动力。当阿莉达提议她和格蕾丝不如留在露台,因为她认为"毕竟,这里仍然是世界上最美的风景",她们各自的女儿正跟几个合意的意大利单身汉飞往塔齐尼亚。叙述者给出格蕾丝的回应:"一直会是,对我来说"(4)。叙述者评论道,她(格蕾丝)表示赞同时,"极其微弱地强调了'我'这个词,以致斯莱德夫人虽然注意到这个强调,却以为这不过是偶然为之,就像老派的写信者随意使用下划线一样"(4)。

虽然叙述者与人物始终保持距离(她总是称呼她们为"斯莱德夫人"和"安斯利夫人"),但是华顿却邀请我们与她本人密切合作:她限制叙述者在任何一个点上揭露的信息量,邀请我们读出限制叙述(restricted narration)背后的信息。① 在这个例子中,叙述者注意到格蕾丝强调了"我"这个词,但是华顿没有让叙述者揭露格蕾丝如此强调的原因,而是通过转向聚焦阿莉达以维持由此引发的紧张因素。这一举动进一步邀请我们推测两个女性之间到底存在什么不稳定因素。华顿转向聚焦阿莉达,这一举动不仅展示了阿莉达像华顿的读者一样,对格蕾丝为何有语调上的变化并不知情,而且展示了阿莉达不明就里这一事实并没有给格蕾丝加分。阿莉达没有想过,格蕾丝有可能跟那个风景打过什么交道从而觉得该风景特别;她以为格蕾丝对"我"的强调只是出于"偶然""随意",只是表明她"老派"(5)。② 换句话

---

① 如需进一步了解"限制叙述"这一技巧,请参见拙著《活着是为了讲述》(*Living to Tell about It*)第2章。

② 斯威尼(Sweeney)指出,阿莉达对信件所做的"老派"隐喻本身并非偶然,她是在把格蕾丝与二十五年前阿莉达所写的信件相联系。佩特里(Petry)对格蕾丝在跟阿莉达谈话期间织东西这一行为做了富有洞见的细读。

说,阿莉达以为自己比格蕾丝高出一等,以为自己有充分的理由看低她。华顿此时既没有赞同,也没有完全否定阿莉达的阐释判断,但是她的的确确期待她的读者能注意到她的交流方式以及所传达出来的不稳定因素。此外,华顿邀请我们对阿莉达的轻蔑行为做出负面的伦理判断,并因此质疑她的阐释判断(先是蔑视,继而低估),但并没给我们提供确凿的证据以证明她的判断是错误的。

叙事进程的下一个重要进展是叙述者揭露了一个悖论,该悖论增加了一个紧张因素,并指向了两位女性对话所蕴含的更深的不稳定因素,与此同时,叙述者揭示了她们对彼此的评价。叙述者评论道:"这两位女士自孩童起便亲密无间,却反映出她们彼此相知甚少"(6)。这个悖论当然是亲密与无知的结合,紧张因素则解释了这个悖论——更宽泛而言,是质疑她们之间关系的确切本质。当叙述者转向她们对彼此的评价时,她将"出场"与不稳定因素交织在一起,费了些笔墨发展了阿莉达高人一等的感觉。阿莉达认为格蕾丝是个迷人的年轻女孩,长大后成为一个令人尊敬的"废物"(6),跟她那个令人尊敬的废物丈夫贺拉斯是绝配。阿莉达认为自己的婚姻非常成功,因为她的丈夫戴尔奋是个聪明人,拥有一份令人艳羡的职业,她站在他身旁为两人都赢得许多赞誉。但是现在她感觉自己是个多余的人,她的女儿詹尼"是个不把青春和美貌当回事的极其漂亮的姑娘"(8),是女儿照顾她,而不是她照顾女儿。

格蕾丝则为阿莉达描绘了一幅"无足轻重的"精神画像,一幅"笔力软弱"的画像。格蕾丝认为阿莉达"非常聪明,但并不像她本人认为的那么聪明"(9)。事实上,格蕾丝"一直颇为她感到难过"(9)。格蕾丝的态度给叙事进程的发展增添了一个紧张因素:她知道阿莉达的什么事,这事又恰恰是我们必须知道的? 为什么她要为阿莉达感到难过? 正如绪论所指出的那样,这种完整揭露双方均觉得比对方高出一等的行为构成了"启动":主要的不稳定因素现已得到揭示。最强有力的评价(因为这个评价是对两位女性的阐释判断的直接判断)是叙述者在第一部分结束时的那句话,使我们的"进入"得以完成:"因此这两位女性各自从自己的小小望远镜的错误一端互视对方"(9)。

华顿并置了两个人物的相互评价，接着给出叙述者的评论，她用"启动"和"进入"来强调两个女性的异同。两个女性均认为自己比对方高出一等，但是与该判断相关的情感则不尽相同。阿莉达是带着轻蔑之情，而格蕾丝则带有一定程度的同情。叙述者用"望远镜的错误一端"这个隐喻引导我们不要全信两位女性对彼此的评判。但在"进入"这个点上，我们有较强理由怀疑阿莉达对格蕾丝的评判。华顿已经展示了阿莉达用以判断格蕾丝以及她本人生活的价值观是肤浅的：实际上，阿莉达使用"聪明"这杆秤来评价格蕾丝，认为她不聪明；她不太关注自己、戴尔奋以及詹尼之间的爱和关心，她看重的是她在戴尔奋的生意伙伴眼里有多好看，以及詹尼的优秀如何让她无须操心。格蕾丝则让我们看不太清楚，但是我们知道她比阿莉达的评价要更丰富，而且她对阿莉达的评价不充分。更宽泛而言，华顿把我们置于与阿莉达的复杂关系之中，因为叙述者的沉默，我们对过去了解非常有限，以致我们必须暂时依赖阿莉达这个焦点人物的感知。就这样，我们向前进入"航行"，卷入各种紧张因素与不稳定因素，意识到两个女性的阐释判断均不充分，对阿莉达做出负面的伦理判断，暂时搁置对格蕾丝的伦理判断，并依赖叙述者的描写、人物的对话以及对阿莉达的聚焦来获取更多的信息，这些信息的披露将最终解决所有紧张因素与不稳定因素。

在第二部分，"航行"期间的对话动力遵循一个清晰的模式：阿莉达开始攻击格蕾丝，格蕾丝一开始不愿意卷入与阿莉达的竞争，但后来还是反击了，揭露了她知道会伤害阿莉达的信息。阿莉达开始的时候处于攻击位置，用礼貌的口吻侮辱格蕾丝。后来她向格蕾丝承认，自己的女儿詹尼跟芭芭拉相比，毫无机会赢得那位跟她们一起飞往塔尔奎尼亚的意大利侯爵的心。[1] 阿莉达评论道："我在想，你懂的，一直心怀敬畏地在想，你和贺拉斯两个人是那么一本正经，是怎么生出

---

[1] 我同意莫尔蒂梅（Mortimer）的观点，即华顿并不鼓励读者看到阿莉达与格蕾丝之间的争斗延续到下一代人身上。这样的争斗并不符合我们所获得的对詹尼和芭芭拉的描写，而且阿莉达自己也说她们的女儿无须惧怕罗马或者罗马热。

这么有活力的孩子的"(11)。然而,格蕾丝没有上钩,"最终"只是说:"我觉得你高估了芭芭拉,亲爱的"(12)。虽然阿莉达悄悄自问:"难道她永远也无法不嫉妒(格蕾丝)?"她还是无法停止引诱格蕾丝上钩,找的借口进一步加剧了关于过去的紧张:"也许她太久之前就开始嫉妒了"(13)。阿莉达这里的行为更清楚地表明了她的伦理缺陷,而格蕾丝的温和回应使我们对她做出较为正面的判断,并站在她那边。

当阿莉达继续攻击格蕾丝,说出当年是她写了那封格蕾丝以为是戴尔奋所写的信件时,关于过去的一系列紧张因素开始得到解决,我们掌握的信息开始赶上阿莉达的——格蕾丝的信息也同样如此。然而,紧张因素的局部解决产生的即刻效果是将对话的不稳定因素复杂化了。阿莉达揭露秘密实际上是对格蕾丝的攻击,而且立竿见影。当阿莉达解释道:"嗯,亲爱的,我知道信里写了什么,因为是我写的"(16)的时候,格蕾丝跌坐在椅子上,把头埋在手里,哭了。当她再次说话时,新的紧张因素产生了。为了回应阿莉达对她默默流泪所做的阐释——"我吓坏了你",格蕾丝开始解释:"我当时没有想到你。我当时在想——"华顿用破折号暗示格蕾丝没有说完她的所想,反而转向新的想法:"这是我从他那里得到的唯一一封信!"(16)。阿莉达推进她的攻击,并且开始为自己的行为找理由:"是我写的,对,我写的!但我是那个跟他订婚的女孩。你应该记得吧?"格蕾丝如实说:"我不想试图为自己开脱……我记得……"然后,面对阿莉达的指责"你还是去了",她再次让步,说道:"我还是去了"(17)。

彼得·拉比诺维茨(Peter Rabinowitz)拓展的"路径"(path)(2005)概念,有助于进一步理解这里的叙事进程。拉比诺维茨把路径定义为"人物经历的顺序",他发现这个顺序有可能跟故事层或者话语层的事件顺序一致,也有可能不一致。在这里,阿莉达经历了写信给戴尔奋一事,发生的时间与故事层的一样。但是从某个角度看,格蕾丝是在二十五年后,即在目前对话的不稳定因素变得复杂起来后,才经历这件事。作为读者,我们经历该事件的时间与格蕾丝一样,然而,这件事对格蕾丝的意义迥异于对我们的意义。对我们而言,这件事开始解决叙事的紧张因素,但把格蕾丝和阿莉达之间的不稳定因素复杂化了。对格蕾丝而言,这件事(我们将会看到)现在跟其他事情联系起来了,使她大大改变了之前对这场对话的路径的理解。

这些围绕阿莉达揭露行为的交流出现了一个突转,加深了我们现有的情感反应和伦理反应。阿莉达的攻击使我们进一步认识到她的嫉妒、怨恨及残酷;与此同时,格蕾丝的反应有公开承认自己越限的意思,虽然她并没有为此道歉或者辩护。她的承认行为并没有改变我们对她的同情,但也提醒我们,叙述者在第一部分末尾的评论表明阿莉达对格蕾丝的看法是不可靠的,同时让我们关注格蕾丝对自己的评语:"最谨慎的女孩并非总是谨慎"(15)。结果,我们必须保持开放的心态,随时接受关于格蕾丝的更多揭露和更多判断,并想办法解决格蕾丝到底在想什么这一新的紧张因素。与此同时,格蕾丝听了阿莉达揭露的秘密后感到痛苦,表明她自己曾经错看了阿莉达:她从来没有意识到阿莉达过去会那么歹毒(即伪造信件),而且现在还是同样歹毒(即告诉她伪造之事)。

尽管阿莉达的攻击是成功的,她却仍然嫉妒格蕾丝,因为她做了一个阐释判断,认为格蕾丝的强烈反应表明她"一定爱(戴尔奋),哪怕是对(信件的)灰烬的记忆,也非常珍视!"(18)。阿莉达继续攻击,为她的揭露行为找借口,说自己:

> 没有理由相信你会这么看重这封信。你两个月后就嫁给了贺拉斯·安斯利,所以我怎么会相信呢?你一旦能下床,你的母亲就催你马上去佛罗伦萨,把你嫁掉。大家都很吃惊——他们不知道你为什么这么急;但是我想我知道。我认为你是因为要出风头——为了能够说你走在了我和戴尔奋的前头……你那么快就结婚,使我相信你从来都没有真正在乎过。(18)

格蕾丝再次选择不把目前的冲突升级,她同意阿莉达的话,说:"是的,我想是这样的"(18)。但是我们再次受邀去推测她话中有话,而阿莉达是无法推测到的,这个话中话反映了真正发生的事情与阿莉达对该事情的理解之间存在一个鸿沟。

"航行"至此,叙事进程已经邀请我们做出如下中段组装:二十五年前,阿莉达采用了格蕾丝的姑太太黑瑞特的策略——黑瑞特曾差遣自己的妹妹,也是她的情敌,去采摘一朵夜晚盛开的鲜花,导致她妹妹染上了罗马热(疟疾)而死去。虽然阿莉达声称她只想要格蕾丝"不要碍手碍脚","离开几个星期就好"(17),但是我们可以从阿莉达愿意采用姑太太黑瑞特的策略这个事实,推测出她也愿意接受该策略的结果:受害者死去。虽然我们有理由质疑阿莉达对格蕾丝突然结婚的阐释,但是我们并没有其他理由来解释此事,因为我们对过去了解有限,格蕾丝表面上接受阿莉达的解释,邀请我们认定格蕾丝的确去了古罗马竞技场并染上了疾病。现在,阿莉达依然憎恨格蕾丝过去对戴尔奋的爱,而且她现在是寡妇,过得不幸福,加上作为母亲,她的女儿又不需要她,所有这一切导致她继续伤害格蕾丝,并要凌驾于格蕾丝之上:"过去我操纵你,是为了我个人的利益,现在我把这事告诉你,是要再次伤害你。"对格蕾丝而言,她并没有把阿莉达已经跟戴尔奋订婚一事视为她不该追求他的充分理由,而且现在她已经失去了他对她表达爱意的最美好回忆,对阿莉达有了新的认识,知道阿莉达对她有多狠毒。简言之,我们似乎朝着这样一个结尾前进:我们看见阿莉达在确立对格蕾丝的权威,从而看到过去在重复。

然而,此刻对话中的两个重要发展让我们大幅度修正了这个理解。首先,阿莉达还沉浸在对过去的操纵中,说:"我猜,我当时这么做是在开玩笑……你在黑暗中等啊等啊,躲躲藏藏,偷偷摸摸,想溜进去,一想到这个,我那一整晚都在笑个不停"(19),而此时格蕾丝终于改变策略,揭露了关于过去的第一个关键信息:"但是我并没有等。他安排好了一切。他在那里。他们立刻就让我们进去了。"格蕾丝接着解释,说她"回了信。我告诉他我会去那里。所以他来了"(19)。这时候,关于过去的更多紧张因素得以解决,我们开始明白为什么格蕾丝之前强调对她而言露台的风景总是世界上最美的风景了。此外,我们现在发现,阿莉达这个人物的路径跟事件的顺序不一致,她得修正自己对通向现在路径的理解,对她来说,这并不容易。她的第一个举动是否认:"你肯定是疯了!"第二个举动是对自己的无知感到绝望:"哦上帝——你回信了!我压根没想到你会回信……我当时可是气慒了"(20)。

第二个发展出现在格蕾丝主动结束会话的时候。她说她们应该到里面去,并说"我为你感到难过"(20)。阿莉达无法忍受来自对手的同情,她习惯鄙视对手,因此想找机会再占上风。她贬低格蕾丝与戴尔奋的约会,说道:"毕竟,我拥有一切,拥有他二十五年,而除了那封并非他写的信,你一无所有。"格蕾丝"再次沉默",但"最终"转向露台的门,停下来,转向阿莉达并攻击她,说出了那句尖锐的离场话语:"我有了芭芭拉"(20)。正如我上面所说,这句话构成了"抵达",因为它解决了关于过去的最后紧张因素——现在格蕾丝、阿莉达以及"作者的读者"都知道整个故事——而且解决了不稳定因素,永远改变了两个人物之间的权力关系。格蕾丝不仅在对话中将了对方一军,而且宣告她才是阿莉达想操纵的过去的受益者,阿莉达的"路径"与事件的顺序明显不同。为了欣赏这个结尾呈现出来的完整感,我们必须考虑这个结尾要求我们做出的重新组装。叙述者的额外报道提供了"道别"和"终结":格蕾丝"开始走在斯莱德夫人的前头,朝楼梯走去"(20)。格蕾丝的行为表明对话结束——的确,难以想象阿莉达还会有什么令人满意的回应,格蕾丝也不再有什么话可说。叙述者冷静地报道两人的行为,这符合整个故事中她与两人的关系,也符合她与受述者的关系。

完成、伦理与美学

为了欣赏结尾具有的全部效果,我们必须考虑结尾邀请我们做出的重新组装及其带来的伦理与美学效果。首先,我们需要认识到,相互吐露秘密之后,格蕾丝与阿莉达她们自己必须重新组装。华顿的写作技巧让我们更多进入了阿莉达的内心,因此她的重新组装更加明显。现在,她必须重新认识戴尔奋、格蕾丝,尤其是她自己——这三个新认识对她而言都是痛苦的。她必须认识到戴尔奋原来并不看重和她的婚约,一有机会与格蕾丝密会,他就欣然前往。这一认识定会让她怀疑戴尔奋婚后对她的爱与忠诚。的确,阿莉达一定会质疑她是否有充分理由说"我拥有一切,拥有他二十五年"(20)。阿莉达也必须改变格蕾丝低她一等的看法,因为她必须承认格蕾丝在这么多关键点上都打败了她:格蕾丝天真地回复了她伪造的信件,然后又不那么天真,与戴尔奋同床,现在又用更具杀伤力的秘密使她无言应对。更令阿莉达气恼的是,她必须承认格蕾丝与戴尔奋生下了更聪明的女儿。最后她还必须承认,虽然她努力想击败对手,但实际上对自己造成的伤害远远大于对手:她的伪造并没有导致她原以为会出现的后果,即格蕾丝染上重疾,反而使格蕾丝怀上了芭芭拉。虽然阿莉达揭露伪造这一秘密确实伤害了格蕾丝,但是却导致格蕾丝揭露了让她更为痛苦的信息。

对格蕾丝而言,对手不经意间促成的一场性爱约会,让她有了芭芭拉,格蕾丝现在明白了其中的反讽所在。她也意识到自己低估了阿莉达;她曾居高临下地同情阿莉达,但阿莉达比她想象的要更恶毒和危险。虽然格蕾丝能从阿莉达促成她成为芭芭拉的母亲这一充满反讽的行为中得到某种满足感,但她也付出了昂贵的代价,这从她因为阿莉达揭露秘密而流泪就可以看出。她的眼泪表明,知悉伪造这一事实一定改变了她对戴尔奋在那个夜晚约会中所扮演的角色的理解。现在,她知道发起那场约会的不是戴尔奋,他甚至都不是主动来约她的,他只是一个机会主义者,一个愿意从别人为他设好的局中获利的人。这一思考一定会动摇她的信心——她认为戴尔奋实际爱的是她。格蕾丝当时不知道戴尔奋并非那场古罗马竞技场约会的召集者,而现在她一定会怀疑,他那晚的行为不过是受到轻轻松松就得到性爱这一兴趣的驱使,尤其是因为他们的约会并没有改变他娶阿莉达为妻的计划。华顿鼓励我们做出这一重新组装,因为阿莉达的伪造行为使我们做出(虽然不是要求我们做出)推断,格蕾丝与戴尔奋那晚的性爱约会是他们的第一次:"事情不能这样下去,我必须单独见你"(15)。这些情绪符合(尽管不是只属于)性前欲望区域。请注意:如果信上写的是"我必须再次单独见你",我们的推断该会多么不同。

当然,当阿莉达写这封信的时候,她只是在猜想他们两人关系的确切性质,但是这封信所产生的效果——它让他们双方都到了古罗马竞技场——表明她猜对了。结果,虽然格蕾丝的话"我有了芭芭拉"把阿莉达的话"除了那封并非他写的信,你一无所有"比下去了,但是无法推翻阿莉达之前所说的话:"你想尽办法想从我手里夺走他……但是你失败了,我拥有他"(18)。我们都知道,阿莉达需要认识到,当她以"这就是全部(真相)"结束她的话时,她是错的,但格蕾丝现在有新的理由认为阿莉达话里的第一部分是有道理的。的确,当我们认识到格蕾丝的重新组装后,我们也认识到格蕾丝的离场话语("我有了芭芭拉")一定有另一层含义:她不再确信芭芭拉是与戴尔奋的爱的继续,芭芭拉只不过是她把自己献给他获得的一个安慰而已;她想从阿莉达手中夺走戴尔奋,结果徒劳无功。因此,我们可以得出结论:格蕾丝不再认为罗马的风光是世上最美的。从这个角度看,这个故事没有赢家。

阿莉达与格蕾丝的谈话让她们两败俱伤,但这不应模糊这样的事实:我们的重新组装表明她们之间的差异有多大,也因此显示出叙事进程如何修正了最初我们认为她们很相似的看法。阿莉达失去了对格蕾丝的优越感,失去了年轻时耍伎俩的洋洋得意感,也失去了原以为自己在戴尔奋心中占据重要地位的自信;她受到严重伤害,这一切都是对她自尊的严重打击,而自尊又是她的自我形象的关键成分。格蕾丝原以为戴尔奋爱她,现在才知道并非如此,这也深深伤害了她,因为这伤了她的心。毫无疑问,格蕾丝原以戴尔奋爱她为荣,现在才知道这只是幻觉而已,但我们仍然觉得格蕾丝有爱的能力,而阿莉达则没有。除此之外,对格蕾丝及她在过去和现在的竞争中扮演的角色进行重新组装,于我们而言有更多意义。

这个重新组装还让我们得以更好地理解格蕾丝为什么决定把她的秘密告诉阿莉达。虽然阿莉达坚持确立自己比格蕾丝高出一等的做法导致格蕾丝的反击,但更重要的是,阿莉达的揭露夺走了格蕾丝对过去的幻想,她于是决心让阿莉达也失去一些东西。格蕾丝最初只想告诉阿莉达,她去见了戴尔奋,从而让阿莉达感到难过,但是阿莉达坚称格蕾丝"除了那封并非他写的信,你一无所有"(20),导致后者说出了最后的秘密。鉴于阿莉达之前问过有关芭芭拉的问题,格蕾丝明白这个秘密将是最具杀伤力的。

正如我一直在试图表明的那样,我们的"完成"感包括格蕾丝和阿莉达各自获得了新的认识,此外还包括我们认识到:关于过去的紧张因素和现在的不稳定因素同时得到解决,使这个故事既是对过去的重复,也是对过去的解决。说是重复,因为对话中阿莉达对格蕾丝的攻击也有类似预料不到的效果。正如阿莉达设计想让格蕾丝在古罗马竞技场染上疾病,结果反而让格蕾丝怀孕一样,阿莉达想通过揭露自己的伪造行为来伤害格蕾丝,结果反而导致格蕾丝通过揭露自己怀孕而对阿莉达造成更大伤害。无论过去还是现在,两位女性的行动都像是患上了"罗马热"。说现在是对过去的解决,因为双方的竞争(如果不是情敌)现在必须结束了。难以想象她们中有哪一个还想跟对方争辩,尤其是现在双方均已揭露秘密,这意味着她们都知道了对方最坏的一面。

我们的"完成"感还包括我们对两个人物之间伦理关系的最终解释。我们的重新组装促使我们认识到,若以传统道德标准衡量,格蕾丝这个人物的行为很不光彩——追求朋友的未婚夫,直至与他上床——但华顿把她塑造得更像一个受害者,而不是施害者。这里,华顿对现在时刻的处理很关键:她使用聚焦来揭示阿莉达继续受制于嫉妒、怨恨以及控制欲——这些情绪导致她过去做了不光彩的事情,引诱格蕾丝陷入可能染上致命疾病的境地——然而,华顿通过外部描写格蕾丝以及她的对话来暗示她不仅有爱的能力,而且原本满足于把她的秘密带进坟墓。结果,我们对阿莉达做出的评判要比对格蕾丝的严苛。我们发现阿莉达的重新组装是必要的,是她应得的报应,恰当地惩罚了她对格蕾丝的所作所为。与此同时,我们认为格蕾丝对戴尔奋行为的重新理解是对她过去追逐一己私利的惩罚。我们认识到,尽管她是被阿莉达的攻击和蔑视激怒,从而揭露了她的秘密,但这些揭露的目的是伤害对方。此外,对格蕾丝的新认识引导我们发现阿莉达的嫉妒并非毫无根据。格蕾丝当时的确是一个威胁,虽然这不足以成为阿莉达伤害她的正当理由。重复一下,这个故事没有赢家,但考虑到我们的情感和伦理偏向,格蕾丝对阿莉达的反击虽然源自她的自尊心受到伤害,但她的反击比阿莉达的进攻还更具伤害性,这一事实使故事的结尾既恰当又令人不安。在《罗马热》中,华顿要求我们与她合作,共同描写一场微妙、凶狠而又两败俱伤的权力争斗。

现在我们可以讨论讲述伦理了。我们认识到华顿紧紧控制信息的揭露,这种做法从美学和伦理层面看均令人满意,甚至让人赞赏。首先,我们不能把华顿让读者惊讶这一做法的伦理等同于格蕾丝令阿莉达惊讶这一做法的伦理,因为这两种做法的本质和结果都大相径庭。其次,华顿为这个惊讶结尾做了精心准备:阿莉达低估格蕾丝,格蕾丝依恋罗马,格蕾丝对阿莉达的揭露做出反应——若回头看,所有这些信号都是在为那个惊讶结尾做准备(从惊讶结尾回头看,这些信号会产生不同的含义)。第三,惊讶结尾解决了叙事进程中的紧张因素和不稳定因素,同时还导致我们刚刚讨论的重新组装,这样的结尾深化了我们与人物及其处境的互动:惊讶打开了在此之前被紧紧遮蔽的叙事的多个维度。

这最后两点若从另一个角度看,则显示了华顿成功处理惊讶的另一个维度:为了达到惊讶的效果,华顿显然需要在整个叙事中限制我们进入格蕾丝的内心。华顿让格蕾丝在戏剧性场景中被激怒从而揭露(真相),并让格蕾丝的这一揭露充当解决紧张因素和不稳定因素的主要手段,从而把叙述限制从障碍变成了优势。

第四也是最重要的一点,惊讶结尾的所有这些特点增强了我们与华顿本人的合作。在华顿的短篇故事集《鬼魂》(Ghost)的序言中,她说她意识到"在我自己与读者之间有一个共同的媒介,他们与我中途相会于远古的影子之间,用跟我相似的各种感受和预测来填补我叙事中的各种空白"(x)。《罗马热》也要求我们与她分享各种感受,并做出各种预测,而这种分享引领我们欣赏她的洞见,即过去对现在的影响力;这种分享还引领我们看到一场表面上斯斯文文的权力争斗中蕴含的心理动力与伦理动力。与华顿合作也意味着我们几乎付出我们最大的认知、情感以及伦理能力;由于这篇小说既要求我们付出,又给我们的付出带来回报,因此是一个了不起的美学成就。掩卷回味,我们不禁为有机会参与这个叙事而心存感激,它的设计如此巧妙,如此有冲击力,如此发人深省。

第五章

延迟揭示与他人意识问题[①]:
伊恩·麦克尤恩的《赎罪》

正如小说标题所示,伊恩·麦克尤恩(Ian McEwan)的《赎罪》(Atonement)聚焦女主人公的过失以及她为其灾难性后果而赎罪的努力。从这一点来看,这部小说简直太需要关注读者判断了。同时,以下这段关于其叙事进程的简短描述也表明,小说中阐释判断、伦理判断和审美判断——无论是女主人公布里奥妮·塔利斯自己做的这三种判断,还是我们对她做的这三种判断,或是我们对隐含的麦克尤恩做的这三种判断——之间的相互作用对这部小说所产生的效果至关重要。1935年7月一个炎热的夏日,布里奥妮错误地将她姐姐塞西莉娅的情人罗比·特纳指认为强奸她表姐罗拉的人,许多年后她又千方百计地为她的过失赎罪。麦克尤恩在小说的最后二十页里让叙事进程发生了出人意料的突转。这二十页中的内容是布里奥妮在她七十七岁生日当晚写下的日记,揭示小说之前的三百三十页其实是她写的小说,同时也是麦克尤恩小说的一部分。也就是说,布里奥妮的《赎罪》,这部简单直白却引人入胜的现代派小说,构成了麦克尤恩的小说《赎罪》的第一、二、三部分。麦克尤恩的小说续写了第四部分"伦敦,

---

[①] 本章译文部分参考了申丹翻译的《叙事判断与修辞性叙事理论》(《江西社会科学》2007年第1期)。——译者注

1999年",该部分突如其来地告诉读者,《赎罪》是一部具有自我意识、自我反思性质的小说,其"人物叙述者"自己就是一位小说家。不仅如此,从布里奥妮的日记里还可以看出,她的小说将关于她过失的真实描述与关于她赎罪的虚构叙述混合交织,因为她此时已将小说本身视作她赎罪的主要途径了。

在讲授这部小说的过程中,我发现"有血有肉的读者"对麦克尤恩的叙事手法进行伦理和审美判断时明显持不同观点,尤其是针对结尾部分:有人认为这一手法非常了不起,而其他人却觉得这是个低级的玩笑,甚至是欺骗,是在捉弄读者来寻开心,很不公平。尽管我认同前者的观点,但我还是觉得有必要对小说进行一番修辞分析,这样就能找出产生这两种读者反应的原因。所以,我在讨论小说的结尾时,要区分"有血有肉的读者"当中的不同观点。但现在,我要用两个宽泛的问题和回答这些问题的一个策略开始我的讨论:(1)我们应该如何从形式、伦理和审美层次对布里奥妮嵌入的小说进行判断?(2)我们应该如何从形式、伦理和审美层次对麦克尤恩和他的小说,特别是对他突如其来给了我们那么多意外的做法进行判断? 为解答这些问题,我建议首先考察第一部分的叙事进程,特别是其"进入"时的那些不稳定因素的性质以及判断在再现布里奥妮过失时所起的作用,然后考察第四部分"伦敦,1999年"所唤起的对整个叙事进程的重新组装,这个重新组装将必然引领我们思考第二、三部分在整个小说设计中有何作用。

《赎罪》的开端

布里奥妮指认罗比强奸了罗拉这一过失是叙事进程中的主要事件,发生在第一部分将要结束的时候,即第一部分的第十三章(该部分共十四章)。这一事件与《宠儿》(Beloved)中塞丝的抉择一样,是小说叙事进程中的关键节点,对于人物和读者而言,一切都源自于此,又由此向前发展。小说第二部分描述了罗比因此事而经历的遭遇——他当时是1939年敦刻尔克大撤退中的一名士兵,之前为了免受牢狱之灾而选择了参军。第三部分描述的是布里奥妮作为一名战时护士的经历以及她为了赎罪而采取的行动（她的过失加上战争的爆发，促使她选择当了护士而没去上大学）；最后的"伦敦，1999年"呈现的是布里奥妮的反思，她之前一直在通过写小说来为自己的过失和造成的后果赎罪，如今她对自己所做的这些努力进行反思。

小说的开端包括小说标题、开篇引语和第一部分的前三章；这些章节引出了两个全局不稳定因素并且提出两者之间可能存在的一种联系。第一个不稳定因素涉及布里奥妮和她想成为一名大作家的愿望，第二个不稳定因素则涉及塞西莉娅和罗比之间的关系。稍后我再来讨论那被延迟的揭示（即麦克尤恩小说的开端实际上也是布里奥妮小说的开端）是如何引导我们重构之前对小说叙事进程所做的判断和解读的。①

小说的开篇引语摘自简·奥斯丁（Jane Austen）的小说《诺桑觉寺》（*Northanger Abbey*）中的一段，其中亨利·蒂尔尼在提醒凯瑟琳·莫兰对其错误的哥特式猜疑进行反思，因为凯瑟琳凭想象误认为蒂尔尼上将虐待了其已故的妻子。这一段的部分内容如下：

> "亲爱的莫兰小姐，你好好想想，你这样疑神疑鬼是多么的可怕。你凭什么下此断论？别忘了我们所生活的国度和时代。你要牢记我们是英国人：我们是基督徒啊。你不妨运用你自己的理智，你自己对或然性的感悟，你自己对于周遭所发生的一切的冷眼旁观……亲爱的莫兰小姐，你到底在想些什么呀？"
>
> 他们已经走到了廊台的尽头；她含着羞愧的泪水跑回到了自己的房间。（页码不详）②

---

① 这里有必要提出一个质疑，即麦克尤恩小说《赎罪》的那些副文本是否同时也是布里奥妮小说的副文本；还有，两部小说的开端是否也是重合的。很显然，那标明作者为麦克尤恩、出版商为双日出版集团的扉页是只属于麦克尤恩小说的，但我认为那段摘自《诺桑觉寺》的开篇引语和写着"第一部"字样的书页是同时为两部小说所共有的。

② 本章《赎罪》引文来自郭国良的译本（上海译文出版社，2018）。——译者注

小说的标题预示了麦克尤恩的叙事将涉及某种为弥补过失而做的努力,开篇引语则使我们预期该过失将与凯瑟琳的误判类似,也是由于受到某种文学的影响而过度发挥想象力导致的。同时,小说标题本身也说明麦克尤恩的小说关注的重点将与奥斯丁的不同,因为凯瑟琳的误判并未带来严重的后果,所以赎罪不能成为《诺桑觉寺》的主题。

那些副文本的线索让我们认识到,第一章里十三岁的布里奥妮立志成为一名小说家,这个事实引入了关键的不稳定因素。这一章为那些不稳定因素提供了一些细节,而第二章则将焦点人物由布里奥妮切换成了塞西莉娅,从而引出了塞西莉娅与罗比之间的不稳定因素,两人在喷泉水池边争夺塔利斯家那个祖传花瓶以致将其打碎时,这些不稳定因素显得尤为明显。第三章又回到了布里奥妮的视角,揭示了她对塞西莉娅和罗比在泉边那一幕的思考,从而在上述两组不稳定因素间建立起了潜在的联系。

第一章的文本动力通过引入一些局部不稳定因素并使其复杂化而展开,这些不稳定因素围绕着布里奥妮所面对的一堆困难——她在尝试让她十五岁的表姐罗拉和两个九岁的双胞胎表弟杰克逊和皮埃罗帮她排演她刚写成的(也是她的第一部)剧本《阿拉贝拉的磨难》。剧本写的是一个非常浪漫的爱情故事,结局是女主人公在经历了众多磨难之后被一个隐瞒了身份的王子拯救。但是这些关于排练剧本的局部不稳定因素是由如下一些段落所呈现,段落里融合了"出场"和"发起",并暗示了全局不稳定因素:

> 写故事不仅要与秘密打交道,而且还要能把世界变成一个缩小的模型,这当然能给她很多乐趣。短短五页稿纸就能造就一个世界,这比缩小的农场模型可有趣多了。半页稿纸里就能包含一个被宠坏了的王子的童年,一个节奏强劲的句子就可以表达在月夜穿过沉睡的村子的情景,简简单单一个词——眼眸一瞥——就能表明主人公已经坠入了爱河。布

第五章 延迟揭示与他人意识问题 129

> 里奥妮最近完成的一个故事,是如此充满生命力,拿在手中的稿纸仿佛都鲜活得在颤动。同时,她对于条理的喜爱也得到了满足,因为一个无序的世界完全可以在写作中条理化。比如,女主人公人生中的一大危机可以和冰雹、狂风和雷电相伴相生,而婚礼喜庆时则往往风和日丽。布里奥妮对秩序的喜好也催生了公正原则,死亡和婚姻成了家政的主动力:死亡是道德欠佳者的专利,而婚姻是一份报答,*直到最后一页才奉上*。(7,强调为原文所加)

除了让布里奥妮性格和兴趣"出场",这段文字还"发起"了一场特别的修辞交流。本段的叙述主要来自布里奥妮的眼光,但声音却主要是叙述者的。这种现代派小说中常见的技巧既使我们因布里奥妮对创作的狂热而心生怜爱,同时也让我们意识到她这份狂热中潜在的危险。其中最有力的一句话是"最近完成的一个故事,是如此充满生命力,拿在手中的稿纸仿佛都鲜活得在颤动",而"仿佛都鲜活得在颤动"又是其中最有力的一个短语,因为这句话和这个短语极大地显现出布里奥妮的阐释判断与我们的差别。布里奥妮对自己故事的理解远远超越了稿纸上的文字,是某种与包容其中的鲜活生命一起在颤动的东西。但我们所解读的"仿佛在颤动"却具有双重语气和双重视角:对布里奥妮来说这是个天真的隐喻,但是对叙述者和"作者的读者"来说,它却显示出布里奥妮未能意识到要将"一个无序的世界完全……条理化"所需付出的代价。为了使这个世界符合她充满浪漫的愿望与喜好,甚至包括对那种无用谬论的喜好,她写的故事吸干了这个无序世界里的生命。稿纸上颤动着的并不是生命本身,而是她充满浪漫的想象力以及她对语言文字的力量具有的信心。叙事行进至此,布里奥妮的阐释误判尚未带来任何严重的伦理后果,尽管她写的故事审美效果不佳,因为全都是些感情用事、充满浪漫而又俗套的东西。意识到布里奥妮的阐释判断与我们之间的差别,就为麦克尤恩小说中可能出现的伦理和审美结果做好了铺垫。

第二章延续了第一章"发起"的模式,但是将焦点切换至塞西莉娅和她不安的处境中,并且在接近此章结尾处将罗比也纳入了视角。刚从剑桥毕业的塞西莉娅暑假回到家中后一直感到烦躁不安。她觉得自己必须尽快离开,但又犹豫不决:

> 留下来既叫人舒适,也令人烦躁;既是一种自我惩罚,也是一种快乐,或许快乐只是她的期盼而已;如果她离开了,也许有什么坏事会发生,或者,更糟的是,好事来了,而她却错过了——她可错失不起啊。还有就是罗比了,他总是刻意保持距离,有什么远大计划也只是同她父亲讲,这一点一直让她恼怒不已。他俩从七岁起就认识了,而现在谈话却尴尬不已,实在让她心烦。虽然她认定这都是罗比的错——他可记住自己犯的第一个错吗?——但她清楚自己必须在离开之前摆平这些事。(21)

当两人在喷泉水池边相遇,交谈不欢,最后又争夺起塞西莉娅打算拿来盛水的克莱姆叔叔的花瓶时,因罗比产生的不稳定因素立刻变得复杂了。争夺导致花瓶被两人打碎,一些碎片掉进池子里。当罗比开始解衬衫纽扣准备下水去捞时,塞西莉娅采取了更迅速的行动:

> 她一下子就明白了他要干什么。这是不能容忍的。他来家里的时候也是脱了鞋和袜子——好吧,她决定教教他该怎么做。她踢掉拖鞋,解开扣子,脱了衣服,又解了裙子,然后朝水池的护墙走去。而他只是双手托在屁股上,看着她穿着内衣爬到水里。拒绝他的帮助,拒绝他任何的补救机会,这就是对他最好的惩罚。她没料到水会冰凉得让她直喘气,但这也是对他的惩罚。她屏住呼吸,沉到水底,头发在水面上像扇子般铺展开来。如果她淹死了,也是他应得的惩罚……

她避开了他的目光,动作透着一股粗蛮。他并不存在,他被放逐了,这也是对他的惩罚。罗比呆站着,看着她赤脚穿过草坪,乌黑的头发在肩上重重地甩动着,摩擦着衬衫。(29)

这里的叙事技巧聚焦于塞西莉娅的一系列阐释判断和伦理判断,我们从中看出她只有一个判断是正确的,那就是她看出来罗比打算下到水池里去。她觉得自己下冷水的做法实际上是对他的惩罚,这种理解是相当离谱的,虽然说当罗比看到她脱了衣服,像个"洁白又脆弱的小仙女",水从她身上"倾泻而下,比起结实的特赖顿要漂亮多了"时,本该有的那种饱了眼福的快感肯定被她的怒气抵消了。不光这些,就连她认为罗比应该受到惩罚的伦理判断也有点不像话,因为实际上是他们两人都坚持要去拿那个花瓶,所以两个人都应该对打碎花瓶负有责任。但是这一切——两人不愉快的交谈、争夺花瓶、塞西莉娅当着罗比的面进水池——所表明的事实是,塞西莉娅不能离开这里的原因是她对罗比的渴望,她压抑着这一渴望,但并未完全做到。她的压抑在这个场景中表现为她表面上是在生罗比的气而内心里却是在对自己生气,而她并未完全压抑住渴望的事实则表现为她将自己脱得只剩下内衣的行为。在表面怒气的掩饰下,她得以将自己的身体暴露在他的面前,而且值得注意的是,触发她脱衣服的原因是罗比开始解衬衫纽扣以及她想起他在屋里脱下鞋袜的情形:"好吧,她决定教教他该怎么做。"所谓"教教他",是指要教他该如何正确地脱下衣服。

理解了塞西莉娅对心中渴望的压抑之后,我们就可以对其进行伦理判断了,并且也对这一场景做出了我们的情感反应。塞西莉娅的阐释和伦理误判更多展示的是她的不安处境,而非她一贯的性格,因此也让我们对她感到相当的同情。尽管到这一章结束时我们依然对罗比了解不多,但随着我们对塞西莉娅的同情增多,我们还是希望他们两人的关系朝着好的方向发展。

第三章在布里奥妮渴望成为作家的不稳定因素与关于塞西莉娅和罗比的不稳定因素之间建立起潜在的联系,这时叙事又回到了布里奥妮的视角,并且最终发展为当她目睹喷泉边场景后所进行的思考。但在这之前叙述者向我们展示了布里奥妮关于写作的另外一些思考:

> 故事是心灵感应的途径。她只需要用墨水把各样字符留在纸上,就可以把她的想法和感受直接传递给读者了。这真是个奇妙的过程,却又如此平常,没有人会停下来细究。阅读和理解本是一回事,中间没有任何拦阻,直接得仿佛弯曲手指一样。人们看到那些字符,自然就把意思拆分开了。譬如,你读到"城堡"这个词,它就真的在你眼前屹立了起来:你看到城堡远远地被盛夏的树木掩映着,蔚蓝的天空是那样的柔和,青烟袅袅地从铁匠铺子里升腾起来,还有一条鹅卵石小路,蜿蜒着消失在绿荫中。(35)

此处的技巧从布里奥妮的眼光加叙述者的声音转到了布里奥妮本人的眼光和声音。叙述者和布里奥妮在阐释判断上的差别再一次显得非常关键:那些关于生活与她所写故事之间关系的天真想法,曾影响过她在第一章里的思考,如今又出现在她将语言作为一种透明介质的观点中。这段文字通过"城堡"一词,将她观点中存在的问题显现出来。当我们看到"你读到'城堡'这个词"这句话时,我们是会联想到一座城堡,但不大可能会想象出布里奥妮认为我们一定会想象到的那种被过分修饰了的城堡的样子。这充分表明——而且一贯表明——布里奥妮所想象的肯定是某个浪漫故事的布景。

将这段文字与下面这段布里奥妮的思考并置在一起,可以看出她被卡在了几种迥异的观点之间,她在思考如何能采取一种不同的写作方法来描绘喷泉水池边的场景:

> 当姐姐的头从水里冒出来的时候,布里奥妮还是真心感谢上帝。她第一次隐隐约约地觉得,眼前这一幕不再是公主和城堡的童话故事,而是此时此地所发生的奇异,是人与人

之间——她身边的普通人之间——微妙的、难以言传的东西；原来一个人对另一个人可以有这样的威力，原来一切如此轻易地就被完全颠倒了，变得面目全非……

她可以把这场戏从三个不同的角度写上三遍。最让她感到兴奋的，是这种写法赋予她的自由——她不用再苦苦挣扎于善恶之间，不用再费心刻画好汉或恶棍。因为三个人中没有哪个是坏人，也没有纯粹的好人。总之她不用再作出任何判断了，也不用设定任何道德标准。她只要表现出他们各自不同的思维——每一个都和自己的一样鲜活，一样地因为意识到其他思维的存在而痛苦不堪。给人们带来不快的，不仅是邪恶和诡计，还有迷乱和误解；最重要的是未能把握简单的真理，即其他人与你一样实实在在。只有在故事中，你才能进入这许多不同人物的内心世界，并且将他们各自平等的价值展现出来，这就是一个故事所需要具备的唯一道德寓意。(37—38)

布里奥妮"不用再作出任何判断了"，但是这段文字还是邀请我们做出阐释判断，而且我们也确实做了，认为她的这些思考大大推进了她关于故事和生活之间关系的想法。从她之前所写故事里的那些黑白分明的世界，到现在这个不需做任何判断而只需展现不同人物内心"平等价值"的世界，的确是跨过了长长的一段距离。这段文字突显的是布里奥妮被卡在中间的处境，她仿佛一只脚还停留在儿童的世界里，而另一只脚已犹豫着踏进了成人的世界。布里奥妮对于判断本身的理解就反映出她的这种中间处境。这时她已能认识到那些关于"善与恶""好汉与恶棍"的简单判断的局限性，但是她能做的最多也就是将它们与另一种简单的选择对立起来，那就是：干脆不做任何判断。麦克尤恩在第二章引导我们所做的那些更为细致的判断——实际上也是布里奥妮本人在这一段文字中所做的判断——还尚未真正成为她的选择。

我们对于布里奥妮这种中间处境的阐释判断也使我们意识到,她有可能取得更加成熟的艺术成就。但我们对她这一处境的理解也意味着这些艺术成就的伦理维度将取决于她如何发挥她的潜能。一方面,展示不同人物内心世界的平等价值本身就将是一种伦理上的成就,因为除了其他方面,它还要求对他人的内心世界给予富有同情的观照。另一方面,由于之前的叙事已经引导我们对水池边场景中的人物进行了判断,作为隐含作者的麦克尤恩表明:在此叙事中,不做任何判断的再现方式将不及那些做出细致判断的再现方式那么具有伦理和艺术成就。总而言之,尽管叙事进程引导我们将布里奥妮的这个顿悟视作一个重要的突破,它也期望我们,出于伦理和审美考虑,不要完全接受布里奥妮的这种不做任何判断的新审美原则。

至此,到第三章结束时,麦克尤恩已让他的叙事"启动",并提出了三个全局不稳定因素:(1)布里奥妮是否能够在她的写作中实现她的新创作观点?很显然她没有立即去尝试这么做,因为出于一个十三岁孩子的秩序感,她认为:"排演正要进行,里昂也快到了,全家人都等着晚上看演出呢——她可要有始有终才行……写作嘛,可以等到她有闲工夫的时候"(39)。(2)如果布里奥妮实现了她的新创作观点,那会在伦理上令人满意吗?(3)布里奥妮的思索进展将如何与塞西莉娅和罗比的关系发展联系起来?它们之间会相互影响吗?如果会,将是怎样的影响呢?在这个阶段,我们还无法预见这些不稳定因素是会变得更复杂还是会得到解决。

关于布里奥妮误判的读者判断

现在让我们进入"航行"中的中心事件,考察一下判断在再现布里奥妮误认罗比强奸罗拉中的作用。本节我将讨论当我们认为第一部分只属于麦克尤恩的小说时所做的那些判断,然后在下一节再讨论一旦我们知道了第一部分也属于布里奥妮的小说时,这些判断会发生怎样的变化——如果会有变化的话。从第四章到中心事件的这段"航行"主要是为布里奥妮的过失提供发生的语境,该语境表明她的过失是由多重因素决定的。

除了布里奥妮、塞西莉娅、她们的母亲艾米莉、罗比和三个表姐弟,来参加塔利斯家1935年7月这一天晚宴的还有布里奥妮和塞西莉娅的哥哥里昂以及他的朋友保罗·马歇尔。里昂是布里奥妮最希望来看《阿拉贝拉的磨难》的观众。马歇尔在第一部分里一直处于叙事的背景中,因为叙述者主要将视角依次聚焦于布里奥妮、塞西莉娅和罗比,偶尔走进艾米莉和罗拉的意识中。我们所见的马歇尔是罗拉看到的在婴儿室与孩子们交谈的他,还有艾米莉从房子的另一端听到的他的声音。晚餐时罗比注意到他的脸上有一道两英寸长的抓痕,之后不久罗拉也给布里奥妮看了她自己身上的抓伤和瘀痕。

布里奥妮想让《阿拉贝拉的磨难》成功演出的希望被毫无浪漫可言的生活现实破坏了,而罗比无意中错给塞西莉娅的那个纸条终于冲破了塞西莉娅和罗比压抑的情感,那个纸条透露了罗比喷薄而出的深情:"在梦中我亲吻着你的阴户,你那甜蜜湿润的阴户。在我的脑海中,我整天与你做爱"(80)。另外,罗比让布里奥妮帮他把纸条交给塞西莉娅,而她在交给塞西莉娅之前偷看了纸条的内容;不久,布里奥妮又在藏书室里撞见了塞西莉娅和罗比正在纵情享用他们刚刚获得的爱情。

布里奥妮为了讨好她十五岁的表姐罗拉,把罗比纸条上写的内容告诉了她,并且认可了罗拉将罗比描述为"色情狂"。杰克逊和皮埃罗,两个九岁的双胞胎表弟,在他们的新环境里过得很不开心,于是决定在晚餐时出走,不过他们走时留了封信说明他们的计划。在随后搜寻两个男孩的过程中罗拉遭到了强奸。布里奥妮碰巧在黑暗中看见罗拉和强奸了她的人,但只看到了那人逃走的背影,她判断那是罗比的背影。麦克尤恩对布里奥妮这一判断及其坚信这一判断的理由所做的描述值得我们仔细留意:

> 每一个阶段布里奥妮都在她身边帮助她(罗拉)。在布里奥妮看来,一切都很吻合。刚刚发生的可怕的一幕与最近

发生的事一脉相承。自己亲眼所见的种种预示了她的表姐也将惨遭毒手。但愿她——布里奥妮——不那么天真,不那么愚蠢。现在,她终于明白,这件事前呼后应,一以贯之,不可能与她所认定的人相左。她责怪自己太过天真,以为罗比只会对塞西莉娅下手。她想什么呀? 说穿了,他是个狂人啊。(158)

值得注意的是,这段文字不仅细致描述了布里奥妮的阐释判断、伦理判断和审美判断之间的相互作用,而且着重说明了她的阐释判断是如何受到其伦理判断和审美判断的严重影响的。布里奥妮确信那个逃跑的背影就是罗比的理由并不是基于她亲眼所见,而是根据之前她对罗比的所知,得出这样的解释与她正在构思的叙事非常吻合,而这样的叙事吻合恰恰是她的伦理判断的结果:任何一个能在给塞西莉娅的信中写出那样的话的人必定是个"色情狂",所以,这个人肯定就是强暴了罗拉的人。这段文字刚好印证了之前布里奥妮关于"城堡"一词的思考,那个例子充分说明能指与所指之间的直接对应:如果罗比真的是个色情狂,那么肯定就是他强暴了罗拉。很显然,布里奥妮此时的做法与她看到喷泉边的塞西莉娅和罗比时的顿悟并不一致,而是更符合她那些幼稚的、包括《阿拉贝拉的磨难》在内的浪漫故事里的阐释、伦理和审美观点。

麦克尤恩很清楚地表明了布里奥妮的每一个判断都是错误的。他通过采用内视角的叙述手法描绘出的几个场景,将罗比成功再现为一个讨人喜爱的年轻人;同时,如前所示,麦克尤恩也让读者看到罗比写给塞西莉娅的那封信让他们冲破了情感的压抑而进入了热恋阶段。① 没有了正确的伦理判断,布里奥妮的阐释判断和审美判断自然也就站不住脚了。

---

① 有关麦克尤恩对这段爱恋的描述的分析,请见我在《叙事的本质》(*The Nature of Narrative*)中就一段代表性文字所做的探讨(Scholes, Kellogg, and Phelan 2006 323—333)。

尽管布里奥妮对罗比的误判让我们很容易对她产生强烈的负面伦理判断,麦克尤恩还是精心引导我们做出一种更为复杂的反应:一方面不断给她的错误加码,另一方面又减轻读者对她的不满。在宏观层面上,麦克尤恩通过描述不同人物和事件的交错汇聚,让我们看到布里奥妮的错误是由多种因素引起的;在微观层面上,他也让我们看到,一旦讲出来,布里奥妮想要改变她的叙事是多么困难。

> 紧接着的这个星期里,布里奥妮陈述案发经过,但控诉的内容有重重疑点,犹如釉面上的瑕疵和细纹。每当布里奥妮意识到这些疑点时(这种情形不多),她就感觉胃中猛然一沉。她明白自己所说的并不是完全基于亲眼所见,告诉她真相的不仅仅是她的双眼。天太黑了,光靠眼睛还不能完全确定……布里奥妮的双眼确认了她所知的一切以及最近的经历。真相就在对称之中。也就是说,它建立在常识之上。真相练就了她的双眼。因此,当她反复陈述"我看见他了"时,她是说一不二的、绝对诚实的,情绪也颇为激昂。她的意思其实远比其他所有人急于领会的要复杂得多,所以当她感到无法表达这其中的细微差别时,她便觉得心神不宁了。她甚至从未认真尝试过呢。没有机会,没有时间,没有得到允许啊。就在数天,不,数小时之内,整个程序进行得很快,根本不在她的控制之内。(158—159)

就在这段文字再次强调她的错误时("告诉她真相的不仅仅是她的双眼。天太黑了,光靠眼睛还不能完全确定……"),它同时也在强调她对自己的判断是多么深信不疑("她是……绝对诚实的,情绪也颇为激昂"),而且,既然她已经把话说出去了,再要修正或给她的证词增补细微的差别已是不可能的了:"她的意思其实远比其他所有人急于领会的要复杂得多",但是"没有机会,没有时间,没有得到允许"来让她表达这些复杂性。因此,麦克尤恩要求我们理解甚至同情布里奥妮的误判,即使他确信这些误判是极其严重的错误并且将给塞西莉娅和罗比带来非常严重的后果。不仅如此,在小说的"中段组装"这个时间点上,如此引导我们的伦理判断会导致美学和伦理风险:麦克尤恩将如何处理布里奥妮的意图(以及他要减轻我们对她负面伦理判断的做法)与她的误判所带来的可怕的实际后果之间的差别?既然现在她的行为已经与她在第三章所顿悟的原则相悖,那么关于她将成长为一名作家的这一不稳定因素又将如何变得复杂化或者得以解决呢?

对布里奥妮赎罪努力的判断

有意思的是,上面最后一个问题既没有在第二部分也没有在第三部分得以解决(第二部分描述的是罗比作为一名士兵在1940年敦刻尔克大撤退中的经历,第三部分则讲述了布里奥妮作为一名战时护士的经历以及她在大撤退之后不久向塞西莉娅和罗比承诺会完全坦白真相来为自己赎罪)。相反,麦克尤恩选择了"伦敦,1999年"以及出人意料的揭示作为解决那个不稳定因素的方式。这个意外的揭示,如前所述,就是我们一直在阅读的小说中的小说,而布里奥妮的小说天衣无缝地将第一部分的真实往事与第二、第三部分事实和想象的混合物结合在了一起。那么,我们需对小说进行的第一个"重新组装"就是:麦克尤恩小说的前三部分实际上已经间接地解决了那个关于布里奥妮如何成长为一名作家的不稳定因素,因为所有这三个部分都是证明她已然成为作家的证据。"伦敦,1999年"在某种程度上也是布里奥妮更倾向于用来审视其小说的方式,特别是其中她对所描述的那段历史中的一些重要部分的修改。

因此,当布里奥妮1999年的日记透露罗比和塞西莉娅实际上从未重逢,罗比在大撤退中身亡,同年的几个月后塞西莉娅也在伦敦贝尔罕姆地铁站的德军轰炸中丧生,我们就不难理解布里奥妮小说创作中的伦理和美学意义了。同时我们也必须理解麦克尤恩为何希望我们对布里奥妮的赎罪诉求给予同情和祝愿,虽然他和布里奥妮都以各自的方式明白赎罪是不可能的。我将先来讨论麦克尤恩是如何通过引导我们对布里奥妮小说中的种种决定进行判断,从而解决了关于她如何成长为一名作家的不稳定因素。

布里奥妮在日记中解释道:尽管她在 1940 年就完成了小说的第一稿,但直到写最后一稿时她才决定修改往事的真相,目的是能够真正做出一个同时具有阐释、伦理和审美性的判断。更确切地说,是她的审美判断和伦理判断导致了她决定修改事实的阐释判断。她写道:没有人愿意相信那样的往事,除非是为了"服务于最严酷的真实性",她认为最重要的是要让她的小说提供一些"希望或欣慰"(350)。此外,"我深深地觉得,让我小说中的有情人最终团团圆圆,生生不息,绝不是怯懦或逃避,而是最后的一大善行,是对遗忘和绝望的抗衡。我给了他们幸福,但我不是私心作祟,要让他们宽恕我"(350—351)。

然而布里奥妮也意识到她为了这些原因而修改事实真相是会带来后果的,因为这会影响她的创作初衷:将叙事的力量作为赎罪的一种途径。

> 这 59 年来,有一个问题一直萦绕我心:一位拥有绝对权力,能呼风唤雨、指点江山的上帝般的女小说家,怎么样才能获得赎罪呢?这世上没有一个人,没有一种实体或更高形式是她能吁求的,是可以与之和解的,或者是会宽恕她的。在她身外,什么也不存在。在她的想象中,她已经划定了界线,规定了条件。上帝也好,小说家也罢,是没有赎罪可言的,即使他们是无神论者亦然。这永远是一项无法完成的任务。这正是要害之所在。奋力尝试是一切的一切。(350—351)

换个说法,小说家的力量同时也是她的局限:既然布里奥妮的写作创造了小说的世界,其中既包括过失也包括其造成的后果,那么她为人物的命运所做的安排,无论是否与往事相符,都无法为她的过错赎罪。在小说之外,无人能够判断她所做的努力是否足以帮她赎罪。

然而，在布里奥妮看来，为寻求赎罪而做的努力是必要的，因为奋力尝试去做不可能的事本身就能证明她赎罪的诚意与恳切。这一结论使布里奥妮在其过失发生的六十四年之后得以接受无法赎罪的现实，而此时她已为之做了五十九年的必要努力，并取得了写作成果。

在我们评价布里奥妮的这一判断之前，我们需要先弄清一个问题：当我们得知布里奥妮是小说第一部分的作者时，我们之前的判断受到了怎样的影响。我们对小说开头部分的看法并未被颠覆，反而更被加强了。我们看到了关于布里奥妮的不稳定因素，了解了罗比和塞西莉娅以及他俩之间潜在的关系，而且我们也清楚布里奥妮本人始终在引导我们对之前那个她的看法和判断。她是在七十七岁的时候又给我们再现了一个富有洞见、自我批判且有一定同情心的十三岁时的自己。（等下我会再探讨我们是如何得知第一、二、三部分里发生的一切并非全是她呈现给我们的。）而且鉴于她已经引导我们判断了她十三岁时曾有过的那个顿悟，即写作时不应对他人的内心思维做任何判断，我们能看出她其实选择了不去遵循这个审美原则。这个在小说第一部分精彩呈现的选择，与第三部分中《地平线》杂志社的西里尔·康诺利给她的小说《泉畔双人》写的退稿信相当一致，退稿的理由是叙事不够充分："简单地说，您的故事需要一个骨架"（296）。

我们对小说开端的理解，还有对第一部分中所有采用现代派手法再现的有关罗比和塞西莉娅内心意识的内容的理解，均以另一种方式得到了深化。这些内容展示了布里奥妮的审美思想获得了另一种成就：作家必须遵循"其他人与你一样实实在在的朴素真理"，并且将写故事作为"进入这许多不同人物的内心世界，并且将他们各自平等的价值展现出来"（38）的一个途径。由于布里奥妮的这一审美思想同时也符合某种伦理原则，她对此的成功实践也引导我们对她小说的这些内容做出了肯定性的审美和伦理判断。

当我们回顾对布里奥妮过错的再现时，我们的判断不但没有被颠覆，而且增加了一个新的层次。我们可以将麦克尤恩减轻对布里奥妮的责备视为一个正面叙事特征，但我们难以同样判断布里奥妮对自己行为的再现,因为身为小说家的布里奥妮显然要面对各种考虑的冲突。然而,由于她的叙事满怀同情地进入其他人物的意识,同时她也毫不含糊地表明自己当初的判断如何有缺陷,因此麦克尤恩邀请我们赞赏她对自称为"罪行"(349)的事件的清晰再现。

然而,再回到布里奥妮在"伦敦,1999年"里所做的一系列判断上来,我们将使小说家布里奥妮的这一思想变得复杂。其中一个关键的问题是:布里奥妮在其小说中所奉行的那个伦理/审美信条——进入他人意识并给予谨慎细微的判断——是否足以保证她任意处理往事真相的自由,特别是当这种自由意味着她可以通过小说中的虚构来获得在现实中永远无法做到的赎罪时。这个问题之所以复杂是因为,正如布里奥妮所说,她小说的读者(这里的读者不是那些能够同时读到她的小说和日记的读者,即麦克尤恩小说的读者)不会知道她修改了事实真相,也不会知道小说中是否有事件,如果真有的话,有多少是基于真实人物的亲身经历。我们此时来思考一下不同读者可能做出的判断或许有益,布里奥妮小说"作者的读者"只会赞赏小说对其主要人物内心意识的精彩再现,特别是对布里奥妮、塞西莉娅和罗比内心意识的再现,以及小说对人物的过错和赎罪的精彩再现。对于这样的读者,布里奥妮选择为其所做的辩护也颇为合理:因为无法在现实中为自己的过失赎罪,她只能尝试通过艺术创作来做些弥补,让塞西莉娅和罗比拥有丰富的精神生活,并且在小说结束时让他们未来有望幸福地在一起。但是由于"作者的读者"对她小说背后的故事并不知情,所以他们也无从知晓她是在赎罪:正如她所说,奋力尝试是一切的一切。

但是作为麦克尤恩小说"作者的读者",我们面对的是不同的情形,因为我们能够从布里奥妮的日记中看到她小说中虚构与真相之间的关系,并且她的日记也在暗示我们结合被揭示的真相来理解布里奥妮的小说。此处日记的作用非常关键,因为它帮助麦克尤恩明确了布里奥妮小说中哪些内容属于事实,哪些则是虚构:因为如果布里奥妮是在为她自己写作,我们就有充分理由相信她是在讲述事实而不是在继续虚构小说,而如果她是在为他人写作,她会很在乎其读者对她的看法——比如,这读者是个正在给她写传记的文学评论家——那我们则更有理由怀疑她日记内容的可信度了。如此一来,麦克尤恩就能让我们充分相信布里奥妮所说的罗比死于敦刻尔克,塞西莉娅死于贝尔罕姆地铁站,以及她小说中的历史背景。的确,布里奥妮对敦刻尔克大撤退所做的调查研究和深入思考充分表明,她想象中的罗比的经历是基于大撤退的历史事实的。

这篇将事实真相与虚构事件明确分开的日记也让我们解决了一个问题,即布里奥妮有可能也修改了她所谓的事实真相。这个问题由《地平线》杂志编辑康诺利给布里奥妮的退稿信中的一个细节引起。康诺利指出,在《泉畔双人》中"把一个价值连城的明代花瓶带出屋外似乎不太合乎情理"(295),而事实上布里奥妮在小说里也的确将其换成了一个出自霍罗特之手的花瓶。既然花瓶能换,那么布里奥妮小说里的那些历史事件也就有可能全都是虚构的,而她在日记里将事实与虚构所做的区分则恰好可以否定这种可能。布里奥妮在构思小说的过程中就已经有意识地将这些历史事件建构成形了。她的目的并不在于使每个细节都尽可能显得真实,而是为了更加突出那些由她带来的灾难性后果,正是因为她想成为作家的抱负与塞西莉娅和罗比两人的爱情表白发生了那个历史性的碰撞才造成了那些可怕的后果。换言之,这篇日记虽然不能证实布里奥妮声称的小说中的任何一个细节都与事实相符,但它的确将事实与虚构划分了界线,并且也充分说明了布里奥妮是如何并且为何跨越了这个界线。

布里奥妮在日记中透露她刚刚被诊断出患上了早期血管原发性痴呆病,这一细节在此也是刻意而为的。由于医生一再强调"崩溃是个缓慢的过程"(334),而且鉴于布里奥妮日记里的叙述与小说第一、二、三部分的内容一样清晰且前后一致,麦克尤恩由此充分证明布里奥妮的日记和小说都不曾受到她的痴呆病影响。因此当布里奥妮声明她已完成了小说的终稿时,我们依然是可以相信她的,而且正是这个关于她意识清晰的细节提醒我们注意,布里奥妮和麦克尤恩的小说中关于人物意识的再现都对小说主题有着重要意义。对布里奥妮来说，作为一个作家失去记忆和丰富的精神生活是件令人难过的事，即使这其中或许暗含着一个残酷而诗意的审判：当初正是布里奥妮那异常丰富的想象力导致了塞西莉娅和罗比的悲惨后果，所以现在她将承受失去它的痛苦。同时，将她在小说中所做的——探索所有中心人物的内心意识——与她即将失去记忆形成对照，极大地突出了意识这个问题在她的小说、麦克尤恩的小说以及作为一种体裁的所有小说中的重要性。的确，为了再现布里奥妮创作小说的行动，麦克尤恩充分借鉴了现代派小说的成就：注重对人物内心意识的再现。

现在让我们再来思考一下由"伦敦，1999年"引发的另一个层面上的判断。作为麦克尤恩"作者的读者"，我们发现布里奥妮相互冲突的诉求极大地影响了她的伦理和审美成就。的确，她对塞西莉娅和罗比内心意识的极富想象力的建构，以及小说第二部分对罗比在敦刻尔克大撤退中的经历的再现，充分展现了布里奥妮富有同情心的想象力，这些都足以使布里奥妮宣称那些被她伤害过的人们都具有平等的价值。但是，布里奥妮对她伦理/审美信条的奉行却不足以支持她修改事实真相的行为，因为她的信条并不要求对真相进行修改。此外，那些修改真相的自由也使人质疑布里奥妮是否完全奉行了那个信条，因为对那个发生在塞西莉娅和罗比身上的"最严酷的真实性"的逃避同时也是为其过失减轻后果的一个途径，所以这似乎也在表明，她觉得自己比塞西莉娅和罗比更为重要。的确，如果认识到他们有平等价值，就不能给他们一个子虚乌有的幸福结局，而应当遵循过错发生后他们的真实生活轨迹。换句话说，麦克尤恩暗示，对于再现事实真相与美化自我形象之间的冲突，布里奥妮的解决方式的伦理并不高明。

麦克尤恩还为我们提供了其他暗示，引导我们对小说家布里奥妮的选择进行判断。布里奥妮在日记中描述了她七十七岁生日时塔利斯一家送给她的礼物：由年轻一代上演的《阿拉贝拉的磨难》一剧。日记引用了阿拉贝拉和她的王子对观众讲的最后的告别语：

我们磨难过后,爱情开始滋生。

再见了,亲爱的朋友,我们扬帆在黄昏中。(348)

麦克尤恩此时对布里奥妮十三岁时所写浪漫剧的回归不仅结束了小说,而且也是对主宰她小说创作的浪漫冲动的隐含评论。这是罗比和塞西莉娅在其磨难结束之时,以"爱的继续"为标志的终结,这给布里奥妮的赎罪带来了可能性。其实,如果上演这部戏剧仍不足以突显布里奥妮的浪漫主义,那么小说的尾声则提供了充分证明。布里奥妮在小说结尾处写道:"但我不是私心作祟,要让他们宽恕我。不是这样的,还不至于如此呢。假如我能在生日宴会上对他们施以魔法……罗比和塞西莉娅依然活着,依然相爱,依然肩并肩地坐在藏书室里,对着《阿拉贝拉的磨难》微笑吗?——这不是不可能的"(351)。的确,麦克尤恩让我们看到,让一个具有布里奥妮这样浪漫情感的人通过改变事实真相来满足心愿,这不是不可能的。

布里奥妮提出了问题:"除了服务于严酷的真实性之外,谁又愿意相信(塞西莉娅和罗比再未重逢)呢?"(350),这一问题提醒麦克尤恩的读者,当初是布里奥妮的浪漫冲动导致了她对罗比的误认。倘若她当时对真实性更感兴趣的话,她就会要求得到更多的证据,而不会贸然指认罗比。倘若她此时对真实性更感兴趣的话,就会对自己的错误带来的严重后果揭示到底。她未能做到这一点,这在某种意义上偏离了她寻求赎罪的轨道。

麦克尤恩还通过布里奥妮对罗拉和保罗·马歇尔的评论来暗示她的判断有问题。在小说第三部分我们得知,尽管马歇尔是强奸罗拉的人,罗拉依然"爱上了他或使自己相信已爱上他,好使自己免于羞辱,在布里奥妮坚持要交涉和斥责的时候,她却对自己的美好姻缘深信不疑。刚刚长大就被强暴地剥开和占有了的罗拉,要同强奸自己的人结婚,这该是多美好的姻缘呀"(306)。在最后一节,我们得知保罗和罗拉成了马歇尔勋爵和夫人,并由于保罗糖果公司的成功,过上了豪华奢侈的生活。更重要的是,我们得知布里奥妮从未告诉过任何人

他们俩是如何走到一起的,包括她的父母和兄姊。布里奥妮做了这番思考:

> 我们都有罪——我、罗拉和马歇尔都难辞其咎——从第二稿开始,我就着手把它形诸笔端。我始终认为,毫不隐瞒真相——(人名、地点、确切的环境)——是我的职责——我把这一切当成历史记录存档。然而,这些年来,许许多多的编辑告诉我,从法理上说,只要我的同案犯依然在世,那么我那法庭回忆录就决不能出版。如果出版了,那你只能是抹黑了你自己,诽谤了死者。马歇尔夫妇从四十年代后期以来就一直活跃在法庭上。他们不惜血本,坚决捍卫自己良好的声誉……为稳妥起见,最好还是不动声色,暧昧难明。我知道,只有等到他们过世了我才能出版。直至今天凌晨,我相信,只要我在,它就不会公开。(349)

然而,布里奥妮的反思使我们注意到,她迟迟不写完小说,这也是避免迈出实际可行的一步来为自己赎罪:公开承认自己的罪行——不是以小说而是以非虚构的形式,譬如给所有 1935 年 6 月在塔利斯家庄园的人写信,这样来给罗比恢复名誉。布里奥妮的反思表明这一步多么难以迈出,多么充满不确定因素。马歇尔夫妇显然会否认布里奥妮的陈述,甚至控告她诽谤。但是,若不迈出这一步,布里奥妮就一直在对罗比犯罪。另外,布里奥妮将她的叙事以小说而不是以回忆录形式呈现出来的做法,不仅使她能够修改事实以合乎她的愿望,同时还能够让她的读者认为马歇尔勋爵和夫人的结合仅仅是她的虚构而已。而且很显然,如果她想要在被控告诽谤时为自己辩护的话,前提必须是她写的是虚构的小说而不是非虚构的事实记录。

总而言之,在麦克尤恩小说的框架内,虽然布里奥妮通过小说赎罪的努力很打动人,但是她对其他人物内心意识的再现以及对这些再现的审美判断并不能在伦理上支持她擅自改写塞西莉娅和罗比的故事以及她自己的过失。这些结论让我们思考麦克尤恩如此处理布里奥妮的判断的意图,而这种思考是我们对麦克尤恩小说建构进行判断的应有之义。

对麦克尤恩误认的判断

麦克尤恩的延迟揭示推翻了我们之前的许多判断以及我们在阅读小说第二和第三部分时的情感投入。我们突然得知,我们很多判断都是基于错误信息,因此都是被误导的。我们曾为塞西莉娅和罗比在那次可怕的撤退之后再度团圆而欢欣鼓舞,并曾对布里奥妮许诺要公开更正关于罗比的证词而感到心满意足,但此时一切都大为改变,因为我们突然得知这些事件是布里奥妮的小说而不是其生活的一部分,因此与她的过失处于不同的本体层次。就这方面而言,麦克尤恩的延迟揭示与布里奥妮对罗比的错误指认之间具有类比性:因为开始时没有任何迹象表明第一、二、三部分是布里奥妮的小说,麦克尤恩在此之前一直隐秘地"误认"①着他的叙事的性质。当然,麦克尤恩很清楚,而且他也期待着他的"作者的读者"能看清这两种误认所产生的十分不同的后果。然而,当布里奥妮最终在日记里写下自己通过叙事来赎罪的努力既无法实现,又不能不为时,我们需要问一问:麦克尤恩是否在通过布里奥妮之口来直接表达对他自己的叙事的看法,因为他的叙事也犯下了过错,并探讨了赎罪的可能性。

布里奥妮写道:"一位拥有绝对权力,能呼风唤雨、指点江山的上帝般的女小说家,怎么样才能获得赎罪呢?这世上没有一个人,没有一种实体或更高形式是她能吁求的,是可以与之和解的,或者是会宽恕她的……上帝也好,小说家也罢,是没有赎罪可言的,即使他们是无神论者亦然。"在麦克尤恩小说的框架之内,这些评论具有布里奥妮无

---

① 此处引号为译者所加。——译者注

法得知的十分不同的隐含意义。首先,这些评论邀请我们对小说的中心问题增加一层理解:艺术和救赎之间是什么关系?第二,这些评论导致了更为具体的问题:(1)那一延迟的揭示是麦克尤恩以上帝的身份做的一件事,他动用作为小说家的绝对力量,不仅决定了情节的结局,且突如其来地揭示出自己的决定,而从我们对布里奥妮小说投入的情感来看,这也是一种粗暴的揭示。如此扮演上帝之后,麦克尤恩需要赎罪吗?若需要,他又怎样才能赎罪?(2)麦克尤恩需要请求赎罪和宽恕的对象是他曾错误引导的读者。那么,他是否为与读者和解做了铺垫?他是否最终规定了小说的"界限和条件",从而使他的过失也带有赎罪的种子?(3)最后,讲述层次上过失与赎罪之间的动力给事件层次上类似的动力带来了什么启示?

我们对那突然的揭示与《赎罪》前三部分之间的关系所做出的阐释判断和审美判断同时涉及了前两个问题。正如我在上一章讨论《罗马热》("Roman Fever")时所说,有效的惊讶是读者以惊讶开始、以赞许结束,因为他们意识到前面已为惊讶做好了铺垫,而且惊讶加强了叙事效果。要为《赎罪》的读者做铺垫尤为不易,因为小说的界限和条件规定麦克尤恩必须将第一、二、三部分写成布里奥妮的小说,而布里奥妮当然不知道自己是麦克尤恩小说中的人物,也不知道麦克尤恩读者的存在。麦克尤恩主要使用了这两种方法:(1)他在布里奥妮再现事件时加入了一些细节,而回过头来看,这些细节构成布里奥妮写作中虚构成分的线索;(2)他在布里奥妮的小说中加入了关于该小说现代派技巧的元层次交流(meta-level communication)。对布里奥妮来说,这个交流是她如何成长为小说家那个故事中的成分;而对麦克尤恩而言,这个交流建构了一种紧张因素——关于布里奥妮小说技巧的紧张因素,往深处说,也是关于麦克尤恩自己小说技巧的紧张因素。

再现事件中的主要线索出现在第二和第三部分。在第二部分结尾,即将从法国撤退到英国的罗比身负重伤,精疲力竭,且时而不省人事。此外,他的最后一句话——也是第二部分的最后一句是:"我保证,我不会再对你说一个字"(250)。简言之,小说这一部分结束时,麦克尤恩的读者无法确定罗比究竟是撤离了还是死去了。第三部分似乎柳暗花明,读者看到罗比与塞西莉娅的团圆。但回过头来,我们看到第二部分的结尾实际上为将来揭示罗比在撤退中的死亡做了微妙的铺垫。第三部分的一段文字为这一结论提供了支持,回头再看这段文字,我们发现它在帮助布里奥妮和麦克尤恩标示事实与虚构的衔接之处:

> (布里奥妮)离开了咖啡店。当她沿着公地走去时,她感到自己与另一个自我的距离在扩大。那一个真切的自我正走回医院。而这个正朝贝尔罕姆方向走去的布里奥妮也许只是一个虚幻的幽灵而已。这一不真实的感觉在半小时后她走到另一条大街时,变得仿佛越发强烈了。这条街与刚才抛在身后的大街看来多多少少有些相似。(311)

换句话说,真实的布里奥妮回到了医院,而她幽灵般的另一个自我则为了实现自己的愿望而继续朝塞西莉娅和罗比走去。

麦克尤恩元层次交流中最富戏剧性的是那封来自西里尔·康诺利的退稿信;除了指出《泉畔双人》中的故事需要一个骨架外,康诺利还说他和其他编辑都"怀疑它是否过于借鉴了伍尔夫的技巧"(294)。尽管布里奥妮小说的第二章根据这些意见进行了修改,但就麦克尤恩而言,他通过康诺利的信也质疑了《赎罪》本身对现代派技巧的广泛使用。麦克尤恩的元层次交流产生的紧张因素可以这样描述:在2001年从事写作的一位有造诣的小说家沿着现代派思路建构作品,同时又对这样的建构提出质疑,这意味着什么呢?小说结尾提供了一个恰到好处的惊讶,解决了这一紧张因素:这位有造诣的小说家并非像布里奥妮那样在简单地创作一部现代派小说,而是在创作一部具有更强自我意识和自我反省性质的小说。麦克尤恩自我反省式的惊讶结尾确认了《赎罪》的后现代时刻,但更重要的是,它再一次强化了第一、二、三部分中关于布里奥妮作家成长史中的那些评论成分,同时也强化了该小说关于艺术和生活经历之关系的主题。

《赎罪》是一部聚焦人物意识的现代派小说,将其置于后现代自反小说框架内阅读,并考察这种做法对该叙事与"作者的读者"之间关系产生的后果,这非常有助于我们解释"有血有肉的读者"对麦克尤恩小说反应中存在的分歧。我先来分析读者对小说产生的正面反应,我认为这一反应也是麦克尤恩邀请其"作者的读者"做出的反应。首先来看一下再现行动中的过失与赎罪(即布里奥妮的小说)和讲述行为中的过失与赎罪(即麦克尤恩延迟揭示我们阅读的是一本小说中的小说,以及由此而来的关于罗比和塞西莉娅命运真相的延迟揭示)之间的关系。麦克尤恩邀请"作者的读者"注意,他起初通过布里奥妮日记的揭示来削弱我们的情感,这种做法使他得以更深刻地讨论赎罪问题。这种邀请取决于我们在叙事的读者位置上的反应。不管怎么说,"伦敦,1999 年"事实上增强了塞西莉娅、罗比和布里奥妮这些人物的摹仿成分,因为这部分表明,除了在布里奥妮小说中得以再现外,这些人物都实实在在、无比真实地存在。这一效果让麦克尤恩给他的叙事的读者和"作者的读者"传递了一个元信息:我们起初对于犯罪和赎罪这一问题的情感轨迹,无论有多么强烈和艰难,还是太轻易了。我们太急于相信罗比在撤退之后还活着,急于相信布里奥妮遇到罗比和塞西莉娅会导致某种赎罪。麦克尤恩让我们先沉浸在第三部分的相对幸福的结局中,然后又让我们猛然意识到故事的虚构性,如此他不仅将布里奥妮小说展示的希望与"严酷的真实"相对照,还让我们同时作为叙事的读者和"作者的读者"感受到那种严酷。

在产生这一效果的同时,麦克尤恩的延迟揭示也使其"作者的读者"突然意识到原来他——麦克尤恩本人——才是这部小说以及其中人物命运的最终决定者。换句话说,麦克尤恩力图在不影响叙事的摹仿成分的前提下引出其中的合成成分。这一效果随即又突显了布里奥妮通过虚构来赎罪的计划与麦克尤恩再现她这令人赞叹却并不完美的赎罪努力的计划之间的差异。这一差异以及摹仿性与合成性的并存突显了麦克尤恩对于虚构的力量——及其局限性——的思考。①

我之前已评价过麦克尤恩对布里奥妮通过虚构来赎罪之努力的判断,但还是有必要再次强调,布里奥妮的小说是试图在艺术中完成自己在生活中的未竟之事,而麦克尤恩的过失与赎罪则完全是在艺术领域之内运作。两者并置可以说明一个问题,尽管艺术能够实现其特定形式的过失与赎罪,却无法为超出其范围的过失赎罪。艺术也有自身的判断标准,布里奥妮在对他人意识的想象重构中,符合其中一些标准,但当她回到充满浪漫幻想的年轻时代时,她又违反了其中另外一些标准。此外,即使充分尊重罗比与塞西莉娅命运的严酷现实,一个叙事究竟在多大程度上可以作为一个有意义的赎罪行动,这也很难断言。就麦克尤恩来说,他在小说中对自己那些明显的过失所做的赎罪更为成功。当然也必须指出,他赎罪的性质改变了我们起初那个判断,即延迟揭示是种过失。

对麦克尤恩的创作做出正面的伦理和审美评述后,现在我想回到他的那个策略,即同时引导我们关注叙事的摹仿成分与合成成分。这一策略必然包含一个风险:麦克尤恩的延迟揭示不仅仅突显了叙事的合成性,而且让我们非常强烈地意识到他才是小说及其人物命运的最终决定者,这使我们无法保持对人物命运的情感投入。如果我们失去那份情感投入,我们同时也会失去对麦克尤恩的信任,因为他在小说中花了那么多笔墨来鼓励我们投入情感,到头来却不给我们提供相应的回报。相反,小说可能会让我们觉得这是作者在操控读者,从而导致我们对麦克尤恩的创作做出负面的审美判断和伦理判断。我相信这样的读者是没有理解麦克尤恩交流中的精妙之处,但我也相信他们有充足理由对麦克尤恩的叙事策略做此反应。

---

① 关于小说中虚构同时作为方法和主题的重要性的精辟且深入的论述,见芬尼(Finney)的文章。

然而,值得注意的是,上述结论并不影响我对《赎罪》的最终判断:无论在形式、伦理还是在审美层面,它都是一部十分杰出的小说。之所以做此判断,是因为我相信读者的分歧是必然的,因为麦克尤恩令人钦佩的努力既提供了丰富的摹仿体验,又引发了关于叙事力量以及艺术与赎罪这两者之间关系的元层次思考。

基于强叙事性原则的虚构叙事的判断与进程问题,到本章为止就全部讨论完毕。如第三章中所述,我的目的并不是要指导如何叙事,而是想建立一些更具灵活性的概念来帮助我们理解已经出现的或未来可能出现的叙事现象。我们分析过的四部/篇小说——《劝导》(*Persuasion*)、《宠儿》(*Beloved*)《罗马热》和《赎罪》里有各种各样的叙事技巧和叙事目的,在一定程度上确保了作为叙事体验工具的叙事判断和叙事进程的灵活度。下一章我将在这些分析工作的基础上,廓清修辞诗学中修辞审美的作用这个问题。然后在第二部分,我将进一步拓展对判断和进程的阐释力量的研究,考察那些不仅建立在叙事性,而且也建立在抒情性和画像性基础上的虚构文本。

第六章

修辞诗学中的修辞审美

在对判断和进程做了前面四个示范性的修辞分析之后,我想退一步,在更大的理论框架中具体地反思审美判断的位置。① 关于阐释判断和伦理判断之间的密切联系以及伦理判断和审美判断的相互作用的分析很多,但关于审美判断在小说阅读体验中的独特之处的分析却较少。我将回到绪论中的命题六和命题七,并在现有讨论的基础上对它们做进一步阐述。

命题六:正如修辞伦理是由内而外一样,修辞审美也是由内而外的。修辞伦理涉及重构和评价两个步骤,修辞审美同样也涉及这两个步骤。

命题七:个体读者的伦理判断和审美判断在很大程度上相互影响,即使这两种判断之间有着明显的区别,而且不完全相互依赖。

我首先从命题七开始讨论。伦理判断和审美判断相互区别,因为善与美最终可以被区分,而理解这种区分有助于解释它们在阅读体验中的不同功能。虽然与阐释判断和伦理判断一样,审美判断也是叙事

---

① 我想强调的是,我并不是要在这里发展一个完整的美学理论,而是要解释我们对小说质量的判断是如何与我们的阐释判断和伦理判断相关的,以及更概括而言,修辞叙事理论如何看待形式、伦理和美学之间的相互关系。出于这个原因,本章的论点借鉴了我们对小说的阅读经验以及前几章的论证,没有借鉴大量相互冲突的从哲学角度对美学进行的讨论。

的核心要素,但三者在叙事进程方面的作用却是不同的。正如前几章的分析所表明,阐释判断和伦理判断是理解叙事进程发展的关键。体验塞丝选择杀死她的孩子不只是要意识到她的行为,更重要的是阐释和判断(或至少努力判断)这一行为。通常,叙事进程中的每一个主要方面——进入、中段组装、完成——都是文本动力和读者动力的合成,主要通过阐释判断及伦理判断来实现。即使叙事"组装"活动在文本阅读结束之后仍在继续,那种"组装"活动在很大程度上依然取决于我们对局部和全局的阐释判断和伦理判断。从这个意义上说,阐释判断和伦理判断就是我称为"一阶"(first-order)的活动,即与"修辞性阅读叙事"(reading narrative rhetorically)这一概念共同发展的活动。

审美判断,如同阐释判断和伦理判断,既发生于局部,也发生于全局;但与阐释判断和伦理判断不同,审美判断既是一阶活动,又是二阶(second-order)活动。它是一阶的,因为我们对品质的判断与阐释判断和伦理判断并行;同时它也是二阶的,因为它依赖于我们的阐释判断和伦理判断。一阶审美判断是我们对出现在叙事中的叙事技巧的不间断评估,即叙事对文体、时间性、揭示手段、叙事话语和其他技巧使用的好坏程度。一阶审美判断也可以被认为是阈值(threshold)判断:如果经过评价,作者对技巧的掌握没有达到某个阈值,我们可能会停止阅读,除非有其他令人信服的理由继续——事实上,掌握一些技巧可以弥补其他某些技巧的欠缺。概括而言,如后所述,一阶审美判断的标准在某种程度上可以随着不同的叙事而变化:在叙事效果取决于我们比主人公知道得更多的叙事中是有效的信息揭示处理方式,在叙述者为主人公的侦探型叙事中却可能无效。但我同时也认为,有些标准是适用于所有叙事的。

二阶审美判断是我们在阅读过程中及完成阅读后,对叙事进程所提供的体验的整体效果所做出的判断。二阶审美判断遵循并依赖所有三个初级判断——不只是审美判断,还包括阐释判断和伦理判断。让我们再看看比尔斯(Bierce)的《深红色的蜡烛》("The Crimson Candle")的结尾。"在葬礼上,女人站在棺材前部,手上拿着一根点燃的深红色蜡烛,直到它燃为灰烬。"这个结尾有效地转而聚焦女人的行为,随后的直接报道顺利地将叙事引到高潮,我们会对这个处理做一阶审美判断。此外,我们还会对女人的行为做几个阐释判断和伦理判断:她的行为对她理解自己的承诺、与丈夫的关系和她的自我价值观意味着什么。这样,我们就能够对这一句话产生的整体效果做出二阶审美判断。此外,由于该句是叙事进程中的最后一步,我们可以将我们的二阶判断扩展到整个叙事:既然这些判断是我们对比尔斯叙事表现的最后看法,那么我们如何评估其质量?

考虑到这些因素,我现在转向命题六,该命题强调从内而外的判断以及重构和评价这两个步骤。首先,与从内而外的阅读一道,区分一阶和二阶审美判断强调了我们在阅读后(所以是二阶的)才做全局审美判断的重要性。我们分析过的所有叙事,特别是《罗马热》("Roman Fever")和《赎罪》(*Atonement*),都是这样:直到我们完成了组装和重组活动,我们才能充分重构叙事为自己设定的各种情况。审美判断应该从内而外进行的原则和结果表明,修辞方法不排斥叙事中包含各种美学目的和各种美学手段来实现这些目的。(这里,我们暂时将美学目的理解为叙事修辞意图的一部分,将美学手段理解为服务于该意图的技巧成分。随着本章的展开,这个区分会变得更为清晰。)本章稍后,我将反思我选择的叙事中的各种美学手段和美学目的,但是,先进一步探讨"重构"和"评价"这两个步骤之间的关系将有助于我的论述。我的探讨将基于对韦恩·布斯(Wayne Booth)《反讽修辞学》(*A Rhetoric of Irony*)中"反讽评价的四个层级"的讨论。① 然后,我会首先将我的结论用来对雷蒙德·钱德勒(Raymond Chandler)的《长眠不

---

① 布斯回到了《我们的伴侣:小说伦理学》(*The Company We Keep: An Ethics of Fiction*:101—112)中谈论的关于评价的问题。该讨论与《反讽修辞学》非常一致,但他也说明他不再喜欢"层级"(level)这个隐喻,因为它错误地表示当层级从一级变为四级时会变得越来越复杂。布斯还区分了他的讨论,以反映当焦点从反讽转向伦理后的一些新重点:根据常量的判断占了一个章节,寻找普遍常量的不可能性(就艺术和整体而言)占了两个章节。我选择专注于布斯在《反讽修辞学》中的讨论,因为我发现它的"四部分体系"(four-part system)提供了更有用的框架,更利于发展我自己的观点。

醒》(*The Big Sleep*)和霍华德·霍克斯(Howard Hawks)根据该小说改编的电影做比较审美判断,再将其用于我已经分析过的叙事做比较审美判断。

布斯在《反讽修辞学》中"反讽中是否有品味标准?"(193—229)一章,也就是在第二部分讨论"学会何处停止"的结尾处,介绍了他(关于反讽的)四个层级的理论。布斯在自序中指出,该书在某种意义上"试图让反讽达到朗基努斯在崇高性(the sublime)这一文学特质上所取得的成就"(xiv)。就像朗基努斯时刻关注崇高性(无论是在史诗叙事中,还是在抒情诗或悲剧中)一样,布斯也时刻关注作为一种独特的修辞交流方式的反讽,无论它出现在何处。此外,朗基努斯和布斯都认为特定效果的体验根植于作者和读者思想的交汇。但是当谈到审美判断时,布斯与朗基努斯却分道扬镳。朗基努斯专门强调崇高性具有直接传递给读者的能力,这导致他简单明了的评价方法:崇高程度越高,艺术成就越大。对他而言,思想的交流是体验崇高的最终手段。虽然布斯高度重视反讽,但他认为反讽本身不是目的,它更重要的是作为一种特别有力的手段来表达他更重视的东西:作者和读者之间的思想交流。这种价值等级观鲜明体现在布斯对稳定反讽(stable irony)的喜爱及其精辟的论述中:所谓"稳定反讽"是一种交流,读者拒绝字面意义,接受可重构的另一种意义,但这种意义本身不再遭受更多的反讽削弱。于布斯而言,讽刺本身并不是目的,因此他不能追随朗基努斯的崇高模式,做出"讽刺程度越高,艺术成就越大"的结论。相反,他需要考虑其他因素,因此他提出了四个层级的模式。这一模式虽然直接用于评估反讽,却为我对修辞美学的更广泛研究提供了跳板。以下为布斯的四个层级:

1. 根据功能判断部分
2. 根据批评常规判断部分
3. 根据隐含文类判断整体
4. 根据批评常规判断整体

显然,布斯通过一个2×2的矩阵生成他的层级:两个评估对象

(部分和整体)和两个评估标准(从内而外,即由作品本身设置的标准,以及由外而内,由批评常规或我称为"外部美学标准"设定的标准)。我们将会看到,第一层级和第三层级与我在第三章中讨论的修辞诗学的后验原则非常一致。在每个层级中,评论家都需要参与重构和评估的活动(例如,部分在整体中的功能,以及我们应该如何评估其功能),第一层级和第三层级由于是从内而外,更加强调重构的重要性。2×2矩阵似乎让人以为布斯的模式是对称性的,每个层级具有相同的相对权重。然而,布斯对该模式的讨论却打破了这种对称性,因为第二层级总是濒临崩溃而回到第一层级。尽管我自己相信从内而外这一模式具有优势,但我还是认为布斯让第二层级变得太弱了。

布斯先从"根据常规判断部分"这一方式开始讨论,然后用五段举例来反对这种做法,这很说明问题:不同作品的要求是如此不同,根据常规的判断必须让位于根据功能的判断。如果常规判断标准是"一流叙事需要人物的心理复杂性",那么传统的寓言就不能成为一流叙事。然而,斯宾塞(Spenser)的《仙后》(*The Faerie Queene*)以及许多其他作品表明,不是其人物塑造出了问题,而是判断标准出了问题。布斯很快又注意到他的说法太偏激了,因为,根据功能做判断的问题之一是,"它会让我们留在一片细节的森林里,不能从累积的单个作品中受益,无法在每次新的阅读体验中用上过去的经历"(204—205)。但是,当他提出这样一个问题"在一个被认为是理想的效果中,其效果的强弱到底是什么造成的?",他的回答明显地指向了第一层级:"答案相当普通,按照每部作品的特殊性和具体要求,解决其所有细节"(205)。在讨论第一层级时,布斯把这个抽象的观点表达得更为具体:"只有仔细考察过《傲慢与偏见》(*Pride and Prejudice*)的每一个细节,才能告诉我们在《傲慢与偏见》中,某一类反讽哪里有效,如何有效"(200)。

此外,布斯在其体系中确定最重要的批评常规时,没有明确指出其中的悖论。"在符号交流中,心灵相遇总是好的……;有意设计的反讽被读者理解总是好的;读者和作者达成理解总是好的"(205)。悖论是,这个批评常规最终导致我们回到第一层级的标准,因为作者和读者之间达成理解的条件终究不是由批评常规决定,而是由具体作品决定。总之,布斯在这个阶段的分析中,基于从内而外的判断比基于由外而内的判断更为重要。事实上,任何熟悉《小说修辞学》(The Rhetoric of Fiction)的读者都不会对这个结果感到惊讶,因为该书实际上精彩地践行了这个原则,即基于第二层级推理的审美判断(比如"展示优于讲述")比不上基于第一层级推理的审美判断(有些作品追求的效果可通过讲述得以更好地实现,而另一些作品则是通过展示来更好地达成自己寻求的效果)。

上述分析促使我们重新审视第二层级判断。一位坚定的修辞学者是不是必然要回归第一层级?或者有没有某种方式可以避免回归第一层级,从而避免布斯提出的激进的个别主义,即只见个别树木不见整个森林?我认为这种方式贯穿于一阶审美判断范畴和品质的入门水平概念(the concept of a threshold-level quality)之中。阅读虚构叙事的经验告诉我们,叙事在处理材料和技巧方面的能力有高有低。我们能识别优雅、愉悦的风格和尴尬的风格之间的区别,灵巧和笨拙的揭示之间的区别,等等。这些对能力的判断的确是基于批评常规,例如优雅和灵巧比笨拙和做作更好。这样,我们就可以单纯通过某种技巧来判断作者能力的高低,而不用考虑其在具体作品中的功能,也就是说用第二层级标准来判断。我们不能做的,是在不考虑其功能的情况下评估该技巧对整个叙事的重要性和有效性。

对于某些作品而言,优雅的风格对于实现其目的来说至关重要(如纳博科夫[Nabokov]的《洛丽塔》[Lolita]),而对于其他作品,普通风格,甚至偶有缺陷都无伤大雅(如德莱塞[Dreiser]的《嘉莉妹妹》[Sister Carrie])。不同小说的判断和进程的实际情况——人物和事件,读者反应和叙事总体目的——对风格提出了不同要求。如果纳博科夫把德莱塞的文体风格给了亨伯特,那么《洛丽塔》就将成为一本不忍卒读的书,因为这个风格无法承载纳博科夫建立的、与亨伯特花言巧语相关的复杂而微妙的判断。但是,德莱塞的风格却可以充分传达他希望读者做出的涉及嘉莉、杜洛埃和赫思渥生活中欲望、选择和社会环境的相互交织的多重判断。①

与此同时,虽然偶尔的缺陷并不致命,但它仍然会影响作品的整体水平。纳博科夫远远超过入门级文体水平,德莱塞大约就处在入门级,偶尔在入门级之下。如果德莱塞入门级之下的情况更多一些,那么我们对其不合格的文体所做的审美判断会足以改变我们对其整个作品的审美判断。

为了阐明我对第二层级判断的观点,可以将其类比于评估一项具有明确目的的体育技能,比如篮球运动中的罚篮。将球投入篮筐有各种方法:可以用两只手或一只手;可以跳投或立定投篮;可以从头顶上方、从耳朵外、从胸前投篮,甚至可以像过去常见的那样从两腿之间投篮;可以用相对较高或相对较低的弧线投篮;可以瞄准篮筐的前部、后部、中部,甚至篮板等。观看罚球投篮手的经验告诉我们,他们的技术能力各不相同。即使不看投篮命中率,有经验的观察者也可以看出史蒂夫·纳什技术精湛,而沙奎尔·奥尼尔技术有缺陷。(仅供参考:纳什罚篮命中率高达90%,而奥尼尔只有大约50%。)当奥尼尔罚球时,他通常会提高自己的技术水平,可以达到入门级水平,但是永远无法达到纳什的技术水平,即使在纳什罚丢的时候。

有人也许会辩称,衡量投篮手技术水平的最佳方法是看其能否命中。根据这个论点,在奥尼尔命中而纳什投失的情况下,奥尼尔应该因使用了更好的技术而受到赞誉。毕竟,投篮的目的是命中,而比赛的目的是通过得分更多来赢得比赛。因此,无论两次投球的技巧如何,投篮成功的那个明显比没有命中的那个更胜一筹。此外,如果两次投篮都命中或都未命中,则它们具有相同的投篮水平。这个论点提出了一些关于体育运动,特别是篮球运动的价值观和目的的有趣问题,但我会抵制这些问题的诱惑,而将讨论限于上述类比所具有的启发性意义。至此已经很明显,上述论点完全以第一层级判断为基础:对投篮手技术水平的考察以其是否投中为准。

---

① 我在《文字里的世界》(*World from Words*)中详细阐述了这些例子。

这个论点的问题在于，它使我们所知道的其他一些东西变得无关紧要，即纳什投篮技术的精湛和奥尼尔投篮技术的缺陷。通过一个简单的思维实验，这些知识的相关性会变得不言而喻。假设纳什和奥尼尔在同一支球队对阵你的球队，而你是一名知识渊博的篮球分析师，又恰好是教练，在一场胶着比赛的尾声，你的一名球员犯规并且无意中伤害了纳什和奥尼尔所在球队的某位球员。裁判判给被犯规的球员两次罚球，但他的伤势使他无法自己投球。我们还假设规则允许你选择对手球队中两名球员中的一名来代替受伤的球员投篮，你必须在纳什和奥尼尔之间做出选择。进一步假设在这场比赛之前，你对纳什和奥尼尔一无所知，到目前为止他们每个人都有两次罚球，且都是一次命中，一次罚丢。你会选择哪名球员来罚球？如果判断他们作为罚球手的水平的唯一标准是结果，你还不如扔一个硬币决定，因为到目前为止两人的命中率是一样的。这种思维方式的极端特殊性在于，人们无法对他们的技术做出比较判断。但是，你当然会选择奥尼尔，因为你在这场比赛中看过这两名球员的罚球，奥尼尔勉强入门的技术能力让他远比纳什更容易失手。

我可以想象对目前为止的分析有两个反对声音。第一，如果在你的思维实验中，一名球员看起来已经掌握了罚球技巧，但命中率很低，另一名看起来缺乏罚球技巧，但命中率高，那你怎么选择呢？选择技巧差的球手无疑是错误的。这个反对意见成立，但这仅是个例外，恰恰证明了规则的正确性。也就是说，如果要做出多个选择并在每个选择中使用第二层级标准，那么你做出正确选择的概率将与选择纳什一样高。小说的技巧与此类似。虽然我们可以想到一些作家，他们没有表现出对某些技巧的掌握，却写出了美学上令人钦佩的小说（德莱塞又是一个信手拈来的例子），但我们并不能从这些案例中得出普遍结论，即技巧的掌握与美学的成功无关，因此第二层级判断无关紧要。相反，上述例外提醒我们，第二层级判断是与其他级别的判断相互作用的。

第二个反对声音是，艺术与运动之间没有可比性，它们风马牛不相及。如果纳什的命中率不足50%，大多数篮球迷都不会关心纳什罚球的姿势是否优雅,但是文学爱好者却愿意欣赏优雅的文体本身而不考虑该文体的实际用途。换言之,将文学与体育类比是有问题的,因为体育更注重结果,事实上,人们从体育中想得到的结果("要赢,宝贝")远比文学要一致得多。我同意最后这个说法,但其力量不是弱化文学与运动之间的类比,反而是强化了它。文学不那么以结果为导向,这使得第二层级判断更重要,而不是相反。

这种类比和思维实验强调了以下几点:(1)在评估叙事阅读体验的质量时,我们要兼顾技巧的功能和技巧的使用水平;(2)这一过程中,我们不能让技巧的使用水平凌驾于技巧的功能之上,也不能让技巧的功能使技巧的使用水平变得无关紧要;(3)为了达到这些目的,我们既需要关于功能的第一层级判断,也需要第二层级判断以及入门水平概念。虽然上述结论打破了布斯模型整齐的对称性,但通过牺牲模型的优雅,我们获得了解释力。

讨论完如何看待第二层级判断后,我们接下来进一步探讨第一层级审美判断。我的主张是:(1)基于在整体中的功能来进行的判断是二阶审美判断;(2)第一层级审美判断极大地依赖于阐释判断和伦理判断。我对比尔斯《深红色的蜡烛》中最后一句话的讨论可以说明我的观点。我们对这句话的质量的判断,不仅受通篇叙事的影响,而且受这句话本身所激发的阐释判断和伦理判断的影响。一个更复杂的例子是我对《赎罪》中"伦敦,1999"那部分功效的讨论。在该讨论给出任何明确的审美判断之前,我都要先考察麦克尤恩通过布里奥妮日记展示的一系列复杂的阐释判断和伦理判断。如果我那时认为延迟揭示在伦理上是有缺陷的,我就会对它做出一个更为负面的审美评价,但由于"麦克尤恩的小说技巧非常精湛"这个第二层级判断,我的审美评价也不至于完全负面。

至于第三层级判断(根据其隐含文类判断整体)和第四层级判断(根据批评常规判断整体),我们首先可以把第一层级判断和第二层级判断讨论的结论转移过来,即两级判断都需要,但不让任何一级支配另一级。其次,第三层级判断和第一层级判断一样,也是二阶审美判断。对于布斯来说,理解作品的隐含类型是理解其隐含质量标准的第一步。"我们对每一部作品的体验受该作品的隐含类型或文类的影响"(208)。我建议将布斯体系中的"文类"替换为"意图",以此作为质量标准的源头。"意图"当然更符合我一直以来的叙事观,即"某人在某场合为某种意图给其他人讲述发生了某事",同时也会大大减少违反后验原则的可能性。这样,我们的问题就变成正在讨论的作品是否高质量地实现了某个意图(无论这个意图是什么)。这个逻辑可用于评估叙事各部分的质量,也可用于评估叙事整体的质量。为了做出评估,我们首先要精准地确定整体的性质及其意图,而这很大程度上取决于我们在整个阅读过程中的阐释判断和伦理判断以及阅读完成后所做的最后"组装"。一旦确定了整体的性质及其意图,我们就可以用适应该类型的方式判断作品的质量。例如,我们不从《劝导》(*Persuasion*)是一个皆大欢喜的喜剧出发,将其开端和前半部分判断为有缺陷,因为这样的判断误解了该小说特定意图的性质。相反,我们认为,这部小说是奥斯丁之前喜剧意图叙事的一个成功变体,因为小说中的变化增强了我们的情感和伦理参与度,更帮助奥斯丁实现构建一个更安静、某种程度上更沉郁的叙事喜剧的意图。

为了理解审美判断如何在第四层级操作,我们需要考察我们对第二、三层级判断所做的结论的内涵所在。一方面,我们可以借用第二层级判断中关于入门水平的概念,将其应用于判断整个作品。与判断部分一样,作为读者,我们的经验使我们能够分辨一部作品是否在全局上达到入门级水平。另一方面,第三层级判断基于后验原则,作品需要根据隐含在意图中的标准来判断,再加上我们对这些标准的多样性的认识,我们被迫放弃用一套通用常规(包括常规之间的等级)来判断整部作品。以上两层含义结合起来,就产生了第四层级判断的主要原则:拒绝通用规则并不意味着我们绝对不可能从整体上对作品进行比较审美判断,但的确意味着在很多情况下,这样的比较判断要么几乎不可能,要么是纯粹主观的。因此,我建议将第四层级判断重新表述为:根据非通用、超越意图的标准来判断整体。

为了阐明修辞审美原则如何用于实践,我想转向具体文本。首先,我将分析《长眠不醒》的雷蒙德·钱德勒版本和霍华德·霍克斯版本。为了提高效率,让我们假设钱德勒和霍克斯在各自的艺术形式方面都拥有超过入门级的技巧(第二层级)①。让我们聚焦每个叙事的结尾,先考虑第一层级和第三层级,最后考虑第四层级。②

彼得·J. 拉比诺维茨(Peter J. Rabinowitz)和大卫·里克特(David Richter)指出,钱德勒的小说偏离了标准侦探故事的常规,因为主角菲利普·马洛侦探最终并没有与大反派埃迪·马斯直接较量。此外,尽管马洛推理出是谁杀死了鲁斯蒂·里甘,却没有恢复他所在的世界的秩序。就本章而言,我们的第三层级判断取决于我们认识到钱德勒的文类创新,包括这一创新带来的问题。当文类创新拒绝使用叙事要素的常规标志时,他怎样才能有效地将叙事带至"抵达"和"完成"(这属于第一层级判断的问题)?在小说最后一段,钱德勒的解决方案是这样的:

> 一旦你死去了,躺在哪里又有什么关系呢?是躺在龌龊的水坑里,还是躺在高高伫于山峰上的大理石宝塔里?你已经死了,你再也不会醒来,这些事你就再也不去计较了。对你说来,是充满油垢的污水,还是轻风习习的空气,完全没有什么两样。你只顾安安稳稳睡你的大觉,再也不去思索你是怎样死的、死在何处这类龌龊的事情。而我现在却是这件龌龊事儿的一部分。远比鲁斯蒂·里甘更大的一部分。但是

---

① 我意识到我的讨论没有考虑这一重要而复杂的问题:不同媒体达到相关水平的困难程度不同。我没有讨论这个问题,因为希望继续有效地实现我的主要目标,即考虑在第四层级进行比较审美判断。

② 这种更有效的考虑以及我对比较审美判断的关注,意味着我将把这两种叙事中不可否认的厌女症和性别主义(在他们对卡门·斯特伍德的呈现中尤为明显)包括在内,但我确实想要注意这些因素破坏了这些叙事的基本伦理结构和我们的二阶审美判断。换句话说,我们对两个叙事的判断都包括对其伦理基础这一维度的否定判断,而这些判断会影响我们对这两个叙事与其他叙事的比较审美判断。

> 那位老人,就不必叫他牵扯进来了。就叫他在那张支着华盖的大床上静静地躺着吧,叫他那没有血色的双手搭在被单上等着吧。他的心只不过是短暂模糊的呢喃。他的思绪像灰尘一样飘忽灰暗。过不了多久,他也要像鲁斯蒂·里甘一样,长眠不醒了。
>
> 在进城的路上,我在一家酒吧前面停下车,喝了两杯双份威士忌。我的心情一点儿也没有好转过来。这两杯酒只不过使我想起了银头发。这位姑娘我后来再也没有见到了。(230—231)①

钱德勒在这里想通过马洛对案件的反思(反思案件如何永久地改变了他)来提供叙事的"抵达"和"完成"。马洛一生追求正义、诚实守信,然而现在他意识到,他的正直被这次特殊任务打了折扣。打了折扣,是因为他与之斗争的邪恶随处可见,他不得不做出一个令人不满意的伦理选择。为了不让他的客户斯特恩伍德将军(上文中的"老人")知道他的女儿卡门谋杀了鲁斯蒂·里甘,马洛变成了维维安和马尔斯掩盖谋杀的同谋,这种共谋使他自己成为"龌龊的一部分"。但另一方面,不保护斯特恩伍德将军会更加违背马洛的原则。不仅如此,马洛意识到没有办法摆脱这个两难困境,而且找不到任何慰藉(甚至在苏格兰威士忌和银发姑娘中也找不到),因此钱德勒用这个"道别"来强化马洛新的自我认识产生的力度和持久的力量。

钱德勒的结尾提供了一个美学上非常有效的"完成",因为:(1)马洛的反思传达了他的伦理选择非常艰难,令人不满意,却令人钦佩(虽然这些选择在他的世界中毫无用处);(2)这些选择是他在整个叙事中所做的明确的、不那么艰难的所有伦理选择累加起来的合理结果(其中最主要的选择是,在结束斯特恩伍德将军雇他完成的任务

---

① 此处汉语译文来自姚向辉的译本《长眠不醒》(江苏凤凰文艺出版社,2019)。——译者注

后,他继续调查鲁斯蒂·里甘以前的事情,调查阿瑟·盖格对卡门的敲诈勒索)。钱德勒引导我们认同马洛的阐释判断(即他自己成为"龌龊的一部分")和导致他走到那一步的伦理判断,因此我们发现小说的结尾,乃至整个叙事在情感上是非常有力的。简而言之,我们的第三层级重构导致我们基于小说自身的语境对它做出了非常正面的二阶审美判断。

霍克斯电影的结局非常不同,这种差异凸显了该电影给自己设定的不同叙事语境。霍克斯没有追随钱德勒的文类创新,而是综合了标准的硬侦探叙事与传奇叙事的某些元素。在他的结尾中,马洛(汉弗莱·鲍嘉饰)和马尔斯有一场最后的较量,马洛战胜马尔斯,最终马尔斯死在自己人枪下。此外,马洛得到了维维安·斯特恩伍德(劳伦·巴卡尔饰)的助攻,且在马尔斯死后,他俩贯穿整个电影的打情骂俏似乎发展为恋情。最后的镜头是他俩相互对望的特写。总而言之,主要罪犯被找到并得到制裁,秩序得到恢复,爱情即将升华。

霍克斯电影的结尾提供了非常令人满意的"抵达"和"完成",因为它有效地解决了叙事的两个核心不稳定因素:马洛和马尔斯之间的冲突以及马洛和维维安之间的关系。霍克斯以三种方式加大了其叙事在伦理和情感方面的赌注:(1)让马洛和维维安之间的关系成为电影的核心不稳定因素,这个选择使维维安不能嫁给鲁斯蒂·里甘;(2)让观众注意到,这个不稳定因素有可能干扰马洛的调查;(3)表明该可能性是否成真取决于每个人物的伦理选择。维维安不希望马洛发现马尔斯对她的控制,所以她试图让马洛专注于他们在一起的美好时光,从而不去调查谁杀死了鲁斯蒂·里甘。由于斯特恩伍德将军没有雇马洛去调查鲁斯蒂过去的事情,因此她有理由能成功。但是霍克斯电影中的马洛,就像钱德勒小说中的马洛一样,仍然坚定地调查下去,并坚定地认为斯特恩伍德真的想知道鲁斯蒂过去的事情。通过让维维安最终帮助马洛对抗马尔斯,霍克斯显示维维安接受了马洛的价值观,这一选择使她最终摆脱马尔斯,并使他们的两情相悦更加自由。这样,霍克斯电影的结尾不仅展示马洛消灭马尔斯并恢复了秩序,而且还为他和维维安合适的伦理选择提供了回报。叙事道别时的特写强调了这一回报,并邀请观众乐在其中。与钱德勒的小说一样,这个结尾在其自身叙事语境中是合适、有效和令人满意的。就如对钱德勒的小说一样,我们对霍克斯电影的第三层级重建导致我们对它做出了积极的二阶审美判断。

到目前为止,我们没有理由认为钱德勒总体表现比霍克斯更好或更差。然而,当我进入第四层级判断时,我毫不犹豫地认为钱德勒的成就高于霍克斯,主要有两个原因:钱德勒成功地完成了一个难度更大且更有想法的叙事工作,而且在这个过程中,为读者提供了一次更有意义的伦理体验。反过来说,这两个理由又依赖于两个非通用但又超越意图的标准:(1)成功地实现一种形式创新又有难度、有价值的意图,与成功地依葫芦画瓢实现一种有价值但很传统的意图相比,前者的审美成就更高;(2)让受众参与复杂的、与叙事逐步解决其形式问题的过程紧密相关的伦理判断,与使用简单的善恶二元对立相比,前者的成就更大。

这两个标准不是通用性质的,因为我不会在所有比较判断时都沿用它们。成功的形式创新不一定总能胜过对那些尝试验证过的形式的成功使用(参见下文关于厚重的评论),伦理复杂性也不一定总比伦理明晰性更易实现审美成就。菲尔丁(Fielding)的《汤姆·琼斯》(Tom Jones)要求我们做的伦理判断比钱德勒小说的结尾要简单得多,但如果我说菲尔丁的审美成就更高,应该没有人感到惊讶。但是我认为这两个标准用在这里是合适的,因为它们适用于这两个叙事为其自身设置的语境中的重要成分。换言之,后验原则及强调从内而外的审美判断并不意味着我们必须避免第四层级判断,而是意味着我们用来判断的非通用标准的选择应该产生于第一层级和第三层级判断。

虽然我不指望每个读者都同意我更倾向于钱德勒的比较判断,但我也不认为它会引起很大的争议。实际上,我选择这个例子是因为我认为大多数读者都倾向于做出类似的判断,即使他们给出的理由与我不同。现在,让我们拓展一下范围,对我们业已分析过的叙事(包括上述两个版本的《长眠不醒》）做比较审美判断，看看会有什么新发现。我可以很有把握地说，《深红色的蜡烛》的成就是最低的，原因我已经在绪论中阐述过，其中最重要的是这篇小说的叙事野心相对不大。比尔斯设置的门槛低于我们这里讨论的其他所有叙事艺术家，其中一个标志就是他的故事很简短。虽然比尔斯充分利用了简短的优势，让故事转瞬之间就发生逆转，让我们在如此短的时间内就做出无数推论并为此感到开心，但简短同时也意味着故事相对缺乏厚重。它没有提供——实际上，也无意提供——长时间的持续参与。《深红色的蜡烛》与我们分析过的其他叙事之间的这种厚重度上的差异，使我们有充分理由判定其美学成就最不显著。

在比较《罗马热》相对于《劝导》《宠儿》(Beloved)或《赎罪》的美学成就时，厚重度这一标准也是适用的。与那几部长篇小说相比，华顿的短篇小说目标较低，成就也较小。但短篇小说所固有的厚重不够并不意味着所有短篇小说一定比所有长篇小说的成就都要小。换句话说，在厚重度和美学成就之间没有简单的等式。举一个简单的例子，任何未达到第二层级或第四层级入门水平的长篇小说，其美学成就都要小于《罗马热》。再举一个更具挑战性的例子，我相信华顿的短篇小说比霍克斯版本的《长眠不醒》美学成就更高。与钱德勒的小说一样，华顿的故事提供了更有意义的伦理体验。但更重要的是，她决定在短篇小说的小画布上创作，实际上提升了审美风险。用双曲线术语来说，她的部分意图是将对格蕾丝和阿莉达之间过去、现在和未来关系的阐释判断和伦理判断尽可能多地挤装在尽可能小的空间里，并将这些判断序列化以获取最大效果。如果她把隐含的内容尽数写出，将短篇变成一部中等长度的小说，其效果将大打折扣。她在所选择的框架内取得成功似乎更难，因此比霍克斯在他框架内取得的成功更为显著。

但华顿的短篇小说是否比钱德勒的长篇小说成就更大？《宠儿》比《劝导》的成就更大吗？《赎罪》比《宠儿》的成就更大吗？我可以在这里提出一份我的喜好清单，但我认为我不能提出充足的理由让你们同意我，这正是因为在第四层级我们面对的是非通用标准，而我无法找到依据来说服你们选择我的非通用标准(更准确地说,我的非通用标准体系),而不是你们自己的。正因为如此,我们可以说,越过某个点后,我们就进入一个领域,为方便起见,我们可以将这个领域称为"主观判断域"。之所以主观,是因为我们无法为级别高低不等的判断标准找到依据;但也不是纯主观,因为在个人品位之外,我们的确会使用标准。第四层级判断的非通用性也解释了为什么炮制或争论诸如"有史以来(或甚至21世纪)一百部最佳小说"清单之类的东西除了好玩之外,没有其他什么意义。

在这里,罚球的类比可以再次帮助我们理解。想象一下同样的思维实验,只是这次你的选择是在史蒂夫·纳什与另一位出色的投篮手德克·诺维茨基之间,你已经见过他们每个人都有90%的投篮命中率,但他们的技术有很多不同。例如,纳什从肩膀位置投篮,而诺维茨基从头顶之上投篮;投篮时,纳什的腿是直的,而诺维茨基则是弯曲的。但是两人你都很欣赏。你可以挑纳什来投篮,因为诺维茨基弯着的腿让你存疑,但是,如果你的助理教练认为你应该选择诺维茨基,因为他体型更大、力量更强,因此能更轻松地投篮,这时,你就无法合理地争辩你的标准应该胜过他的标准。

另一个类比也颇具启发性,因为它不仅仅是一个类比。是否有可能制作一个伦理价值观排序表?正义比无私更重要,责任比慷慨更重要吗?即使可以根据第二层级判断思维对某些价值观进行排序(如无私比可靠更有价值),但我们也不能认为这个排序适用于所有情境(第四层级)。此外,由于我们在第三层级的审美判断是二阶判断,部分依赖于我们的伦理判断,因此,如果我们想做出超越主观的比较审美判断,我们就需要炮制一个第四层级伦理价值排序。虽然我们可以合理地认为,在某些情况下,某些伦理价值观比其他伦理价值观更相关,因而更重要(第一层级思维),或者某个特定价值观的某些表现形式比其他表现形式更为有力(第三层级思维),但我认为,我们没有依据来建立一个普遍的伦理价值观等级体系。同样,建立一个美学价值等级体系也没有依据。

第二部分

抒情叙事和画像叙事中的判断与进程

第七章

叙事与抒情的交织：海明威的《一个干净明亮的地方》和西斯内罗斯的《喊女溪》

本书第二部分的工作起源于并旨在证实一个说法，即20世纪一些最具创新性和最有效的短篇小说和对话诗是叙事、抒情和/或画像的杂糅形式，而叙事理论尚未对其进行充分讨论。不同群体的作家已经试验过这些杂糅形式，而杂糅模式本身也多种多样，部分列举如下：罗伯特·弗罗斯特（Robert Frost）的《家庭墓地》（"Home Burial"）、弗吉尼亚·伍尔夫（Virginia Woolf）的《斯莱特品牌的胸针无针尖》（"Slater's Pins Have No Points"）、欧内斯特·海明威（Ernest Hemingway）的《现在我躺下》（"Now I Lay Me"）和《一个干净明亮的地方》（"A Clean, Well-Lighted Place"）、蒂莉·奥尔森（Tillie Olsen）的《我站在这里熨烫》（"I Stand Here Ironing"）、J. D. 塞林格（J. D. Salinger）的《维格利叔叔在康州》（"Uncle Wiggly in Connecticut"）、尤多拉·韦尔蒂（Eudora Welty）的《壮汉》（"Powerhouse"）、桑德拉·西斯内罗斯（Sandra Cisneros）的《喊女溪》（"Woman Hollering Creek"）和《巴比娃娃》（"Barbie-Q"）、艾丽丝·门罗（Alice Munro）的《普露》（"Prue"）、约翰·埃德加·怀德曼（John Edgar Wideman）的《医生的故事》（"Doc's Story"），以及安·比蒂（Ann Beattie）的《双面神》（"Janus"）。哪怕只是对这些故事进行简单评析，就能看出这群作家中抒情、画像和叙事之间关系的多样性。正如我即将详细论述的那样,西斯内罗斯的《喊女溪》首先引入一个大的不稳定因素,中间部分主要转向对那个不稳定的情形进行抒情式揭示,在故事的最后部分又重新切回叙事模式。海明威的《现在我躺下》使用尼克·亚当斯(Nick Adams)的元记忆(即回想那些回忆过去的夜晚),但不是为了讲述尼克的任何变化,而是为了揭示他对亲密关系的渴望和排斥。再举一个例子,怀德曼的《医生的故事》嵌入了一个非主人公的人物叙事,并以此揭示主人公对失去的爱的渴望。门罗的《普露》(我即将在下一章中讨论)使用两个小型叙事(mini-narrative),以此为主要手段来展开对主人公性格和处境的描绘。

为了充分理解这些杂糅形式,我们需要:(1)继续拓展此类作品的清单;(2)对具体故事和诗歌进行详细考察,既要着眼于它们的特殊性,又要试图找出其背后的普遍原则。在《活着是为了讲述》(*Living to Tell about It*)一书中,我在考察人物叙述的修辞和伦理这个大课题下,详细分析了《现在我躺下》和《医生的故事》,这些分析已经为上述第二项任务做出了些许贡献。在本书的这个部分,我试图为这个任务做出更大贡献。我将聚焦五部/篇作品——本章的《喊女溪》和《一个干净明亮的地方》,下一章的《普露》和《双面神》,最后一章的《家庭墓地》——而且将画像叙事的杂糅性引入讨论中。这一讨论的结果是促发从修辞理论的角度对"叙事性"(narrativity)这个概念的进一步反思。在第九章最后,我将提出反思的结果,但这里我想先回顾一下绪论中对叙事性、抒情性(lyricality)和画像性(portraiture)的讨论。

我在绪论中提出,在文本方面,叙事性的基本要素为人物、事件和变化,而在读者方面,叙事性的基本要素为判断、情感和伦理。就抒情性而言,所有这些基本要素都很不一样。在文本方面,"人物"最好换成"说话人"(speaker);"事件"换成思想、态度、信念或情感,虽然可以有事件,但事件是为表达思想、态度、信念或情感服务的;"变化"是可有可无的,"变化"可能发生(比如在思考型抒情诗中,说话人最后做出决定),但不是必要因素。在读者方面,"伦理判断"被抛弃,替换为"参与",即进入说话人的情景和角度而不做判断;反过来,"参与"又影响我们阅读体验中的情感方面,我们分享说话人的感情或接纳说话人的思想、态度或信念;最后,由于"参与"替换了"判断",我们的伦理评价就是对"参与"进行评价,因此同时也就是对整个作品的评价。

与叙事的对比将有助于澄清这一点。叙事的隐含作者可能引导我们判断某个人物的行为存在伦理缺陷,而我们可能将这个负面的伦理判断视为一种积极的阅读体验。比如,阅读《劝导》(Persuasion)的很多乐趣都源于我们赞同奥斯丁对沃尔特·埃利奥特爵士之类的很多人物所做的负面道德判断。与此相对照,诗歌的隐含作者邀请我们参与说话人的视角,暗暗要求我们同意这一视角,并认为这个视角在伦理上是没有问题的。因此,我们对这种参与的伦理评价也就成为我们对诗歌提供的核心体验的伦理评价。(这里,我们可以看到第三层级审美判断如何产生于伦理判断。即使我们可以对诗人的形式处理方式[节奏、韵律、选词等]做出正面的一阶审美判断,但如果我们认为对说话人视角的参与过程在伦理上不可取,那么我们最终也会认为诗歌在美学上是有缺陷的。)

画像性是一种修辞设计,旨在邀请"作者的读者"理解其揭示的性格,它居于叙事性和抒情性之间。如果叙事性可被简化定义为"某人讲述某事的发生",抒情性可被简化定义为"某人讲述某事的存在",那么,画像性就可被简化定义为"某人讲述某人的存在"。在画像性中,事件一般都在场,但不是因为它们对故事变化进程至关重要,而是因为它们是揭示性格的有效手段。变化不在场,因为画像专注于描绘(我们理解为正在进行的)特定时刻或特定生命阶段的人物。在读者一方,伦理判断在场,我们的情感体验植根于我们对人物的理解和判断,因此也是我们的二阶审美体验。与叙事一样,对所绘人物的正面和负面伦理判断都可以成为令我们满意的审美经验的基础。正如在《我已故的公爵夫人》("My Last Duchess")中,布朗宁(Browning)巧妙地揭示了一位有头脑但卑鄙无耻的人物,为我们提供了一次特别满意的阅读体验。

需要强调的是,这些关于叙事性、抒情性和画像性的概念只是对纯形式的启发式描述,不是创作或分析具体作品的配方。作家们可以随心所欲地将这些纯形式的基本元素进行自由组合，而修辞批评家的任务则是从具体作品产生的多重效果出发，在不同组合中找到效果产生的根源。

我选择在本章中分析《喊女溪》和《一个干净明亮的地方》，部分原因是这两篇抒情叙事彼此截然不同，而且又都不同于《现在我躺下》和《医生的故事》。在《一个干净明亮的地方》中，抒情维度是逐渐显露出来，随后成为叙事效果的中心的；而在《喊女溪》中，如上所述，开始是叙事的信号，随后在大部分故事里转入抒情进程，在小说的最后部分又转回强叙事进程。因此，将这两个故事放在一起分析有助于阐明每个故事的独特之处，同时还能表明抒情叙事进程的多样性。不仅如此，《一个干净明亮的地方》依赖于一个相当特殊的伦理体系，这个体系与海明威本人密切相关，许多"有血有肉的读者"不太可能将其代入故事阅读中，而《喊女溪》则依赖于一个更传统的基础伦理体系，大多数"有血有肉的读者"都会将其代入故事中。这样，两个故事中伦理与美学之间的关系也提供了机会让我们做出有意义的比较。

我对《一个干净明亮的地方》的分析涉及有关该故事中对话归属的长期争论，以及斯克里布纳斯（Scribners）在海明威去世后对文本的改写决定。这样，海明威的故事对我来说可以起到"纽约"的功用：如果我对判断和进程的关注可以成功解决一个看似主要属于手稿和传记研究领域的问题，那么从理论上讲，这种关注也可以在其他地方成功。换句话说，如果修辞诗学能帮助裁决这个关于改写海明威文本的决定的争论，那么它就可以宣称自己配得上那些本身不是修辞批评者的读者的关注。我的观点是，考察《一个干净明亮的地方》的叙事进程、判断及两者与该故事的叙事-抒情杂糅性的关系，就可看出斯克里布纳斯做出了正确的决定。

虽然《喊女溪》基于一套被广泛接受的伦理立场，但它仍然是一篇具有美学创新的作品，融合了声音、时间和叙事进程方面的试验。西斯内罗斯使用了多种声音和十四个独立的章节来讲述克莱奥菲拉斯的不幸婚姻：丈夫虐待她，她从家里逃到父亲和兄弟那。没有一个声音明确意识到这些部分之间的相互关系；没有过渡手段，也没有明确的交叉指称。十四个叙事章节就像马赛克的不同部分，其整体形状和设计需要"作者的读者"来推断。此外，该设计最突出的特点是在第一章结束时引入全局不稳定因素，即克莱奥菲拉斯的不幸；在章节内和章节之间，声音和时间频繁变化；第二至第十一章对全局不稳定因素做了抒情式展开；第十二至第十四章转向叙事式结局。我的分析认为，西斯内罗斯对故事中这些元素的处理使《喊女溪》不仅是一个独特的抒情-叙事杂糅体，而且其美学成就也可以与《一个干净明亮的地方》比肩。

解决《一个干净明亮的地方》文本争议的新方法

　　对海明威这篇故事的任何分析都需要解决持续至今的争论，即关于小说中两位服务员之间对话的归属问题，更需要对斯克里布纳斯在 1965 年对文本所做校订是否恰当这个问题表明立场。争论在于，在他们谈及那位又老又聋的顾客时，到底是年长的服务生还是年轻的服务生说出了这句话："你刚才说是她把他放下来的"（289）；也就是说，关于那位顾客自杀的企图，到底是哪个服务生更先知晓？这点很重要，因为它会影响我们对十九行对话归属问题的理解（最为重要的是，它会影响我们判断是哪位服务生在他们关于那位老而聋顾客的对话中率先引入"虚无"这个概念）。那么，对这个归属问题的答案会在更大程度上影响我们对说话者之间关系及叙事进程整体轨迹的阐释判断也就不足为怪了。以下就是饱受争议的那句话及其临近的上下文，直到 1965 年它都是以这种方式出现在小说的所有版本中。年轻的服务生被标记为第一行的说话者：

　　　　"这会儿有老婆对他（指又老又聋的顾客）可没好处。"
　　　　"话可不能这么说。他有老婆也许会好些。"
　　　　"他侄女会照料他。"
　　　　"我知道。你刚才说是她把他放下来的。"

"我才不要活得那么老。老人邋里邋遢。"(20)

波士顿约翰·肯尼迪图书馆的故事手稿表明,"我知道。你刚才说是她把他放下来的"是海明威插入的句子,而不是与前后句子一气呵成的。(337号,欧内斯特·海明威藏书,肯尼迪图书馆,第4页。)由于年轻的服务生被明确标记为"这会儿有老婆对他可没好处"一句的说话者,年长的服务生似乎就是"我知道。你刚才说是她把他放下来的"这两句的说话者。因此,海明威插入的句子表明,年轻的服务生更早知道顾客的自杀企图。这一归属意味着是年轻的服务生在故事中引入了"虚无"概念,尽管在故事结尾处思考"虚无"的是年长的服务生。

1965年前的版本的问题在于,其他所有证据都表明是年长的服务生更先知道老人企图自杀的消息,包括老人的侄女阻止了自杀这个信息。海明威明确写道,年轻的服务生给顾客端去了白兰地,然后回到他同伴身边开始了以下这段对话:

"他这会儿喝醉了,"他说。
"他每天晚上都喝醉。"
"他干吗要自杀呀?"
"我怎么知道。"
"他上次是怎样自杀的?"
"他用绳子上吊。"
"谁把他放下来的?"
"他侄女。"(289)

这段对话一直延续到海明威插入的"我知道"那行,似乎这行提供了自相矛盾的信息。此外,年长的服务生更加理解年迈顾客逗留在咖啡馆的愿望,这种情况更切合(虽然不能确证)他更了解这位顾客生活的解读。为了消除这种自相矛盾,在玛丽·海明威(Mary Hemingway)的授权下,斯克里布纳斯对文本进行了修改。以下就是他的修改及临近

的上下文,其中第一句还是年轻的服务生所说:

"这会儿有老婆对他可没好处。"
"话可不能这么说。他有老婆也许会好些。"
"他侄女会照料他。你刚才说是她把他放下来的。"
"我知道。"
"我才不要活得那么老。老人邋里邋遢。"(289)

这一改写消除了上文提到的自相矛盾,同时也提前把年长的服务生标志为引入"虚无"概念的那个人(这个概念后来成为故事的中心主题["全是虚无,人也是虚无的,"年长的服务生后来这样说])。这样,这一改写就在年长的服务生在开端提出这个概念与在结尾反思这个概念之间建立了连续性。

斯克里布纳斯的决定让包括约翰·阿戈皮昂(John Hagopian)在内的支持这一改写的海明威评论家们感到高兴,而让为最初版本辩护的批评家们感到苦恼。这些评论家不仅援用手稿证据,而且还用海明威在其他故事中的做法来支持自己的观点,即在直接引用的话语中,换行表示同一个说话人的停顿,而不是表示改变了说话人。比如,如果用这个逻辑来读"他这会儿喝醉了"和"他每天晚上都喝醉",我们就可认为这两行都是年轻的服务生说的,换行表示他做了一个停顿。

相关争论已经细密地考察了两个服务生在小说前面的对话,并从多个角度对其进行了研究,同时,关于这两句如何确定归属也已经提出了众多很好的观点,因此,我认为再细读这个对话,甚至再细读肯尼迪图书馆的手稿都无法解决这个问题。① 为此,我建议关注判断、进程

---

① 在争论的主要参与者中,支持修正版本的包括阿戈皮昂、本内特(Bennett)和洛奇(Lodge),而1965年前的文本支持者包括梅(May 1971)、克纳(Kerner 1979, 1985, 1992)、赖纳特(Reinert)和瑞安(Ryan)。史密斯(Smith "A Note")、克纳(Kerner "Foundation")和卡恩(Kann)对手稿证据进行了有益的讨论。史密斯1989年的《读者指南》(Reader's Guide)提供了关于这场争论的精彩总结。

以及故事中抒情性和叙事性之间的关系,从这个角度来讨论这个争议,并重点讨论没有文本争议的小说后半部分中的这些问题。

《一个干净明亮的地方》中的抒情参与和叙事判断

查尔斯·梅(Charles May)反对1965年修正版的理由给我们提供了一个很好的出发点。梅非常敏锐地观察到,如果年长的服务生是从年轻的服务生口中得知老人企图自杀的消息,然后"被推着去面对和接受老人的绝望,那么,最后他不断祷告'虚无'就是小说发展的结果"(328)。梅更重要的观点是,这场对话归属争论的核心是把小说看作"静态的行为还是动态的行为":如果年长的服务生已经知道老人企图自杀的事情,那么在两个服务生的谈话中,他就没有发生什么实质性的变化。值得注意的是,梅未加讨论就直接假设动态观要高于静态观,而这一假设给了他充足的理由认为1965年之前的版本更好。

在我看来,梅的假设是基于另外一个假设的,即短篇小说应该由叙事性原则驱动。然而,如果我们对短篇小说(实际上还包括中篇小说和长篇小说)采取更广阔的视野,认可高效的故事可以(事实上已经)建立在其他原则上,包括抒情性原则和画像性原则,以及所有三种模式的杂糅组合,那么梅最初的假设似乎就难以自圆其说了。① 此外,同样重要的是,小说后半部分的证据并不支持这一结论,即年长的服务生是因为知道了年迈顾客企图自杀才产生了一切皆"虚无"。他说话的方式和思考的方式并不表明他获得了某种新的见解,或者绝望感加深了,而是表明他很长时间都是同样的状态了:"我是那些喜欢在咖啡馆待得很晚的人之一"(290)。"他害怕什么?这不是害怕或恐惧。是他对虚无看得透彻"(291)。这个祷告"虚无"的人老早就将虚无看得透彻,根本不是因为刚刚知道了什么才突然开始祷告的。换言之,

---

① 梅自己对短篇小说形式的进一步研究就表明他对该形式的看法更宽容。参见他2004年的文章。

如果说海明威希望他的读者认为年长服务生的祷告是因为他获得了关于年迈顾客的新信息,那他的文本就包含了一些与这个阐释判断相抵牾的细节。相反,如果我们的阐释判断是年长的服务生并没有在小说的当前时间里获得任何新信息,这些文本细节就非常适切了。这一假设反过来提出了海明威如何引发叙事进程的文本动力和读者动力这一问题,而这个问题又让我们探究他小说中对某些抒情元素的使用。

换句话说,质疑梅的假设和结论使我们依然有理由支持1965年的校正,因为这个校正符合海明威的选择,即用抒情-叙事的杂糅形式来达到他所追求的效果。这篇小说具有明显的叙事元素:一个回顾性叙述者报道有明确顺序的事件,有可资我们观察和判断的主人公,从年长服务生与年轻服务生的对话开始,到他们关掉咖啡馆,然后是年长服务生的"虚无"祷告,他去了另一家酒吧,最后是他关于失眠的反讽话语。尽管如此,正如我们所见,海明威在建构这些事件和读者反应的同时,也让小说缺乏强叙事性,即使我们把对话归属的争论也算上。

小说第一段引入了一个轻微的不稳定因素,但未被复杂化,也从未得到解决:"他虽然是个好主顾,可是,他们知道,如果他喝得太醉了,会不付账就走,所以他们一直在留神他"(288)。服务生之间的第一次对话也引入了一个轻微的紧张因素,即到底是哪个服务员说的哪句话,但这种紧张因素并没有给小说很多推动力。随后两人之间的对话引入了由不稳定性推动叙事进程的可能性,因为这些对话表明他们对年迈顾客的态度不同,年轻的服务生表现出不尊重和不耐烦,而年长的服务生则表示同情和关心。事实上,正如大卫·洛奇(David Lodge)指出的那样,随着对话的继续,两人之间的这些差异变得越来越大,但这些差异并未真正成为叙事的全局不稳定因素。同样地,年轻的服务生对年迈顾客的不尊重也提供了一种由不稳定性推动叙事进程的可能性,但这种可能性也未实现。这些轻微的不稳定因素没有"启动"小说叙事,而是被海明威用来直接或间接地揭示了年长服务生的性格,特别是他的态度。事实上,一旦我们意识到,按照叙事的标准看起来是进程中的错误开端的东西却积极地揭示了年长服务生的态度,我们就可以意识到揭示也是进程的一部分,其背后的逻辑不同于纯叙事。

当我们考虑小说的"启动"点、"进入"点以及它们对"抵达"和"完成"的影响时,该进程与众不同的逻辑也是清晰可见的。直到小说最后一页,当年长的服务生"继续与他自己交谈"(291)时,叙事的"启动"和"进入"才发生。直到此时,"作者的读者"才充满信心地认识到,小说的核心不稳定因素不涉及任何人物之间的关系,而是涉及年长的服务生与存在之虚无之间的关系。不仅如此,叙事的"启动"点和"进入"点以及"他对虚无了解透彻"这句话都强调了这个不稳定因素是持续的,在叙述事件之前就存在的。这些事实,加上早期不稳定因素缺乏推进,同时还意味着我们并不强烈期待小说会解决这个不稳定因素。相反,我们期待小说的剩余部分会探讨这个不稳定因素。这种期待会影响我们如何看待这个与众不同的进程的"抵达"和"完成"的有效性,稍后我会回来讨论这个问题。

上述观点使我们能够诠释海明威在《短篇小说的艺术》("The Art of the Short Story")一文中关于这篇小说省略了什么的夸张评论:"还有一次我省略得很漂亮,那就是《一个干净明亮的地方》。在那篇小说中,我真是有如神助。我把什么都省掉了。那可是省到极致了,我就干过那一次,以后再没那样干过"(140)。他省掉的是小说中那个不稳定因素的缘起、发展和解决,留在文本中的则是对那个持续的不稳定因素以及年长服务生的反应的逐步揭示,还有读者应该如何对其进行反应的明确信号。

海明威延迟叙事"进入"点的一个结果是给了我们一个回看的角度,从而帮助我们更好地组装我们已经读过的内容。用这种回看的角度来读小说从中段到结尾的运动,我们可以发现:(1)海明威越来越强调年长服务生这个人物在伦理上要高于年轻服务生;(2)海明威更加充分地揭示了年长服务生的态度,并邀请读者参与体会他如何表达这些态度,而不要评判他;(3)海明威再次将读者和人物区分开,以便做最后的伦理判断。让我非常感兴趣的正是这种从伦理判断到参与再回到判断的运动,因为它进一步阐明了小说进程的性质,还因为它有助于解决对话归属之争。

通过两个服务生在咖啡馆打烊时的对话,海明威显示年长的服务生不断质疑年轻服务生的思维方式,但同时又始终尊重他。换句话说,年长服务生邀请年轻服务生重新思考他就自己的意愿和顾客意愿之间的关系所做的伦理判断:

"你干吗不让他留下来喝酒呢?……还不到两点半呢。"
"我要回家睡觉了。"
"一个钟头算啥?"
"他无所谓,我可很在乎。"
"反正是一个钟头。"(290)

正如我们之前在他与顾客的互动中看到的那样,年轻服务生是以自我为中心的,而年长服务生则是他者导向的。他没有把谈话带到鼓励年轻人继续以自我为中心的道路上(没有"我知道你的意思",甚至"你的妻子怎么样?"),而总是让事情回到对顾客有利的轨道上。年长服务生暗暗要求年轻服务生调整他的态度,但又使自己的方式不至于破坏他与年轻服务生的关系。总之,这段对话表明年长服务生这个人物在伦理上更胜一筹。

在谈话的后半部分,海明威让年长服务生自己说出了他和同事之间的差异:

"我是那些喜欢在咖啡馆待到很晚的人……同情那些不想睡觉的人。同情那些夜里需要有亮光的人。"
"我要回家睡觉去了。"
"我们是不一样……我每天晚上都很不愿意打烊,因为可能有人需要咖啡馆。"

某种程度上,上述对话只是揭示了个人偏好的差异,因此,年轻服务生的偏好没有被附加任何负面的伦理判断。但是年长服务生提到他同情那些"夜里需要有亮光的人"并愿意在晚上为他们开咖啡馆,这进一步使他与那位又老又聋的顾客站在同一条线上。因为他愿意为他们做一些事情,无论多么简单,这段对话也透露出他与隐含的海明威的信仰和价值观是站在同一条线上的:夜晚是一个人可以被存在的虚无淹没的时候,但是也能找到一些临时庇护所,提供这样的庇护所本身就是在对抗虚无。

此外,这个对话及年长服务生在小说最后几段中表达的态度说明,他对在晚上开放咖啡馆的伦理判断与他对什么是有价值的咖啡馆(即一个干净明亮的咖啡馆)的审美判断密切相关。最后几个段落揭示了这些伦理/审美判断本身就是年长服务生之前已有的阐释和伦理判断的结果:"一切皆虚无,人皆虚无"(291)。如上所述,这一判断是海明威完全赞许的,但这种虚无主义可能受到许多"有血有肉的读者"的抵制。实际上,我就是那些无法赞许这个判断的人之一。我将更多地讨论隐含的海明威的伦理价值观与我自己的伦理价值观之间的差异,但现在我需要更仔细地考察小说的最后几段。

年长服务生关灯并离开咖啡馆后,海明威的叙事技巧立即从报道对话转变为大量使用内聚焦,这一转变极大方便了读者逐渐进入年长服务生的视角。海明威精心安排声音和聚焦,小心翼翼地引导读者进入那一视角。他的方法是一步步引导我们,直至完全把我们带入祷告"虚无"的那个场景。"他害怕什么?这不是害怕或恐惧。是他对虚无看得透彻。一切皆虚无,人皆虚无。只有这一点,只有光就是它所需要的一切,以及一定的清洁和秩序"(291)。在这里,我们既有年长服务生的视角又有他的声音,同时我们仍在观察他,从外面看他。然而,这种观察角度在祷告"虚无"场景中发生了变化。

在那个祷告中,海明威使用西班牙语的"虚无"(nada)而不是英语的"虚无"(nothing),以强调该词在祷告中的每一次出现,同时强化了信仰的语言与完全不信的语言之间的并置。此外,他还使用年长服务员的视角和声音,改编基督教中最为人熟悉的祷告词"我们的天父",并迅速确立用"虚无"(nada)来替代祷告中的重要名词这一模式。通过这些办法,海明威实际是在邀请我们预测他的替换:"我们在天的虚无,虚无是你的名字,你的王国_____,你的旨意_____,在_____就如同在_____。"在"圣母玛利亚"那里,nada切换成nothing,表明他即将结束他的祷告,但这个切换不会干扰我们预测他的替换。"一切皆虚无,_____与你同在"(291)。简而言之,在祷告中,海明威让"作者的读者"完成了从外部观察判断年长服务生到进入年长服务生的视角并参与这一视角的运动。从这一角度而言,这场祷告不仅是小说的主题高潮,也是小说的抒情高潮。

然而,海明威并没有以这种高潮结束,而是再次显示服务生与另一个人物的互动,从而回到叙事性原则;最重要的是,他让我们重新回到观察者位置并要求我们再次对年长服务生进行判断。引人注目的是,年长服务生如何关掉咖啡店灯光,如何来到酒吧并停下来喝一杯,小说并没有明确写出,而是让读者去推断。他与酒保的互动表明,他仍然纠缠在虚无意识中,但已经能够反讽地看待那种意识:

"你点的是什么?"酒保问道。
"虚无(nada)。"
"又是个神经病(Otro loca mas),"酒保说道,然后转过身去。(291)

开完这个反讽式的玩笑后,年长服务生结束了游戏,要了"一小杯"咖啡,尽管他下一句话表明他满脑子还是之前的想法。他做了一个审美判断,其中也有伦理的维度。"光线非常明亮宜人,但酒吧是未经装饰的"(291)。酒吧终究不是一个令人满意的庇护所,因此他没有留下来。离开酒吧后,他预想会发生什么:"现在他不再想什么了,他要回家,到自己屋里去。他要去躺在床上,最后,天亮了,他就要睡觉了。到头来,他对自己说,大概又只是失眠。毕竟,他对自己说。这可能只是失眠。许多人都会失眠吧"(291)。最后两句的反讽意味源于服务生自我贬低的阐释判断——我没有存在的焦虑,只是失眠而已。他反讽式地采纳"活在其中但不感受"的人生态度,表明他既不会过于认真,也不会否认他所知道的。在这姗姗来迟的"进入"和"道别"之间,海明威让我们得以从内部透视年长服务生对"他看得透彻"的虚无的思考,又得以从外部观察他如何应对这种他非常熟悉的虚无感。海明威希望我们赞许年长服务生的思考和应对办法,即能够直面虚无无所不在这一深刻的事实,又能够自我解嘲。

反过来,我们对年长服务生应对虚无的认可强化了"虚无"祷告的效果。祷告的抒情性质意味着海明威采用了我称为"面具叙述"(mask narration)的技巧,即用年长服务生作为一种有效且直接的方式来传达海明威自己的观点。① 在"虚无"祷告中,年长服务生实际上成为人物叙述者,祷告的抒情性有效地将他、隐含的海明威和"作者的读者"三者融为一体。由于我们在祷告之前和之后对年长服务生的伦理判断,这种融合的效果得到了加强。这样,海明威就向我们发出了强力邀请,去分享年长服务生的视角并接受关于存在之本质的阐释和伦理判断。

如果我对小说后半部分中判断的作用的分析切中要害,那么斯克里布纳斯对文本的修订就是正确的。假定这篇小说主要建立于叙事性原则,由年轻服务生首先提出虚无的想法,然后由年长服务生循此轨迹思考虚无,我们还是会认为小说具有真正的伦理和美学价值,是海明威使用自己的伦理体系作为基础创作出的一篇包含重要变化的小说。然而,即使我们不考虑小说后半部分中难以解释的文本证据,这一假定也会让我们觉得年长服务生在祷告中以及在对新获得的知识的反应中的种种阐释判断和伦理判断大为逊色,原因就是这些判断都是他第一次做出的。相反,如果不将年长服务生人生中的这个夜晚处理为顿悟之夜,而是将其作为无数面对同样绝望但仍然肯定价值的

---

① 更详细的讨论参见《活着是为了讲述》的后记。

夜晚之一,这样的故事会更好,原因有二:(1)本质上,这样的故事涵盖了变化的故事,变化是其背景故事的一部分,为了使现在这个故事存在,变化的故事必须以某种形式发生过;(2)这个故事关注的是从变化中获得知识后如何继续生活这一更为棘手的伦理问题。

同时,回到前一章对修辞审美的讨论。认为小说修订版更好,这只是对这两个版本进行比较审美判断后得出的观点。面对这两个几乎完全相同的小说版本中的人物、事件、态度/信念、判断和参与等材料,我们可以使用修辞诗学原则来判断其中一个具有更高的美学成就,但我们不能从这个例子中抽象出普适的审美原则。海明威自己在《永别了,武器》(A Farewell to Arms)中就讲述了一个非常有力的、包含变化的叙事,展示弗雷德里克·亨利如何逐渐领悟《一个干净明亮的地方》中的年长服务生在故事开始前就已经领悟的"虚无"。然而,由于这两个叙事的其他诸多材料迥然不同,对它们进行比较审美判断就困难得多。

现在让我回到叙事进程的某些细节。最后几段的叙事运动也有助于阐明该叙事的读者动力,这个动力源于海明威将故事建立在以"一切皆虚无,人皆虚无"为关键原则的伦理体系基础上。首先,抒情式参与使我们能够暂时接受这个伦理体系。其次,回归判断的叙事运动表明,接受这个体系产生的后果并不是虚无主义,而且在这个体系中还存在其他重要原则:面对虚无,和绝望相比,自嘲式反讽是一种更好的回应;在某种程度上,自嘲式反讽能够让人继续生活下去,并为那些认同卡洛斯·贝克尔(Carlos Baker)所谓"有即无,无即有"(Something That Is Nothing)的人带去安慰。的确,当我们考察这里的讲述伦理,即海明威以创新的技巧来传达年长服务员的态度时,我们会发现,对海明威的读者来说,他的小说本身就是一个干净明亮的地方。这意味着,对这篇小说好坏的判断并不完全取决于我们是否认可"一切皆虚无,人皆虚无"这个伦理原则。就我自己而言,只有在人生中至暗至黑时刻(比如在阅读这篇小说过程中的某些时候),我才认可这个原则,但即使在更多时候我并不同意这个原则,那也不会毁掉这篇小说给我的满足感和钦佩感。我依然会感动于小说别具一格的抒情-叙事杂糅性,感动于它的讲述伦理,感动于它不只是宣扬虚无观而是提出如何应对虚无。换言之,当我认识到这篇小说本身就是年长服务生所描述的那种"干净明亮的地方"时,我就更深地理解了海明威的美学成就,也理解了在不接受小说阐释和伦理基本立场的前提下,我为什么还那么喜欢它。和以前一样,这种整体的审美判断是二阶判断,因为这个判断基于故事里的阐释判断和伦理判断。但是,由于小说本身清楚地显示了年长服务生的审美判断("光线非常明亮宜人,但酒吧是未经装饰的"),以及这些判断与他合理的伦理判断的相互关联,因此,相较于我们讨论过的其他叙事来说,在这篇小说中我们的伦理判断和审美判断之间的联系也许是最为紧密的。

《喊女溪》的开端和中段

与《一个干净明亮的地方》形成对比的是,《喊女溪》建立在大多数"有血有肉的读者"可能赞许的一套伦理立场基础上。比如,女性同男性一样有价值,配偶虐待是一种可怕的罪行,应珍惜具有自身价值感的女性,也应该珍惜那些用行动来实现自己价值的女性。因此,该小说的有效性不取决于它能让观众去挑战某些伦理立场,而是取决于如何部署这些广为接受的伦理立场,使再现的具体场景新鲜而不是陈腐,生动而不是平淡。要达到这些效果,进程至关重要,而这篇小说的进程与海明威的小说迥异其趣。如上所述,这篇小说在开端引入全局不稳定因素,中段对这个不稳定因素进行抒情式探索,结尾解决这个不稳定因素从而又切回叙事模式。我将首先描述叙事主线,以便我们能更好地理解西斯内罗斯如何将抒情原则编织到她对叙事材料的处理中。

克莱奥菲拉斯·恩里克塔·德莱昂·埃尔南德斯与胡安·佩德罗·马丁内斯·桑切斯在墨西哥结婚,并与他一起越过边境到得克萨斯州的塞金生活。除了独自面对新的文化,克莱奥菲拉斯很快就得忍受丈夫的殴打以及他出轨的可能性。除了她记得父亲的爱以及父亲永远不会抛弃她的承诺之外,她几乎没有什么文化资源可以依靠。出乎意料的是,她得到了两个富有同情心的墨西哥裔美国人——格拉谢拉和费利塞的帮助,怀着身孕开始了她回归墨西哥的旅程。克莱奥菲拉斯对关于费利塞的所有事情都感到惊喜,尤其是当她们在穿过那条名叫"呐喊"的小河时费利塞发出的"像人猿泰山一样的喊叫"。这种惊喜将故事引向高潮时刻,小说的最后一句描写了这个时刻:"然后费利塞再次开始大笑起来,但这次听到的不是费利塞的笑声。这笑声从她自己的喉咙里汩汩流出,绵长的,像水一样"(56)。

分析之前,我们有必要指出与《喊女溪》背景相关的文化叙事。这显然是一个越境的故事。在1991年,一位墨西哥裔美国作家创作的这样一个故事需要与格洛丽亚·安扎勒杜阿(Gloria Anzaldúa)的《边界》(Borderlands/La Frontera)进行互读。虽然《喊女溪》不是安扎勒杜阿之书的寓言版,但安扎勒杜阿对身份的边界与混血意识的讨论与这篇小说有关联。克莱奥菲拉斯越过墨西哥边境到达得克萨斯,然后再回到墨西哥,这个过程中,她的主要身份从女儿变成了妻子,然后又变回了女儿,但故事结尾表明她重归女儿身份是带有改变的回归。

更具体地说,《喊女溪》中克莱奥菲拉斯的故事以墨西哥电视剧为背景,这些电视剧讲述有关爱情和情感的商业化故事,目的在于销售化妆品和服装。这些电视剧塑造了克莱奥菲拉斯(以及小说中其他墨西哥女性)关于爱情、婚姻和消费主义的观念。克莱奥菲拉斯故事的严酷现实起到了反电视剧叙事的功能,因为它暴露了这些电视剧中危险的意识形态,比如崇尚为了爱而承受痛苦,或将爱情与某种衣服、化妆品和其他时尚联系起来。

从某种意义上讲,《喊女溪》也是一篇女性主义意识觉醒的叙事。格拉西埃拉、费利塞、呐喊女神(La Gritona),当然还有克莱奥菲拉斯本人都有助于她突然产生的意识,即女性除了女儿、妻子和母亲这些角色之外还有其他生活。虽然这种意识不会改变她生活中的物质条件,但确实改变了她对于女性潜力的认识。最后,这个故事还与"洛罗纳"(为失去孩子而哭泣的母亲形象)神话有关系。我将讨论西斯内罗斯如何改写了这个神话。

现在让我们转而考虑故事的开端,也就是其十四个部分中的第一部分。我先讨论开头几段里时间的"出场"和叙事的"发起"。

> 唐·塞拉芬允许他的女儿克莱奥菲拉斯·恩里克塔·德莱昂·埃尔南德斯成为胡安·佩德罗·马丁内斯·桑切斯的新娘,跨过她父亲的门槛,穿过几英里的土路和几英里的公路,越过一个边界后来到一个叫"另一边"的小镇;他已经预知他的女儿某天早上会将手放到眼睛上,向南看,梦想回到有无休无止的家务,六个无所事事的兄弟和一个抱怨的老人的家。
>
> 毕竟,在离别的喧哗中他曾说过:我是你的父亲,我永远不会抛弃你。当他拥抱然后让她离开时,他曾说过,不是吗。但当时克莱奥菲拉斯正忙着寻找她的伴娘谢拉,以实施她们的花束阴谋。直到后来她才记起她父亲的话:我是你的父亲,我永远不会抛弃你。
>
> 只有现在作为一个母亲,她才记得。现在,当她和胡安·佩德里托坐在小溪的边缘时,她才记得。为什么一个男人和一个女人彼此相爱,这种爱会变质。但是,父母对孩子的爱,孩子对父母的爱,完全是另一回事。
>
> 这就是克莱奥菲拉斯在胡安·佩德罗没有回家的那些晚上所想的,她躺在床边听着州际公路低沉的咆哮,远处的狗叫声,山核桃树像穿着坚硬衬裙的女人般沙沙作响——沙沙-沙沙-沙沙,沙沙-沙沙-沙沙——安慰她进入梦乡。(43—44)

这些段落游弋在三个不同的时间点:

时间点1和时间点2:西斯内罗斯以概述克莱奥菲拉斯父亲的想法(过去式)开始,首先聚焦叙述者,然后是她父亲,最后是克莱奥菲拉斯:"唐·塞拉芬允许他的女儿克莱奥菲拉斯·恩里克塔·德莱昂·

埃尔南德斯成为胡安·佩德罗·马丁内斯·桑切斯的新娘,跨过她父亲的门槛,……他那天早上已经预知他的女儿会将手放到眼睛上,向南看,梦想回到……"(43)。该句的前半部分表明,叙事的现在时间,即我们可以作为基准来识别过去和未来的时间,是克莱奥菲拉斯的婚礼日,但是,该句下半部分却将叙事的现在时间确立为克莱奥菲拉斯期待回家的那个早上。

随着叙述的继续,我们得知唐·塞拉芬并没有真正"预知"他女儿会梦想回归的那个早上,而是克莱奥菲拉斯做出的阐释判断,即父亲的离别词(也许是她对父亲离别词的概要转述)——"我是你的父亲,我永远不会放弃你"——暗示了这个预测("他说过,不是吗")。克莱奥菲拉斯做的推论反过来表明,聚焦不是从叙述者转移到克莱奥菲拉斯的父亲,而是直接转移到克莱奥菲拉斯本人。在这个早上,叙事的此时此刻,她渴望回家,想起了父亲的话及其含义:"只有现在作为一个母亲,她才记得。现在,当她和胡安·佩德里托坐在小溪的边缘时"(43)。这最后一句话在单一叙述(singulative narration)和反复叙述(iterative narration)之间摇摆不定,既可能是单一叙述,也可能是反复叙述,但之前提到"这个早上",使天平朝单一叙述方向倾斜。

时间点3:随着叙述继续至该部分最后一段的概述时,叙事的现在时间再次发生变化。"这就是克莱奥菲拉斯在胡安·佩德罗没有回家的那些晚上所想的"(44;强调为我所加)。现在不是克莱奥菲拉斯在小河边的早晨,而是她躺在床上的晚上。此外,"那些晚上"标志着从单一叙述到反复叙述的明显转变:克莱奥菲拉斯对她父亲的承诺的记忆不是在某个早上或在某次去小溪时发生的单一事件,而是她一次又一次经历的事情。

这个"出场"中与众不同的时间运动方式具有多重效果。首先,它是叙事"发起"的一部分,在这个"发起"中,西斯内罗斯让我们沉浸在小说主角的视角中,以便让我们了解她如何经历时间。对于克莱奥菲拉斯而言,时间不是以直线方式移动,而是从一个时刻跳跃到另一个时刻,过去和现在混合,任何一个时刻都与其他类似或相反的时刻杂糙。其次,这个"出场"强调了叙事的全局不稳定因素——克莱奥菲拉斯不幸的婚姻以及她回国的渴望。第一部分逐渐发展了这种不稳定因素,并在该部分结尾处通过转向反复叙述而达到高潮。这个转向反过来降低了小说"启动"阶段的叙事性。尽管引入了全局不稳定因素,但从单一叙述到反复叙述的转向强调了这种不稳定因素是早就存在的,而且很可能还会继续存在。当然,在下一节中,这个不稳定因素可能被复杂化,但这次"启动"没有推动我们期待这样的复杂化。比较一下这里的叙事"启动"和《劝导》第三章末尾的"启动",我们会发现,《劝导》的叙事突然挂上了高挡,而这里如果有任何换挡,那也是降挡。

第三,上述两种影响都有助于"作者的读者"做出伦理判断,即克莱奥菲拉斯被丈夫虐待了,因而值得我们同情。当然,叙事中的其他因素也支持这种判断:她愿意回到"有无休无止的家务,六个无所事事的兄弟和一个抱怨的老人的家"(44),以及她在"胡安·佩德罗没有回家的那些夜晚"感受的孤独。这种效果的叠加意味着,在第一部分结束时,我们进入的是一个我们会去观察、去判断的世界,同时也是一个抒情式揭示(lyric revelation)初现端倪的世界。

进入叙事中段,我们发现在整个叙事"航行"中,西斯内罗斯继续表明,克莱奥菲拉斯的时间经历既是叠加的,又是处处断裂的,而且随着她的遭遇被不断揭示出来,我们原来的那些判断得到了强化。我们无法将第一到第十一部分放在明确的时间线上(尽管我们可以将某几个部分关联起来),或无法确定在许多相邻部分之间到底过去了多少时间。实际上,我们无法确定第二至第十一部分中的叙事现在时间是否超过了我们在第一部分末尾所到达的时间点。此外,西斯内罗斯不止一次地呈现开始看起来是单一事件的行为,后来又将其揭示为重复模式的一部分。第五部分有一个很好的例子,这部分的开头描写了胡安·佩德罗"第一次"殴打克莱奥菲拉斯,其最后两句是这样的:"她想不出什么可说的,什么也没说。只是抚摸着像小孩一样哭泣的男人的黑色卷发,他的眼泪带着忏悔和羞耻,这次和每次"(48;强调为我所加)。通过我强调的"这次"和"每次",西斯内罗斯将看似单一、独特的事件转换为无限重复的事件,并且每次都以基本相同的方式体验。与之前一样,该技巧的效果是强调我们抒情式地探索她那停滞不变的、身心俱痛的境遇,但是我们对这个境遇所做的阐释判断和伦理判断让我们更加希望会发生某种叙事运动,让她逃离这种境遇,即使叙事中段并没有明确提供这样的叙事运动方式。

换句话说,西斯内罗斯在第一部分引入了核心不稳定因素,即克莱奥菲拉斯的不幸婚姻以及可能但不完美的解决方案(返回墨西哥),但之后直到第十二部分她既没有让这不稳定因素复杂化,也没有着手去解决它。正如小说第一部分末尾没有走向新复杂因素的"启动"感,中段各部分也没有朝向终点的"航行"感。相反,中段"航行"探索了不稳定因素的深度和质地,让我们更加了解它的层次:不仅仅是克莱奥菲拉斯的爱情已经变质,而且她现在处于被殴打的境地,从而增加了逃跑的风险。如果逃跑不成功,她将面临更多的虐待。此外,虽然我们继续观察和判断克莱奥菲拉斯及其处境,而不是像我们在虚无祷告中那样参与其中,但西斯内罗斯聚焦克莱奥菲拉斯的叙事技巧加深了我们对她的同情。

尽管叙事中段并没有使全局不稳定因素复杂化,但它确实引入并复杂化了一个重要的紧张因素:小溪名为"呐喊女神",这个名字背后的隐含意义是什么?在第四部分中,我们了解到克莱奥菲拉斯想知道这个意义,但是"没有人能说出,这个女人的呐喊是出于愤怒还是痛苦",而且"喊女溪"是"一个名字,这些地区中没有人质疑过,也没有多少人理解这个名字"(46)。在第四部分的最后,我们了解到,在第一次听到这个名字时,克莱奥菲拉斯"笑了",因为她认为"一条如此漂亮,并且充满幸福憧憬的小溪有这样一个好笑的名字"(47)。在第九部分,我们看到现在是一位母亲的克莱奥菲拉斯,她不再认为小溪的名字很好笑,也不再认为它的声音充满幸福的憧憬。相反,她怀疑这有着"高亢的银铃般声音"的小溪是不是"洛罗纳(La Llorona),那位淹死了自己的孩子而哭泣的女人(51)"。她"确信"洛罗纳正在召唤她。"呐喊女神"与"洛罗纳"以及克莱奥菲拉斯境遇之间的联系表明克莱奥菲拉斯的"确信"不无道理,因此,这里的紧张因素看起来已经得以解决,其解决方式再次加深了我们对克莱奥菲拉斯的悲伤和伤痛的感受。

叙事中段的第三个显著特征是西斯内罗斯安排了两对章节,每对章节都是同中有异。第九部分是第一部分的变体,西斯内罗斯告诉我们克莱奥菲拉斯和孩子在小溪旁边玩耍时的想法;第十一部分是第五部分的变体,西斯内罗斯叙述了胡安·佩德罗如何虐待克莱奥菲拉斯。在第一部分中,我们只是大概了解克莱奥菲拉斯的境遇,而到第九部分时,随着紧张因素的解决,我们已经知悉她"爱已经变质"这个想法背后所有的前因后果。回到父亲的房子这个想法只是在与胡安·佩德罗一起住在塞金相比较时才有吸引力。实际上,到第九部分时,大部分的抒情揭示都已完成,需要做的只是更完整地揭示不友好的男人群体;第十部分描写在冰屋的马克西米利亚诺时,西斯内罗斯完成了这一工作。

另一个重复的场景是在第十一部分,再现了胡安·佩德罗拿一本书殴打克莱奥菲拉斯的情景,但这个情景并没有明确向我们揭示关于克莱奥菲拉斯境遇的任何新信息。重复中有所不同的是,胡安·佩德罗扔向克莱奥菲拉斯的那本书是一本爱情小说,由于没有电视,她无法看墨西哥电视剧,只好读这本小说聊以代之。这一事件促使克莱奥菲拉斯做出了一个重要的阐释判断,即墨西哥电视剧里的浪漫故事与她自己的生活并不相同,这个判断成为转向第十二部分中叙事运动的基础:

> 克莱奥菲拉斯认为她的生活像电视剧里一样,只是现在剧情变得越来越悲伤。而且没有商业广告来调节气氛。也看不到什么幸福的结局。……一切都发生在名字像珠宝的女性身上。但是克莱奥菲拉斯出了什么事?没事。除了脸上的一道缝。(52—53)

讨论完西斯内罗斯如何利用声音的相互作用来进一步深化开端和中段的抒情式揭示后,我将回来探讨克莱奥菲拉斯这个阐释判断的意义。

西斯内罗斯标示出两种声音的显著差异,一种是克莱奥菲拉斯父亲的声音,一种是她丈夫和塞金冰屋男人的声音。她的父亲只开口说过一次话,但是,正如我们看到的那样,他的声音充满着父母之爱,尽管克莱奥菲拉斯在婚礼当天没注意到这种爱,但是后来可以回忆起来:"我是你的父亲,我永远不会抛弃你"(43)。

胡安·佩德罗的声音在故事中也不突出;事实上,他说出的最长的一段话出现在从间接话语转向直接话语的一段文字当中。就像克莱奥菲拉斯父亲的声音一样,胡安·佩德罗的声音也是在她的一次思索中出现的。间接话语让西斯内罗斯得以呈现两个男性声音的不同特质,并表明克莱奥菲拉斯即便没有内化那两种声音,也至少让它们在脑海里不断播放。叙述者告诉我们,克莱奥菲拉斯禁不住思忖她到底为何会爱丈夫,当他

……说他讨厌这个糟糕的房子,并且准备出去,这样他就不会被婴儿的嚎叫和她的猜疑所困扰,此外她总是要求修理这个那个的,如果她有任何脑子,就应该意识到他在公鸡打鸣前已经起床去赚钱来支付她肚子里的食物和头顶的屋顶,第二天又不得不再次早起,所以为什么你不能让我安静下来,女人?(49)

我们很容易看出胡安·佩德罗苛刻、抱怨的声音与唐·塞拉芬充满爱意的声音之间的对比,以及西斯内罗斯对父亲声音的偏好。此时的伦理判断依然明确而清晰:当克莱奥菲拉斯"禁不住思忖"(49)她为什么爱丈夫时,我们意识到他不配得到她的爱。

西斯内罗斯将胡安·佩德罗与冰屋里的人(这些人的声音淹没在酒精中,说话时嗝声连连)放在一起,从而再次印证了他声音里面的价值观。然而,在酒醉之前,他们飞短流长,传播各种小道消息:"日落时

在冰屋开始窃窃私语"(50)。当西斯内罗斯展示马克西米利亚诺的直接引语时,她展现的是一种厌女式的粗暴声音:"据说马克西米利亚诺在一场冰屋斗殴中杀了他老婆,当时他老婆拿着拖把冲向他。我只有开枪了,他说——她可是有武器的"(51)。其他所有人都笑了。这里,阐释判断和伦理判断和前面一样是明确的:克莱奥菲拉斯所承受的身体虐待,只是她身边男性充满敌意这种氛围的一部分,其效果是让我们再一次体会到她痛苦的处境。

西斯内罗斯在小说中段呈现的女性声音也很有限,但这些声音传达的内容与男性声音截然不同。克莱奥菲拉斯家乡的女性观看墨西哥电视剧,她们的语言充满浪漫幻想,克莱奥菲拉斯接纳的就是这种语言中的价值观。以下段落来自小说第二部分,西斯内罗斯没有指明说话者,借此邀请我们将其视为克莱奥菲拉斯家乡任何年轻女性的声音:

> 因为你没有看过昨晚的情节,露西亚承认她爱他胜过她生命中任何人。她生命中!节目的开头和结尾她唱着"除了你没有其他人"(Tú o Nadie)。不管怎样,人应该这样生活,你不觉得吗?除了你没有其他人。因为为爱而受苦是值得的。(45)

她家乡的其他年长女性也受到这些电视剧的影响,尽管她们的话里有更传统的流言蜚语:

> 她一直很聪明,那个女孩。可怜的东西。甚至没有妈妈告诉她新婚之夜的事情。好吧,愿上帝帮助她。有一个头像驴子一般的父亲,还有那六个笨拙的兄弟。你想想看!是的,我要去参加婚礼。当然!我想要穿的这件衣服需要改新几十年才能让它符合潮流。看,昨晚我(在电视里)看到了我认为适合我的风格。(45—46)

我们对这些声音的阐释判断和伦理判断同样非常明确：对克莱奥菲拉斯婚后将面临的现实，她们表现出一种令人吃惊的无知，而这种无知与她们对墨西哥电视剧的迷恋有关。第一个声音表达了一种幻想，即为爱情承受痛苦，痛苦也变得甜蜜，而克莱奥菲拉斯后来逐渐明白，被所爱的人折磨，痛苦和伤害会更深。第二个声音更接近克莱奥菲拉斯面临的实际问题，但对这些问题只是泛泛而谈，然后就转去讨论她那跟风电视剧的衣服了。

塞金的洗衣店服务员特里尼是一种不同的女性声音，但也不是克莱奥菲拉斯理想中的声音。当克莱奥菲拉斯问起小溪名字的问题时，特里尼回答道："你为什么想知道这个？"特里尼回答这个问题时使用的是"生硬的西班牙腔调，每当她给克莱奥菲拉斯找零或喊叫着向她要什么的时候，她总是使用这种腔调"（46）。虽然特里尼的声音与那些受电视剧影响的声音形成了某种有益的对比，但她的声音里充满了不耐烦的颐指气使，西斯内罗斯希望我们看到：按克莱奥菲拉斯的想象，小溪以之命名的那个女人的喊叫源于"愤怒或痛苦"，但特里尼的喊叫有其他原因。特里尼的喊叫都源于塞金生活中的一些日常琐事，比如她冲克莱奥菲拉斯喊叫，因为后者"在机器中放了太多肥皂"或"坐在洗衣机上"，或"不明白在这个国家你不能让你的宝宝不穿尿布四处走动，他会尿尿"（46）。因此，我们赞同克莱奥菲拉斯的阐释判断，即她没有办法给特里尼说清楚"为什么'喊女溪'这个名字让她着迷"（46）。

总而言之，西斯内罗斯在小说的开端和中段通过声音来产生互动，揭示克莱奥菲拉斯遭遇的语境以及导致她走入困境或艰难的观念系统。但是，随着小说在第十二部分中从抒情揭示走向叙事解决，西斯内罗斯在声音方面又有了新的变化。

结尾：第十二、十三和十四部分

克莱奥菲拉斯在第十一部分结束时的阐释判断促使她在第十二部分采取行动：她让胡安·佩德罗带她去看医生。这里的互动非常重要：西斯内罗斯首次让克莱奥菲拉斯用与她丈夫平等的声音大声说话。她已经不再想象自己是那些墨西哥电视剧中的女主角，不再被动等待事情的发生，而是开始为自己毫不浪漫的痛苦生活承担一些责任。她向胡安·佩德罗解释说，她想看医生"因为她要确保婴儿这次没有后转，让她撕心裂肺地疼痛"(53)。同样，正是她对生活承担责任的愿望，才使她在第十三部分同意格拉谢拉制订的逃跑计划，才使她有勇气站在商店旁边等待费利塞，尽管害怕被胡安·佩德罗发现。

在第十二部分，我们第二次直接听到胡安·佩德罗的声音，只说了两句话："请不要再说了。请不要(写信给你父亲要钱)"，还有一句出现在间接话语中，"她干吗要那么担心"怀孕的事，非要向她父亲要钱去看医生(53)。在这里，西斯内罗斯让胡安·佩德罗的话语从抱怨变为请求，从主导变为犹疑。他声音的转变以及转回间接话语标志着两个人之间力量平衡的转变，这个转变使克莱奥菲拉斯不仅去看了医生，而且最终还能逃离。

第十三部分全部移交给格拉谢拉的声音，西斯内罗斯呈现了她与费利塞的电话交谈，在电话里她们安排费利塞开车送克莱奥菲拉斯前往圣安东尼奥的公交车站。格拉谢拉对美式英语和西班牙语都很熟练。她自如地使用着美式习语，声音里既有实用主义又有同情和讽刺："她需要有人开车送⋯⋯如果我们不帮她，谁帮？我本想自己开车送她，但她需要在丈夫下班回家之前坐上公共汽车⋯⋯是的，你明白了，这就像肥皂剧"(54—55)。格拉谢拉的声音对于克莱奥菲拉斯和"作者的读者"来说都颇为新鲜，这个女性声音既不从属于男性的价值观和权力，也不同于墨西哥电视剧的价值观。但关于肥皂剧那句话中的反讽，格拉谢拉自己也无法理解其中的深意；西斯内罗斯这里提到肥皂剧，是想再一次提请我们注意墨西哥电视剧与《喊女溪》的对比。

第十四节不仅再现了克莱奥菲拉斯的逃离(从而使这个抒情式叙事"抵达"终点)，而且让克莱奥菲拉斯听到另一种女性的声音，见识到另一种女性："费利塞不像她曾遇到过的任何女人"(56)。她开着自己的皮卡车；她没有丈夫；她使用男人的词汇，如"猫车"(指的是她在皮卡前开的那辆庞蒂亚克"太阳鸟");而且,当她们驶过小溪时,她"张开嘴,然后像街头歌手一样大声喊叫"(55)。随后费利塞解释道:"每次过那座桥,我都会这样做。因为小溪的名字,你知道的。女人呐喊。那好吧,我就喊……,你注意到没有……这里怎么就没有地方是以女人名字命名的?真的。除非她是圣母(玛利亚)。我想,如果你是处女,你才会出名。她又笑了起来"(55)。这是格拉谢拉声音的独立性,更有一种不信神的幽默感。西斯内罗斯暗示了一种可能性,即费利塞的声音表明她是墨西哥裔女同性恋,也许她是格拉谢拉的伴侣,也许不是。无论如何,她肯定是一个乐于接受自己身份和独立性的女人。这样,克莱奥菲拉斯对她以及她的大喊大叫评价如此正面就更富深意了。

听完费利塞的呐喊之后,克莱奥菲拉斯第一次意识到,她用来思考小溪名字来源的范畴——痛苦或愤怒——是不充分的,而这种想法开启了叙事的"抵达""道别"和"完成"。"然后费利塞再次开始大笑起来,但这次听到的不是费利塞的笑声。这笑声从她自己的喉咙里汩汩流出,绵长的,像水一样"(56)。

这里的"抵达"和"道别"构成了一个完美的"完成",其各个成分引导我们对整个小说做出积极的二阶审美判断。首先,抒情式的揭示和各种声音的发出与推进为克莱奥菲拉斯"强烈情感的自然流露"做了充分的铺垫,并使其最终在格拉谢拉和费利塞的声音中达到高潮。其次,最后那个隐喻将克莱奥菲拉斯的"绵长的笑声"和"水"进行比较,不仅将克莱奥菲拉斯的声音与费利塞的声音联结在一起,而且还将她的声音与小溪本身的声音联结在一起。第三,这个"抵达"与第五部分对声音、身体和压迫之间关系的再现形成了直接对比。在第五部分中,克莱奥菲拉斯不仅在身体上,而且在情感和心理上都被胡安·佩德罗对她身体施加的暴力所压制,因此既不能行动也不能说话:

> 她总是说,如果一个男人,不管是谁,要打她,她都会反击。

但是当那一刻到来的时候,当他一次又一次地扇她耳光,直到嘴唇裂开并流出淡紫色的血,她没有反击,没有泪流满面,她没有像她想象的那样逃跑,因为她在电视剧中看到了类似的场景……

她想不出说什么,什么也没说。(47)

小说最后几句颠覆了第五部分的情形。和费利塞(而不是虐待她的丈夫)一起,克莱奥菲拉斯感受到了心理和情感的释放,以及费利塞表现出的女性责任感(也许还有女性的性取向),她的身体不由自主地对这些做出了反应。克莱奥菲拉斯反应的不由自主性在叙述者的句子中得到了完美的体现,比如拟声词"汩汩"和"绵长的笑声"这个隐喻就传达了克莱奥菲拉斯声音中的声响。在某种意义上,西斯内罗斯将克莱奥菲拉斯自己情感的最强时刻,也就是她本能地加入费利塞的呐喊的那个时刻作为叙事"抵达""道别"和"完成"的时刻。

第四,这个结尾允许西斯内罗斯重写或至少丰富墨西哥文化中有关"洛罗纳"这个人物的叙事。神话人物被重新诠释以适应新的文化语境,这种做法在墨西哥的叙事传统中有着悠久的历史。一个最为著名的例子就是"马林切"(La Malinche)神话,这个阿兹特克(Aztec)女人后来成为埃尔南多·科尔特斯(Hernando Cortéz)的翻译和性伴侣。马林切最初被认为是人民的叛徒,后来被重新诠释为一个抵抗者的形象,她坚守其阿兹特克身份并利用自己的影响力挽救了许多美国土著人的生命。在一个版本中,她淹死了自己的儿子,而不是让科尔特斯把他带回西班牙。在这个版本中,她和"洛罗纳女神"合为一体了,因为马林切也时不时为淹死的儿子哭泣①。当西斯内罗斯提出"呐喊女神"是否因痛苦或愤怒而哭泣这个问题时,马林切女神和洛罗纳女神的神话都变得与故事相关起来。小说结尾暗示"马林切女神"和"洛

---

① 参见诺瓦斯(Novas)的《拉丁美洲历史大全》(Everything You Need to Know about Latino History),第60—62页。

罗纳女神"不一定是因痛苦或愤怒而呐喊,因为可能还有其他更吸引人的原因:女性可以像人猿泰山一样大喊,可以像费利塞那样大叫,可以"像墨西哥街头乐队一样喊叫"(55),可以"像水一样"发出笑声,就像小溪高亢、银铃般的声音一样。这样,当克莱奥菲拉斯跨越以小溪作为标记的物理边界时,她也跨越了一个心灵边界,而西斯内罗斯则跨越神话故事的边界,在围绕"马林切女神"和"洛罗纳女神"的叙事中增加了一个"费利塞女神"。

  这个结尾的第五个重要效果涉及西斯内罗斯对时间进程的打乱。在最后几句话之前,叙述者来了个时间闪前,提前叙述克莱奥菲拉斯向父亲和弟兄讲述费利塞的呐喊:"你们能想象吗,当我们穿过阿罗约时,她开始疯狂地大喊大叫,她会这样对她的父亲和弟兄说话。就像那样?谁想得到?"(56)。这个提前叙述不仅表明克莱奥菲拉斯成功逃离了,而且还提醒我们,她逃回的是那个"有无休无止的家务,六个无所事事的兄弟和一个抱怨的老人的家"(43),以这种方式淡化最后几句中的乐观情绪。一瞬间的笑声不会改变克莱奥菲拉斯生活的物质条件。西斯内罗斯提供给我们的不是一个墨西哥电视剧的情节,而是远比电视剧更现实的东西。尽管如此,小说不是以简单的回家结尾,而是以克莱奥菲拉斯的呐喊结尾,西斯内罗斯借此强调克莱奥菲拉斯此番回家,已经是一个非常不同的女性,她现在是一个拥有自我意识的女性。的确,克莱奥菲拉斯向她的七名男性听众讲述费利塞的故事,这本身就是这种改变的标志:在一群男性中,她用自己的声音高声赞美那位非凡的女性。

第八章

画像中的叙事：艾丽丝·门罗的《普露》和安·贝蒂的《双面神》

在本章里，我们将讨论另一种杂糅形式——人物画像叙事（portrait narrative）。这种类型的叙事作品一般建立在叙事性原则和人物画像原则基础上，但前者最终服务于后者，即叙事原则服务于人物画像原则。我们将选取艾丽丝·门罗（Alice Munro）的《普露》（"Prue"，1982）和安·贝蒂（Ann Beattie）的《双面神》（"Janus"，1986）为例来阐述这一叙事类型与原则（小说文本见附录）。这个短篇小说均由20世纪80年代的女性作家创作，都以女性为主人公。

门罗的故事试图捕捉并讲述普露这样一个四十多岁、讨喜但无足轻重的女人的生活意味着什么。贝蒂的故事则试图捕捉并叙述安德莉亚这样一位痴迷奶油色瓷碗、已婚无子女的房地产中介的生活意味着什么。以这样的方式对这两个故事的主要内容进行介绍，强调的是这两个故事之间的共性，却没有突出两个故事分别代表的两种人物画像叙事模式：在《普露》中，门罗在大框架内嵌入两个截然不同的小叙事，以此来揭示女主人公的性格本质；而在《双面神》中，贝蒂利用一个全局性的紧张因素推进叙事进程，通过背景故事来解决那个紧张因素，但这并不是为了暗示主人公发生的变化，而是借此完成人物画像。这两个故事还运用了不同的"发起"和"互动"，由此影响我们对主角及隐含作者的伦理判断。

在分别详述判断和进程在两个故事中所起的作用之前，本文首先要阐明画像叙事动力的四个基本要点。

1. 正如抒情叙事常常涉及某种程度的画像性，画像叙事也常常蕴含某种程度的抒情性。（诚然，标准叙事也可具有某种程度的抒情性和画像性，但毋庸置疑，两者都需服从叙事性。）由于画像叙事主要关注人物性格特征的揭示，因而，像许多抒情叙事一样，这种叙事聚焦于"稳定因素"而非"变化因素"，即确定情境中稳定的性格特征。但两种叙事又不完全相同：抒情叙事或多或少会要求读者或观众设身处地去感受主角的情感和境遇，而画像叙事则要求理想读者身兼观察和判断双职。也就是说，两种叙事在"读者动力"方面是大相径庭的。

2. 当然，对画像的强调很自然地会将主人公性格和整体叙事的摹仿成分突显出来，但这也使读者必须仔细考虑性格特征的主题成分及其在我称为"特定画像明暗法"（particular shading of the portrait）中的作用。因而，分析画像叙事时，我们首先需要注意作者以何种方式邀请读者将主人公的性格特征上升为小说的主题，其次要注意主人公的性格特征上升为小说主题会如何影响读者的伦理判断和审美判断。

3. 画像叙事的进程往往取决于叙事进程中全局紧张因素的引入，该紧张因素解决后，叙事方能"完成"。叙事中常会引入不稳定因素，但它们通常为局部不稳定因素，只与一些无关叙事进程大局的小叙事有关，无法对杂糅作品的整体运行轨迹产生影响。在《普露》中，叙事的全局紧张因素主要源自叙述者对普露性格的初步描述；而在《双面神》中，全局紧张因素主要指向安德莉亚的恋碗之谜。

4. 抒情叙事能通过多种途径综合叙事性原则和抒情性原则，画像叙事亦然。针对我所发现的《普露》和《双面神》在叙事进程方面所表现出的巨大差异，这里我要提出画像叙事经常但并非必然使用的四种具体策略，同时也附上简短评论，探讨门罗和贝蒂在使用这些策略进行人物画像时表现出来的差异：

a. 叙述者直截了当地描述主人公。门罗在《普露》中使用了这一策略。然而,贝蒂在《双面神》中没有使用,而是借用安德莉亚自身的思想或行动来再现人物本身。
b. 使用现在时讲述当下发生的故事。门罗在开头的直接描述中使用现在时,在中间的小叙事中改用过去时,在结尾部分先用过去时,继而用现在时。然而,贝蒂从不使用现在时,在讲述背景故事来消除"安德莉亚对瓷碗的迷恋"这一矛盾时,她从过去时转换为过去完成时。
c. 反复叙述主人公的行为。两位作家均使用此手段。
d. 借助小叙事传达关键信息或其他有助于阐明性格与环境相互关系的重要信息。两位作家都采用此手段。

描写和反复叙述可能邀请读者做伦理判断,而叙事则必然要求读者做伦理判断。这些判断对画像的"完成"至关重要,因为它们对我们理解人物而言不可或缺。

为了阐明最后一个基本点,我将就《普露》和《双面神》中小叙事所附带的伦理判断做简短评论,在深入分析进程的小节里还将进一步展开论述。《普露》以"普露从情人家中顺走衬衣袖扣"这一小叙事作为整个故事的结尾,而《双面神》则以"安德莉亚为出轨行为感到内疚"的小叙事作为整个小说的尾声。在"作者的读者"位置,我们被作家邀请对两个人物做出判断,尽管在两个故事中,这个判断的确切性质和功能都不尽相同。与《双面神》相比,《普露》看起来并没有邀请读者做出强烈的负面伦理判断,但两者都将伦理判断与画像过程中解决紧张因素时所采用的揭示方式联系在一起,并以这种方式将判断与判断的展开顺序联系在一起。换句话说,在两篇小说中,我们的判断并不是简单地基于我们对主人公违背伦理原则的认识。相反,我们认识到,顺物故事和出轨故事都是人物画像中解决某些紧张因素的手段,因此我们会对业已揭示出来的人物做出复杂的伦理判断。这样,顺物和出轨对人物画像的"完成"至关重要,因为它们既解决了紧张因素,又引导读者对人物做出全面判断。

《普露》的进程与判断

《普露》的叙事进程被巧妙地分为开头、中段和结尾三部分。开头部分从标题至第五段结尾,它既引入了不稳定因素,也让读者对普露的性格有了初步了解。中间部分由一个称作"戈登的晚餐"的小叙事组成;作为一个独立叙事,它沿着"不稳定因素—复杂化—部分解决"的模式向前发展,其作用在于进一步扩展开头部分引入的不稳定因素和"出场"。结尾由另一小叙事——"普露顺走袖扣"构成。这一小叙事循着"不稳定因素—紧张因素—部分解决"的模式向前发展。这一小叙事同时也起到如下作用:替代之前一些已被作者暗示但未完全展开的类似叙事,完成对普露这一人物的刻画。以上对小说进程的描述过于程式化,仅着眼于文本方面,这是不完整的,因为这个描述没有考虑读者动力,因此,接下来我将对《普露》的叙事进程进行更深入的分析。

文本第一段直接引入一个贯穿整篇小说的不稳定因素,即普露与另一关键人物戈登之间的不稳定关系,如此也起到了介绍故事背景的作用:

> 普露曾和戈登同居。这是在戈登与妻子分手之后及和好之前,一共一年零四个月。后来,他和妻子离婚了。这之后这两人又藕断丝连了一段时间,一会同居一会分手;最后,他的妻子远赴新西兰,应该再也不回来了。(255)

从标题到此段的发展让读者产生一种印象:普露本人在开头部分戏份极少,而且几乎没什么主动性。相反,戈登与妻子戏份颇多:他离开她,又复合;他们离婚了;她远走高飞。虽然叙述者聚焦于戈登,但标题和开场都表明普露才是主角。虽然普露不是叙事聚焦的主体,但叙述者是站在她这一边,而非戈登或其妻子那边——戈登之妻从头到尾仅为冠以"妻子"名号的无名氏。标题聚焦于普露,而开头却凸显戈登的影响力,这一悖论式的设置产生了一种矛盾,也邀请读者对戈登做出一些推断:尽管普露"曾和戈登同居",但是她的存在不会对戈登关于感情生活的决定产生丝毫影响。因此,即使该段揭示了普露与戈登重修旧好的可能性,它也让我们开始对戈登其人及两人重修旧好的可能性都做出负面的伦理判断。同时,它也促使我们做出一个推断:对普露而言,在戈登的感情世界里,她的存在是无足轻重的,恢复这样一段感情,对她而言不一定是好事。但在这个阶段,门罗并没有让我们对普露本人做出任何特定的伦理判断。

假如《普露》的整篇叙事都受叙事性逻辑支配的话,那么,接着门罗要做的应该是将最初的不稳定因素复杂化,然而,她并没有这么做,而是另辟蹊径。首先,门罗用几段话直接描述了普露及其境况,貌似直接"出场":"普露没有回温哥华……她在多伦多一家鲜花绿植店找到了工作"(255)。这个"出场"开始勾勒出普露的画像,但这些段落也引入了重要的紧张因素,并让我们对普露做出初步的伦理判断。在从最初的不稳定因素转换至对普露的说明性描述时,门罗也将时态从过去时转换为现在时:"她说话带着加拿大东部人称为'英音'的口音,最让人难堪的事儿经她之口说出,总能变得轻松惬意、讨人喜欢"(255)。时态的转变显示了门罗在人物画像上的用意:叙述者并非向读者讲述"发生了什么",而是讲述"其人如何"。

以现在时来描述普露讲故事的方式是这幅画像的首要做法之一:

(她的)口音使得她能以一种讨喜和轻松的方式说出最愤世嫉俗的事情。她把自己的生活当成趣闻逸事来说,尽管在她的大部分轶事中希望常常破灭,梦想屡屡被嘲,事事诸多不顺;所有的一切都令人惊异地向怪异的方向发展,且不曾找到任何解释,但是,大家和她聊天之后总感觉快乐、轻松,因为她不像其他人那样太把自己当回事。她看起来优雅闲散,从不提出过分的要求,也从不抱怨。(255)

尽管本段文字并没有引入任何叙事运动,但是它强化了初始不稳定因素所引发的推论。如果普露讲故事的重点是"希望常常破灭",那么门罗对这一人物讲故事行为的描述旨在表现:普露是讨人喜欢的,因为她从不要求什么,而正是这些特质让戈登在做关于生活的决定时不将她考虑在内。与此同时,普露讲述自己的故事时所表现出的轻快口吻也掩盖了其故事背后的悲观内涵,这一人物描述中表现出来的悖论确立了人物画像刻画过程中的紧张因素。读者继续往下读的动机,部分在于想搞清楚这个悖论是否会得到解决,或至少读到关于这一悖论的应有解释。虽然我们对普露的主要性格特质没有疑义,但还是需要弄清楚叙事中的悲观内涵如何与其主要性格特质相契合。

在进入小说中段的小叙事之前,门罗采用了四种不同方式对普露的初步画像进行渲染。首先,门罗通过普露对自己名字的思考引入另一紧张因素:"她唯一不满的就是她的名字。她说,'普露'(Prue)是'小女生'的意思,而'普露登斯'(Prudence)却是'老处女'的意思;父母取名时考虑得太不长远了,只考虑到少女时期,再远就没有考虑到了"(256)。门罗的"作者的读者"肯定知道,"普露登斯"(Prudence)源自法语plaisance,是"愉悦"之义。愉悦的普露却对自己的名字颇为不满,其可能的解释是,从某方面来说,她对自己也不满意。她将不满归结为作为一个成年女性,她却有一个极不成熟的名字这件事,而这再次凸显了她与戈登之间的不稳定关系。

其次,通过叙述者对普露的思考所进行的评论,门罗指出大家似乎不把她当其他成年人一样来认真对待,似乎不把她当回事:"四五十岁的她,瘦削白皙,服务顾客尽职尽责,愉悦晚宴宾客。她可能差不多就是那些父母脑中的样子:聪明周到,一个愉快的旁观者。你很难把她和成熟、母性、大麻烦这些词联系到一起"(256)。此处除浓墨重彩的描写外,微妙的明暗法更引人注意。这里浓墨重彩的描述指出了她名字的另一层含义:一个无法真正参与到游戏或比赛中去的旁观者;然而,对于一个旁观的局外人而言,她似乎比身处其中者更为谨小慎微(英文的prudent与Prue这个名字构成谐音)。当然,永远当一个局外人而非参与者,意味着普露的生活可能过于谨慎,过于小心。在人物画像刻画中,微妙的明暗法提示读者:我们并未掌握所有的细节提示,来完成对人物的画像刻画。普露"可能"活成了她父母想象中的样子。"你很难把她和……大麻烦这些词联系到一起"(256),但她也可能不仅是一个傻呵呵的旁观者,也可能拥有"母性、成熟和大麻烦"。

门罗用来充实初步画像刻画的第三个举措增加了紧张因素,因为她让叙述者揭示普露确实拥有过母性:"很早前一桩她认为是'山崩地裂般的灾难'的婚姻"(256)给她留下了现已成年的子女。关于这段婚姻,门罗着墨甚少,但用普露的声音道出的这段叙述恰恰是她讲故事方式的最佳例证——浮夸的用词让读者觉得情形并非如此严重,反而产生了轻描淡写的话语效果。但对门罗的读者而言,这一切都不能掩盖这一事实:普露至少有过一次"大麻烦"。然而,有关普露母亲角色的其他信息都基于最初刻画中最主要的那几笔,而这些信息都在向读者宣示:事实上,在普露生活中母子关系是完全颠倒的。孩子们不向她索要金钱或物质,相反,他们给她礼物,还确保她生活如常。而普露"享受孩子们的礼物,倾听他们的建议,还像不成熟的女儿那样,忘了给他们回信"(256)。

门罗丰富初步画像刻画的第四个举措是让叙述者讲述普露活跃的社交生活。对于她是为了戈登而选择留在多伦多这种说法,普露"会一笑置之"(256),因为她常在多伦多参加各种派对,举办各种舞会,并和其他男人约会。此外,"她对性的态度颇能抚慰友人,这些人会因为性而陷入一种激情与妒忌交织的疯狂状态,失魂落魄。她似乎认为性是一种有益健康又略带愚蠢的放纵,就像舞会和美好的晚餐一样,不应破坏彼此之间的好意和兴致"(256)。门罗借此再次强化了人物画像中的关键着笔:无论普露对性的态度多么令人安慰,但它之所以行得通,是因为她并不看重因为性而产生的身体和感情联系,因此,她也并不去要求和她发生关系的男性认真对待这种关系。门罗再次通过微妙的明暗法维持着叙事中的紧张因素,因为关于普露留在多伦多是否与戈登离开了他妻子有关,叙述者从未有明确交代。

描述完普露对待性的态度,故事开头部分的小叙事也就结束了。读者可能意识到自己正在进入的世界是构建在叙事性的原则和画像性的原则基础上的。我们对于普露这一人物的阐释可以归结为,普露是个讨人喜欢的四十多岁的女人,一个总能将身边的朋友逗乐,让他们觉得自己很容易相处的女人,但这一切都与她无足轻重、缺乏自信、没有存在感这些特点有关。此外,她对自己名字的态度以及在她的玩世不恭与她表达这种玩世不恭的方式之间的不协调表明,她对自我及生活状态的不安比表现出来的更为强烈。与此同时,我们意识到她的性格尚未得到全面展示,并希望叙事进程回归到她与戈登的不稳定关系中去,即回归到人物画像的大叙事中去。小说开场部分教会我们在叙述者对普露故事的报道中,既寻找所谓的大主笔,也留意明暗法。

至此,因为普露如此看重别人的看法而允许他们看轻自己,我们虽然同情普露,但也或多或少对她产生了负面伦理判断。但他人如何看待普露、普露如何享受成为一个讨喜的女人使得伦理判断复杂化。普露代表着这样一种女性,她们遵循 20 世纪 80 年代北美文化对女性的种种要求,这些要求可被视为对 20 世纪 70 年代女权运动的回应:通过自抑博好感,避免因咄咄逼人而被骂"泼妇";宽容并理解他人,尤其是男人。除此之外,这类女性必会因遵从文化制约而付出代价。普露付出的代价是,她在自己的生活中只能是"愉快的旁观者"而非"实实在在的参与者"。这一代价也是她惴惴不安的根源。与此同时,门罗让我们做出推断:普露第一次"山崩地裂般的灾难"婚姻对她的现状有一定影响。门罗对这段婚姻和普露彼时的生活再无多言,但我们似乎有理由推断,那段痛苦的婚姻使她愿意付出成为愉快的旁观者这一代价。

识别出画像中的这些主题和摹仿成分缓和了我们对普露的伦理判断:我们把导致她这般境况的责任推到文化,是文化为女性设置了那样的期待,我们同时还大约知道了她为什么那么愿意去满足那些期待。认识到这些成分也增强了我们对她的同情。但我们现阶段的判断也只是暂时的,因为门罗引入的紧张因素尚未得到解决。

门罗叙事进程的下一个举措是设置了一个中段小叙事,这一小叙事使用的是反复式报道,接续了第一段结尾那句话:戈登的妻子去了新西兰,"可能再也不回来了"(255)。"既然戈登的妻子再也不回来了,他便时而来看看普露,有时邀她共进晚餐"(256)。通过使用现在时反复式报道来讲述这个小叙事,门罗暗示读者,接下来的过去时叙事不会讲述现在时刻的任何重大变化,而只是阐明普露和戈登现在的关系。

小叙事有一部分在介绍戈登的背景,以此强调他和普露之间的一些重大差异,这差异部分与性别有关。普露在一家鲜花绿植店工作,这是一份名声和收入都低的工作,不需要专业知识或技能(她之前曾是度假酒店的女招待),尽管它确实涉及培育生物、改善环境。戈登是一名神经病学专家,这是一份声望高、收入高的工作(叙述者告诉我们,"以普露和大多数人的标准"[256]来看他都是富有的),这项工作涉及专业知识和技能,更多关注纠正偏差而非培育。戈登本人并不需要迎合他人感受,他善于掌控并强调自己的想法。一旦他独自生活,他就开始"专心"学习烹饪,他的厨艺现在比普露和前妻都要好。戈登如此"出场",再加上此前我们对普露的了解,这有助于解释两人的关系为何由他定夺。

小叙事继续往前推进,我们对戈登的性格有了进一步了解:叙述者告诉我们,他常常布满血丝的蓝眼睛仿佛让我们看到,在他高大的身体里,"蠕动的是一缕无助惶惑的灵魂"(257—258)。除展现性格的另一面外,这一信息有助于解释戈登的一些行为,特别是他为何难以决断与普露的关系。此外,它也暗示普露和戈登在一起的另一可能动机:她发现了戈登的这个性格侧面,并试图帮助他克服由此带来的困难——尽管两人的其他性格特点都使这种帮助的愿望变得毫无可能。总的来说,门罗借戈登的这一画像深化了我们对普露及其处境的理解。

晚餐时,普露和戈登两次被一位无名女性打断(第一个不稳定因素及其复杂化)。第一次,普露只听到她在门口愤怒的声音,但没听清内容，戈登就把她赶走了。第二次，这个女人一直按门铃直到戈登开门，门开后她把过夜旅行袋甩给戈登，摔门而去。在两次被打断的间隙，普露为了让戈登忘记不快，问了一些关于他养的植物的问题。然后门罗报道了以下对话：

  "我对植物一无所知，"他说，"这个你知道的。"
  "我本以为你又捡起来了，就像做饭一样。"
  "有她照顾它们。"
  "凯尔太太？"普露说出了管家的名字。
  "你以为还有谁？"
  普露脸一下红了，她讨厌被别人认为疑神疑鬼。(257)

  这一谈话有效地使两人关系戏剧化。普露试图提供帮助，戈登拒绝了她，普露继续尝试，当她想通过提问得到确定回答时（这也表明戈登的访客让她有些焦虑），他粗暴的言语让她难堪。
  但接着，小叙事话锋一转，戈登告诉普露他遇到一个麻烦（第二个不稳定因素）："问题是，我觉得我是想娶你的"(257)。普露以其特有的轻快语气回答——"这是问题吗？"，但叙述者的补充评论表明她对此很认真："但她了解戈登，知道这还真是个问题"(258)。谈话尚未结束，第二次中断就发生了。
  第二次中断发生后，戈登和普露进行了以下对话，这一对话将两个不稳定因素结合在一起，并得出一个奇怪而不完善的解决方案：

  "我想我是爱上这个人了，"他说。
  "她是谁？"
  "你不认识她。她很年轻。"
  "哦。"
  "但是我是真的想娶你，再过几年。"
  "当你不再爱她之后？"

"是的。"

"好吧。我猜没人知道几年后会发生什么。"(258)

无须叙述者加以评论,我们也能发现这个小叙事最突出的就是两人表现出来的平静:戈登的平静表现在他先是告诉普露想和她结婚,接着又告诉她得等他不再爱那个年轻女人后再结婚;普露的平静表现在她似乎对此看得很开。戈登的平静戏剧性地表明他将普露视作一个"从不要求或抱怨的人"。普露的平静肯定了戈登对她的看法。事实上,这个小叙事概括了第一段提及的二人前史:共同生活十六个月后,他离开她回到妻子身边,直到他妻子去了新西兰,两人才重修旧好。

至此,我们认为戈登对待普露如此傲慢是不合伦理的,但我们也认为普露不应轻易忍受这般对待。门罗小叙事的尾声部分强化了这一判断,然后结束了进程的中段。按照叙述者的报道,普露讲这个故事是为戈登找借口:"过几年他不再爱那女人后就娶我,这个想法合情合理"(258)。总而言之,"戈登家的晚餐"并没有推动解决初始不稳定因素,它只是揭示了这一因素的本质,并以此强化了普露画像中的主笔。但是,画像中的紧张因素尚未解决,整篇小说无法在小叙事的尾声处结束,仍需继续。

事实上,门罗巧妙地解决了这个紧张因素:她用第二个小叙事"普露偷窃"来完成整篇小说,并扭转了我们对普露的判断。这个小叙事简述如下:晚餐后的次日早晨,普露一个人待在戈登家,她偷了一枚昂贵的袖扣,这枚袖扣是戈登和他妻子在俄罗斯旅行时买的(这是不稳定因素);回到家后,她把袖扣放在孩子们送的旧烟盒里,里面还有她之前从戈登家偷来的其他不算便宜的纪念品(这个没有复杂化,只是进一步揭示)。门罗间接评论了普露的偷窃行为,并以此为小叙事和整个小说作结:

这些纪念品并不令人伤感。她从不看它们,常常忘了里面都有些什么。它们不是战利品,也不具备仪式感。她不是每次去戈登家,或每次留下来过夜,或为了纪念她所谓的难忘的约会都会拿东西。她既不是稀里糊涂地拿走这些东西,但似乎也不是非拿不可。她只是不时拿点东西,把它们扔进昏暗的旧烟盒中,之后差不多就忘记了。(259)

"普露偷窃"既没有复杂化普露和戈登的不稳定关系,也没有解决不稳定因素,更没有表明可能会发生某种变化。事实上,使用历史现在时①讲完"普露偷窃"的单一事件后,门罗在最后一段复归真正的现在时和反复叙述模式就强化了这一点。但这一微型叙事的确改变了普露的画像,因为它提供的新信息改变了我们此前对她的性格所做的阐释判断和伦理判断。"普露偷窃"解决了此前刻画中的紧张因素,表明普露是一个有"大麻烦"的女人,她因戈登而留在多伦多,人前愉快讲故事,人后却满心悲观。最重要的是,小叙事有力地证明了她对自身及处境感到不安,她被描绘成一个欲求不满的成年女性,虽然这些欲望她无法完全表达或付诸行动。尽管她表面平静,且不论她在戈登和其他人面前是怎么说的,但她终究还是被戈登的傲慢态度以及对她善良的利用所伤害。偷窃并非为了反击:窃取之物于两人终究是无关紧要的,普露太想得到他人喜爱,所以她不会报复,也不会以任何方式对抗戈登和他不愿给予承诺的行为。相反,偷窃是普露表达情感受伤的一种方式,是一种宣泄。她拿走的东西诚然有象征意味:普露希望戈登尽快与其妻断绝关系,所以拿走了与其妻密切相关的物品。但这次偷窃和往常一样,戈登都不知道,也无法改变她的处境。她会继续做个讨喜的人,自怨自艾,为戈登所伤,小偷小摸,而这就是普露何以谓之普露。

以上观点有助于确定"普露偷窃"对门罗的读者而言有何特别作用。"普露偷窃"并未对普露的不稳定状况的进程起到任何推动作用,

---

① 用现在时态来讲述涉及过去的事件。——译者注

却最大限度地帮助"作者的读者"了解普露的处境及性格。换句话说，这里的解决不是普露和戈登体验到的，而是门罗的读者体验到的，而且这一解决消除了紧张因素，完成了人物画像，从而制造出一种"完成"感。

作为"完成"的一部分，我们对普露的伦理判断变得更加复杂。首先，我们并未责怪普露的偷窃行为，而是将其置于偷窃发生的背景这一更大语境中去考量。尽管我们仍然意识到普露有不足之处，但我们对她的同情加深了，因为我们现在更清楚，为成为一个讨喜可爱的女人，她付出了什么样的代价，也更明白她为此所做的无谓反抗：从戈登处偷走对她毫无用处的东西。事实上，当我们关注普露所付出的代价和她的主要性格特质时，我们更多地将其伦理缺陷的矛头指向她身处的文化，这种文化将讨喜的标准加诸女性之上；也将矛头指向戈登及其所代表的男权，这种男权思想认为，以他对待普露的方式对待女性合情合理且颇为得当（更何况谁知道他是如何对待那个把过夜旅行袋扔向他的女人的呢）。

我们用以上方式对普露及其境况做出判断后，现在可以对门罗的讲述伦理做出评价，尤其是她与主人公和读者的关系。一方面门罗是拥有权威和主动性的女性作家，另一方面普露是被动的旁观者，哪怕门罗真诚地同情她的主人公，她还是可以轻易地产生居高临下的态度。但从门罗构建整个进程的方式来看，这种居高临下并未发生。首先，不论是开头灵巧地引入紧张因素，还是通过"普露偷窃"巧妙地解决这一紧张因素，门罗都意在强调普露远比看起来复杂。其次，"普露偷窃"不仅增加了意义深度，也为人物画像倍添同情。如此一来，门罗对笔下的人物既尊重又不过度感情泛滥。

门罗对进程的处理表明她也同样尊重她自己的读者。她自信她的读者从始至终都能觉察小说从头到尾不同寻常的运动，能在一开始就发现紧张因素，并能通过"戈登的晚餐"和"普露偷窃"对人物做出适当的阐释判断和伦理判断。实际上，值得指出的是，在开头借叙述者之口做出明确的阐释性评论后，门罗接下来将叙述者主要限定在报道功能：叙述者描述戈登的行为、普露的行为、普露的许多想法,但并不加以评价。的确,小说没有明确与读者"道别",只是以最后一段特有的间接话语方式做了报道:"她只是不时拿点东西,把它们扔进昏暗的旧烟盒中,之后差不多就忘记了"(259)。换句话说,确定开头框架后,门罗便请读者跟随其没有评价的引导,一步步理解她对戈登和普露所做的评价,并认识到它们对完成普露人物画像的重要性。

根据进程做出的阐释判断和伦理判断使我们得出极为正面的二阶审美判断。门罗精心打磨了她的素材,这些素材单看或许会显得毫无用处(一个过于随和的四十多岁的女人与一个心不在焉的男人之间的不愉快关系;不可能变化),但她用它们打造出情感上扣人心弦、伦理上有所助益的阅读体验。不仅如此,门罗证明了画像-叙事这一杂糅模式具有无限潜力来提供有效阅读体验。更普遍地说,20世纪70年代和80年代短篇小说家试图摆脱短篇小说主流的现代主义模式(即叙事朝顿悟运动的模式),当我们意识到门罗《普露》就是这努力的一分子时,我们会更加欣赏这篇小说所达到的美学成就。

《双面神》的进程与判断

贝蒂的故事聚焦已婚的房地产经纪人安德莉亚,她极其喜爱一个奶油色瓷碗,并用这个瓷碗装点她想卖的房子。围绕安德莉亚与瓷碗之间的关系,有明显的信息不对称,贝蒂主要就是通过这一紧张因素来推进叙事进程,但她也描写了安德莉亚与瓷碗关系中的一些细微发展——随着时间的推移,她愈发依恋它。但是,这些发展并未让安德莉亚的境况产生任何实质性变化,而是有助于通过紧张因素来推动进程:她越是依恋,我们就越想知道个中缘由。因此,当贝蒂通过讲述安德莉亚如何得到这只瓷碗的故事来解决这个紧张因素时,她就差不多完成了《双面神》的叙事,因为那个故事已差不多完成了安德莉亚的画像。换句话说,虽然《双面神》与《普露》略有不同,因为在叙事进程中主角的处境的确稍有改变(相较开篇,安德莉亚对瓷碗的依恋更深了),但《双面神》也同样是一篇叙事性从属于画像性的短篇小说。安德莉亚依恋加深,并非意味着她的境况发生重大变化,只是用于帮助贝蒂完成对安德莉亚的画像。

小说的开端从标题起到"她曾经梦到过这个瓷碗"(263)止。虽然贝蒂从第一句开始就聚焦于瓷碗("这只瓷碗非常完美"[261]),但是安德莉亚与瓷碗的不稳定关系也是慢慢引入的。起初,贝蒂强调瓷碗可以帮助安德莉亚销售房屋。她颇具策略地把瓷碗放在待售的房子里,就像让她的狗在打算卖给爱狗人的房子里玩耍一样。她将瓷碗放在恰当的光线下,作为"用来说服购买者这处房产很特别的小把戏"(261)。通过描绘安德莉亚关于瓷碗的详细想法,贝蒂逐渐将瓷碗的角色从一个帮助房地产经纪人卖房子的物件转变为迷恋对象,这一切从安德莉亚思考瓷碗之美开始:

> 这个瓷碗的绝妙之处在于它含蓄又惹眼——一个自相矛盾的碗。它有着奶油色的釉彩,不管放在任何光线下,似乎都能发光。除此之外,碗上还有几个色点——几何形状的小闪光——其中一些还混杂着些许小银斑。它们像显微镜下看到的细胞一样神秘;很难不去研究它们,因为它们发着微光,不时快闪一下,随即又恢复原状。(262)

哪怕之前没有注意到,到这里,"作者的读者"也会意识到贝蒂试图在自己的故事与亨利·詹姆斯(Henry James)的《金碗》(*The Golden Bowl*)间建立互文关系,在我们看来,这个互文的主要效果是给全局紧张因素增加了一个新的维度。当我们想知道安德莉亚为何痴迷于瓷碗时,我们也想知道,它是否真的白璧无瑕。贝蒂在结尾解决了这个紧张因素,但在深究结尾之前,我们应该先看看叙事进程的其他步骤。

之所以要一点点揭开安德莉亚痴迷瓷碗之因,是为了先将安德莉亚塑造成一位称职的专业人士,进而巩固并稍微复杂化她与瓷碗的不稳定关系。诚然,乍看之下,不稳定因素很是轻微,好像安德莉亚只是过于沉迷此种交易技巧,描述瓷碗有多美也使这种反应可以理解。但随着故事的发展,安德莉亚对瓷碗的行为愈发怪异——她对有兴趣购买类似瓷碗的顾客说谎;她把瓷碗摆在自己家里;她确信"瓷碗给她带来了好运"(263);有一次把它落下了她立刻跑回去取;最后,她还梦到了它。至此,我们不仅意识到她过度依恋中存在的不稳定因素,还深陷在"为什么她会这样"这个紧张因素中。

贝蒂还通过逐渐揭露安德莉亚的依恋来引入第二个不稳定因素,即安德莉亚与丈夫的关系,但贝蒂没有把这个不稳定因素作为情节进展的核心:

> 安德莉亚的丈夫第一次看到这个瓷碗时,只是瞥了一眼,然后轻笑了一下。他通常是鼓励妻子买她喜欢的东西的。近几年,他们买了很多东西来弥补刚毕业那时的窘境,日子这样舒适地爬行已经很久了,那种由于拥有而生发的乐趣也早就消退了。他在宣布完这个瓷碗很完美之后,连拿起来看一下都没有就转身走了。他对新买的莱卡照相机的兴趣要远大于对这个瓷碗的兴趣。(263)

这一段表明安德莉亚和丈夫之间存在沟通鸿沟,情感上也有所疏远。他不知道瓷碗对她的重要性,她也并没有想要告诉他。对丈夫新买的物品,安德莉亚毫无兴趣。但就像门罗描述普露与戈登的关系一样,贝蒂并没有继续着墨于初始的不稳定局面,也没有使其复杂化。而且,像门罗一样,她也没有解决这个不稳定因素。此外,这一段想让我们将两人存在沟通差距和情感距离判断为他们的关系出现了问题,但相较伦理判断,我们的阐释判断(即两人关系中缺失了什么)要更有把握,因为我们并不完全了解这段婚姻中两人的行为。同样,故事发展至此,安德莉亚的画像开始成型,但我们还没有明确的信号表明她性格中的主题成分。

以上讨论表明,贝蒂在叙事"发起"这个阶段,其叙述者报道,偶尔解释,但几乎从不做明确的伦理判断——虽然叙述者的报道和解释也指引我们就安德莉亚及其处境做出一些判断。叙事在叙述者的视角和声音与安德莉亚的视角和声音之间来回转换,但我们读到的叙述者视角总是冷静而又疏离。安德莉亚出现在叙述中,但只是叙述者尽职报道的对象而非同情对象。因此,"作者的读者"发现安德莉亚只是一个有趣的个案研究,而不是一个我们逐渐为之付出情感的人物。

贝蒂在故事中段,按时间顺序讲述安德莉亚事业有成:"她今年的房地产销售业绩非常可观。一传十、十传百,越来越多的客户找上门来,多到她疲于应付"(264)。但很快叙事焦点回归到瓷碗身上的不稳定因素和紧张因素:"她有了一个愚蠢的想法:是不是这个瓷碗就是她唯一应该感谢的、能带来万千生机的对象哪?"(264)在中段的其余部分,贝蒂通过两种方式加深了安德莉亚为何看重瓷碗这一紧张因素。首先,如上所述,随着时间的推移,安德莉亚对瓷碗的依恋越来越深,同时与丈夫的关系却越来越差,贝蒂以此复杂化安德莉亚与瓷碗之间的关系这一不稳定因素。瓷碗就似情敌一般。叙述者说,安德莉亚"经常想要直接告诉(她丈夫),她认为客厅里的瓷碗,那个奶油色的瓷碗,为她带来了成功。但她终究没说。她没法解释。有时清晨,看着睡梦正酣的他,她会因为自己心中有这样一个不变的秘密而产生深重的负罪感"(264)。然而,小说并没有通过复杂化这段看起来已经走到危险地步的婚姻来发展。贝蒂的关注点不同:她给我们的叙事"航行"不是去追溯这段婚姻如何发展,而是探索安德莉亚在婚姻中的性格和处境。因此,安德莉亚的内疚之所以重要,不是因为它向前推动了故事的行动,而是因为它帮助贝蒂展开其画像。

贝蒂在中段的第二个策略是表明安德莉亚自己也不明白为何愈发迷恋瓷碗。从某种意义上说,贝蒂将"作者的读者"感受到的紧张因素与安德莉亚自身的紧张因素等同了起来:

会不会是她与这个瓷碗有着某种更深的关系呢?她马

上纠正自己的想法：怎么可以这样想，那只是一只瓷碗，而她是个人。真是荒谬。仅仅想一下人们是如何生活在一起，如何相爱的……这个想法就站不住。可是真的没有关系吗？确定吗？她被这些想法搅得头都快炸了，但是她心里确实有些东西是她不愿意面对的。(264)

然而，这种互动也使我们比安德莉亚本人看得更清楚，并让我们做出进一步的阐释判断和伦理判断。安德莉亚无法区分她跟瓷碗的关系，与共同生活又相爱的人之间的关系有何不同，这清楚地表明她的理解非常有限，也有力地证明她对瓷碗的依恋不正常。尽管如此，我们所做的负面伦理判断仍是暂时的，因为我们对依恋之因一无所知。

贝蒂沿此继续描绘安德莉亚的想法，直到她清楚地表达了自己对瓷碗的情意。"瓷碗就是瓷碗。她一点也不相信会有这样一天。她相信的是她可能爱上它了"(264—265)。她对它——也对她的丈夫——采取了行动——好像瓷碗就是她的情人一样，她不再与丈夫谈论房地产销售事宜，"因为她采取的所有策略都与瓷碗有关"，安德莉亚"变得对瓷碗更加小心，对它更有占有欲"(265)。

不稳定因素和紧张因素已经发展到这一步，但贝蒂再次延宕了解决它们——她的方法再一次强调小说无意按照不稳定因素来推进叙事。"她想知道这件事会如何了结。就像和情人在一起一样，没有固定剧本规定事情如何结束。焦虑主宰了她"(265)。值得注意的是，安德莉亚的焦虑不会导致她的性格或处境发生变化，也不会在故事结束时改变。相反，焦虑是她的一部分——当然也是她非常不正常的依恋的又一标志。

"中段互动"延续了"发起"时的模式，但稍有变化。叙述者虽仍是冷静疏离，但叙述更多通过安德莉亚的视角进行，她的声音也越来越多地与叙述者混合。结果就是，我们对安德莉亚的了解加深了，却并没有像同情普露一样对她产生同情。这一效果在结尾处达到顶峰。

贝蒂在最后三段"完成"故事。通过倒叙安德莉亚如何获得这个瓷碗,最后两段终于解决了紧张因素。这一小叙事的关键点在于,这个瓷碗是"很多年以前"(265)安德莉亚的情人送的礼物,是在几年前的工艺品展销会上买给她的。这一事件中的时间顺序也很重要,因为它为安德莉亚的画像增添了浓墨重彩的几笔。起初,她喜欢它但并未为之逗留并买下,情人回到展台买了给她;随着时间的推移,他送的礼物中,她最喜欢的就是它。若按她的性子,即便喜欢这个瓷碗,她也不会努力去得到它——这个信息出现在倒数第二段,在小叙事的结尾部分显得尤为突出。

> 情人说她总是太迟钝而不知道自己真正爱什么。为什么她的生活要走老路?为什么要带着两副面孔?他第一次劝了她。当她做决定时不考虑他,不愿意改变自己的生活走向他时,他问她,是什么让她觉得自己可以两者兼得。他最后一次劝了她,然后离开了。这个决定简直摧毁了她的意志,将她想要信守以前承诺的执念震得粉碎。(266)

这一段解决了紧张因素,因为它让我们认识到她对瓷碗的依恋原来是一种借喻似的替代。瓷碗是情人送的礼物中她最喜欢的,她用瓷碗替代了情人。实际上,她和瓷碗的关系是在恋人离开后伤心困惑时建立起来的。这种关系当然比与男人的任何关系都要安全得多——瓷碗不可能像情人那样离开她——但它也使安德莉亚与丈夫关系疏远。瓷碗虽不可能离开,但也未能阻止她对未来感到焦虑,因为它很容易破裂。情人离开了她,他的替代物也可能离开。

对安德莉亚"信守以前承诺的执念"这一间接话语中体现的伦理语言,贝蒂给予了大量反讽。第一层反讽是,婚外情本身表明她对于信守"以前的承诺"并不固执,而是相当灵活。第二层反讽是,无论情感上还是心理上,情人的离开都没有让她更好地信守承诺。第三层反讽是,这句话虽与事实不甚相符,但也多少概括了安德莉亚的情形。

正如她无法决定是否购买瓷碗一样,她也无法在情人和丈夫之间做出选择。通过借喻替代,她复制了这一情形。

随着安德莉亚迷恋瓷碗这一紧张因素得以解决,我们也读懂了小说标题的深意,并有了更坚实的依据来总结安德莉亚的性格。安德莉亚是双面神,左右观望却止步不前。她既看着丈夫,也看着情人——事实上,她已经朝着这两个方向看了"好几年";唯一的变化就是瓷碗替代了情人。此外,虽然有证据表明她对这个婚外之物的欲望更为强烈,但她无法选择它。安德莉亚就是这样一个人:患得患失、进退失据、焦灼不安。

无论从摹仿的角度还是主题的角度,贝蒂对安德莉亚性格和处境的揭示都在最后一段的反复式描述中得以"完成":

> 时光飞逝。晚上独自坐在客厅里时,她常常凝视桌上的瓷碗,它静止不动,安全无虞,未被照亮。这种情况下,它是完美的:世界一分为二,一半深邃,一半寥廓。边缘处,即使在微弱的灯光下,她也看见诡异的蓝光微闪,好似地平线上的消失点。(266)

反复叙述模式强调安德莉亚处于这种状态已有一段时间,同时在她的画像完成之时强化了读者的"抵达"。这个叙事"道别"在叙述者眼光和安德莉亚眼光之间巧妙游弋,贝蒂借此暗暗引导我们进行推断。她以叙述者的眼光和声音开始,在"凝视"处转移到安德莉亚的眼光和声音,然后再回到叙述者的眼光和声音,从外部描写"她看见"。贝蒂主要通过形容词的使用向我们传达她的判断,有些形容词成串出现,因为它们语义相似:"独自""静止""安全""寥廓"和"消失"。安德莉亚只懂得用故事第一行就出现的"完美"二字来形容瓷碗之美,与这一连串形容词形成鲜明对比。这些形容词烛照出安德莉亚对瓷碗之美的判断实际上标志着她的伦理缺陷,因为这些词完全可以用来形容她自己。安德莉亚就是这样一个人:孤独、静止、安全、寥廓,整晚整晚地盯着空瓷碗看构成了她的半个世界。目光可随着蓝光动起来，然而，安德莉亚本人却无法动起来。

至此，我们还可以看到贝蒂如何利用了与亨利·詹姆斯《金碗》之间的互文关系。表面镀金的水晶碗凭借华丽的外表掩盖其缺陷，詹姆斯借此碗评论麦琪·维尔维对自己与亚美利戈王子婚姻的错误看法、对麦琪·维尔维尽力促成的父亲与夏洛特·史丹特婚姻的错误看法。但是，贝蒂从未说过安德莉亚的瓷碗有何缺陷，有缺陷的是安德莉亚和它的关系。此外，詹姆斯重在叙事，所以他可以在麦琪了解到水晶碗的缺陷和两段婚姻的缺陷后，再来追溯发生在麦琪身上的感人情节；而贝蒂重在画像，所以她把安德莉亚放到一个基本静止的位置上。

故事的最后一段表明，贝蒂与门罗不同，贝蒂并没有要求我们在观察和判断主人公时给予她同情。相反，在指引我们做出负面伦理判断时，贝蒂像医生一般冷峻地展示并分析安德莉亚。如果说两个人物画像叙事都展现了女性可能遭遇的危险，而且两种结果都令人恐惧心酸的话，那么，门罗更加强调什么令人心酸，贝蒂则更加强调什么令人恐惧。

因此，个体读者在评价两位作者与他们的伦理关系时，贝蒂可能会比门罗带来更大的分歧。一些读者会认为，贝蒂分析安德莉亚及其处境时冷静客观，既是因为冷淡，也是因为缺乏同情心，甚至可能是因为她傲慢自大。毋庸置疑，这些关于贝蒂讲述伦理的结论可能引起读者对整个故事做出负面的二阶审美判断。无论故事的技巧多么高超，这些读者都会认为贝蒂的态度（即他们解读出来的态度）损害了她的整体成就。然而，其他读者——包括我自己——折服于贝蒂精心编织的叙事，她把这种精心传递给了读者，也体现在她为让我们理解安德莉亚所做的微妙引导。换句话说，贝蒂描绘安德莉亚时表现出来的医生般的冷静客观根本无碍于她与读者的关系。因此，虽然这篇小说的讲述伦理（ethics of telling）与故事伦理（ethics of the told）明显不同，但它在"隐含作者"和"作者的读者"之间构建起信任的纽带。能感知到这一纽带的读者也会对贝蒂的成就做出正面的二阶审美判断。

第九章

作为抒情叙事的戏剧对白：
罗伯特·弗罗斯特的《家庭墓地》

在第二部分的这最后一章中，我回到抒情叙事上，但是会探讨罗伯特·弗罗斯特（Robert Frost）在《家庭墓地》（"Home Burial"）中对杂糅形式所做的显著不同的实验。这个不同体现在诗歌形式本身以及弗罗斯特对技巧的选择上。尽管弗罗斯特很早就在此诗中引入了一位叙述者，但是他跟他的读者沟通主要通过丈夫和妻子的对话。但是，我想证明的是，弗罗斯特也使用抒情-叙事的形式为"作者的读者"的阅读体验构建了一种伦理维度，这种伦理维度不同于之前我们讨论过的文本，会对我们的审美判断产生重要影响。最后，弗罗斯特的实验为重新审视修辞诗学中的叙事性提供了额外的依据。本章末尾我将对此进行讨论。

在《家庭墓地》中，丈夫和妻子对待孩子的夭折有着截然不同的反应，弗罗斯特在戏剧性地呈现他们的反应时加入了极强烈的复杂情感：悲伤、恐惧、爱和愤怒。诗歌的戏剧模式对其表达情感的力量至关重要，因为这种模式让弗罗斯特带着这些不加掩饰的情感直面读者。正如谢默斯·希尼（Seamus Heaney）所言，"这对夫妻双方互相挖坑，作为彼此眼中的猎物和伴侣而产生激烈交锋，这些没有被限制在一个安全的叙事距离里，而是在读者和文本之间的空间里强力爆发……读者的头顶给提了起来，就如主人公那痛苦的家中的门闩"（76）。具体而言，夫妻间的对话突出了无名的丈夫和妻子艾米之间的冲突,包括彼此的误解、相互指责、艾米的逃离欲望以及丈夫因绝望的爱而发出的暴力威胁。与此同时,诗歌表明他们的对话充满了失去心爱孩子的痛苦,而且在埋掉孩子和这场对话之间,他们的沟通(或缺乏沟通)进一步加深了他们的痛苦。

《家庭墓地》中的判断和进程

家 庭 墓 地 ①

他从楼梯下面看见了她,在她
看见他之前。她当时正要下楼,
可又回过头去看什么可怕的东西。
她迟疑地走了一步,接着又退回,
然后又踮起脚张望。他一边上楼 5
一边问她:"你总是站在楼上看,
究竟在看什么——我倒想知晓。"
她转过身来,随即坐在裙子上,
脸上的神情从骇然变成了木然。
"你在看什么?"他用问话稳住她, 10
直到爬上楼让她蜷缩在他跟前。
"这次我要弄清楚——你得告诉我,亲爱的。"
她坐在地板上,拒绝了他的搀扶,
倔强地扭开脖子,一声不吭。
她任他张望,心想他肯定看不见, 15
这个睁眼瞎果然好一阵啥也没看见。
但最后他终于轻轻地"哦"了两声。

---

① 汉语译文来自《弗罗斯特集》(上册)第74—79页,理查德·普瓦里耶、马克·理查森编,曹明伦译,辽宁教育出版社,2002年2月。——译者注

"看到什么啦——什么?"她问。

 "看到我正看到的。"

"你没有,"她质疑道,"告诉我是什么。" 20

"奇怪的是我没能一眼就看出来。
以前我打这儿经过时从没去注意。
我肯定是熟视无睹——定是这原因。
那块埋着我亲人的小小的墓地!
小得这窗户把它整个框在里面。 25
比卧室大不了多少,你说是不是?
那儿有三块灰石和一块大理石墓碑,
就在那儿,在阳光照耀的山坡上,
宽宽的小石碑,我们一直忽视了它们。
但我明白,你不是看那些旧碑, 30
而是在看孩子的新坟——"
  "别,别,别说了,"她嚷道。

从他扶着楼梯栏杆的手臂下
她缩回身子,悄悄下了楼梯,
并用一种恐吓的目光回头看他, 35
他在回过神来之前已说了两遍:
"难道男人就不能提他夭折的孩子?"

"你不能!哦,我的帽子在哪里?
唉,我用不着它!我得出去透透空气。
我真不知道男人能不能提这种事。" 40

"艾米!这时候别上邻居家去。
你听我说。我不会下这楼梯。"
他坐了下来,用双拳托住下巴。
"亲爱的,有件事我想问问你。"

"你不懂怎样问事。" 45

"那就教教我吧。"

她的回答就是伸手去抽门闩。

"我差不多是一说话就惹你生气。
我真不知如何开口才能让你高兴。
但我认为我或许能学会跟你说话。 50
我不能说我已知道怎样才能学会。
与女人一起生活,一个男人就得
作出点让步。我们可以商量商量,
这样我就能够管住自己的嘴巴,
不提任何你特别介意提到的事情。 55
不过我并不喜欢相爱的人来这一套。
不相爱的夫妻不来这套会没法生活。
但相爱的人来这一套真没法过日子。"
她稍稍抽动门闩。"别——别走。
别这个时候把心事带到邻居家去。 60
跟我说说吧,只要那是能说的事。
让我分担你的忧伤。我与别人
并没有什么不同,不像你站在
一边想像的那样。给我个机会吧。
不过我真认为你稍稍有点儿过火。 65

你作为母亲失去了第一个孩子,
但爱情还在,那到底是什么
使你这般伤心不已地想不开呢?
你总认为老想着他才算——"

"你这是在取笑我!" 70

"没有,我没有!
你会叫我生气的。我下楼来跟你谈。
天哪,这种女人! 事情竟会是这样,
一个男人竟不能说起他夭折的孩子。"

"你不能,因为你不懂该怎样说。 75
你要有点感情该多好! 你怎么能
亲手为他挖掘那个小小的坟墓?
我都看见了,就从楼上那个窗口,
你让沙土飞扬在空中,就那样
飞呀,扬呀,然后轻轻地落下, 80
落回墓坑旁边那个小小的土堆。
我心想那男人是谁? 我不认识你。
当时我下了楼梯又爬上楼梯
再看一眼,你的铁铲仍然在挥舞。
然后你进屋了。我听见你粗声大气 85
在厨房里说话,我不知为什么,
但我来到了厨房边要亲眼看看。
你的鞋底还沾着你孩子坟头上
的新土,可你居然能坐在那儿
大谈你那些鸡毛蒜皮的事情。 90
你早把铁铲竖着靠在了墙上,

就在外面门厅,我都看见了。"

"天哪,你可真要让我笑掉大牙。
我要不信我倒霉那我真倒霉透了。"

"我可以重复你当时说的每一个字。   95
'三个有雾的早晨再加一个雨天
就能让编得最好的白桦篱笆烂掉。'
想想吧,在那个时候说那种事情!
白桦树条要多久才会烂掉
跟家里办丧事有什么关系呢?   100
你可以不在乎!但亲朋好友本该
生死相随,那么叫人失望,
他们倒不如压根儿就没去墓地。
是呀,一个人一旦病入膏肓,
他就孤独了,而且死了更孤独。   105
亲友们装模作样地去一趟墓地,
但人没入土,他们的心早飞了,
一个个巴不得尽快回到活人堆中,
去做他们认为理所当然的事情。
可世道就这么坏。要是我能改变它   110
我就不这么伤心了。哦,我就不会!"

"好啦,都说出来就好受些了。
现在别走。你在哭。把门关上。
心事已经说出,干吗还想它呢?
艾米!有人顺着大路过来了!"   115

"你——你以为说说就完了。我得走——

离开这所房子。我怎么能让你——"

"要是——你——走!"她把门推得更开。
"你要去哪儿? 先告诉我个地方。
我要跟去把你拽回来。我会的!——"   120

弗罗斯特的诗歌不但获得兰德尔·贾雷尔(Randall Jarrell)、约瑟夫·布罗茨基(Joseph Brodsky)以及谢默斯·希尼这些一流诗人兼评论家的高度赞扬,而且也受到在弗罗斯特研究上建树卓越的学者和评论家的高度评价,这些学者包括弗兰克·伦特里奇亚(Frank Lentricchia)、理查德·波里耶(Richard Poirier)、凯瑟琳·卡恩斯(Katherine Kearns)和沃尔特·约斯特(Walter Jost)。他们的分析使我对这首诗歌的理解更加深刻。在我看来,布罗茨基的分析是最有力的[①],我会引用他的分析,不仅因为他的分析富有洞察力,而且也因为我与他的观点存在一个重大分歧,这个分歧也强调了对进程的关注如何产生与他广泛运用的分析方法不同的结果。像大多数评论这首诗歌的评论者一样,布罗茨基通过仔细关注弗罗斯特语言上的措辞来分析诗歌中的剧情进展,而采用叙事进程兼顾弗罗斯特的语言和剧情发展的研究方法主要是为了在诗歌开端、中段和结尾识别出诗中阐释判断和伦理判断顺序的内在逻辑,且辨析出诗中叙事性、画像性和抒情性各元素之间的关系。这一分析将为我们的二阶审美判断奠定基础。

《家庭墓地》有一些重要的标识指向其叙事性:一位叙述者告知我们某事发生了,具体而言是一位叙述者按先后序列讲述艾米和她丈夫的行为和言语;这个序列开始于丈夫看见艾米站在楼梯顶部,终结于艾米在丈夫对她的吼叫中离家。一方面,《家庭墓地》的叙事进程部分基于不稳定因素的动力:丈夫寻求和艾米沟通无果,而艾米对丈夫

[①] 约斯特关于弗罗斯特的研究评论深刻且富有洞察力,他分析了弗罗斯特是如何探讨和揭示戏剧性对白里对话的力量和局限性的。

的回应则是从抗拒他的努力、给予他解释的机会、责备他,一路发展为最后离开家。另一方面,该诗歌的进程也基于紧张因素的动力:诗歌的前半部分只暗示了艾米对孩子离世的反应,而后半部分全面揭示了她的态度。诗歌以艾米的离家作为诗歌的结尾(对话已经结束),但是她的离家不仅没有解决夫妻间的不稳定因素,反而使之复杂化。确实,弗罗斯特在丈夫的威胁后以破折号结束全诗,强调了他们的矛盾无法得到解决:"我要跟去把你拽回来。我会的!——"(120)

如果这首诗的创作仅仅是以达到高度叙事性为原则,那么缺乏解决不稳定性因素的方法将会成为一个瑕疵,因为这首诗会让读者朝着有清晰变化的方向阅读,却不能说明是什么变化。但该诗结尾的有效性被广泛认可,这表明叙事性并不是弗罗斯特创作秉承的唯一原则。事实上,在这首诗里,叙事性的标识与人物画像的标识,尤其是抒情性的标识共存。(本章后面讨论叙事性时我会再回来详细讨论这几个方面。)

人物画像的标识在人物话语和揭示人物身份的联系中产生:艾米对于死亡和悲伤的理解和认知根深蒂固,跟其丈夫的观念形成鲜明对比,因为丈夫视死亡为人生的一部分,并对艾米对他的疏离表现出过激的态度。再者,这首诗的叙事进程不仅仅通过不稳定性和紧张的逻辑前进,而且也通过戏剧对白特有的双重逻辑推进:每个人物的话语受到特定的情境激发,因此弗罗斯特用人物的话语传达出更多的内容。换言之,随着弗罗斯特展示艾米和她丈夫在痛苦的冲突中互相回应对方,他也运用这些回应来揭示超越剧情细节的内容:夫妻俩对待悲伤的不同态度以及他们的态度所导致的后果。这些描述表明,人物画像的标识没有该诗的叙事性和抒情性那么重要。比呈现艾米和她丈夫的性格更为重要的,是揭示他们的态度以及他们之间持续的、未解决的冲突。该诗的结尾尽管未能解决不稳定性因素,但是非常有效,因为它确实让弗罗斯特展现了这对态度截然相反的夫妻是如何让他们的处境走入了危险的僵局。

该诗的其他特征使它表现出抒情-叙事的杂糅性。首先,弗罗斯特把房子内部作为背景,在这样一个抒情的空间中,人物的分歧得以表达,却无法被消除。随着这些分歧的出现,弗罗斯特展示了人物的活动:艾米开始在楼上,她的丈夫在楼下,他们在对话的过程中改变了位置。然而,一旦艾米离开这个房子,这个抒情框架就会被打破;对于"然后怎么样"这个问题的任何答案都必将使这个杂糅体中的叙事成分占据主导地位。

其次,弗罗斯特给读者许多暗示,让我们得出这样的结论:现在的冲突是持续不稳定情境的一部分,这种情境是在孩子死去之时已出现的僵局。这些暗示不仅包括艾米对丈夫在给孩子挖墓地那天说出极为平静的话语而生气,也包括丈夫提及近况:"这时候别上邻居家去"(41),"让我分担你的忧伤"(62)。当然,弗罗斯特呈现此次对话时并没有把它作为之前同样对话的重复,而是突出了它的不同之处:丈夫第一次看到艾米"总是站在楼上看"(6)孩子的墓地;艾米第一次解释他是如何让她感到生气的,而且她如何看待自己欠死去的孩子一个情。新对话不仅无法打破他们的僵局,而且加重了僵局的棘手性。事情发生了,但没有带来实质变化,这就是《家庭墓地》里抒情和叙事杂糅的本质。

第三,随着叙事进程推进,叙述者干预减少,导致过去时态叙事逐渐类似一场现在时态的对话。第四,弗罗斯特多数时候都限制叙述者的功能,让叙述者主要报道人物的行为(比如"他从楼梯下面看见了她/在她看见他之前"[1—2],"她把门推得更开"[118]),尽管他偶尔会利用叙述解释某些行为("她迟疑地走了一步,接着又退回"[4])。但是弗罗斯特从未让叙述者评价任何一个人物,他通过人物的话语跟读者进行交流,让他们做出对人物的伦理判断。

同时,弗罗斯特让人物之间频繁评判对方,以此邀请我们对他们做出伦理判断。实际上,从对该诗评论的历史来看,许多读者已经做了这样的判断。但是在这些批评历史里并未就谁是谁非达成共识。① 实际

---

① 艾米占据更加极端的位置,因而经常成为评论的焦点。负面观点可参见波里耶(Poirier)和伦特里奇亚(Lentricchia),正面评价可参见赫什拉格(Oehlschlager)和卡罗尔(Carroll)。布罗茨基与包括我在内的一些人都认为弗罗斯特并未支持一方、反对另一方。

上,仔细探讨该诗里人物的态度和技巧可以得知,尽管弗罗斯特对夫妻双方在交流过程中的行为做出了评判,但是在对孩子死亡的反应这个问题上,他并没有最终认同哪一方的反应更为恰当。弗罗斯特的处理方式在诗中各种伦理立场之间建立了独特而有力的联系,包括他的立场跟他的读者之间的联系。我将在进一步分析该诗的进程后再回来讨论这一点。

《家庭墓地》进程中最显著、当然也值得解释的特点是,弗罗斯特一直隐藏两个人物的态度,直到诗歌后半部分在艾米的两次长话中才揭示出来。在前半部分,他确实给出了关于每个人物态度的一些暗示(关于丈夫态度的暗示要比关于艾米态度的暗示更清晰),但是诗人主要聚焦于两个人物之间的不稳定状态。丈夫迟疑、有时笨拙地试图与艾米进行沟通("让我分担你的忧伤"[62]),而艾米在努力回应丈夫与从家逃离之间痛苦地挣扎。因此,艾米在三种反应中摇摆不定:抵抗与指责丈夫、接受他的再次努力和离家出走。我们可以看出艾米的情绪自相冲突:她对丈夫仍然余情未了,想尽可能留下来倾听;但是她感觉跟他的距离很远,不信任他,因为他对孩子的夭折所表现出的悲伤跟她的悲伤是如此不同——在她看来,他甚至并没有真正为此感到悲痛。出于同样的理由,艾米感到绝望,因为丈夫将永远不能理解她所经历的痛苦。诗歌展现了艾米的内心冲突和不同反应。看到这两个人物经受着不同的伤痛和相互怀疑,在重归于好还是分道扬镳的夹缝之间跟跄前行时,读者的感情也随之不断波动。在诗的前半部分,尽管弗罗斯特引入了艾米的态度这一紧张因素,并让我们对两个人物的判断稍微有些负面,但是弗罗斯特对两个人物使用的明暗法导致读者对丈夫更为同情。

由于弗罗斯特首先把丈夫作为聚焦人物("他从楼梯下面看见了她"[1]),读者阅读诗歌时就倾向于从丈夫的视角进行阅读。此外,弗罗斯特迅速把视角切换到了艾米,揭示出她对丈夫的认知是严厉("这个睁眼瞎")且错误的,因而加深了我们起初对丈夫产生的同情:

她任他张望,心想他肯定看不见,
这个睁眼瞎果然好一阵啥也没看见。
但最后他终于轻轻地"哦"了两声。(15—17)

我们发现,丈夫的"哦"说明他"看到"艾米一直向窗外看着孩子的坟墓。但是,我们也应该注意到,艾米的误解(阐释的和伦理的)并不是没有道理的,因为丈夫在"最后"才留意到艾米所看到的。这说明,虽然艾米的尖刻主要源于失子之痛和疏远,但也并非毫无根据,我们对她的伦理判断也因此得到缓和。

虽然弗罗斯特暗示读者不要急于判断艾米,但是他在诗歌的整个前半部分一直让我们跟丈夫站在同一条线上。艾米说"别,别,别说了"来打断丈夫描述孩子的坟墓(32),似乎他的话语本身会给她带来身体上的伤害,之后他重复问了两次:"难道男人就不能提他夭折的孩子?"(37)。虽然他的话语表面看起来像是反义疑问句,实际上却是在抱怨艾米无理取闹,并且看起来他至少应该得到一个"可以,但是"的答复。然而,这恰恰表现了夫妻之间有一条痛苦的鸿沟,因为艾米一开始的回应是尖刻的反驳:"你不能!哦,我的帽子在哪里?"(38)。但她的态度也迅速缓和下来,说:"我真不知道男人能不能提这种事"(40)。这表现了艾米在这个场景中痛苦的情感,也再次在读者心中点燃了两者复合的希望,尽管这行诗并没有直接表达丈夫能够理解艾米内心悲痛的希望。但艾米在态度上的缓和说明她仍然在乎丈夫,因而回答不再那么带刺,并且留下来说说话,或者至少再听他说点什么。除此之外,这一行诗的内容把"她的态度是什么"这一紧张因素复杂化了。

弗罗斯特将诗歌聚焦于丈夫努力与艾米进行沟通,这不仅表现了丈夫真心关心她以及他们的婚姻,同时也揭示了丈夫并不像妻子那么悲痛。丈夫施为,艾米回应,随着诗歌发展,读者发现丈夫的行为和艾米的回应都正如他们在这个场合下所说的话一样,跟他们各自对失子的不同态度有着紧密的联系。在丈夫发出"给我个机会吧"(64)的请求,希望能够分担艾米的悲痛之后,诗歌动力的这个层面开始进入前

景。但诗歌没有停留在这一请求上,紧接着,丈夫开始对艾米做出评价:

> 不过我真认为你稍稍有点儿过火。
> 你作为母亲失去了第一个孩子,
> 但爱情还在,那到底是什么
> 使你这般伤心不已地想不开呢? (65—68)

此处,诗歌的基调突然变了,因为在此之前,丈夫看起来愿意为两人重归于好付出任何代价,甚至同意:

> 作出点让步。我们可以商量商量,
> 这样我就能够管住自己的嘴巴,
> 不提任何你特别介意提到的事情。(53—55)

然而,在65—68行中,丈夫对艾米的负面判断明显非常草率,与他口口声声想要的复合自相矛盾,这使得读者对他的认知变得复杂,也使得读者对两人的互动,甚至使对弗罗斯特创作意图的认知变得困难起来。我们认识到在丈夫的判断背后隐藏着几种复杂的情感。这几行诗带着先发制人的味道,发出了他忍受到了极限的警告。他明显害怕艾米会说出他无法承受的事。此外,第69行暗示丈夫的判断中有一丝嫉妒,他担心艾米如此难以走出痛苦的阴影是因为她爱孩子比爱他更多,即使这恰恰证实了他的担心,即艾米没能在他们的爱情中得到慰藉。诗歌在下一行进一步暗示了丈夫的嫉妒,因为这行首次揭示了他们的孩子是个男孩:"你总认为老想着*他*才算——"(69;强调为我所加)。

在这一时刻,我们看到,不仅艾米痛苦得不知如何回应丈夫,她的丈夫,即使已尽全力沟通,也是在爱的关切、害怕的防御和威胁之间徘徊不定。弗罗斯特选择在情感最为冲突、互动最为紧张的时刻呈现人物,其结果是,两个人物都已准备好进攻和接受进攻。如果这对夫妻的关系仍然由爱连接,他们可能会向彼此让步;如果他们已经渐行渐远,他们就不会如此深深地伤害对方。就这样,弗罗斯特对他的读者如何体验当前互动中痛苦不堪的局面提出了挑战。

丈夫明知艾米的感受,却说她心满意足,这引出了艾米的激烈反抗:"你这是在取笑我!"(70)。对此,他否认得迅速且不无道理,由此让她马上说出他们对于儿子的死所持的不同态度。布罗茨基认为在这两种冲突的态度中,丈夫代表"理性"(49)。如果我们加一句,即理性将死亡视为生命的一部分时,也让人认识到死亡必然意味着失去和痛苦,那么布罗茨基这么说就是相当公平的。艾米第一次说话时指责了丈夫的冷酷无情,因为他在给孩子挖墓时能自如地谈论白桦篱笆如何腐烂,还把挖墓的铁锹带进了屋子。通过引述丈夫简短的打岔:"天哪,你可真要让我笑掉大牙。我要不信我倒霉那我真倒霉透了"(93—94),弗罗斯特刻画了丈夫的痛苦,而他痛苦的根源不是他不理解她的痛苦,而是她不理解他。

在艾米第二次说话结束时,她说的话让人想起她之前那句"我真不知道男人能不能提这种事"(40),这里,艾米本人几乎道出了丈夫的态度和她的态度之间的差异:

> 亲友们装模作样地去一趟墓地,
> 但人没入土,他们的心早飞了,
> 一个个巴不得尽快回到活人堆中,
> 去做他们认为理所当然的事情。
> 可世道就这么坏。要是我能改变它
> 我就不这么伤心了。哦,我就不会!(106—111)

在艾米看来,她的丈夫属于这群"朋友",弗罗斯特也给了我们相当多的证据,证明她这个看法八九不离十。丈夫之前从楼上的窗户看出去未能认出坟墓;他在挖坟那天的话语——"三个有雾的早晨再加一个雨天/就能让编得最好的白桦篱笆烂掉"(96—97)——她对这话极为反感;他相信让艾米表达出自己的想法会让她好受一些;尤其是他在全诗中所做的努力,即"重回到"活着的人(也就是孩子的母亲)身边:所有这些行为表明,他对当下生活的关注多于他对儿子的关注。

在艾米看来,这种观点不仅无法容忍,而且还是"邪恶"世界的标志,这种悲伤观不仅必须被抵制,而且必须被改变。布罗茨基描述艾米现在"以一种越来越杂乱无章的方式在谈论死亡,邪恶的世界、漠不关心的朋友和孤独",他将那段话形容为"一段歇斯底里的独白,就故事情节而言,其唯一的作用,就是努力释放她心中压抑的东西"(46)。如果布罗茨基是对的,那么弗罗斯特就是在用一个明显的反高潮来结束艾米的第二次长话,至于她在话里具体说了什么则无关紧要。我认为,艾米说话的内容比布罗茨基认为的要重要得多,我和他的这一分歧突出了他的研究方法和修辞方法之间的区别。

如上所述,布罗茨基和大多数评论家一样,主要关注艾米和她丈夫之间不断发展的剧情,并把重点放在诗歌的语言上,以此作为理解剧情的关键。布罗茨基将艾米关于悲伤的言论视为反高潮是因为他(相当正确地)看到,她对丈夫挖坟当天的行为表达的愤怒是他们对话中最能戏剧化地展示他们之间距离的时刻。相比之下,修辞学的视角集中在这首诗歌进程的双重逻辑上:弗罗斯特一方面让剧情不断发展,一方面还揭示了艾米和她丈夫内心的态度,这些态度对于《家庭墓地》抒情-叙事杂糅体中的抒情成分是必不可少的。在艾米发表关于悲伤的言论之前,弗罗斯特已经基本上完成对丈夫态度的揭示,但还没有完全揭示艾米的态度。由于艾米的态度更加不合常规,因此必须直截了当地加以揭示,而且必须从艾米的口中说出来。那些话表明艾米既没有胡言乱语,也不是歇斯底里;相反,她用这些话清晰、连贯且富有激情地表达了她与丈夫以及几乎其他所有人对于悲伤的不同理解。对她来说,孩子的死不仅是生活的一部分,而且是他生命的终结,因此改变了她生活中的一切。那些像她丈夫一样,表现得好像生活还在继续的人一定既无知又麻木,因为既然这个生命得不到延续,那生活也就不能以同样的方式继续了。她的观点是明白的,不可动摇的,而且与她丈夫的观点完全相左。

引人注目的是,弗罗斯特没有试图贬低艾米的观点,就像他没有贬低丈夫的观点一样。他所做的是将两个观点并置,展示它们如何导致夫妻俩之间的阐释误判和伦理误判,乃至互相折磨。但这些误判不是观点本身造成的,而是观点之间的差异造成的。

没错,丈夫不理解艾米的观点——事实上,他是不允许自己去理解,因为这个观点对自己的态度来说是个威胁。因此,他的反应是不去关注她说话的内容,而是关注她发自肺腑的说话方式:"好啦,都说出来就好受些了"(112)。艾米在做出解释之后,而且在被如此误解之后,已经忍无可忍:"你——你以为说说就完了。我得走——/离开这所房子。我怎么能让你——"(116—117)。她的决心引起了他的恐惧,于是他开始威胁:"要是——你——走!"(118);当她最终离开时,他继续威胁:"我要跟去把你拽回来。我会的!——"(120)在阅读这些结尾的诗行时,我们仿佛是惊恐地看着他们在悬崖边摇摇晃晃,行将坠落下去,坠落到茫茫不可知的未来。理解到他们对待孩子之死的不同方式后,我们现在意识到坠落看起来是不可避免了,但知道坠落不可避免,也不能让我们为他们的坠落感到好受一些。

伦理意图与二阶审美判断

从伦理的角度来看,弗罗斯特做出的最重要的选择是不判断哪一种对孩子死亡的反应在阐释或伦理上更优越,即更敏锐、更恰当、更人性化、更有洞察力或更有价值。与此同时,这一选择对我们对这首诗的二阶审美判断至关重要。我认为,对进程的分析已经表明,弗罗斯特在利用戏剧性对话技巧方面远远高于入门级水平。因此,如果我们发现不偏向艾米也不偏向丈夫这一选择成为我们阅读中有价值的伦理体验,那么我们将认为其美学体验同样有价值。相反,如果我们发现这个选择导致了混乱或其他令人不满意的伦理体验,那么,无论弗罗斯特的技巧多么高超,我们都将认为该体验的整体审美质量令人失望。

弗罗斯特选择中立对这两个人物之间的伦理关系非常重要,因为我们的阐释判断是,尽管夫妻俩互相折磨,互相误判,但这并非因为他们的伦理观存在本质缺陷,而是因为他们对孩子之死有截然不同的应对方式。换句话说,他们所持的态度与诗中所表现的互相折磨与互相误判之间没有必然联系。相反,是因为两种观点的差异,而且每个人物都深信自己的观点是正确的,这才导致了两人的互相折磨,弗罗斯特不让一种态度优于另一种态度的选择对叙述者与人物的伦理关系也很重要,因为这个选择让叙述者一视同仁地对待人物。

最重要的是,这一选择对弗罗斯特的伦理意图以及他和我们的关系非常重要。诗歌的进程需要我们站在每个人物的角度来观察,同时又强调每个角度的优点,这样,弗罗斯特实际上要求我们同时驻扎在每个人物的视角里。其结果是一个关乎伦理与审美的挑战:参与每个角色的态度,同时认识到这些态度根本不相容,而现在这种不相容比人物之间以前的感情更强大,正在将他们分开。换句话说,弗罗斯特的伦理意图和审美意图是交织在一起的,旨在让我们感受这些态度的有效性、不相容性及产生的后果,而不是寻求如何解决这些相互冲突的反应。他一方面把我们带入死亡和哀伤复杂关系的深处,另一方面又让我们走进生命与爱之间的复杂关系,却不给我们提供任何明确的出路,以及关于什么是真、什么是善的具体答案。他给我们的伦理挑战是,在这个复杂局面里,我们能否驻足,或者能驻足多久。

在这方面,《家庭墓地》让我们思考一种我在其他地方(Phelan 1996)称为"顽症"(the stubborn)的阅读体验的伦理后果。"顽症"指的是这样一种体验:我们在阅读的最后无法建构起一种单一而连贯的理解,即使当它增加了而不是减损了我们体验的力度。例如,在莫里森(Morrison)的《宠儿》(*Beloved*)中,我们无法对宠儿的性格提供单一、连贯的描述,但宠儿这种本质上的不连贯性大大有助于增加莫里森的历史小说表现的幅度和力度。《家庭墓地》的顽症在于，明明是两种根本不相容的态度，但弗罗斯特坚持它们同等有效，而且不提供第三种选择来判断这两种态度。

《家庭墓地》顽症的第一个伦理后果是，它不仅对"作者的读者"提出挑战，要我们同时驻足在既有效又不相容的两个态度中，也对"有血有肉的读者"提出挑战，要我们重新审视对死亡和悲伤的态度。诗篇的顽症要我们重新审视这些态度，正是因为它坚持认为没有哪一种态度更好。此外，这首诗还展示了不相容的信念如何让艾米和丈夫不可避免地互相折磨而不是互相安慰，因此我们也必须质疑自己相信什么，相信到什么程度。

《家庭墓地》顽症的第二个伦理后果涉及弗罗斯特与"作者的读者"及"有血有肉的读者"之间的关系。弗罗斯特以这种方式来挑战他的读者，挑战中同时又蕴含着对我们的尊重，并含蓄地要求我们给予他类似的尊重。弗罗斯特对这首诗的构建不仅表明他相信戏剧对话具有实现多重意图的效力，也表明了他相信我们能够分析对话，并找出它的隐含意思。他认为我们能读懂这首诗，这表明他十分看重我们的认知能力、情感能力和伦理能力。他的要求还暗含着要我们全力以赴去读懂这首诗。努力读懂之后，我们可能会发现弗罗斯特给我们打开了关于死亡、悲伤、哀悼、爱以及生命的窗口并改变了我们，我们不能像进入这首诗歌之前那样去生活了，因为我们对生命的理解和以前不再一样了。也就是说，我们现在对死亡的意义有了一个全新的、更深刻的认识，并且意识到我们需要接受死亡，尽管我们可能对任何一种接受方式都更不相信了。这样，尽管这首诗反对任何轻松接受死亡的方式，个体的读者仍会找到他们自己的方式。

正如我在以上几段所指出的那样，我认为弗罗斯特没有选择支持哪一方，这引发了一种丰富而又困难的伦理体验，从而获得显著的美学成就。但是这个论点的细节也强调了关于修辞叙事诗学的一个更为普遍的看法，即以"作者的读者"身份进行阅读与作为"有血有肉的读者"进行阅读这两者之间联系的重要性。例如，假如我们选择绕过

"作者的读者",说"有血有肉的读者"更重视那些与他们自己最为相近的态度因而可以解决诗的顽症,实际上我们就已经忽视了弗罗斯特对伦理意图的细致把控,从而削弱了他的美学成就。同样地,如果我们选择把"有血有肉的读者"排除在修辞交际分析之外,以认识到诗的顽症而结束对这首诗的分析,就将导致我们对弗罗斯特交流中所体现的伦理和美学效果的思考短路。修辞诗学坚持这两种阅读之间的联系,从而为作者交流与读者反应,以及不同读者之间的有效交流提供空间。

再论叙事性

在深入分析第一部分的四部/篇叙事和第二部分的五部/篇杂糅形式之后,我们将回到绪论提到的叙事性程度这个问题。在绪论中,我认为叙事性程度随文本动力(对实质性或非实质性不稳定因素的引入,这些不稳定因素的复杂化和解决是增加还是减少其中的风险)和读者动力(我们对人物、事件和叙述所做的多种类、多层次的判断,以及这些判断给我们的叙事进程体验带来的影响)的变化而变化。在探讨杂糅形式时,我曾提到文本动力的几个更为具体的特征,而这些特征减弱了这些作品的叙事性程度:

1. 《一个干净明亮的地方》("A Clean, Well-Lighted Place")中"不当的"开端(即引入后来永远都不进行复杂化的不稳定因素)和一个早已存在但无法解决的不稳定因素的延迟"启动";
2. 在《喊女溪》("Woman Hollering Creek")的中段,不复杂化全局不稳定因素,而是继续揭示这个不稳定因素;
3. 在《普露》("Prue")和《双面神》("Janus")中,将微型叙事用来揭示人物性格;
4. 《家庭墓地》里对话戛然而止,突出了全局不稳定因素无法解决,却又不造成"未完成"的效果。

就读者动力而言,在《一个干净明亮的地方》和《家庭墓地》中,读者从判断转为参与,也导致了叙事性程度的降低。于是,问题就在于,对杂糅形式中叙事性程度的研究结论如何与我在绪论中提到的有关叙事性的两个一般观点产生交集。更具体地说,有了《一个干净明亮的地方》和《家庭墓地》的研究结论后,我们是否依然认为叙事性程度取决于叙事的不稳定性因素或紧张因素的解决程度,或者我们所说的令人满意的"抵达"?

简单地说,答案是否定的。叙事性是自变量而叙事的解决是因变量。也就是说,叙事性程度决定某种解决是否令人满意,但反之则不然。一个人可以创作出拙劣的或者根本没有"抵达"的作品(比如那些未完成的叙事),但这些作品却可能具有很强的叙事性。当然,某些作品可以有很强的解决,但叙事性却很弱。更为详细的答案需要我们认识到,正如两个一般观点所指出的那样,在修辞方法中,叙事性是一个多变量;更为重要的是,要区分一般意义上的"完成"与叙事意义上的"完成"。因为叙事性是一个双重现象,任何一部作品中的叙事性程度都是两种程度的结果:一是其运动被"不稳定性—复杂化—解决"模式所推动的程度,二是在那个运动中我们对人物和叙述者进行阐释判断和伦理判断的参与程度。非常强的叙事性取决于作品在这两组变量(文本和读者)中所做的努力。弱叙事性则源于作品忽视了一组或两组变量。那些遵循"不稳定性—复杂化—解决"模式,但鼓励读者参与而非判断的作品——如弗罗斯特的《雪夜林边小驻》("Stopping by Woods on a Snowy Evening")——具有相对较弱的叙事性。那些注重人物并鼓励读者判断,但不遵循"不稳定性—复杂化—解决"模式的作品也具有相对较弱的叙事性。

重申一下,在修辞理论框架中,一般意义上的"完成"是指一个文本如何为其运动发生模式以及读者反应发展模式画上句号,而叙事的"完成"则是指文本层面(不稳定性—复杂化—解决)和读者层面(各种判断及其情感、伦理和审美后果)两种叙事模式的圆满完成。在《一个干净明亮的地方》和《家庭墓地》中,海明威和弗罗斯特都面临着这样的挑战:为自己的抒情-叙事杂糅形式实验找到有效的结尾。我已经努力说明了他们如此成功的原因和方式。

跋

《体验小说》及其语料：
拓展到非虚构叙事和合成类小说

虽然《体验小说》(Experiencing Fiction)主要聚焦于五部/篇虚构叙事以及五部/篇杂糅体叙事，但如果说本书依赖的语料实际上比这多得多，我相信没有人会对此表示惊讶。尽管我讨论的十部/篇作品都提出了各自不同的问题，但我对每部/篇作品的分析都暗暗使用了我对其他文学虚构作品的知识，而我在分析中所发展出来的原则也是旨在帮助我们理解无数其他叙事及杂糅形式，包括那些我(和你)尚未阅读的作品。这些假设自绪论之始即起作用，在那里我首次提出关于判断的七个命题，使用的例子就是比尔斯《深红色的蜡烛》("The Crimson Candle")中的六个句子。的确，《体验小说》的宏大目标就是让其建构的阐释实践与各种文学作品相关，而且越宽泛越好。同时，正如我在第三章中所言，修辞诗学是一个永远处于"建设中"的工程，正是因为修辞诗学使用的是后验(a posteriori)方法，即修辞诗学的概念和原则来自(而不是规定)具体作品的动态过程。这个观点导致的一个必然结论是，与其他任何旨在解释一系列数据的理论一样，修辞诗学深受用来发展其原则的语料的影响。因此，在本书行将结束之际，我想反思一下我所使用的语料及关于进程和判断的那些原则之间的关系，在此我想思考一下目前尚未提及的两类叙事:一是非虚构叙事,二是为了凸显合成成分而牺牲其摹仿成分的虚构叙事。虽然非虚构叙事超出了我为本书设定的边界,但它并没有超出更宽泛意义上的修辞诗学的边界。因此,我们有必要看看非虚构叙事的修辞诗学理应关注的主要问题。另一方面,合成类小说也许是本书范围内的一个盲点,因此我想在结束本书之前亡羊补牢。

将修辞诗学的原则和概念扩展到非虚构叙事,需要在修辞交流中考虑一个重要的新变量:指称性。这是一个艰巨的工程,应与以下问题综合考虑:(1)虚构与非虚构之间的边界是否严格,是否可渗透,或者,在实际应用中是否不存在;(2)如何对比虚构中的局部指称性(即历史人物或事件的在场)与非虚构中不言自明的全局指称性(即整个叙事都指称实际存在的人和事件)。此外,讨论指称性还包括确定各种非虚构叙事类型(包括历史、传记、自传、回忆录以及历史随笔和传记随笔等杂糅形式)在指称主张方面的差异。总之,建立完整的非虚构叙事的修辞诗学远远超出了本结语的范围。① 然而,勾勒出这一诗学的主要原则,将为这一诗学指明起点,包括它与虚构修辞诗学的某些联系和区别。

1. 全局指称性的存在提供了一个基础,让我们的阅读体验从本质上区别于虚构叙事。全局指称性不仅把隐含作者和"作者的读者"与叙事本身之外的人和事联系得更加紧密,而且改变了修辞意图。一篇声称要如实讲述的文本与一篇声称要如作者想象的那样讲述的文本是不同的,即使这些文本在其他方面是相同的。如果《远大前程》(*Great Expectations*)不是一部小说,而是狄更斯的自传(皮普变查克?②),那么它就会宣称是

---

① 当然,有大量关于非虚构叙事的工作与建立非虚构修辞诗学相关,包括大量关于自传的理论和阐释。比如,可参阅科恩(Cohn)、史密斯(Smith)、沃森(Watson)、莱赫蒂迈基(Lehtimaki)、海涅(Heyne 1987)、利曼(Lehman 1998),还可参阅《叙事》(*Narrative*,2001)中海涅与利曼之间的对话。

② 皮普(Pip)为狄更斯小说《远大前程》的主人公。查克(Chuck)此处指狄更斯。狄更斯英语名为Charles Dickens,Chuck为Charles的别名或昵称。——译者注

在讲述小说家的生活,这不仅会改变我们对它的参与,还会改变我们对它意图的理解:该叙事的意图不再是探索维多利亚时代文化的诸多问题,让我们在情感上强烈体验皮普的成长轨迹,而是讲述狄更斯是如何成为狄更斯的。相反,如果《安吉拉的灰烬》(Angela's Ashes)不是一本回忆录而是一本小说,那么,书中描写的隐含麦考特对残酷现实表现出的幽默就会呈现出一种完全不同的性质:这些幽默不再可靠地表明他成功地克服了那些残酷的现实,而是可能表明他对自己创作的人物缺乏共情心。

2. 尽管这么说暗示了修辞诗学倾向于认为虚构和非虚构之间存在严格的界限,但后验原则足以碾压任何一个这样的硬性结论。语言或叙事从来都没有限制一定要设置一个严格界限。虽然有些叙事确实清楚地位于边界的一边或另一边,但还有一些可能会在边界上来回移动,甚至骑跨在边界上。蒂姆·奥布莱恩(Tim O'Brien)的《士兵的重负》("The Things They Carried")这样的文本运作的前提是,它们所再现的事件和经历不能被严格地划分为虚构或非虚构,而让它们之间的界限相互渗透或模糊不清为读者提供了更丰富的伦理和审美体验。

3. 指称性意味着当指代公众人物和事件时,非虚构叙事可以被争议,而虚构叙事则不可以。如果你读了我对 2004 年俄亥俄州进行的美国总统大选的叙述,然后发现公开记录与我的叙述相左,那么你不仅可以写一个更符合公开记录的新叙事,还很可能取代我的叙事。当简·里斯(Jean Rhys)写《藻海无边》(Wide Sargasso),并为夏洛蒂·勃朗特(Charlotte Brontë)笔下罗切斯特的妻子写了一段新历史的时候,她并没有取代《简·爱》(Jane Eyre)——实际上,里斯小说的"保质期"在很大程度上取决于勃朗特的生命力。

4. 指称性还有一个重要的伦理维度。继续前面的例子,在我写

2004年俄州大选时,我声称提供的不是对人和事的客观看法(叙事必须经历选择和置重,因此即使对历史叙事,客观性也是一个没有意义的概念),而是一个对历史记录负责的观点。如果我对历史记录不负责任,那么我不仅冒着叙事被其他更负责任的叙事所取代的风险,而且还违反了指称性的伦理,即历史叙事中作者和读者之间的那种默契:历史学家的叙事建立在事件和事实基础上,是不依赖于叙事而存在的。

同样,如果我写一本回忆录,我会声称提供的不是对我的生活及其事件的客观视角,而是与我的生活经历相应的看法。我可能会发现,使用一些通常与虚构作品有关的技巧,如逐字逐句地再现对话,甚至是人物内聚焦(而不是过去的我),可以更好地满足我的意图。但是,和前面一样,我的叙事整体上需要对我的实际经历负责。打个比方,如果像《岁月如沙》(*A Million Little Pieces*)里的詹姆士·弗雷一样(下面我还会谈这个例子),我在回忆录中任意虚构重大事件,那么我就违背指称性伦理了。

5. 对指称性伦理做出积极判断是非虚构叙事积极二阶审美判断的必要条件,但并非充分条件。在《岁月如沙》里,弗雷讲述了一个他从毒瘾和酒精中恢复过来的故事,他讲得很好,奥普拉·温弗瑞(Oprah Winfrey)把这本书选入了她的读书俱乐部。(可以肯定的是,一些读者对这本书给出了负面的二阶审美判断,但这些读者占少数。)然而,当网站thesmokingun.com指出,书中一些了不起的事件,弗雷并没有经历过,这些事件是他编造的时,《岁月如沙》就失去了原有的声誉,也丧失了值得阅读的审美地位。当然,具有讽刺意味的是,弗雷编造事件是为了让这本回忆录更引人入胜。但是,一旦对弗雷编造行为的伦理评价开始发挥作用,这些编造就使这本书显得格外尴尬,而不是引人入胜了。同时,对指称性伦理的要求负责,并不是审美成功的充分条件。这样的成功还需要叙事技巧,并有能力运用这些技巧来服务于一系列重要的修辞意图。

6. 就像弗雷的例子一样,非虚构叙事总是有可能在指称性伦理与叙事意图审美之间产生冲突。使用在虚构作品中更常见到的技巧;将几个小事件打碎,融成一个场景;把几个不同的人组合成一个角色:这些选择通常是为了提高叙事的审美质量。它们可以在不违反指称性伦理的情况下取得成功。但他们也把作者推上了弗雷和其他违反指称性伦理的人所走的道路。成熟的非虚构修辞诗学应非常关注这种冲突的可能性,这不是为了在伦理上好的技巧和伦理上坏的技巧之间一劳永逸地划定分界线,而是为了看清楚某个作品如何为自己设定分界线,为什么要那样设定,以及这些设定带来了怎样不同的伦理和审美后果。

转而探讨牺牲摹仿而凸显合成的叙事时,我在想,为什么语料中至今也没有一个这样的案例(毫无疑问,《赎罪》[*Atonement*]确实凸显了合成因素,但其效果也取决于我们对其摹仿因素的强烈参与)。这一空白源于我在两个不同的原则中做出的选择,这两个原则都旨在为研究生成多样的语料。我没有选的那个原则,它生成多样语料的标准是选择那些以读者兴趣为主导的叙事:摹仿、主题、合成、摹仿-主题、摹仿-合成、主题-合成、摹仿-主题-合成。这样一组叙事会提供大量的进程以及大量的阐释、伦理和审美判断。但我选择了另一个原则,它将产生一个样本,满足我认为充分研究判断和进程所必需的另外三条标准。简而言之,该样本需要:(1) 紧密关注进程的不同方面(开端、中段、结尾);(2) 能够分析一些特别复杂和困难的伦理判断及其情感后果;(3) 能够让我们参与杂糅形式所呈现的叙事动力。这个选择的一个消极后果是,它没能引导我去分析一个合成成分占主导地位的叙事。在本研究的这个阶段,选择一个这样的叙事,我不仅要问:"这个文本邀请我们做出什么样的判断?它进程背后的逻辑是什么?"而且还要问:"在前面章节中建立的修辞诗学原则怎样帮助我们理解这个文本的动力?这个文本以何种方式使这些原则复杂化?"我选择对玛格丽特·阿特伍德(Margaret Atwood)的《幸福结局》("Happy Ending")提出这些问题,以来个修辞理论版的"和谐汇聚"(harmonic convergence)。

阿特伍德的故事设置在课堂上,一位创意写作教师(叙述者)在为新生(隐含的受述者)讲解情节的基本知识,尤其是结尾。故事是这样开始的:

> 约翰和玛丽相遇了。
> 接下来会发生什么?
> 如果想要一个幸福的结局,请试试故事一。

故事一
    约翰和玛丽相爱了,然后就结婚了。他俩的工作报酬丰厚,既刺激又具有挑战性。他们买了中意的房子。接着房地产升值了。最后,一直等到有钱雇佣人的时候,他们才生了两个孩子。他们终日为这两个小孩操劳,孩子们也挺争气。约翰和玛丽的性生活既刺激又具有挑战性,他们的朋友也很不错。他们一起快乐地度假。后来他们退休了。他们的业余爱好令他们感到既刺激又具有挑战性。最后他们都死了。这就是故事的结局。(213—214)

《幸福结局》的中间部分由故事一的五个变体(故事二到故事六)组成,这些变体的结尾都与故事一相同。《幸福结局》自己的结尾是这样的:

> 你得面对现实,无论如何,结局都是一样的。不要被其他结局所迷惑,它们都是假的。要么是胡编乱造的,目的是恶意欺骗;要么就是过于乐观,如果不是彻头彻尾的多愁善感的话。
> 唯一可信的结局如下:
> 约翰和玛丽死了。约翰和玛丽死了。约翰和玛丽死了。

关于结尾就讲到这儿。开篇总是更有趣味。然而,众所周知,真正老练的作者更喜欢首尾之间的延展,因为那是最难写的部分。

至于情节,所能说的就是这些。归根结底,情节不过是事事相连,什么接什么再接什么。

现在,我们来看看怎么样和为什么吧。(216;强调为原文所加)

如果我们一头扎进去,运用修辞诗学的主要概念,我们的分析大约是这样的:在情节的六个变体中,合成明显碾压了摹仿。约翰和玛丽就像游戏中的棋子,隐含的阿特伍德授权叙述者随意移动他们。每个故事中,他们——以及其他有时会取代他们成为主角的角色(玛吉、詹姆斯和弗雷德)——都是套路人物(传统的恩爱夫妻、压制性的男人、愿意被压制的女人等等),他们也都活在公式化的模式中。由于这个原因,虽然故事一似乎是一个罕见的、没有不稳定因素的叙事,但它的功能与故事二到故事六几乎完全相同:一个套路化的人物经历一个常规轨迹,达到一个可预测的结局。的确,故事五中,叙述者在炫耀合成对摹仿的胜利:

是的,但是弗雷德的心脏不好。故事的剩余部分是关于弗雷德死前他们俩是多么善良和善解人意。然后玛吉投身于慈善事业,直到故事一完结。只要你喜欢,它可以是"玛吉""癌症""内疚与困惑"和"赏鸟"。(215)

通常,突出合成成分会格外凸显叙事的主题成分,因此在这个阶段,我们可以假定阿特伍德的意图是要说服她的读者,为情节而写作——乃至为情节而阅读——是有局限性的。的确,我们的阐释判断和伦理判断似乎支持这一假设。由于是刻板化的角色和情节,我们的阐释判断和伦理判断非常清晰,也非常直接,但我们的判断里面没有太多利害关系,因为它们不产生任何重要的情感后果。然而,值得注意的是,缺乏情感后果恰恰突出了判断的积极作用,即帮助阿特伍德实现其主题意图。除了关于结尾这个大的主题点之外,小说还有很多局部主题点,揶揄了一系列文化观念:恋爱、性、自我形象、什么是幸福等,以及我们用来描述这些东西的语言,但这些主题点没有哪一个让人感到特别惊讶。这样,即使阐释判断和伦理判断可以让人对其审美成就做出正面判断,但这个成就也是有限的,因为其主题点都是我们多数人早就认同的。换句话说,虽然该小说有效地调动了我们的阐释判断和伦理判断来为其主题点服务,但小说的筹码并不特别高,因此相比于我们在第一部分和第二部分中探讨过的那些短篇小说,其审美成就要略逊一筹。

嗯,虽然这样的评论使用了我一直在使用的概念,而且使用得合情合理,但是这样的分析从一开始就是错的,因为它忽略了故事的一个主要情感成分,因此也忽略了它产生的一个主要效果,即对这些老套的角色和情节,包括这一堂课的整体想法,该小说表现出了停不下来的"游戏感"(sense of play)。为了理解这种效果,我们不妨关注一个事实,即虽然叙述者坚持一个不变的结尾("约翰和玛丽死了"),但故事的基调却比这个结尾预示的要乐观得多。我们不仅要运用修辞诗学的概念,还要运用修辞诗学的原则,那么我们就应该从后验原则入手,从果到因进行解释。

凸显合成成分如何帮助创造了故事的游戏精神?首先,因为凸显本身就包含了很多游戏的意味。比如,故事一(见上)重复使用短语"刺激又具有挑战性"来描述约翰和玛丽的工作、性生活和业余爱好。这样的重复通常是无能甚至是懒惰作家的标志,但是,由于小说一直把人物作为合成性的棋子,重复就有了不同的双层效果。第一个效果是,它让我们更深地理解了叙述者对情节的蔑视。她在郑重地展示所有情节将如何汇聚到同一个结尾(即使有些情节还没到真正的结局就结束了,还装作是快乐结局),而且,由于她想达到那个结局,她就不能过分在意文体的细微之处。第二个效果是,它让我们注意到隐含的阿特伍德的做法。作为叙述者的创造者,隐含的阿特伍德传达了某种坏坏的快感,因为这种做法使她得以通过叙述者程式化地重复"刺激又具有挑战性"来暗示读者,她自己在把玩这个程式:瞧!把同一个程式用于"工作""性生活"和"业余爱好"三样东西,多么怪异。尤其是,"刺激又具有挑战性"的性生活到底意味着什么?这样,阿特伍德的游戏揭示了看似很正面的描写后面隐藏的终极乏味。

换句话说,凸显合成成分不仅让我们关注叙述者为初出茅庐的作家上课这一主题点,更让我们关注隐含的阿特伍德和她的做法。她的做法表明,她给她的读者玩的游戏比叙述者为其受述者玩的游戏更为深刻。叙述者与隐含的阿特伍德及其更深层次的游戏之间存在距离,最为明显、最引人注目的标志也许是:尽管叙述者滔滔不绝地讲课,但《幸福结局》的结尾并不是"约翰和玛丽死了",而是"现在,我们来看看怎么样和为什么吧"。

这个结尾还恰如其分地给出了阿特伍德更深层次游戏的最重要线索。她的游戏是,让《幸福结局》探讨"怎么样"和"为什么"的问题,但同时又不让人注意到她的真实想法,因为游戏一旦让人注意到,叙事乐趣就将丧失殆尽,而且还会破坏她更严肃的观点,即阅读应该追问"怎么样"和"为什么",而不是"什么"。换句话说,当叙述者说"现在,我们来看看怎么样和为什么吧"时,老练的读者,即阿特伍德的"作者的读者",会把这句话看作阿特伍德自己成功尝试的终点,因此是她与众不同的幸福结局的"抵达"。阿特伍德的把戏(这也是她接二连三的快乐游戏的源头所在)是把秘密隐藏在显而易见的地方,这是一个古老的把戏。在这儿,显而易见的是叙述者对"什么"的百般诋毁,隐藏的则是她对"怎么样"和"为什么"的思考。如果像我最初分析的那样,只关注或主要关注叙述者关于"什么"的观点,那么我们就会错过叙事的乐趣和成就。但是，如果我们超越《幸福结局》的"什么"层面，进入"怎么样"和"为什么"层面，我们就能看到，从"约翰和玛丽相遇了"到"现在，我们来看看怎么样和为什么吧"之间的"延展部分"，阿特伍德是多么富有创造性，而且她让自己的创造显得那么轻松，让我们都上了当。

为了阐明这些观点，我们不妨回顾一下第一部分关于《罗马热》("Roman Fever")和《赎罪》中惊讶结尾的讨论。我对《幸福结局》的最初分析不仅没有考虑到小说的游戏精神，而且由于没有关注隐含作者与叙述者之间的距离，因此也忽略了"现在，我们来看看怎么样和为什么吧"这句话并不是叙述者在教学中给学生的一句道别那么直接和简单。小说的最后一行也是隐含作者任务的"完成"，它违反了叙述者关于所有结局的说法，引导我们找到小说自身处理"怎么样"和"为什么"过程中的附加价值，合情合理又出乎我们意料。

"怎么样"并不存在于"约翰和玛丽"各故事的老套人物和事件中，而是存在于阿特伍德通过双重声音讲述（如"刺激又具有挑战性"）传达的游戏态度中，存在于一个变体走向另一个变体时的不可预测性中。换言之，隐含的阿特伍德要求她的老练读者——她把"老练"这个词放在叙述者的结束语中，再一次显示了她把秘密藏在显眼处的这一把戏——在每一个层面都参与她的做法，包括风格、刻板人物的使用、事件的突然跳跃以及每个变体中的反高潮。例如，在故事四中，弗雷德和玛吉的"迷人的房子"——在《幸福结局》中所有房子都是"迷人的"——"坐落在海边，有一天，一个浪打来，房产降价了"(215)。

换句话说，我们从一个部分到另一个部分，并不是因为我们关心人物及其命运：约翰和玛丽（或者弗雷德和玛吉）死了，我们并不会有多少感觉；我们也不怀任何希望，以为在下一节中他们能避免这种命运。相反，我们感兴趣的是发现在"约翰和玛丽相遇，约翰和玛丽生活在一起，约翰和玛丽死了"这一模式下，隐含的阿特伍德到底会玩出哪些新花样,在每一个花样中她的讽刺点又会是什么。该小说进程的原则给了阿特伍德较大的发挥余地:首先体现在变体的细节方面,因为在故事教学课中,老师可以要求学生自造两个变体来帮助他们掌握小说进程的原则;甚至在某种程度上还体现在变体的数量方面,她可以写五个或七个变体,而不是她给我们的六个,虽然少于五个会降低故事的效果,而多于七个则收益可能递减。这些变体的顺序遵循了一个原则,即越来越强调材料的合成特性。

我在上面已经引用过故事五这个变体,变体六的开头是"如果你认为这太小资了,那就把约翰变成革命者,把玛丽变成反革命者,看看你能走多远"(215)。叙述者如此专注地展示关注情节是狭隘的,那么,读者怎么样才能从中读出一个兴致盎然且意义丰富的故事呢?以上论述的就是"怎么样"这个问题。

那么,"为什么"隐含的阿特伍德要来探讨那个"怎么样"的问题呢?用她自己的话说,就是要证明有效的故事可能——而且通常就是——更多地依赖于"怎么样",而不是"什么"。如果叙述者讲的是无处不在的唯一结局,即"约翰和玛丽死了",那么阿特伍德就不仅在讲我们可以从那种"无处不在"中逃离出来,而且还告诉我们,故事的力量不在于事件,而在于如何处理那些事件。将阿特伍德的"为什么"转换成本研究的术语,我们可以说,她的"怎么样"设计展示了有效的进程依赖于"不稳定因素—复杂化—解决"这个动力,同样也依赖于隐含作者和"作者的读者"之间的关系这个动力。在"约翰和玛丽"情节的六个变体中,我们对人物的阐释判断和伦理判断没有产生情感后果,这表明,相较于隐含作者和"作者的读者"之前的关系这一动力中的判断,我们对人物所做的判断的重要程度要小得多。

现在,我们可以看到《幸福结局》如何丰富了修辞诗学的原则。这篇小说展示了一种产生叙事性的新方法。它有常规元素,比如引入并复杂化了涉及人物的不稳定因素,以及与那些不稳定因素相关的判断,但它让这些常规元素从属于一种不同的叙事运动,即隐含作者动态表现的运动,该运动的逻辑只是在另外一种叙事性以及我们对它的各种判断继续消退之后,才逐渐显现出来。

关于隐含作者的举动(我禁不住要用"刺激又具有挑战性"来形容她的举动),《幸福结局》为我们提供了一套阐释判断。隐含的阿特伍德问:"你能跟上我吗?"阅读这个故事的乐趣很大程度上来自我们能够回答"是"的满足感,但这只是紧随其后才有的感觉。如果我们能够预料阿特伍德的每一个举动,我们就会发现这些判断远没有那么刺激和具有挑战性了。我们的伦理判断与我们的阐释判断紧密相连。阿特伍德的举动是建立在信任和互惠的价值基础之上的:我会隐藏,但我相信你能找到我,因为我就藏在明显的地方;你需要一些努力才能发现我,但那种努力会让你的发现更有成就感。同样重要的是,在这场使用叙事动力和关于叙事动力的兴趣盎然的游戏中,她的举动肯定了分享的价值。由于以上原因,以及阿特伍德对精湛技巧的掌握,《幸福结局》的审美成就令人印象深刻。

以牺牲摹仿为代价而凸显合成的作品本身是多种多样的,因此,我无意表明对《幸福结局》的这个分析能为处理所有类似作品提供一个清晰的模板。相反,我意在表明,当修辞诗学的概念被置于这些概念的总体原则,尤其是后验原则之下时,它们就非常适合处理这类元小说。对这种类型的更多文本(也包括《幸福结局》)进行更广泛的研究,很可能会让我们得到一些新概念,或修正我们现有的概念。但是,正如我在第三章中提到的,同样的道理也适用于更广泛地研究凸显摹仿的文本。有个更宽泛的观点我已经表达过,这个观点也把我带到《体验小说》的"幸福结局",那就是:修辞诗学店门外总是挂着"建设中"的标志,即使它一直营业,全日无休。

附录一

普　露

艾丽丝·门罗

　　普露曾和戈登同居。这是在戈登与妻子分手之后及和好之前,一共一年零四个月。后来,他和妻子离婚了。这之后这两人又藕断丝连了一段时间,一会同居一会分手;最后,他的妻子远赴新西兰,可能再也不回来了。

　　普露没有回温哥华,她和戈登是在那里相遇的,当时她是一家度假酒店的女招待。她在多伦多一家鲜花绿植店找到了工作。普露的很多朋友都是戈登和戈登妻子的朋友。他们很喜欢普露,从心里为她感到委屈。可她是那种轻快、机智、逗趣的女人。她说话带着加拿大东部人称为"英音"的口音,最让人难堪的事儿经她之口说出,总能变得轻松惬意、讨人喜欢。(她的)口音使得她能以一种讨喜和轻松的方式说出最愤世嫉俗的事情。她把自己的生活当成趣闻逸事来说,尽管在她的大部分轶事中希望常常破灭,梦想屡屡被嘲,事事诸多不顺;所有的一切都令人惊异地向怪异的方向发展,且不曾找到任何解释。但是,大家和她聊天之后总感觉快乐、轻松,因为她不像其他人那样太把自己当回事。她看起来优雅闲散,从不提出过分的要求,也从不抱怨。

她唯一不满的就是她的名字。她说，普露（Prue）是"小女生"的意思，而普露登斯（Prudence）却是"老处女"的意思；父母取名时考虑得太不长远了，只考虑到少女时期，再远就没有考虑到了。她说，如果自己就是胸部丰满，或者外表性感会怎么样呢？难道取这个名字就能保证她不会出现这种情况？四五十岁的她，瘦削白皙，服务顾客尽职尽责，愉悦晚宴宾客。她可能差不多就是那些父母脑中的样子：聪明周到，一个愉快的旁观者。你很难把她和成熟、母性、大麻烦这些词联系到一起。

很早前一桩她认为是"山崩地裂般的灾难"的婚姻给她留下了现已成年的子女。他们看望她时，不像别人家的孩子那样向她要钱，而是带给她礼物，为她管理资产，对她的房子进行隔热处理。她享受孩子们的礼物，倾听他们的建议，还像不成熟的女儿那样，忘了给他们回信。

她的孩子们希望她不是为了戈登待在多伦多。她对这些想法会一笑置之。在这里，她举办派对，参加派对，有时和其他男人约会。她对性的态度颇能抚慰友人，这些人会因为性而陷入一种激情与妒忌交织的疯狂状态，失魂落魄。她似乎认为性是一种有益健康又略带愚蠢的放纵，就像舞会和美好的晚餐一样，不应破坏彼此之间的好意和兴致。

既然戈登的妻子再也不回来了，他便时而来看看普露，有时邀她共进晚餐。他们可能不去餐馆，可能去他家。戈登厨艺不错。跟普露或他妻子住在一起时，他从不下厨，但一旦他想做，他比她们两个都强，这点他说得一点没错。

最近他就和普露在家里一起吃饭。他做了基辅鸡蛋卷和焦糖布丁，和那些一丝不苟的新厨师一样，他也谈论食物。

以普露和大多数人的标准，戈登还是有钱人。他是个神经学专家，在城市北部半山上有座漂亮的房子，以前那里是农场，风景虽美却无钱可赚。但现在那里都是设计独特、百里挑一的昂贵房子。普露跟人提起时，会说："你可见过四个卫生间？四个人一起洗澡，一点问题都没有！这有些夸张，但真是不错，你都不需要穿过大厅。"

戈登的房子用餐区是抬高的，就像一个平台，周围有一个谈心角、一个音乐角，倾斜的玻璃下面是一排密密的绿色植物。从用餐区你看不见入口区，但中间又没有隔断墙，因此在一个区，你能听见另一个区的动静。

晚餐时，门铃响了。戈登道声抱歉，走下台阶。普露听见了女人的声音，说话人还站在门外，她听不见具体内容。她只能听见戈登的声音，低沉，好像在警告别人。门没有关，好像那女人没被邀请进屋，但他们的声音没停，刻意压制着，带着愤怒。突然戈登大叫一声，出现在台阶中间，挥舞双臂。

"焦糖布丁，"戈登说，"你去看看，好吗？"他跑下台阶，普露赶忙站起来，跑进厨房看布丁。从厨房回来时，戈登正从台阶慢慢往上走，满脸焦躁和疲惫。

"一个朋友，"他阴沉着脸，"没事吧？"

普露意识到他说的是布丁，于是说对的、完美、幸亏及时赶到。他说了声谢谢，但还是不太开心。烦他的似乎不是甜点，而是门口发生的事情。为了让他忘记烦恼，普露开始问他一些有关植物的专业问题。

"我对植物一无所知，"他说，"这个你知道的。"

"我本以为你又捡起来了，就像做饭一样。"

"有她照顾它们。"

"凯尔太太？"普露说出了管家的名字。

"你以为还有谁？"

普露脸一下红了，她讨厌被别人认为疑神疑鬼。

"问题是，我觉我是想娶你的，"戈登说，他的精神看上去没有任何好转。戈登身材高大，五官粗野。他喜欢穿厚衣服、厚外套。一双蓝眼睛总是布满血丝，眼神表明在这个坚硬的躯壳下，蠕动的是一缕无助惶惑的灵魂。

"这是问题吗?"普露轻描淡写地说,但她了解戈登,知道这还真是个问题。

门铃再次响起,两次,三次,戈登打开门。这次听见一声巨响,好像有什么东西给重重地摔在地上。门砰的一声关上,戈登很快就回来了。他在台阶上趔趄了一下,一只手抱着头,另一只手做了个动作,示意没什么大事发生。普露正要坐下。

"去他的过夜旅行袋,"他说,"她扔向我的。"

"伤到你了吗?"

"擦到一下。"

"那过夜旅行袋的声音够大的,里面有石块吧?"

"嗯。"

普露盯着他给自己倒了一杯饮料。"我想喝咖啡,如果可以的话,"她说。她走进厨房开始烧水,戈登跟在她后面。

"我想我是爱上这个人了,"他说。

"她是谁?"

"你不认识她。她很年轻。"

"哦。"

"但是我是真的想娶你,再过几年。"

"当你不再爱她之后?"

"是的。"

"好吧。我猜没人知道几年后会发生什么。"

讲到这件事,普露说:"我想他那时是担心我会嘲笑他。他不知道人们为什么嘲笑他,或朝他扔过夜旅行袋,但他发现他们就是这样干了。他真是个得体的人。多可爱的晚餐。然后那女人来了,朝他扔过夜旅行袋。过几年他不再爱那女人后就娶我,这个想法合情合理。我想当初他告诉我这些,大概是为了让我安心。"

她没有提到第二天早上她从戈登的衣柜抽屉里拿走了一粒袖扣。那些袖扣是琥珀材质的,是戈登和他妻子和好后去俄罗斯旅行时买的。它们看起来就像方块糖,金色半透明。握在她手心里的这一粒很快变得暖和,她把它放进外套口袋。只带走一粒算不得盗窃。它可以是纪念,是私密的游戏,也可以啥也不是。

她一个人待在戈登家;他一大早就走了,跟往常一样。管家要九点才到。普露十点前赶到商店就可以;她可以自己做早餐,留下来和管家一起喝咖啡,她们老早就是朋友了。但是,现在她口袋里有了那粒袖扣,她不想再多待。房子好像荒凉无比,多一分钟也待不下去。这地基还是普露帮助选定的,但她没插手修建方案——那时,他妻子回来了。

回家后她把袖扣放进一个烟盒里。那是孩子们从旧货商店淘来送她的礼物。她以前抽烟,孩子们担心,就送给她装满太妃糖、软心糖、橡皮软糖的烟盒,还留下纸条说"抽烟不如长胖"。那是给她的生日礼物。现在,除了那粒袖扣之外,盒子里还有其他一些小东西,都是些不值钱也并非完全无用之物。一个漆盘、一把银汤匙、一条水晶鱼……这些纪念品并不令人伤感。她从不看它们,常常忘了里面都有些什么。它们不是战利品,也不具备仪式感。她不是每次去戈登家,或每次留下来过夜,或为了纪念她所谓的难忘的约会都会拿东西。她既不是稀里糊涂地拿走这些东西,但似乎也不是非拿不可。她只是不时拿点东西,把它们扔进昏暗的旧烟罐中,之后差不多就忘记了。

(杨晓霖 译)

附录二

双面神

安·贝蒂

这只瓷碗非常完美。假若你面对一架子各式各样的瓷碗,你一定不会选择这只瓷碗,即使是在工艺品集市上,这只其貌不扬的瓷碗也很不起眼,不会引起逛市场的人的侧目,尽管它真真切切地存在着。它很可能曾被人欣赏过,像一只被豢养的杂种狗一样,没理由怀疑自己给人带来的乐趣。而事实上,正是这样一只小狗,常跟这只瓷碗一同,被带进带出。

安德莉亚是一名房地产中介,每当她想到买家可能是位爱狗人士时,就会在将她的狗带到那套待售房产里的同时,也将这只瓷碗留下。她会在厨房里面给杂种狗放上一碟子清水,从包里拿出它最喜欢的塑料跳蛙玩具,扔在地板上,它会像在家里时一样欢喜地猛扑过去,围着小跳蛙跳来跳去。而那只瓷碗通常被放置在咖啡吧台上,虽然最近安德莉亚也曾经把它放在一只松木箱上、一方油漆小桌上,甚至还曾把它放在一张上方挂有勃纳尔①静物素描画的樱桃木桌上,但无论置于何处,这只瓷碗都只是形单影只地存在着。

任何一个想买房或者想卖房给别人的人多少会熟悉一些能够

---

① 即 Pierre Bonnard(1867—1947),法国画家、版画家,被公认为现代艺术最伟大的色彩大师之一。——译者注

用来说服购买者这处房产很特别的小把戏,如薄暮时给壁炉加点火,在一般人不会想到放花的厨房放上一个插满长寿花的花瓶,又或许是能够散发出类似春天般淡淡香气的电香炉。

安德莉亚想,这个瓷碗的绝妙之处在于它含蓄又惹眼——一个自相矛盾的碗。它有着奶油色的釉彩,不管放在任何光线下,似乎都能发光。除此之外,碗上还有几个色点——几何形状的小闪光——其中一些还混杂着些许小银斑。它们像显微镜下看到的细胞一样神秘;很难不去研究它们,因为它们发着微光,不时快闪一下,随即又恢复原状。它们的颜色,还有摆放的随机位置,暗示了这种光的运动。通常是那些喜欢乡村家具风格的人们会注意到这个瓷碗,但是事实上那些倾心于彼德麦式样①家具的伙计们,也一样喜欢这个瓷碗。但是它一点都不搔首弄姿,而是恰到好处地引起注意,以至于人们都会猜测肯定是特地摆放在那个地方的。一进门口,他们可能会关注天花板的高度是多少这类问题而不会注意到这个瓷碗,直到他们的视线转移到下方,或者不再看向阳光在苍白的墙上的折射的时候,他们才会被瓷碗吸引,然后马上走过去大谈特谈这个瓷碗。当然他们也会支吾着说点其他的东西,毕竟他们来到这个房子不单单是为了一个瓷碗,而是还有其他原因。

曾经,安德莉亚接到一个电话,是一个生意没有谈成的客户。客户问,能不能帮着问一下房主那个瓷碗是在什么地方买的啊?安德莉亚装作听不懂她在说什么,她焦急地说就是那个瓷碗,在窗户底下的桌子上。安德莉亚说好的,然后很多天过去了,她才给那个客户回话说,那个瓷碗是别人送给房主的礼物,没有人知道是在什么地方买的。

当这个瓷碗不在房屋间带来带去的时候,安德莉亚把它放在家里的一张咖啡桌上,她不会把它小心地包裹起来(虽然每次带来带去时是这样的),她只是把它放在那个地方,因为她喜欢看着它。

---

① 德国19世纪的一种室内装饰和家具风格,特点为内敛、传统和实用,尤其受中产阶层欢迎。——译者注

这个瓷碗足够大,不像是那种易碎型的,所以即使有人不小心碰歪桌子或者蒙都在玩的时候不小心撞上桌子,问题都不大。她还让丈夫不要把房门钥匙放在碗里。这碗就应空着。

安德莉亚的丈夫第一次看到这个瓷碗时,只是瞥了一眼,然后轻笑了一下。他通常是鼓励妻子买她喜欢的东西的。近几年,他们买了很多东西来弥补刚毕业时的窘境,日子这样舒适地爬行已经很久了,那种由于拥有而生发的乐趣也早就消退了。他在宣布完这个瓷碗很完美之后,连拿起来看一下都没有就转身走了。他对新买的莱卡照相机的兴趣要远大于对这个瓷碗的兴趣。

她坚信是这个瓷碗给她带来了好运气。她放瓷碗的房子,交易往往能够谈成。当房子的原主被请到别的地方好让买主看房子的时候,房主甚至都不知道有一个瓷碗放在了他们的房子里面。有一次,她不知道为什么,把瓷碗忘在了房子里面。她非常害怕那个瓷碗会出现什么意外,连忙急匆匆地赶回房子,在房主开门的那一瞬间,她才算松了一口气。安德莉亚解释说,她买了一个瓷碗,当她陪着买主看房的时候,暂时放在那个柜子里,她想……说这些话的时候,她迫不及待地想从这个皱着眉头的老年妇女身边冲过去拿起自己的瓷碗。终于房主让开了,她连忙跑过去拿起瓷碗,一脸的惊喜,自顾自地走出房子,剩下了一脸惊诧的房主。在她拿到瓷碗之前的几秒钟里,她意识到,房主肯定已经注意到这个摆放考究的瓷碗了,因为柜子上原来的一个大花瓶已经被放到了别的地方,取而代之的是那个在阳光下闪烁的瓷碗。走在回家的路上,她深深地自责:怎么可以把这个瓷碗给忘了?这就像是把一个好朋友留在街上,然后径直走开一样严重。报纸上有时会有这样的报道,说一家人把孩子给落下了,然后开车去了另一个城市。而安德莉亚仅仅是走了不到一里路就想起把瓷碗忘了,她怎么会忘?

她曾经梦到过这个瓷碗,两次。在一个快要醒来的梦中,时间是早上快要起床的时候,她梦到了它,非常清晰。虽然是每天都看到,但她还是吓了一跳,因为瓷碗的样子格外清晰。

她今年的房地产销售业绩非常可观。一传十、十传百,越来越多的客户找上门来,多到她疲于应付。她有了一个愚蠢的想法:是不是这个瓷碗就是她唯一应该感谢的、能带来万千生机的对象哪?

有的时候她也会跟丈夫谈起这个瓷碗。她丈夫,一个股票经纪人,经常会告诉人们说,他能够娶到这样一位既有审美感又有赚钱能力的老婆是多么幸运啊。他们确实有很多共同的地方,他们对这一点深信不疑。他们都是那种喜欢深思熟虑,喜欢谨慎地做决定,做出决定后就会倔强地坚持的那种人。他们都喜欢细节,但是事情变成一团乱麻时,他就会变得很不耐心、非常轻蔑。但是他们也知道,这些都是他们还能够一起谈论的话题,在他们一起从晚会上回来或者跟朋友一起过周末回来的车上,他们会说起。但是她从来没有和他谈论过那个瓷碗。当他们边吃晚饭边交流今天的新闻时,或者是躺在床上听着音乐有一句没一句地睡前聊天时,她经常被一种冲动所折磨,经常想要直接告诉(她丈夫),她认为客厅里的瓷碗,那个奶油色的瓷碗,为她带来了成功。但她终究没说。她没法解释。有时清晨,看着睡梦正酣的他,她会因为自己心中有这样一个不变的秘密而产生深重的负罪感。

会不会是她与这个瓷碗有着某种更深的关系呢?她马上纠正自己的想法:怎么可以这样想,那只是一只瓷碗,而她是个人。真是荒谬。仅仅想一下人们是如何生活在一起,如何相爱的……这个想法就站不住脚。可是真的没有关系吗?确定吗?她被这些想法搅得头都快炸了,但是她心里确实有些东西是她不愿意面对的。

这瓷碗是个谜,甚至对她来说也是如此。想起来就令人灰心,因为这个瓷碗对她仍然是一个施恩不图报的东西,如果有一天它要什么回报,事情反而容易一些。但这个好像只会发生在神话故事中,瓷碗就是瓷碗。她一点也不相信会有这么一天。她相信的是她可能爱上它了。

过去,她会将一些她设计的能够说服人买房子的方案说给她丈夫听,现在她不会了,因为她采取的所有策略都与瓷碗有关,她变得对瓷碗更加小心,对它更有占有欲。她只是在确认家里没有人时才会拿出来,离开家时就带上或者收起来;摆在桌子上时也不是像过去那样只移动一下花瓶就可以了,而是拿走桌上的所有其他东西。她努力强迫自己对其他东西小心点,因为事实上她已经不在乎其他东西了,她想让其他东西统统从视野中消失。

她想知道这件事会如何了结。就像和情人在一起一样,没有固定剧本规定事情如何结束。焦虑主宰了她。如果情人投向别人的怀抱,或者留个言就走掉去了别的城市,这都是没关系的。可怕的是情人可能消失,这才是问题的关键。

她会在深夜起床去看一下那个瓷碗是否还在。摔坏这样的事情是绝对不会发生在她身上的。她耐心地洗刷它擦干它,从咖啡桌上把它拿到角落里的桃花心木桌子上,小心翼翼地。她是这个世界上最不可能伤害这个瓷碗的人,这个瓷碗只能够经她的手从一个地方到另一个地方,没有人会碰到它,更不要说伤害到它。这个瓷碗又是一个绝缘体,太阳光又不能伤害它,总该放心了,但是瓷碗会被伤害的想法还是时时占据她的心。她甚至都不敢想,若有朝一日瓷碗没有了,她的生活会变成什么样子。她仍然是害怕会有意外发生。为什么不会呢?在这样一个人们可以建立工厂却不能成为其中一员,买主能够被愚弄到相信黑暗的角落也能见到太阳光的充满欺诈的世界里,有什么事情不会发生呢?

她第一次看到这个瓷碗是很多年以前,在一次工艺品展销会上。她是半遮半掩地去的,和情人一起。他力主她买那个瓷碗,但是她告诉他,她不再需要什么东西了。但是她还是被拽到那个瓷碗跟前,两人在那儿逗留了一会儿。然后她去了下一个摊子。在她用手慢慢地摸着一个木雕时,他跟了上来,用碗沿敲了敲她肩头。她说:"你还是要我买那个碗?"他说:"不,我已经替你买来了。"在此之前,他给她买过别的东西——有刚好能套在她小指头上的儿童款乌木绿松石戒指,有细长、精美的鸠尾榫接头木盒子,她用来盛放回形针,还有一件有袋鼠口袋的柔软的灰色毛衣。这是他的主意:当他不能来给她暖手的时候,她可以自己暖手——双手交握在那个横跨毛衣前片的大口袋里。但渐渐地,她对瓷碗的依恋胜过其他任何礼物。她想说服自己摆脱这种依恋。她告诉自己她还有别的东西比它好看、比它值钱:这碗并没有美到一下就打动你;在她和情人看见它之前,一定有不少人从它面前走过却没注意到它。怎么就她迷恋上了它呢?但是没用。

情人说她总是太迟钝而不知道自己真正爱什么。为什么她的生活要走老路?为什么要带着两副面孔?他第一次劝了她。当她做决定时不考虑他,不愿意改变自己的生活走向他时,他问她,是什么让她觉得自己可以两者兼得。他最后一次劝了她,然后离开了。这个决定简直摧毁了她的意志,将她想要信守以前承诺的执念震得粉碎。

时光飞逝。晚上独自坐在客厅里时,她常常凝视桌上的瓷碗,它静止不动,安全无虞,未被照亮。这种情况下,它是完美的:世界一分为二,一半深邃,一半寥廓。边缘处,即使在微弱的灯光下,她也看见诡异的蓝光微闪,好似地平线上的消失点。

(杨晓霖 译)

引 用 文 献

Altieri, Charles. *The Particulars of Rapture: An Aesthetics of the Affects.* Ithaca: Cornell University Press, 2003.

Anzaldúa, Gloria. *Borderlands/LaFrontera: The New Mestiza.* New York: Norton, 1998.

Aristotle. *Poetics.* Translated by James Hutton. New York: Norton, 1982.

Armstrong, Nancy. "Why Daughters Die: The Racial Logic of American Sentimentalism." *The Yale Journal of Criticism* 7: 2 (1994): 1-24.

Atwood, Margaret. "Happy Endings." In *McGraw-Hill Book of Fiction*, edited by Robert DiYanni and Kraft Rompf. New York: McGraw-Hill, 1995. 213-216.

Austen, Jane. *Emma.* Edited by R. W. Chapman. Oxford: Oxford University Press, 1963.

——. *Mansfield Park.* Edited by R. W. Chapman. Oxford: Oxford University Press, 1963.

——. *Northanger Abbey* and *Persuasion.* Edited by R. W. Chapman. Oxford: Oxford University Press, 1963.

——. *Persuasion.* Edited by R. W. Chapman. Oxford: Oxford University Press, 1963.

——. *Pride and Prejudice.* Edited by R. W. Chapman. Oxford: Oxford University Press, 1963.

——. *Sense and Sensibility.* Edited by R. W. Chapman. Oxford: Oxford University Press, 1963.

Baker, Carlos. *Hemingway: The Writer as Artist.* Princeton: Princeton University Press, 1972.

Barthes, Roland. *S/Z.* Translated by Richard Miller. New York: Hill and Wang, 1974.

Beattie, Ann. "Janus." *Where You'll Find Me and Other Stories.* New York: Simon and Schuster, 1986. 103–112.

Bennett, Warren. "Character, Irony, and Resolution in Hemingway's 'A Clean, Well-Lighted Place.'" *American Literature* 42 (March 1970): 70–79.

Bierce, Ambrose. "The Crimson Candle." In *The Collected Writings of Ambrose Bierce.* New York: The Citadel Press, 1946. 543.

———. "An Occurrence at Owl Creek Bridge." In *The Collected Writings of Ambrose Bierce.* New York: The Citadel Press, 1946.

Booth, Wayne C. *The Company We Keep: An Ethics of Fiction.* Berkeley: University of California Press, 1988.

———. *The Essential Wayne Booth.* Edited by Walter Jost. Chicago: University of Chicago Press, 2006.

———. *The Rhetoric of Fiction.* 2nd ed. Chicago: University of Chicago Press, 1983.

———. *A Rhetoric of Irony.* Chicago: University of Chicago Press, 1974.

Brodsky, Joseph. "On Grief and Reason." In *Homage to Robert Frost* by Joseph Brodsky, Seamus Heaney, and Derek Walcott. New York: Farrar, Straus, and Giroux, 1996. 5–56.

Brooks, Peter. *Reading for the Plot: Design and Intention in Narrative.* New York: Knopf, 1984.

Brown, Julia Prewitt. *Jane Austen's Novels: Social Change and Literary Form.* Cambridge, MA: Harvard University Press, 1979.

Butte, George. *I Know That You Know That I Know.* Columbus: Ohio State University Press, 2004.

Byatt, A. S. *Passions of the Mind: Selected Writings.* New York: Vintage, 1993.

Carroll, Rebecca. "A Reader-Response Reading of Robert Frost's

'Home Burial.'" *Text and Performance Quarterly* 10 (1990):
143-156.
Christian, Barbara. "Beloved, She's Ours." *Narrative* 5 (1997):
36-49.
Cisneros, Sandra. *Woman Hollering Creek and Other Stories*. New
York: Random House, 1991.
Cohn, Dorrit. *The Distinction of Fiction*. Baltimore: Johns Hopkins
University Press, 1999.
Crane, R. S. "The Concept of Plot and the Plot of *Tom Jones*." In
Critics and Criticism, edited by Crane. Chicago: University of
Chicago Press, 1952. 616-647.
――――, ed. *Critics and Criticism: Ancient and Modern*. Chicago:
University of Chicago Press, 1952.
――――. *The Languages of Criticism and the Structure of Poetry*.
Toronto: University of Toronto Press, 1953.
Dubrow, Heather. "The Interplay of Narrative and Lyric: Competition,
Cooperation, and the Case of the Anticipatory Amalgam."
Narrative 14 (2006): 254-271.
――――. "Lyric Forms." In *Cambridge Companion to English Literature,
1500 - 1600*, edited by Arthur Kinney. New York: Cambridge
University Press, 2000. 78-99.
Finney, Brian. "Briony's Stand against Oblivion: Ian McEwan's
Atonement." http://www.csulb.edu/~bhfinney/McEwan.html.
Frey, James. *A Million Little Pieces*. New York: Random House, 2003.
Friedman, Susan. "Lyric Subversion of Narrative in Women's Writing:
Elizabeth Barrett Browning and Virginia Woolf." In *Reading
Narrative: Form Ethics, Ideology*, edited by James Phelan.
Columbus: Ohio State University Press. 1989. 162-185.
Frost, Robert. "Home Burial." In *The Poetry of Robert Frost*, edited by
Edward Connery Lathem. New York: Holt, Rinehart, and Winston.
1969 [1916].
Genette, Gérard. *Essays on Aesthetics*. Translated by Dorrit Cohn.
Lincoln: University of Nebraska Press, 2005.

Gerlach, John. "The Margins of Narrative: The Very Short Story, the Prose Poem, and the Lyric." In *Short Story Theory at a Crossroads*, edited by Susan Lohafer and Jo Ellyn Clarey. Baton Rouge: Louisiana State University, 1989. 74 – 84.

―――. "Narrative, Lyric, and Plot in Chris Offutt's 'Out in the Woods.'" In *The Art of Brevity: Excursions in Short Fiction Theory and Analysis*, edited by Per Winther, Jakob Lothe, and Hans H. Skei. Columbia, SC: University of South Carolina Press, 2004. 44 – 56.

Gilbert, Sandra, and Susan Gubar. *The Madwoman in the Attic: The Woman Writer and the Nineteenth-Century Literary Imagination*. New Haven: Yale University Press, 1979.

Goldsmith, Oliver. *The Vicar of Wakefield*. New York: Oxford University Press, 2006.

Hagopian, John V. "Tidying Up Hemingway's 'A Clean, Well-Lighted Place.'" *Studies in Short Fiction* 1(1964): 140 – 146.

Handley, William R. "The House a Ghost Built: Nommo, Allegory, and the Ethics of Reading in Toni Morrison's *Beloved*." *Contemporary Literature* 36(1995): 676 – 701.

Hare, David. "Holding Forth." *The Guardian*, July 16, 2005.

Hartman, Geoffrey H. "Public Memory and Its Discontents." In *The Uses of Literary History*, edited by Marshall Brown. Durham: Duke University Press, 1995. 73 – 91.

Heaney, Seamus. "Above the Brim." In *Homage to Robert Frost* by Joseph Brodsky, Seamus Heaney, and Derek Walcott. New York: Farrar, Straus, and Giroux, 1996. 61 – 88.

Hemingway, Ernest. "The Art of the Short Story." In *Ernest Hemingway: A Study of the Short Fiction* by Joseph Flora. Boston: Twayne Publishers, 1989. 129 – 142.

―――. *The Complete Short Stories of Ernest Hemingway: The Finca Vigia Edition*. New York: Charles Scribner's Sons, 1987.

Heyne, Eric. "Mapping, Mining, Sorting." *Narrative* 9 (2001): 322 – 333.

———. "Toward a Theory of Literary Nonfiction." *Modern Fiction Studies* 33 (Autumn 1987): 479–490.

———. "Where Fiction Meets Nonfiction: Mapping a Rough Terrain." *Narrative* 9 (2001): 343–345.

Hirsch, Marianne. "Maternity and Rememory: Toni Morrison's *Beloved*." In *Representations of Motherhood*, edited by Donna Bassin, Margaret Honey, and Meryle Mahrer Kaplan. New Haven: Yale University Press, 1994. 92–110.

Homans, Margaret. "Feminist Fictions and Feminist Theories of Narrative." *Narrative* 2(1994): 3–16.

Jarrell, Randall. "Robert Frost's 'Home Burial.'" In *No Other Book: Selected Essays*, edited by Brad Leithauser. New York: Perennial, 1999 [1962]. 42–66.

Johnson, Claudia. *Jane Austen: Women, Politics, and the Novel*. Chicago: University of Chicago Press, 1988.

Jost, Walter. "Ordinary Language Brought to Grief: 'Home Burial.'" In *Ordinary Language Criticism: Literary Thinking after Cavell after Wittgenstein*, edited by Kenneth Dauber and Walter Jost. Evanston: Northwestern University Press, 2003. 77–114.

Kafalenos, Emma. *Narrative Causalities*. Columbus: Ohio State University Press, 2006.

Kann, Hans-Joachim. "Perpetual Confusion in 'A Clean, Well-Lighted Place': The Manuscript Evidence." *Fitzgerald/Hemingway Annual* (1977): 115–118.

Kearns, Katherine. *Robert Frost and a Poetics of Appetite*. New York: Cambridge University Press, 1994.

Keast, W. R. "The 'New Criticism' and *King Lear*." In *Critics and Criticism*, edited by R. S. Crane. Chicago: University of Chicago Press, 1952. 108–137.

Kerner, David. "The Ambiguity of 'A Clean, Well-Lighted Place.'" *Studies in Short Fiction* 29(1992): 561–574.

———. "Counterfeit Hemingway: A Small Scandal in Quotation Marks." *Journal of Modern Literature* 12 (November 1985): 91–108.

———. "The Foundation of the True Text of 'A Clean, Well-Lighted Place': The Manuscript Evidence." *Fitzgerald/Hemingway Annual* (1979): 279–300.

———. "Hemingway's Attention to 'A Clean, Well-Lighted Place.'" *The Hemingway Review* 13 (Fall 1993): 48–62.

Lardner, Ring. "Haircut." In *The Best Short Stories of Ring Lardner*. New York: Charles Scribner's Sons, 1957. 23–33.

Lehman, Daniel. *Matters of Fact: Reading Nonfiction over the Edge*. Columbus: The Ohio State University Press, 1998.

———. "Mining a Rough Terrain: Weighing the Implications of Nonfiction." *Narrative* 9 (2001): 334–342.

Lehtimaki, Markku. *The Poetics of Norman Mailer's Nonfiction: Self-Reflexivity, Literary Form, and the Rhetoric of Narrative*. Tampere, Finland: The University of Tampere, 2005.

Lentricchia, Frank. *Robert Frost: Modern Poetics and the Landscapes of the Self*. Durham: Duke University Press, 1975.

Levin, Richard. *New Readings v. Old Plays*. Chicago: University of Chicago Press, 1979.

Lodge, David. "Hemingway's Clean, Well-Lighted Puzzling Place." In *The Novelist at the Crossroads and Other Essays on Fiction and Criticism*. Ithaca: Cornell University Press, 1971. 184–202.

May, Charles E. "Is Hemingway's 'Well-Lighted Place' Really Clean Now?" *Studies in Short Fiction* 8 (Spring 1971): 326–330.

———. "Writing Short Stories: My Double Story, with Reflections on Occasion, Tonality, and Direction." In *The Art of Brevity: Excursions in Short Fiction Theory and Analysis*, edited by Per Winther, Jakob Lothe, and Hans H. Skei. Columbia, SC: University of South Carolina Press, 2004. 14–25.

McEwan, Ian. *Atonement*. New York: Doubleday, 2001.

Moglen, Helene. "Redeeming History: Toni Morrison's *Beloved*." In *Subjects in Black and White: Race, Psychoanalysis, Feminism*, edited by Elizabeth Abel, Barbara Christian, and Moglen. Berkeley: University of California Press, 1997. 201–220.

Moreland, Richard C. "'He Wants to Put His Story Next to Hers': Putting Twain's Story Next to Hers in Morrison's *Beloved*." *Modern Fiction Studies* 39: 3 – 4(1993): 501 – 525.

Morrison, Toni. *Beloved*. New York: Knopf, 1987.

Mortimer, Armine Kotin. "Romantic Fever: The Second Story as Illegitimate Daughter in Wharton's 'Roman Fever.'" *Narrative* 6 (1998): 188 – 198.

Munro, Alice. "Prue." *The Moons of Jupiter*. New York: Knopf, 1983. 129 – 133.

Novas, Himilce. *Everything You Need to Know about Latino History*. New York: Penguin, 1994.

Nussbaum, Martha. *Love's Knowledge: Essays on Philosophy and Literature*. New York: Oxford University Press, 1990.

――. *Poetic Justice: The Literary Imagination and Public Life*. Boston: Beacon Press, 1995.

Oehlschlager, Fritz H. "Tragic Vision in Frost's 'Home Burial.'" *Ball State University Forum* 22: 3(1981): 25 – 29.

Olson, Elder. "An Outline of Poetic Theory." In *Critics and Criticism*, edited by R. S. Crane. Chicago: University of Chicago Press, 1952. 546 – 566.

――. "William Empson, Contemporary Criticism, and Poetic Diction." In *Critics and Criticism*, edited by R. S. Crane. Chicago: University of Chicago Press, 1952. 45 – 82.

Petry, Alice Hall. "A Twist of Crimson Silk: Edith Wharton's 'Roman Fever.'" *Studies in Short Fiction* 24(1987): 163 – 166.

Phelan, James. "Beginnings and Endings." *Encyclopedia of the Novel*, edited by Paul Schellinger. Chicago: Fitzroy-Dearborn, 1998.

――. *Living to Tell about It: A Rhetoric and Ethics of Character Narration*. Ithaca: Cornell University Press, 2005.

――. *Narrative as Rhetoric: Technique, Audiences, Ethics, Ideology*. Columbus: The Ohio State University Press, 1996.

――. *Reading People, Reading Plots: Character, Progression, and the Interpretation of Narrative*. Chicago: University of Chicago

Press, 1989.

―――. *Worlds from Words: A Theory of Language in Fiction*. Chicago: University of Chicago Press, 1981.

Poirier, Richard. *Robert Frost: The Work of Knowing*. New York: Oxford University Press, 1977.

Poovey, Mary. "*Persuasion* and the Promises of Love." In *The Representation of Women in Fiction: Selected Papers from the English Institute*, edited by Carolyn G. Heilbrun and Margaret R. Higgonet. Baltimore: Johns Hopkins University Press, 1981. 152–179.

Propp, Vladimir. *Morphology of the Folktale*. Translated by Laurence Scott. Austin: University of Texas Press, 1968.

Rabinowitz, Peter J. *Before Reading: Narrative Conventions and the Politics of Interpretation*. Columbus: The Ohio State University Press, 1998. Originally published 1987.

―――. "Lolita: Solipsized or Sodomized?; or Against Abstraction in General." In *A Companion to Rhetoric and Rhetorical Criticism*, edited by Wendy Olmstead and Walter Jost. Oxford: Blackwell Press, 2004. 325–339.

―――. "They Shoot Tigers, Don't They?: Path and Counterpoint in *The Long Goodbye*." In *A Companion to Narrative Theory*, edited by James Phelan and Peter J. Rabinowitz. Malden, MA: Blackwell Publishing, 2005. 181–191.

―――. "Truth in Fiction: A Reexamination of Audiences." *Critical Inquiry* 4(1977): 121–141.

Rader, Ralph W. "The Dramatic Monologue and Related Lyric Forms." *Critical Inquiry* 3(1976): 131–151.

―――. "From Richardson to Austen: 'Johnson's Rule' and the Eighteenth-Century Novel of Moral Action." In *Johnson and His Age*, edited by James Engell. Cambridge, MA: Harvard University Press, 1984. 461–483.

Reinert, Otto. "Hemingway's Waiters Once More." *College English* 20 (1959): 417–418.

Richter, David H. "The Chicago School." In *Routledge Encyclopedia of Narrative Theory*, edited by David Herman, Manfred Jahn, and Marie-Laure Ryan. New York: Routledge, 2005. 57–59.

———. *Fable's End: Completeness and Closure in Rhetorical Fiction*. Chicago: University of Chicago Press, 1974.

———. "The Second Flight of the Phoenix: Neo-Aristotelianism since Crane." *The Eighteenth Century: Theory and Interpretation* 23: 1 (1982): 27–48.

Rigney, Barbara. *The Voices of Toni Morrison*. Columbus: The Ohio State University Press, 1994.

Rimmon-Kenan, Shlomith. *A Glance beyond Doubt: Narration, Representation, Subjectivity*. Columbus: The Ohio State University Press, 1996.

Ryan, Ken. "The Contentious Emendation of Hemingway's 'A Clean, Well-Lighted Place.'" *The Hemingway Review* 18 (Fall 1998): 78–90.

Sacks, Sheldon. *Fiction and the Shape of Belief*. Berkeley: University of California Press, 1964.

———. "Golden Birds and Dying Generations." *Comparative Literature Studies* 6(1969): 274–291.

———. "Novelists as Storytellers." *Modern Philology* 73: 2 (1976): S97–S109.

Scholes, Robert, Robert Kellogg, and James Phelan. *The Nature of Narrative*. 2nd ed. New York: Oxford University Press, 2006.

Smith, Paul. "A Note on a New Manuscript of 'A Clean, Well-Lighted Place.'" *The Hemingway Review* 8 (Spring 1989): 36–39.

———. *A Reader's Guide to the Short Stories of Ernest Hemingway*. Boston: G. K. Hall, 1989.

Smith, Sidonie, and Julia Watson. *Reading Autobiography: A Guide for Interpreting Life Narratives*. Minneapolis: University of Minnesota Press, 2001.

Sternberg, Meir. *Expositional Modes and Temporal Ordering in Fiction*. Baltimore: Johns Hopkins University Press, 1978.

Sweeney, Susan Elizabeth. "Edith Wharton's Case of Roman Fever." In *Wretched Exotic: Essays on Edith Wharton in Europe*, edited by Katherine Joslin and Alan Price. New York: Peter Lang, 1993. 313–331.

Tave, Stuart. *Some Words of Jane Austen.* Chicago: University of Chicago Press, 1973.

Travis, Molly. "Speaking from the Silence of the Slave Narrative: *Beloved* and African-American Women's History." *The Texas Review* 13: 1–2(1992): 69–81.

Twain, Mark. *Adventures of Huckleberry Finn: A Case Study in Critical Controversy*, edited by Gerald Graff and James Phelan. Boston: Bedford/St. Martin's, 2004.

Warhol, Robyn. *Having a Good Cry: Effeminate Feelings and Pop Culture Forms.* Columbus: The Ohio State University Press, 2003.

———. "The Look, the Body, and the Heroine: A Feminist-Narratological Reading of *Persuasion*." *Novel* 26(1992): 5–19.

Wharton, Edith. "Roman Fever." In *Roman Fever and Other Stories.* New York: Charles Scribner's Sons, 1997. 3–20.

———. "Preface," from *Ghosts* (1937). In *Edith Wharton: A Study of the Short Fiction*, edited by Barbara White. New York: Twayne Publishers, 1991. 139–144.

Wilt, Judith. *Abortion, Choice, and Contemporary Fiction.* Chicago: University of Chicago Press, 1989.

Wiltshire, John. *Jane Austen and the Body.* Cambridge: Cambridge University Press, 1992.

Wimsatt, William K. *The Verbal Icon: Studies in the Meaning of Poetry.* Lexington: University of Kentucky Press, 1954.

Wolfe, Joanna. "'Ten minutes for Seven Letters': Song as Key to Narrative Revision in Toni Morrison's *Beloved*." *Narrative* 12 (2004): 263–280.

Wyatt, Jean. "Giving Body to the Word: The Maternal Symbolic in Toni Morrison's *Beloved*." *PMLA* 108(1993): 474–488.